Ullstein Werkausgaben

Ullstein Werkausgaben
Lektorat: Hanna Siehr

Ullstein Buch Nr. 37059
im Verlag Ullstein GmbH,
Frankfurt/M - Berlin

**Vom selben Autor
als Band 2 dieser Ullstein Werkausgabe
erschienen:**

**›Die gespenstische Rikscha und andere Indien-Novellen‹
(37060)**

Umschlagentwurf: Theodor Bayer-Eynck
Illustration: UTOPROP - John Rush
Abbildung auf der Rückseite: Rudyard Kipling
Fotografie von G. L. Manuel
Foto: Ullstein - Paul Popper Ltd.

Taschenbuchausgabe mit freundlicher
Genehmigung des Paul List Verlags

Printed in Germany 1988
Druck und Verarbeitung:
Elsnerdruck, Berlin
ISBN 3 548 37059 4

März 1988

CIP-Titelaufnahme der Deutschen Bibliothek

Kipling, Rudyard:
Das Auge Allahs und andere Geschichten/Rudyard Kipling.
Hrsg. von Frank Dietschreit. - Frankfurt/M ; Berlin : Ullstein
Bd. 2 u. d. T.: Kipling, Rudyard:
Die gespenstische Rikscha und andere Indien-Novellen
Bd. 1 (1988)
(Ullstein-Buch ; Nr. 37059 : Ullstein-Werkausgaben)
ISBN 3-548-37059-4
NE: GT

Rudyard Kipling

Das Auge Allahs und andere Geschichten

Herausgegeben von Frank Dietschreit

Band 1

Ullstein Werkausgaben

Inhalt

V

Anhang

Zu dieser Ausgabe

Ein Autor kommt zu verspäteten Ehren: Über fünfzig Jahre nach Rudyard Kiplings Tod mehren sich die Anzeichen für eine vorsichtige und überfällige Renaissance des zu Lebzeiten politisch umstrittenen Autors. Seine Werke erleben neue Auflagen, mit seinem Leben und seiner Dichtung beschäftigen sich Aufsätze und Essays. Endlich wird ernsthaft diskutiert, ob Kipling wirklich der »Barde des weißen Sahib« (Gunar Ortlepp) oder – viel unpolitischer – »ein herrlicher, vielseitiger und origineller Geschichtenerzähler« (W. S. Maugham) war.

Vor allem als Autor von Indien-Novellen, in denen das faszinierende Ineinander von Realität und Mythologie sowie Naturschönheit und Armut zwischen Himalaja und Ganges thematisiert werden, hat Kipling sich ein Massenpublikum erobert und sich für immer in die Literaturgeschichte eingeschrieben. So haben wir im zweiten Band dieser Werkausgabe (Ullstein-Buch 37060) einige der schönsten und spannendsten, aber auch einige der rätselhaftesten Geschichten versammelt, die Kipling über *sein* Indien geschrieben hat.

Im *vorliegenden Band* entführt uns Kipling in gänzlich andere, von Indien weit entfernte Regionen. Aufgeräumt wird mit der irrigen Annahme, Kipling lotse seine Leser stets in indische Gefilde oder die Welt des Dschungels. (Das war auch ein Grund mehr, auf die hinlänglich bekannten und im Buchhandel in mehreren Ausgaben erhältlichen *Dschungelbücher* und auf *Kim* zu verzichten.)

In einem kleinen Kaff nahe der Rhônemündung wird man Monsieur Voiron begegnen. Er erzählt uns eine völlig unglaubwürdige Geschichte: *Der Stier, der denken konnte* heißt sie, und je länger man sich auf sie einläßt, desto vertrackter und wahrscheinlicher wird sie.

In *Die schönste Geschichte der Welt* treffen wir Charlie Mears, diesen schrulligen, pseudo-literarischen Jüngling, der zuweilen Visionen aus längst vergangenen Zeiten hat. Das Normalste der Welt, die Liebe, sorgt schließlich dafür, daß die schönste Geschichte der Welt doch nicht geschrieben werden kann.

Das Auge Allahs entpuppt sich als ein geheimnisvolles Glas, ein künstliches Auge. Ein Schauder, den man in mittelalterlichen Klöstern empfunden haben mag, wissenschaftliche Dispute und schlecht beheizte Bibliotheken sorgen für ein Ambiente, wie man es neuerdings in Romanen und Filmen zu schätzen weiß (Kipling veröffentlichte diese Erzählung bereits 1926).

In *Fischerjungs* entwickelt Kipling eine epische Fülle, die weit hinausreicht über die sonst so oft bevorzugte Kurzgeschichte. Es bedurfte eingehender Recherchen, um einen derartigen Grad an Präzision in der Schilderung des beschwerlichen Alltags der Fischer auf der Neufundlandbank zu erreichen. So entsteht ein gedrängtes Panorama aus Wind und Wetter, seemännischer Arbeit, herb-herzlicher Freundschaft; erzählt werden Geschichten und Mysterien der Seefahrt. Miterleben kann man das Erwachsenwerden des verzärtelten Millionärsprößlings Harvey Cheyne.

Und nachdem uns Kipling daran erinnert – denn fast hätten wir es schon vergessen! –, wie etwa das Elefantenkind seinen Rüssel bekam oder das Gürteltier entstanden ist, darf sich B. Brecht als eigenwilliger Übersetzer Kiplingscher Verse beweisen. Vielleicht können diese Balladen dazu anregen, einem bisher kaum wahrgenommenen Verwandtschafts-Verhältnis nachzuspüren.

Zum Schluß eine kleine Episode, die Kipling – der selbst seinen Sohn im Ersten Weltkrieg verlor – als Trauernden zeigt. Ganz fern ist hier der Mentor der kriegerischen Buren, der mitleidlose Kriegsberichterstatter, der manchmal recht hartherzige Verteidiger des englischen Imperialismus. Im Schmerz der Helen Turell spiegelt sich die ganze Sinnlosigkeit des Krieges. *Der Gärtner,* das ist der Hegende und Pflegende, der Wissende und Verzeihende, vielleicht eine Vision Gottes, sicher aber eine Metapher des Friedens.

Mit der hier (sowie im zweiten Band) getroffenen Auswahl dürften einige Vorbehalte – nach denen Kipling entweder als Kinder- und Jugendbuchautor oder als Verfechter eines historisch obsoleten Imperialismus mißverstanden wird – sich als revisionsbedürftig erweisen. Wie aktuell Kipling ist, und wie lebendig seine Literatur – dies wird jeder spüren, der wachen Auges liest.

Ein ausführliches Nachwort im zweiten Band.

F. D.

I

Die schönste Geschichte der Welt
Das Auge Allahs
Der Stier, der denken konnte

Die schönste Geschichte der Welt

Er hieß Charlie Mears; er war der einzige Sohn seiner Mutter, einer Witwe, und wohnte im Norden von London. Jeden Tag kam er in die City, wo er bei einer Bank arbeitete. Er war zwanzig Jahre alt und voll hoher Bestrebungen. Ich traf ihn in einem Café beim Billard, wo ihn der Marqueur bei seinem Vornamen und er den Marqueur »Dicker« nannte. Charlie erklärte etwas nervös, daß er nur hierhergekommen sei, um zuzuschauen; und da Zuschauen in solchem Falle ein teures Vergnügen für Jugendliche werden kann, schlug ich vor, daß Charlie lieber nach Hause zu seiner Mutter gehen solle.

Dies war unser erster Schritt zu näherer Bekanntschaft. Seitdem besuchte er mich von Zeit zu Zeit abends, anstatt sich mit seinen jungen Kollegen in London herumzutreiben; und nicht lange, so fing er an – da er natürlich, wie alle jungen Leute, nur von sich selber redete – mir von seinen Bestrebungen zu erzählen, die ausschließlich literarischer Art waren. Er wünschte sich einen unsterblichen Namen zu machen vornehmlich durch Lyrik, hielt es jedoch nicht für unter seiner Würde, einstweilen für allerhand Käseblätter Geschichten von Liebe und Tod zu schreiben. Ich war schließlich dazu verurteilt, stillzusitzen, während Charlie mir Gedichte vorlas, Hunderte von Versen, und voluminöse Bruchstücke von Dramen, die dereinst die Welt erschüttern sollten. Zur Belohnung schenkte er mir sein unbegrenztes Vertrauen; und die Selbstenthüllungen und Herzenssorgen eines jungen Mannes sind nahezu ebenso heilig wie die einer Jungfrau. Charlie hatte noch nie geliebt, aber er war bereit, es bei der ersten besten Gelegenheit zu tun; er glaubte an alles, was gut und ehrenhaft ist, war aber zu gleicher Zeit ängstlich bemüht, mir zu zeigen, daß er durchaus die Welterfahrung besäße, die einem angehenden Bankbeamten mit 25 Schilling die Woche zukommt. Er reimte »Herzen« mit »Schmerzen«, »Liebe« mit »Triebe« und glaubte fest, daß diese Worte noch nie zuvor so gereimt worden seien. Die klaffenden Lücken in seinen Dramen füllte er mit hastigen Entschuldigungen und Erklärungen aus und stürmte weiter.

Er sah alles, was noch dazukommen sollte, so klar und deutlich vor sich, daß es für ihn so gut war, als sei es schon da, und erwartete meinen Beifall.

Ich fürchte, seine Mutter ermutigte seine Bestrebungen nicht sonderlich; wie ich denn weiß, daß sein Schreibtisch zu Hause aus einer Ecke seines Waschtisches bestand. Dies hatte er mir gleich in der Maienblüte unserer Bekanntschaft gestanden, als er, nach stürmischer Durchsuchung meiner Bücherschränke, flehentlich in mich drang, ihm ehrlich zu sagen, ob ich meinte, daß er einmal etwas Großes schreiben werde: »Etwas wirklich Großes, wissen Sie!« Vielleicht ermutigte ich ihn allzusehr, denn eines Abends kam er zu mir, aufgeregt, mit glühenden Augen, und sagte ganz außer Atem:

»Würden Sie mir – könnte ich wohl hierbleiben und heute den ganzen Abend bei Ihnen schreiben? Ich werde Sie nicht stören, wirklich nicht. Bei meiner Mutter habe ich keinen Platz.«

»Was ist denn los?« fragte ich, obschon ich sehr wohl wußte, was los war.

»Ich habe eine Idee im Kopf, aus der ich die herrlichste Geschichte machen könnte, die je geschrieben wurde. Bitte, lassen Sie sie mich hier schreiben. Eine großartige Idee!«

Es war unmöglich, einer solchen Bitte zu widerstehen. Ich machte ihm einen Tisch zurecht. Er nahm sich kaum die Zeit, mir zu danken, und stürzte sich unverweilt in die Arbeit.

Eine halbe Stunde lang kratzte die Feder ohne Unterbrechung. Dann seufzte Charlie und fuhr sich ins Haar. Das Kratzen wurde langsamer, von immer häufigeren Strichen unterbrochen – und hörte endlich ganz auf. Die schönste Geschichte der Welt wollte nicht herauskommen.

»Das sieht jetzt alles so furchtbar blödsinnig aus!« sagte er kummervoll. »Und vorher im Kopfe kam es mir doch so schön vor. Wie kommt das bloß?«

Ich konnte ihm nicht mit der Wahrheit den Mut nehmen. So antwortete ich: »Vielleicht fühlen Sie sich heute nicht aufgelegt.«

»O doch! – Aber wenn ich dieses Zeug ansehe . . .!«

»Lesen Sie mir vor, was Sie geschrieben haben«, sagte ich.

Er las, und es war überwältigend schlecht! Bei jedem besonders schwülstigen Satz hielt er inne, ein Zeichen des Beifalls erwartend; denn just auf diese Sätze war er stolz, wie nicht anders zu erwarten.

»Es muß ein bißchen zusammengestrichen werden«, bemerkte ich vorsichtig.

»Ich hasse es, meine Sachen zu kürzen. Ich glaube, man könnte kein Wort auslassen, ohne den Sinn zu verderben. Übrigens macht es sich laut gelesen viel besser!«

»Charlie, Sie leiden an einer bedenklichen und weitverbreiteten Krankheit. Legen Sie das Ding beiseite, und nach einer Woche gehen Sie wieder mal dran.«

»Ich *will* es aber jetzt gleich machen. – Was halten Sie davon?«

»Wie kann ich nach einer halbfertigen Sache urteilen? – Erzählen Sie mir die Geschichte, wie Sie sie im Kopf haben.«

Charlie erzählte, und in seiner Erzählung kam alles heraus, was er sorgfältig vermieden hatte schriftlich auszudrücken.

Ich sah ihn an. War es möglich, daß er die Ursprünglichkeit, die Kraft der Idee, die ihm über den Weg gelaufen war, nicht erkannte? Es war ohne jeden Zweifel eine ganz ungewöhnliche Idee. Manch einem ist der Kamm geschwollen vor Stolz auf Ideen, die nicht halb so neu und fruchtbar waren. Aber Charlie schwatzte unbekümmert weiter, nur von Zeit zu Zeit den Strom seiner Phantasie mit diesen fürchterlichen, dröhnenden Phrasen unterbrechend, die er anzuwenden gedachte. Ich hörte ihm bis zu Ende zu. Es wäre unsinnig gewesen, diese Idee in seinen unfähigen Händen zu lassen, während ich so viel daraus hätte machen können; gewiß nicht alles, aber oh, so viel!

»Was meinen Sie?« sagte er schließlich. »Ich denke, ich werde es die ›Geschichte eines Schiffes‹ nennen.«

»Ich meine, die Idee ist recht gut, aber Sie würden vorläufig nichts damit anfangen können. Hingegen würde ich vielleicht . . .«

»Können Sie sie gebrauchen? Wollen Sie sie nehmen? Ich wäre stolz darauf!« erwiderte Charlie eifrig.

Es gibt wenige Dinge in der Welt, die süßer sind, als die arglos begeisterte, ungehemmte, offene Bewunderung eines

Jüngeren. Selbst eine Frau in ihrer blindesten Verliebtheit wird nicht den Gang des Mannes nachahmen, den sie anbetet, oder ihren Hut so aufsetzen wie er, oder seine Lieblingsflüche in ihr Lexikon aufnehmen. Und Charlie tat alles das. Dennoch mußte ich mein Gewissen salvieren, bevor ich von seinen Gedanken Besitz ergriff.

»Wir wollen ein Geschäft machen. Ich will Ihnen fünf Pfund für die Idee geben«, sagte ich.

In Charlie erwachte sogleich der angehende Bankbeamte. »Oh, das ist unmöglich. Unter Brüdern, wissen Sie – wenn ich Sie so nennen darf –, und als Mann von Welt kann ich so etwas nicht annehmen. Behalten Sie die Idee, wenn sie Ihnen gefällt. Ich habe noch eine Unmenge anderer!«

Zweifelsohne! Niemand wußte das besser als ich. Aber das waren alles Ideen anderer.

»Betrachten Sie es als eine reine Geschäftssache – unter Männern von Welt«, erwiderte ich. »Für fünf Pfund können Sie sich eine Unmasse Gedichtbücher kaufen. Geschäft ist Geschäft, und Sie können sich darauf verlassen, ich würde diesen Preis nicht bieten, wenn ich nicht . . .«

»Oh, wenn Sie es so betrachten«, sagte Charlie, sichtlich bewegt von der Idee mit den Gedichtbüchern. Das Geschäft wurde also abgeschlossen mit der Bedingung, daß er von Zeit zu Zeit, je nach Belieben, zu mir kommen sollte, um weiter zu erzählen. Er sollte einen eigenen Schreibtisch bei mir haben und das unbestreitbare Recht, mich mit seinen sämtlichen Gedichten und Gedichtfragmenten zu beglücken. Dann sagte ich: »Nun erzählen Sie mir, wie sind Sie denn eigentlich zu dieser Idee gekommen?«

»Sie ist von selbst gekommen.« Charlie sperrte die Augen ein wenig auf.

»Ja, aber Sie haben mir eine Menge Dinge über den Helden erzählt, die Sie doch irgendwo gelesen haben müssen?«

»Ich habe gar keine Zeit zum Lesen, außer wenn Sie mich hier sitzen lassen; und sonntags bin ich den ganzen Tag auf meinem Rad oder auf der Themse. – Stimmt denn irgend etwas nicht mit meinem Helden?«

»Erklären Sie mir noch mal, damit ich recht verstehe: Sie sagen, Ihr Held fuhr mit Seeräubern. Wie lebte er eigentlich?«

»Er war im Unterdeck dieses Schiffes, von dem ich Ihnen erzählt habe.«

»Was für eines Schiffes?«

»Es war eins von der Art mit Rudern, und die See spritzt durch die Ruderlöcher und die Ruderer sitzen bis an die Knie im Wasser. Zwischen den beiden Reihen der Ruderer läuft eine Art Bank, und ein Aufseher mit einer Peitsche geht auf der Bank hin und her und paßt auf, daß die Leute arbeiten.«

»Woher wissen Sie denn das?«

»Das ist so in der Geschichte. Oben läuft ein Tau lang, das an dem Oberdeck hängt, damit sich der Aufseher festhalten kann, wenn das Schiff schlingert. Wenn er das Tau verfehlt und zwischen die Ruderer fällt, dann, müssen Sie sich denken, lacht mein Held und wird dafür gepeitscht. Er ist natürlich mit Ketten an sein Ruder geschlossen – der Held.«

»Mit Ketten? . . . In welcher Weise?«

»Mit einem eisernen Gürtel, der ihm um den Leib geht und an seiner Bank festsitzt, und mit einer Art Handschelle um sein linkes Handgelenk, die ihn an das Ruder kettet. Er ist im Unterdeck, wo nur die schlimmsten Verbrecher hingebracht werden, und das einzige Licht, das dorthin kommt, fällt durch die Luken und die Ruderlöcher. Können Sie sich nicht vorstellen, wie das Sonnenlicht just zwischen der Ruderstange und dem Loch durchblinzelt und mit dem Schiffe hin und her tanzt?«

»Doch, das kann ich wohl, aber ich kann mir nicht vorstellen, wieso *Sie* sich das vorstellen können.«

»Wie sollte es sonst sein? Passen Sie mal auf: die langen Ruder auf dem Oberdeck werden von vier Mann auf jeder Bank gezogen, auf dem Deck darunter von dreien und auf dem alleruntersten von zweien. Sie müssen sich denken, es ist ganz dunkel auf dem untersten Deck, und alle, die man dort hinbringt, werden wahnsinnig. Wenn einer hier an seinem Ruder stirbt, wird er nicht über Bord geworfen, sondern in seinen Ketten in kleine Stücke geschnitten und durch die Ruderlöcher gequetscht.«

»Warum?« fragte ich erstaunt, nicht so sehr über das, was er mir erzählte, wie über den entschiedenen Ton, mit dem er es hinwarf.

»Um Mühe zu sparen und die andern bange zu machen. Um die Leiche eines Mannes nach oben zu schleppen, wären zwei Aufseher nötig, und wenn die Leute im untersten Deck allein gelassen würden, so würden sie natürlich aufhören zu rudern und versuchen, die Bänke hochzuheben, indem sie alle auf einmal in ihren Ketten aufständen.«

»Sie haben eine außerordentlich weitschauende Einbildungskraft. Wo haben Sie denn das alles über Galeeren und Galeerensklaven gelesen?«

»Nirgends, soviel ich weiß. Ich rudere selbst ein bißchen, wenn ich Gelegenheit habe. Aber vielleicht haben Sie doch recht, daß ich es irgendwo gelesen habe.«

Bald darauf ging er fort, um sich in den Buchläden umzutun, und ich blieb zurück, voller Verwunderung darüber, wie ein zwanzigjähriger Banklehrling mir, mit einer verschwenderischen Fülle von Einzelheiten, alle mit völliger Sicherheit gesehen, eine so abenteuerliche und blutrünstige Geschichte von Seeräuberei, Meuterei und Tod in namenlosen Meeren zuschanzen konnte. Und nachdem er mir eben noch geschildert, wie sein Held, nach verzweifelter Revolte gegen die Aufseher, selber das Kommando über das Schiff an sich genommen und schließlich auf einer Insel »irgendwo im Meer, wissen Sie« ein Königreich gegründet hatte, war er, beglückt über meine elenden fünf Pfund, fortgegangen, um sich die Ideen anderer zu kaufen und daran das Dichten zu lernen. Ich tröstete mich mit dem Bewußtsein, seine Idee ehrlich durch Kauf erworben zu haben. Jetzt wollte ich versuchen, was sich damit anfangen ließ.

Als er das nächste Mal zu mir kam, war er berauscht – glorreich berauscht von all den Dichtern, die sich ihm zum erstenmal offenbart hatten. Seine Augen waren aufgerissen, seine Worte stolperten übereinander und er hüllte sich in Zitate, wie ein Bettler in den Purpur eines Kaisers. Am wildesten berauscht war er von Longfellow.

»Ist das nicht großartig, wundervoll?« rief er, nach hastiger Begrüßung. »Hören Sie dies –

›Kennst du, sprach der Mann am Steuer,
Das Geheimnis tiefer See?
Wer nicht kühn mit ihr gekämpft hat,
Der begreift es nimmermehr.‹

Kolossal!

›Wer nicht kühn mit ihr gekämpft hat,
Der begreift es nimmermehr.‹«

wiederholte er zwanzigmal und dabei lief er in der Stube auf und ab, mich völlig vergessend. »Aber ich kann es auch begreifen«, redete er zu sich selber. »Ich kann Ihnen gar nicht genug für die fünf Pfund danken. – Und dies; hören Sie –

›Ich trage die schwarzen Werften im Sinn
Und der schlagenden Brandung Schnee,
Und den spanischen Seemann mit bärtigem Kinn
Und die herrlichen Schiffe her und hin
Und den ganzen Zauber der See.‹

Ich habe noch niemals kühn gekämpft, aber mir ist, als ob ich das alles kennte.«

»Sie haben offenbar einen besonderen Sinn für das Meer. Haben Sie es jemals gesehen?«

»Als ich ein kleiner Junge war, kam ich einmal nach Brighton; wir wohnten aber eigentlich in Coventry, bevor wir nach London kamen. Ich habe es nie gesehen:

›Wenn herab auf die Atlantis
Stürzt gigantisch
Sturm des Äquinoktium!‹«

Er schüttelte mich bei den Schultern, um mir die Leidenschaft fühlbar zu machen, die ihn selber schüttelte. »Wenn der Sturm kommt, zerbrechen alle Ruder in dem Schiff, von dem ich sprach, und die Griffe schlagen zurück und zermalmen den Ruderern die Brust. Übrigens, haben Sie schon irgend etwas mit meiner Idee von neulich angefangen?«

»Nein, ich wollte erst noch mehr von Ihnen hören. Sagen Sie mir, woher wissen Sie alles so genau über die Ausrüstung des Schiffes? Sie haben doch keine Ahnung von Schiffen.«

»Ich weiß nicht. Es ist alles vollkommen wirklich für mich, bis ich versuche, es niederzuschreiben. Ich habe erst gestern Nacht im Bette darüber nachgedacht, nachdem Sie mir die ›Schatzinsel‹ von Stevenson geliehen hatten, und es sind mir noch eine Menge neuer Dinge eingefallen, die in die Geschichte hinein müssen.«

»Was denn zum Beispiel?«

»Zum Beispiel über das Essen, das man den Sklaven gab; verfaulte Feigen und schwarze Bohnen und Wein in einem Schlauch, den reichte man sich von einer Bank zur andern.«

»Ist es denn schon so lange her, seitdem das Schiff gebaut wurde?«

»*Wie* lange? Ich weiß nicht, ob es lange her ist oder nicht. Es ist ja nur eine Idee. Aber manchmal erscheint es mir so wirklich, als ob es wahr wäre. Langweile ich Sie auch nicht mit meinem Geschwätz?«

»Nicht im geringsten. Ist Ihnen sonst noch etwas eingefallen?«

»Ach ja, aber es ist alles dummes Zeug.« Charlie errötete ein wenig.

»Macht nichts, erzählen Sie nur.«

»Also, ich dachte über meine Geschichte nach, und nach einer Weile stand ich aus dem Bett auf und schrieb auf ein Blatt Papier solches Zeug, wissen Sie, wie es die Gefangenen vielleicht mit der Kante ihrer Handschellen auf die Ruder kratzen konnten. Das schien die Sache lebendiger zu machen. Es ist so wirklich für mich, wissen Sie.«

»Haben Sie das Papier bei sich?«

»Ja–a, aber es lohnt sich wirklich nicht. Es ist weiter nichts, wie ein Haufen Striche. Aber vielleicht können wir es doch in dem Buch mitdrucken lassen, auf der ersten Seite.«

»Für diese Einzelheiten will ich schon sorgen. Zeigen Sie nur erst, was Ihre Leute geschrieben haben.«

Er zog ein Stück Papier aus der Tasche mit nur einer gekritzelten Zeile darauf, und ich legte es sorgfältig beiseite.

»Was soll es denn in Englisch heißen?« fragte ich.

»Oh, ich weiß nicht. Ich wollte, es soll heißen: ›Ich bin entsetzlich müde.‹ Es ist völliger Unsinn«, wiederholte er, »aber alle diese Männer in dem Schiff kommen mir so wirklich vor, wie wirkliche Menschen. Machen Sie doch recht bald etwas mit meiner Idee. Ich möchte es so gern geschrieben und gedruckt sehen.«

»Aber was Sie mir da alles gesagt haben, würde ein dickes Buch werden.«

»Schreiben Sie es. Sie brauchen sich nur hinzusetzen und es zu schreiben.«

»Lassen Sie mir doch ein bißchen Zeit. Haben Sie sonst noch neue Ideen?«

»Augenblicklich nicht. Ich lese jetzt alle die Bücher, die ich gekauft habe. Sie sind wundervoll.«

Nachdem er fortgegangen war, schaute ich mir den Zettel mit dem Geschriebenen an. Dann nahm ich meinen Kopf sorglich zwischen beide Hände, um mich zu vergewissern, daß er nicht herunterfiele oder sich rundherum drehte. Dann ... aber ein Nichts gähnte zwischen dem Augenblick, als ich meine Wohnung verließ, und dem, als ich mich in Verhandlung mit einem Wächter der öffentlichen Ordnung wiederfand in einem Korridor des Britischen Museums, vor einer Tür, auf der »Privat« stand. Mein einziges Verlangen galt dem »Herrn für griechische Antiken«. Der Wärter kannte nur die Museumsordnung und sonst nichts. So mußte ich durch sämtliche Gebäude und Büros hetzen, bis schließlich ein älterer Herr, den man just von seinem Frühstück weggeholt hatte, meiner Jagd ein Ende machte, indem er den Zettel zwischen Daumen und Zeigefinger nahm und ihn verächtlich beschnüffelte.

»Was das bedeuten soll? – Hm, soviel ich feststellen kann, ist es der Versuch einer absolut ungebildeten – äh – Persönlichkeit« – hierbei sah er mich vielsagend an – »absolut korruptes Griechisch zu schreiben!« – Er las langsam: »Pollock, Erckmann, Tauchnitz, Henniker« – vier mir wohlbekannte Namen.

»Können Sie mir sagen, was hinter der absoluten Korruptheit steckt – der Sinn der Sache?«

»Oftmals – hat Müdigkeit mich überwältigt – bei dieser Arbeit. – Das ist der Sinn.« Er gab mir das Papier zurück, und ich entfloh ohne ein Wort der Erklärung, des Dankes oder der Entschuldigung.

Meine Vergeßlichkeit war entschuldbar. Mir unter allen Lebenden war die Gelegenheit gegeben, die wunderbarste Geschichte der Welt zu schreiben, nichts weniger als die Geschichte eines griechischen Galeerensklaven, von ihm selbst erzählt. Kein Wunder, daß Charlies Träume ihm als Wirklichkeit erschienen waren. Die Schicksalsgöttinnen, die so sorgfältig die Pforten jeder der aufeinanderfolgenden Verkörperungen hinter uns schließen, waren in diesem Falle nachlässig gewesen, und Charlie blickte, obschon er es nicht wußte, dorthin, wohin seit Anbeginn der Welt noch kein Sterblicher mit voller Erkenntnis geblickt hat. Vor allem, er selber ahnte nicht das mindeste von der Erkenntnis, die er mir für fünf Pfund verkauft hatte, und er würde ahnungslos bleiben, denn Bankbeamte verstehen nichts von Metempsychose, und zu gründlicher kaufmännischer Erziehung gehört kein Griechisch. Er würde mich – hier hüpfte ich zwischen den stummen Göttern Ägyptens herum und lachte in ihre verwitterten Gesichter – mit Material versorgen, um meine Geschichte glaubhaft zu machen – so glaubhaft, daß alle Welt sie als eine freche Münchhausiade begrüßen würde. Und ich – ich allein würde wissen, daß alles wahr, buchstäblich und wörtlich wahr sei. Ich – ich allein, hielt dieses Juwel in meiner Hand, um ihm Schliff und Glanz zu geben! Demzufolge tanzte ich zwischen den Göttern des ägyptischen Saals umher, bis ein Aufseher mich gewahrte und auf mich zuzugehen begann.

Es blieb nur noch übrig, Charlie zum Reden zu ermuntern, und darin sah ich keine Schwierigkeit. Aber ich hatte diese verwünschten Gedichtbücher vergessen. Er kam zu mir eins ums andere Mal, unbrauchbar wie ein überladener Phonograph, berauscht von Shelley, Byron oder Keats. Jetzt, wo ich wußte, was der Knabe in seinem früheren Leben gewesen war, und alles daran setzte, kein Wort von seinem Geschwätz zu verlieren, war es mir unmöglich, ihm mein Interesse und meinen Respekt zu verbergen. Er mißdeutete beides, glaubte, mein Respekt gälte der jetzigen Inkarnation der Seele von Charlie Mears, für den das Leben so neu war wie für Adam, und mein Interesse seinen Vorlesungen, und spannte meine Geduld bis zum Zerreißen mit seinen Deklamationen der Gedichte anderer. Ich wünschte mir jeden englischen Dichter ausgelöscht aus dem Gedächtnis der Menschheit. Ich fluchte den glänzendsten Namen des englischen Parnasses, weil sie Charlie vom Pfade persönlichen Berichts abgelenkt hatten und ihn wahrscheinlich über kurz oder lang zur Nacheiferung verführen würden. Aber ich hielt es doch für das beste, meine Ungeduld zu zügeln, bis das Feuer seiner Begeisterung ausgebrannt und er zu seinen Träumereien zurückgekehrt wäre.

»Was hat es für einen Zweck, daß ich Ihnen erzähle, was *ich* denke, wenn diese Kerls hier Sachen wie für die Engel geschrieben haben!« grollte er eines Abends. »Warum schreiben Sie nicht auch so etwas?«

»Ich finde, Sie sind nicht ganz gerecht gegen mich«, antwortete ich mit starker Selbstbeherrschung.

»Ich habe Ihnen die Geschichte erzählt«, sagte er kurz, sich wieder in »Lara« vertiefend.

»Aber ich brauche die Einzelheiten.«

»Sie meinen, was ich mir über das blöde Schiff ausdenke, die Galeere, wie Sie es nennen? Das ist doch ganz einfach. Das können Sie sich auch selber ausdenken. Drehen Sie das Gas ein bißchen an, ich möchte noch lesen.«

Ich hätte ihm am liebsten die Gasglocke am Kopf kaputt geschlagen, für seine unglaubliche Dummheit. Ich hätte mir freilich alles selber ausdenken können, wenn ich nur gewußt hätte, was Charlie wußte, ohne es zu wissen. Aber da die Pforten hinter mir geschlossen waren, blieb mir nichts übrig, als auf eine günstige Stimmung seines jugendlichen Gemüts zu warten und mittlerweile ihn bei möglichst guter Laune zu erhalten. Jede Minute der Unachtsamkeit konnte eine unschätzbare Offenbarung zunichte machen. Von Zeit zu Zeit schob er seine Bücher beiseite – er verwahrte sie jetzt in meiner Wohnung, denn seine Mutter würde sich über die schamlose Verschwendung entrüstet haben – und erging sich wieder in seinen Seeträumen. Und wieder verwünschte ich alle Dichter Englands: der leicht beeinflußbare Geist des Bankkommis war überdeckt, gefärbt, verbogen durch das, was er gelesen hatte, und das Resultat, das er von sich gab, war ein wirres Durcheinander von anderen Stimmen, sehr ähnlich dem Gesumm und Geschwätz in einem Telephon der City zur ärgsten Geschäftszeit.

Er sprach von der Galeere – seiner eigenen Galeere, wenn er nur eine Ahnung gehabt hätte – in Phrasen, die der »Braut von Abydos« entlehnt waren. Er erläuterte die Abenteuer seines Helden mit Zitaten aus dem »Korsar«, warf düstere, verzweifelte moralische Betrachtungen aus »Kain« und »Manfred« dazwischen und erwartete von mir, daß ich sie alle gebrauchen würde. Nur wenn wir auf Longfellow kamen, verstummte das Kreuzfeuer, und ich wußte, daß Charlie die Wahrheit sprach, soweit er sich ihrer erinnerte.

»Wie gefällt Ihnen dies?« sagte ich eines Abends, sobald ich die Sphäre erkannt hatte, in der sein Gedächtnis am besten arbeitete; und ehe er einen Einwurf machen konnte, las ich ihm beinahe die ganze »Sage von König Olaf« vor!

Er hörte zu mit offenem Munde, mit geröteten Wangen, die Hände trommelten auf das Sofa, auf dem er lag; bis ich an den Gesang von »Einar Tamberskelver« kam und zu der Strophe:

»Einar senkte seinen Bogen,
Sprach, zu ihm gewandt:
›Norweg' war es, das zerbrochen
Unter deiner Hand.‹«

Er schnappte vor Entzücken.

»Das ist noch schöner als Byron, nicht?« sagte ich vorsichtig.

»Schöner? Es ist *wahr*! Wie konnte er das wissen?«

Ich wiederholte noch einmal die vorhergegangene Strophe:

»›Was war das?‹ rief König Olaf,
Hoch am Felsenriff:
›Etwas hört' ich, wie das Stranden
Von zerschlagnem Schiff!‹«

»Wie konnte er das wissen, wie die Schiffe krachen und die Ruder herausbrechen und z-zzp am ganzen Bord entlanggehen? Erst gestern nacht hab' ich ... aber bitte lesen Sie doch noch mal!«

»Nein«, antwortete ich, »ich bin müde, wir wollen lieber ein bißchen schwatzen. Was war denn gestern nacht?«

»Ich hatte einen furchtbaren Traum von unserer Galeere. Mir träumte, ich sei bei einem Gefecht ertrunken. Wissen Sie, wir liefen ein anderes Schiff an im Hafen. Das Wasser war totenstill, außer wo unsere Ruder es schlugen. – Sie wissen, wo ich immer in der Galeere sitze?« Er sprach anfangs zögernd, als ob er fürchte, daß ich ihn auslachen würde.

»Nein, das ist mir neu«, antwortete ich sanft, indes mein Herz zu klopfen anfing.

»Am vierten Ruder vom Bug, auf der rechten Seite des Oberdecks. Wir waren zu viert an dem Ruder, alle festgeschmiedet. Ich weiß noch, daß ich auf das Wasser schaute und meine Handschellen loszumachen versuchte, ehe der Kampf begann. Dann rückten wir dicht an das andere Schiff heran, und dessen ganze Kriegsmannschaft sprang über unsere Bordwand herüber, und meine Bank zerbrach, und ich lag eingequetscht mit den drei andern über mir, und das große Ruder quer übern Rücken gepreßt.«

»Und?«

Charlies Augen waren funkelnd geöffnet. Er starrte auf die Wand hinter meinem Stuhl.

»Ich weiß nicht, wie wir kämpften. Die ganze Mannschaft stampfte auf meinem Rücken herum, und ich konnte mich nicht rühren. Dann begannen unsere Ruderer auf der linken Seite – an ihre Ruder geschmiedet natürlich – zu heulen und rückwärts zu rudern. Ich konnte das Wasser zischen hören, und wir drehten uns im Kreise herum wie ein Mistkäfer, und wie ich lag, konnt' ich sehen, wie eine andere Galeere von der linken Seite auf uns zukam, um uns zu rammen. Ich konnte gerade meinen Kopf hoch genug heben, um ihre Segel über der Bordwand zu sehen. Wir wollten ihr Bug gegen Bug begegnen, aber es war zu spät. Wir konnten nur ganz wenig nach rechts drehen, denn die Galeere auf der rechten Seite hatte sich an uns gehängt und hielt uns fest. Dann, Herr Gott! kam ein Krach! Unsere linken Ruder brachen in Stücke, als die andere Galeere – die fahrende meine ich – die Nase hineinsteckte. Dann kamen die Unterdeckruder durch die Deckplanken heraufgeschossen, Griff voran, und eins flog hoch in die Luft und fiel dicht neben meinem Kopf wieder herunter.«

»Wie kam das?«

»Der Bug der andern Galeere schob sie durch die Ruderlöcher hinein, und ich konnte den schauderhaften Lärm von den unteren Decks herauf hören. Dann traf uns ihre Nase fast in die Mitte, und wir kippten um, und die Kerls in der Galeere von rechts machten ihre Haken und Taue los und warfen allerhand Zeug auf unser Oberdeck – Pfeile und heißen Teer oder so was, das brannte, und wir gingen hoch und hoch und hoch auf der linken Seite, und auf der rechten Seite herunter, und ich drehte meinen Kopf herum und sah, wie das Wasser just über den rechten Bordrand stieg. Einen Augenblick schien es stillzustehen, dann floß es über und stürzte auf uns alle herab, die wir auf der rechten Seite lagen, und ich fühlte es mir in den Rücken schlagen und wachte auf.«

»Einen Augenblick, Charlie! – Als die See über dem Bordrand stand, wie sah das aus?« Ich hatte einen bestimmten Grund, so zu fragen. Ein Bekannter von mir war mit einem lecken Schiff bei ruhiger See gesunken und hatte beobachtet, daß die Wasserfläche, ehe sie auf das Deck stürzte, einen Augenblick stillstand.

»Es sah geradeso aus wie eine straff gespannte Gitarrensaite, und es kam mir vor, als ob es eine Ewigkeit da stände«, sagte Charlie.

Richtig! Ganz richtig! Mein Bekannter hatte gesagt: »Es kam mir vor wie ein silberner Draht, der längs des Bordrands gelegt war und der aussah, als ob er nie zerreißen würde.« Dem Mann hatte diese kleine nutzlose Beobachtung alles außer dem nackten Leben gekostet, und ich war zehntausend Meilen weit mühselig gereist, um ihn zu sehen und mir die Sache schildern zu lassen. Aber Charlie, der Bankkommis mit fünfundzwanzig Schilling die Woche, der noch nie von einer gepflasterten Straße heruntergekommen war, kannte das alles. Es war ein schlechter Trost für mich, daß er für diese Erfahrung eines seiner Vorleben hatte drangeben müssen. Auch ich war sicherlich Dutzende von Malen gestorben, aber hinter mir waren die Pforten geschlossen, just weil ich meine Erfahrung hätte ausnützen können. »Und dann?« sagte ich und suchte den Neidteufel zu unterdrücken.

»Das Komische war, daß ich mich während des ganzen Kampfes weder fürchtete noch wunderte. Es war, als ob ich schon in vielen Gefechten gewesen sei, wenigstens sagte ich das zu meinem Nachbarn, ehe es losging. Aber der Hund von Aufseher auf unserm Deck wollte unsre Ketten nicht losmachen und uns eine Chance geben. Er sagte immer, daß wir alle nach einer Schlacht freigelassen werden würden, aber das kam nie; das kam nie.« Charlie schüttelte traurig den Kopf.

»So ein Schuft!«

»Das war er wohl. Er gab uns nie genug zu essen, und manchmal waren wir so durstig, daß wir Salzwasser tranken. Ich habe den Geschmack noch im Munde.«

»Erzählen Sie mir doch noch etwas über den Hafen, wo das Gefecht stattfand.«

»Davon hab' ich nichts geträumt. Aber ich weiß, daß es ein Hafen war, denn wir waren an einem Ring angebunden, an einer weißen Mauer, und unter Wasser war der Stein mit Holz verkleidet, damit unsere Ramme nicht beschädigt würde, wenn die Flut uns schaukelte.«

»Das ist sonderbar. Unser Held kommandierte doch die Galeere, nicht?«

»Und ob! Er stand oben am Bug und schrie wie ein Besessener. Es war derselbe, der den Aufseher getötet hatte.«

»Aber Charlie, ertrankt ihr denn nicht alle zusammen?«

»Ich kann das nicht ganz zusammenbringen«, sagte er mit einem verwirrten Blick. »Die Galeere muß mit Mann und Maus untergegangen sein, und doch kommt es mir vor, als ob der Held später noch gelebt hätte. Vielleicht kletterte er auf das angreifende Schiff. Ich konnte das natürlich nicht sehen. Ich war ja tot, wissen Sie.«

Er schauderte leicht und behauptete, er wüßte sich auf nichts weiter zu besinnen.

Ich drängte ihn nicht weiter; um mich aber zu versichern, daß er von seinem geistigen Zustande keine Ahnung hatte, gab ich ihm Mortimer Collins »Seelenwanderung« zu lesen und schilderte ihm den Inhalt in kurzen Umrissen, bevor er das Buch öffnete.

»Was ist das alles für ein Blödsinn!« sagte er freimütig, nachdem er ungefähr eine Stunde gelesen hatte. »Ich kann das Zeug vom roten Planeten Mars und vom König und dem ganzen Kram nicht verstehen. Geben Sie mir meinen Longfellow wieder her.«

Ich gab ihm das Buch und schrieb, soweit ich mich entsinnen konnte, nieder, was er mir von der Seeschlacht erzählt hatte. Von Zeit zu Zeit mußte ich ihn wegen der oder jener Einzelheit befragen. Er antwortete, ohne von dem Buch aufzublicken, so bestimmt, als ob alles, was er sagte, gedruckt vor ihm stände. Ich sprach mit halblauter Stimme, um den Strom nicht zu unterbrechen, und ich sah wohl, daß er sich kaum dessen bewußt war, was er sagte, denn seine Gedanken waren auf hoher See bei Longfellow.

»Charlie«, fragte ich, »wenn die Ruderknechte auf den Galeeren meuterten, wie töteten sie ihre Aufseher?«

»Sie rissen die Bänke hoch und schlugen ihnen den Schädel ein. Es ging gerade eine schwere See. Einer von den Aufsehern auf dem unteren Deck glitt aus auf der mittleren Planke und fiel zwischen die Ruderer. Sie drückten ihn mit den gefesselten Händen gegen die Planken des Schiffes zu Tode, ganz still, und es war so dunkel, daß der andere Aufseher nicht sehen konnte, was geschehen war. Als er fragte, wurde er auch heruntergezogen und totgedrückt, und das Unterdeck schlug sich bis oben durch, von einem Deck zum andern, und die Stücke der zerbrochenen Ruderbänke polterten an den Ketten hinter ihnen her. Herrgott, wie sie heulten!«

»Und was geschah danach?«

»Ich weiß nicht. Der Held verschwand mitsamt seinem roten Haar und roten Bart und allem. Das war, nachdem er unsere Galeere genommen hatte, glaube ich.«

Der Klang meiner Stimme schien ihn zu verwirren. Er machte eine Bewegung mit der Hand, ungeduldig wie jemand, der nicht unterbrochen werden will.

»Sie haben mir nie gesagt, daß er rothaarig war, oder daß er Ihre Galeere genommen hat«, sagte ich nach einer behutsamen Pause. Charlie erhob seine Augen nicht.

»Er war so rot wie ein roter Bär«, sagte er zerstreut. »Er kam von Norden, so sagten sie auf der Galeere, als er sich Ruderer suchte – freie Männer, keine Sklaven. Später – viele, viele Jahre später – kamen Nachrichten von einem andern Schiff – oder er selbst kam zurück – –«

Seine Lippen bewegten sich lautlos. Er sagte sich verzückt irgendein Gedicht her, das er gerade gelesen hatte.

»Wo war er denn also hingefahren?« Ich flüsterte fast, damit die Frage in aller Stille ihren Weg in die Gehirnregion Charlies finden möchte, die für mich arbeitete.

»Nach den Buchen, den großen wunderbaren Buchen!« war die Antwort nach einer Minute des Schweigens.

»Nach Furdurstrandi?« fragte ich, von Kopf bis zu Fuß zitternd.

»Ja, nach Furdurstrandi.« Er sprach das Wort ganz anders aus als ich. »Und ich habe auch gesehen – –« Die Stimme versagte.

»Wissen Sie, was Sie sagen?« rief ich unvorsichtig laut.

Er blickte auf, völlig wach. »Nein!« stieß er hervor. »Ich wollte, Sie ließen mich ruhig lesen. Hören Sie dies: –

›Othir, der alte Seekapitän,
Rührte sich nicht vom Fleck,
Bis der König lobesam
Wiederum seine Feder nahm
Und schrieb in einem weg.

Und den König von Sachsenland
Schaute er furchtlos an,
Hob seine braune Hand danach:
'Zum Zeichen, daß ich Wahrheit sprach,
Sieh diesen Walroßzahn!'‹

– Bei Gott, was für Kerls das gewesen sein müssen! So über den ganzen Teich zu segeln, ohne zu wissen, wo sie Land finden würden! Hach!«

»Charlie«, flehte ich, »wenn Sie nur einen Augenblick vernünftig sein wollen, verspreche ich Ihnen, daß ich unsern Helden in der Geschichte genauso großartig machen werde wie Ihren Othir.«

»Hach! Longfellow hat dieses Gedicht geschrieben. Ich interessiere mich nicht mehr dafür, was zu schreiben. Ich will lesen.« Er war gründlich aus der Stimmung; und so ging ich fort, wütend über mein Mißgeschick.

Man stelle sich vor, man stände vor der Tür der Schatzkammer der Welt und Türhüter wäre ein Kind – ein müßiges, ahnungsloses Kind, das mit Murmeln spielt und von dessen Laune es abhinge, daß man den Schlüssel bekommt – so wird man sich eine schwache Vorstellung von meiner Folter machen können. Bis zu diesem Abend hatte Charlie nichts gesagt, was nicht auf das Dasein eines griechischen Galeerensklaven gepaßt hätte. Aber jetzt auf einmal hatte er von einem verwegenen Wikingerabenteuer geredet, von Thorfin Karlsefnes Fahrt nach Weinland offenbar, was nichts anderes als Amerika ist, im neunten oder zehnten Jahrhundert. Die

Schlacht im Hafen hatte er gesehen und seinen eigenen Tod beschrieben. Hier handelte es sich um einen noch aufregenderen Sprung in die Vergangenheit. War es möglich, daß er ein halbes Dutzend Leben übersprungen hatte, und daß dann eine um tausend Jahre später liegende Episode dämmrig in seiner Erinnerung aufgetaucht war? Es war ein Wirrwarr zum Tollwerden, und das schlimmste dabei war, daß Charlie Mears im Normalzustand der letzte auf der Welt war, um diese Dinge aufzuklären. Ich konnte nichts weiter tun, als warten und aufpassen; aber ich ging diese Nacht zu Bett voll der wildesten Phantasien. Hier gab es nichts Unmögliches, wenn nur Charlies elendes Gedächtnis aushielt!

Ich konnte instand gesetzt werden, die Sage von Thorfin Karlsefne noch einmal zu schreiben, wie sie noch nie geschrieben worden war, konnte die Geschichte der ersten Entdeckung Amerikas erzählen – ich selbst Entdecker dieser Entdeckung. Aber mein Geschick lag ganz in Charlies Händen, und solange noch eins von den verwünschten Gedichtbüchern zu haben war, konnte ich nichts aus ihm herausbringen. Ich wagte nicht, ihn kräftiger anzupacken, wagte kaum, sein Gedächtnis aufzurütteln, denn ich hatte es mit Erinnerungen von vor tausend Jahren zu tun, ausgesprochen durch den Mund eines jungen Burschen von heute; und ein Bursch von heut' unterliegt jedem wechselnden Eindruck so sehr, daß er unter Umständen lügt, just wenn er die Wahrheit sagen will.

Fast eine Woche lang sah und hörte ich nichts von Charlie. Eines Tages traf ich ihn in der Grace Church Street mit einem Kontobuch bewaffnet. Seine Geschäfte führten ihn über die London-Brücke und ich begleitete ihn. Er tat sehr wichtig mit seinem Buch. Halbwegs über der Themse blieben wir stehen und sahen einem großen Dampfer zu, der große Blöcke braunen und weißen Marmors auslud. Ein Leichterboot trieb unterm Stern des Dampfers hin und eine einsame Kuh stand darin und brüllte. Charlies Gesicht verwandelte sich aus dem eines Bankkommis in das eines unbekannten und – obwohl er das selber nicht geglaubt hätte – viel gescheiteren Mannes. Er schwang seinen Arm über das Geländer und sagte, laut auflachend: »Als sie unsere Stiere brüllen hörten, liefen die Skroelinge davon!«

Ich wartete nur einen Augenblick, aber der Leichter und die Kuh waren hinter dem Bug des Dampfers verschwunden, bevor ich antwortete.

»Charlie, was sind denn eigentlich Skroelinge?«

»Keine Ahnung, habe nie davon gehört. Klingt wie eine neue Art Seemöven. Komisch, Sie mit Ihren ewigen Fragen! – Ich muß zu dem Kassierer der Omnibusgesellschaft da drüben. Wollen Sie ein bißchen warten, dann können wir irgendwo zusammen frühstücken? Ich habe eine Idee für ein Gedicht.«

»Nein, danke. Ich muß fort. Sind Sie ganz sicher, daß Sie nichts von Skroelingen wissen?«

»Nein, wenn's nicht Gäule sind fürs nächste Rennen!« Er nickte mir zu und verschwand im Gedränge.

Nun steht geschrieben in der Sage von Erik dem Roten oder in der von Thorfin Karlsefne, daß vor neunhundert Jahren, als Karlsefnes Schiffe zu Leifs Hütten kamen, die Leif in dem unbekannten Lande Markland – möglicherweise dem heutigen Rhode Island in den Vereinigten Staaten – gebaut hatte, die Skroelinge – und der Himmel weiß, wer die sind –, an die Küste kamen, um mit den Wikingern zu handeln, und entsetzt davonliefen, als sie das Gebrüll der Kühe hörten, die Thorfin in seinem Schiff mitgebracht hatte.

Aber was, in aller Welt, konnte ein griechischer Galeerensklave von all dem wissen? – Ich wanderte die Straßen auf und ab und versuchte das Rätsel zu lösen; aber je mehr ich grübelte, um so verwirrender wurde es. Eines allein schien gewiß, und diese Gewißheit versetzte mir für einen Augenblick den Atem: wenn sich mir hier überhaupt etwas klar offenbaren sollte, so würde es nicht nur *ein* Leben der in Charlie Mears verkörperten Seele sein, sondern ein halbes Dutzend – ein halbes Dutzend verschiedener, getrennter Existenzen, fern auf blauen Gewässern zur Morgenzeit der Welt.

Ich suchte die Lage zu überblicken. Es stand fest, daß, wenn ich von meinem Wissen Gebrauch machte, ich allein und unerreichbar dastand. Das war doch sehr viel, aber ich war undankbar, wie Menschen sind. Es schien mir ein schreiendes Unrecht, daß Charlies Gedächtnis gerade da versagte, wo ich es am meisten gebrauchte. – Himmlische Mächte! – ich blickte zu ihnen durch den dicken Londoner

Nebel empor – wußten denn die Gewalthaber über Leben und Tod nicht, was das für mich bedeutete? Nichts Geringeres, als ewigen Ruhm, den ich mit keiner lebenden Seele teilen würde. – Wenn Charlie nur für eine einzige Stunde – für sechzig kurze Minuten – die Erinnerung vergönnt würde an Existenzen, die sich über tausend Jahre erstreckten, so würde ich auf allen materiellen Gewinn und alle Ehre für das, was ich aus seinem Bericht machen würde, verzichten. Ich würde mich gar nicht um das Aufsehen kümmern, das in dem besonderen Winkel der Erde, der sich »die Welt« nennt, entstände. Das ganze Ding mochte meinetwegen anonym erscheinen. Ja, ich würde sogar anderen einreden, daß sie es geschrieben hätten. Priester würden eine neue Ethik daraus ableiten, die die ganze Menschheit von der Todesfurcht zu befreien berufen wäre. Jeder Orientalist in Europa würde sie mit Sanskrit- und Palitexten belegen. Schreckensweiber würden neue Schlagworte für die Emanzipation ihrer Schwestern daraus ziehen. Kirchen und Religionen würden sich darüber in die Haare geraten. Zwischen dem Halten und Wiederanziehen eines Omnibusses stiegen vor meinem Geiste die Katzbalgereien zwischen einem halben Dutzend Heilsverkündern auf, die alle »die Lehre von der wahren Metempsychose in ihrer Anwendung auf die Welt und die Neue Zeit« ausposaunen würden; und ich sah zugleich alle ehrenwerten englischen Tageszeitungen scheu werden wie eine Herde erschreckter Kühe vor der wundervollen Einfachheit der Geschichte. Mein Geist übersprang hundert – zweihundert – tausend Jahre. Ich sah mit Gram, daß die Menschen den Bericht verstümmeln und verhunzen würden; daß rivalisierende Glaubensbekenntnisse darin das Oberste zuunterst kehren würden, bis endlich das gesamte Abendland, das an der Furcht vor dem Tode krampfhafter hängt, als an der Hoffnung auf Leben, ihn beiseite schieben würde als einen interessanten Aberglauben, um einem andern Glauben nachzujagen, der lange genug vergessen gewesen wäre, um wieder neu zu erscheinen.

Daraufhin unterzog ich meine Wünsche an die Gewalthaber über Leben und Tod einer Revision: Laßt mich die Geschichte nur kennenlernen und schreiben mit dem sicheren Wissen, daß ich die Wahrheit schrieb, und ich will das

Manuskript als eine feierliche Opferspende verbrennen! Fünf Minuten nach Niederschrift der letzten Zeile will ich alles zerstören. Aber ich muß es mit absoluter Gewißheit schreiben dürfen.

Ich erhielt keine Antwort. Die flammenden Buchstaben eines Plakats zogen meinen Blick auf sich. – Ob es wohl geraten war, Charlie in die Hände eines der professionellen Hypnotiseure zu geben, und ob Charlie unter diesem Einflusse von seinen vergangenen Existenzen sprechen würde? Wenn er spräche, und wenn man ihm glauben würde ... Aber Charlie würde eingeschüchtert und verwirrt werden, oder das Gefühl seiner Wichtigkeit würde ihm zu Kopf steigen. In jedem Falle würde er, aus Furcht oder aus Eitelkeit, zu lügen anfangen. Nein, er war am sichersten in meinen Händen.

»Komische Käuze, Ihre Engländer«, sagte eine Stimme halb hinter mir, und mich umwendend, sah ich einen flüchtigen Bekannten von mir, einen jungen, bengalischen Studenten, dessen Vater ihn nach Europa geschickt hatte, damit er sich dort zivilisiere. Der Alte war ein eingeborener Beamter a. D. mit fünf Pfund monatlicher Pension. Damit brachte er es fertig, seinem Sohn jährlich zweihundert Pfund zu geben, die dieser dazu benutzte, sich in London als jüngeren Sohn eines königlichen Hauses aufzuspielen und haarsträubende Geschichten von den brutalen englischen Bürokraten zu erzählen, die den armen Eingeborenen den letzten Tropfen Blut auspressen.

Grish Chunder war ein junger, fetter, stämmiger Bengale, mit peinlicher Sorgfalt gekleidet: Gehrock, helle Hose, Zylinder, braune Handschuhe. Ich hatte ihn in den Tagen gekannt, als die brutale englische Regierung seine Universitätserziehung bezahlte und er zum Dank der *Sachi-Durpan*[1] wohlfeile Hetzartikel lieferte und mit den Weibern seiner vierzehnjährigen Schulkameraden intrigierte.

»Sehr komisch und sehr blöd«, sagte er, auf das Plakat deutend. »Ich will nach dem Northbrook-Club. Kommen Sie mit?« Ich ging eine Weile neben ihm her. »Sie fühlen sich nicht wohl«, sagte er. »Was haben Sie auf dem Herzen? Sie reden nicht.«

1. »Die Wahrheit«, in Bombay erscheinende Zeitung.

»Grish Chunder, Sie haben zuviel gelernt, um an einen Gott zu glauben, nicht wahr?«

»Oh, ja, *hier*! Aber wenn ich nach Hause komme, muß ich mich dem allgemeinen Aberglauben unterwerfen und die Zeremonien der Reinigung mitmachen und meine Weiber müssen ihre Götzen salben.«

»Und das *Tulsi*[1] aufhängen und den *Purohit*[2] regalieren und wieder in die Kaste kriechen und einen guten *Khuttri*[3] aus sich machen, Sie vorgeschrittener Freidenker. Und Sie werden wieder *Desi*[4] essen und alles lieben, vom Geruch des Haushofs bis zum Senföl, mit dem Sie sich beschmieren.«

»Ich werde es sehr lieben«, sagte Grish Chunder. »Einmal ein Hindu, immer ein Hindu. Aber ich möchte erfahren, was die Engländer zu wissen meinen.«

»Ich will Ihnen etwas sagen, was ein Engländer, den ich kenne, weiß. – Für Sie eine alte Geschichte.«

Ich begann, ihm Charlies Geschichte auf englisch zu erzählen, aber Grish Chunder unterbrach mich mit einer Frage in seiner Muttersprache, und so ging die Erzählung ganz von selbst in der Sprache weiter, die am besten zu ihm paßte. Ich hätte sie auf englisch auch schließlich niemals zustande gebracht. – Grish Chunder hörte mir zu, von Zeit zu Zeit mit dem Kopfe nickend, und kam schließlich mit in meine Wohnung, wo ich die Erzählung beendete.

»Beshak«, sagte er philosophisch. *»Lekin darwaza band hai*[5]. Ich habe bei meinen Leuten von solcher Erinnerung an frühere Leben gehört! Bei uns ist es natürlich eine alte Geschichte. Aber bei einem Engländer – einem Kuhfleisch fressenden *Mlechh* – einem Unreinen – bei Zeus, das ist *sehr* merkwürdig!«

»Unrein Sie selber, Grish Chunder! Sie essen alle Tage Kuhfleisch! Wir wollen uns die Sache doch mal überlegen. Der junge Mann erinnert sich seiner Inkarnationen.«

»Weiß er das?« fragte Grish Chunder ruhig, auf meinem

1. Ein von den Hindus heilig gehaltenes Kraut, das an Festtagen in den Häusern aufgehängt wird. – 2. Ein Priester, der Kaste angehörend, die in den Familien im Hause religiöse Zeremonien verrichtet. – 3. Gläubiger. – 4. Nach den Vorschriften der Religion zubereitete Speise. – 5. Ganz klar; aber die Tür ist geschlossen.

Tisch sitzend und mit den Beinen baumelnd. Er sprach jetzt wieder englisch.

»Er weiß gar nichts. Würde ich sonst mit Ihnen reden? Also weiter!«

»Da gibt's gar nichts weiter. Wenn Sie das Ihren Freunden erzählen, werden sie sagen, Sie sind verrückt, und werden es in die Zeitung bringen. Gesetzt nun, Sie klagen wegen Beleidigung ...«

»Lassen wir das jetzt ganz aus dem Spiele. Gibt es eine Möglichkeit, ihn zum Sprechen zu bringen?«

»Es gibt eine Möglichkeit. Oh, ja! Aber *wenn* er spräche, würde diese Welt hier jetzt, augenblicklich, zu Ende sein, Ihnen überm Kopf zusammenfallen. Diese Dinge sind nicht statthaft, verstehen Sie. Wie ich sagte, die Tür ist verschlossen.«

»Kein Schatten einer Möglichkeit?«

»Wie wäre das denkbar? Sie sind ein Christ, und es ist verboten, in Ihrem Buch, vom Baume des Lebens zu essen, weil Sie sonst nie sterben würden. Wie könntet ihr den Tod fürchten, wenn ihr alle wüßtet, was Ihr Freund weiß, ohne es zu ahnen? – Ich fürchte mich vor Rippenstößen, aber ich fürchte mich nicht vor dem Tode, weil ich weiß, was ich weiß. Ihr fürchtet euch nicht vor Rippenstößen, aber ihr fürchtet euch vor dem Tode. Wenn das nicht wäre, bei Gott! ihr Engländer würdet die ganze Welt in einer halben Stunde über den Haufen werfen, das europäische Gleichgewicht ruinieren und allgemeine Verwirrung anrichten. Es würde nicht gut sein. – Aber keine Angst! Er wird sich nach und nach an immer weniger erinnern und alles für Träume halten. Zu guter Letzt wird er wieder alles vergessen.«

»Bei ihm wäre doch eine Ausnahme von der Regel möglich.«

»Regeln haben keine Ausnahmen. Einige schauen weniger unumstoßlich aus als andere, aber bei näherer Betrachtung steht es mit allen gleich. Wenn dieser Freund von Ihnen sagen würde, soundso und soundso, er erinnere sich aller seiner früheren Leben, oder eines Stückchens von *einem* früheren Leben, so würde er keine Stunde länger in der Bank sitzen. Er würde als verrückt entlassen und in ein Irrenhaus gesperrt werden. Das sehen Sie ein, mein Freund.«

»Freilich, aber ich dachte, man brauchte ja seinen Namen gar nicht in der Geschichte zu nennen.«

»Ah so! – Die Geschichte wird nie geschrieben werden. Sie können es ja probieren.«

»Das will ich auch.«

»Auf Ihr Konto und um Geld damit zu verdienen natürlich?«

»Nein, nur um die Geschichte zu schreiben – auf Ehre, aus keinem andern Grund.«

»Auch dann haben Sie keine Aussichten. Sie können mit den Göttern nicht spielen. Aber die Geschichte ist doch recht hübsch, so wie sie ist. Machen Sie ruhig noch ein bißchen weiter so. Aber beeilen Sie sich. Er wird nicht lange vorhalten.«

»Was meinen Sie damit?«

»Was ich sage. Er hat bis jetzt noch nie an ein Frauenzimmer gedacht.«

»Vielleicht doch.« Ich dachte an gewisse gelegentliche Konfidenzen Charlies.

»Ich meine, kein Frauenzimmer hat an ihn gedacht. Wenn *das* kommt – *bus* – *hogya* – alles weg! Ich kenne das. Frauenzimmer gibt es hier zu Tausenden. Dienstmädchen zum Beispiel, die einen hinter der Tür abküssen.«

Ich empörte mich bei dem Gedanken, daß meine Geschichte durch ein Dienstmädchen ruiniert werden könnte. Und doch war nichts wahrscheinlicher.

Grish Chunder grinste.

»Ja – und andere hübsche Mädchen, Kusinen aus seiner Familie, oder auch nicht aus seiner Familie. *Ein* Kuß, den er erwidert, wird ihn von all diesem Unsinn kurieren – oder aber . . .«

»Oder was? Vergessen Sie nicht, daß er gar nicht weiß, was er weiß.«

»Weiß ich alles. – Oder aber, wenn nichts anderes passiert, wird er schließlich in Geld und Geschäften aufgehen wie alle andern. Es muß so kommen. Sie sehen selber, daß es so kommen muß. Aber das Frauenzimmer wird zuerst drankommen, glaube ich.«

In diesem Augenblick klopfte es an die Tür und Charlie stürzte ungestüm herein. Er war früher als sonst aus dem

Büro entlassen worden und ich konnte ihm an den Augen ansehen, daß er kam, um recht ausgiebig mit mir zu schwatzen; wahrscheinlich die Tasche voll Gedichte. Charlies Gedichte stellten meine Geduld arg auf die Probe, aber zuweilen brachten sie ihn doch auf die Galeere zu sprechen.

Grish Chunder sah ihn einen Augenblick scharf an.

»Verzeihung«, sagte Charlie enttäuscht, »ich wußte nicht, daß Sie Besuch haben.«

»Ich bin eben dabei, mich zu verabschieden!« sagte Grish Chunder und zog mich mit in den Korridor.

»Das ist Ihr Mann?« sagte er schnell. »Ich kann Ihnen vorher sagen, der wird Ihnen nie alles sagen, was Sie zu erfahren wünschen. Das ist Unsinn – dummes Zeug! Aber er wäre ausgezeichnet zum Wahrsagen – Hellsehen. Wenn wir ihm sagten, daß es sich nur um einen Scherz handelt« – ich hatte Grish Chunder noch nie so aufgeregt gesehen – »und ihm Tinte in die Hand gössen. Eh, was meinen Sie? Ich sage Ihnen, er könnte *alles* sehen, was ein Mensch nur sehen kann. Lassen Sie mich Tinte und Kampfer holen. Er ist ein Seher und wird uns alles mögliche sagen.«

»Mag sein, aber ich beabsichtige nicht, ihn Ihren Göttern und Teufeln anzuvertrauen.«

»Es wird ihm nichts schaden. Er wird sich nur ein bißchen blöd und konfus fühlen, wenn er aufwacht. Sie haben doch schon gesehen, wie junge Burschen aus Tinte wahrsagen?«

»Eben deshalb will ich es nicht wieder sehen. Gehen Sie jetzt lieber, Grish Chunder.«

Er ging, und während er die Treppe hinabstieg, hörte ich ihn noch klagen, daß ich die einzige Gelegenheit, einen Blick in die Zukunft zu tun, von der Hand gewiesen hätte.

Das ließ mich kalt; mir war nur an der Vergangenheit gelegen. Hypnotisierte Knaben, die aus Spiegeln und Tinte prophezeien, konnten mir nicht dazu helfen. Im übrigen vermochte ich wohl, Grish Chunders Standpunkt zu würdigen.

»Was für ein fetter, schwarzer Kerl das war!« sagte Charlie, als ich zurückkam. »Also jetzt schauen Sie mal, ich habe eben ein Gedicht gemacht, nach dem Essen, anstatt Domino zu spielen. Darf ich es Ihnen vorlesen?«

»Lassen Sie mich selber lesen.«

»Sie bringen die richtige Betonung nicht heraus. Außerdem klingen meine Sachen bei Ihnen immer so, als ob die Reime alle falsch wären.«

»Gut, lesen Sie. Sie sind genau wie alle andern Poeten.«

Charlie brachte sein Gedicht zu Gehör, und es war nicht viel schlechter als die übrigen. Er hatte seine Bücher getreulich gelesen, aber es wollte ihm nicht behagen, als ich ihm sagte, daß ich Longfellow ohne Charlie-Zusatz vorzöge.

Dann begannen wir, das Manuskript Zeile für Zeile durchzugehen, wobei Charlie jeden Einwand, jede Änderung zurückwies mit der unerschütterlichen Erwiderung:

»Ja, das mag vielleicht besser sein, aber Sie verstehen nicht, worauf ich hinaus will.«

Auf der Rückseite des Papiers stand etwas mit Bleistift gekritzelt, und ich fragte: »Was ist das?«

»Oh, das ist nichts Gedichtetes. Dummes Zeug, das ich gestern geschmiert habe, ehe ich zu Bett ging. Es war mir zu langweilig, nach Reimen zu suchen, und da habe ich eben so eine Art freie Rhythmen hingeschrieben.«

Hier sind Charlies »freie Rhythmen«:

> »Wir ruderten für dich, wenn der Wind wider uns war und die Segel schlaff hingen.
> Läßt du uns niemals frei?
> Wir aßen Brot und Zwiebeln, während du Städte nahmst oder eilig an Bord flohst, wenn du geschlagen wurdest vom Feind.
> Die Hauptleute gingen auf Deck hin und her bei schönem Wetter und sangen Lieder; aber wir waren unten.
> Die Sinne vergingen uns, und das Kinn sank uns auf die Ruder, du aber merktest es nicht, denn wir schwangen immer noch hin und her.
> Läßt du uns niemals frei?
> Das Salz machte die Rudergriffe wie Haifischhaut; unsere Knie wurden zerfressen bis auf die Knochen vom Salz; unser Haar klebte an unsern Stirnen, und unsere Lippen waren zerfressen bis auf die Zähne, und du peitschtest uns, weil wir nicht rudern konnten!
> Läßt du uns niemals frei?

Aber über ein kleines werden wir durch die Luken verschwinden, wie das Wasser, das die Ruder entlang läuft, und wenn du auch den andern befiehlst, hinter uns her zu rudern, du wirst uns nicht einholen, ehe du nicht das Flugwasser der Ruder fängst und den Wind festbindest im Bauch des Segels. Aho!

Läßt du uns niemals frei?«

»Hm. Was ist denn Flugwasser, Charlie.«

»Das Wasser, das von den Rudern heraufspritzt. – Wissen Sie, das ist so ein Lied, wie sie es auf den Galeeren singen könnten. Werden Sie denn unsere Geschichte nicht endlich mal fertig machen und mir etwas von dem Honorar geben?«

»Das hängt ganz von Ihnen ab. Wenn Sie mir nur gleich zu Anfang etwas mehr von Ihrem Helden erzählt hätten, so könnte ich jetzt schon fertig sein. Aber Ihre Ideen sind alle so verschwommen.«

»Ich will Ihnen bloß die allgemeine Idee geben, das Herumfahren von einem Ort zum andern, und die Kämpfe und so weiter. Können Sie denn das übrige nicht selber ausfüllen? Lassen Sie doch den Helden ein Mädchen von einem Piratenschiff retten und hernach heiraten – oder so was!«

»Sie sind wirklich ein ausgezeichneter Mitarbeiter. Ich vermute, der Held hat doch wohl noch ein paar Abenteuer durchgemacht, ehe er heiratete.«

»Also gut, machen Sie einen recht gerissenen Fuchs aus ihm – einen gemeinen Kerl – so eine Art Politiker, der überall Verträge schloß, um sie nachher wieder zu brechen – einen schwarzhaarigen Hund, der hinter den Mast kroch, wenn der Kampf losging.«

»Aber neulich haben Sie doch gesagt, daß er rote Haare hatte!«

»Das kann ich unmöglich gesagt haben. Schwarzhaarig muß er sein. Selbstverständlich! Sie haben keine Phantasie.«

Angesichts des Umstandes, daß ich ja gerade jetzt alle die Grundlagen der irrtümlich so genannten Einbildungskraft – in Wahrheit Halberinnerung – entdeckt hatte, fühlte ich mich einigermaßen berechtigt, zu lachen, unterdrückte es aber der Geschichte zuliebe.

»Sie haben recht. *Sie* sind der Mann mit der Phantasie. Also ein schwarzhaariger Kerl in einem gedeckten Schiff«, sagte ich.

»Nein, ein offenes Schiff – wie ein großes Boot.«

Das war zum Tollwerden.

»Ihr Schiff ist doch geschlossen und gedeckt, das steht doch fest. Sie haben es doch selber so gesagt«, protestierte ich.

»Nein, nein, nicht *dieses* Schiff. Das war offen oder halbgedeckt, weil – das heißt, wahrhaftig, Sie haben recht! Ich dachte mir den Helden als einen rothaarigen Kerl. – Natürlich, wenn er rothaarig ist, müßte auch das Schiff offen sein mit bemalten Segeln!«

Jetzt, dachte ich, muß er sich besinnen, daß er mindestens auf zwei Galeeren gedient hat – einem griechischen Dreidecker unter dem schwarzhaarigen »Politiker«, und dann in der offenen Seeschlange eines Wikings, unter dem Mann, »rot wie ein roter Bär«, der nach Markland fuhr. Der Teufel verführte mich zu sagen: »Warum natürlich, Charlie?«

»Ich weiß nicht. Sie wollen sich wohl über mich lustig machen?«

Der Strom war, zunächst wenigstens, wieder unterbrochen. Ich nahm ein Notizbuch heraus und tat, als ob ich mir allerhand aufschriebe.

»Es ist ein Vergnügen, mit einem so phantasievollen Menschen zu arbeiten wie Sie«, begann ich nach einer Pause. »Die Art, wie Sie den Charakter des Helden herausgebracht haben, ist einfach wundervoll.«

»Wirklich?« sagte er, vor Vergnügen errötend. »Ich habe mir schon oft gesagt, daß mehr in mir steckt, als meine Mutt – als die Leute glauben!«

»Es steckt eine Unmenge in Ihnen.«

»Dann lassen Sie mich doch einen Aufsatz über ›Das Leben eines Bankbeamten‹ an ›Tit-Bits‹ schicken, damit ich den Zehnpfundpreis dafür bekomme.«

»Das meinte ich nicht gerade damit, mein guter Freund. Wäre es nicht besser, wir warteten damit und brächten erst die Galeerengeschichte in Gang?«

»Ah, aber davon habe ich nichts. ›Tit-Bits‹ würden meinen Namen und meine Adresse veröffentlichen, wenn ich gewinne. Was lachen Sie denn? Das *würden* sie.«

»Jawohl, ich weiß. Wie wär's, wenn Sie jetzt einen kleinen Spaziergang machten? Ich möchte gern meine Notizen durchsehen.«

Also dieser unverbesserliche Jüngling, der jetzt eben, ein wenig gekränkt, von mir fortging, war möglicherweise einer von der Mannschaft der »Argo« gewesen – ein Sklave oder Kampfgenosse von Thorfin Karlsefne. Deshalb war er jetzt für Preisausschreiben begeistert! Ich dachte an das, was Grish Chunder gesagt hatte, und mußte laut lachen. Die Gewalt haben über Leben und Tod, würden Charlie Mears niemals erlauben, mit voller Erkenntnis von seinen Vergangenheiten zu sprechen, und ich war darauf angewiesen, das, was er mir gesagt hatte, mit meinen eigenen kümmerlichen Erfindungen auszuflicken, während Charlie Artikel über das Leben der Bankbeamten schrieb.

Ich nahm alle meine Notizen und stellte sie zusammen; und der Reinertrag war nicht sehr ersprießlich. Ich las sie zum zweitenmal. Es war nichts darin, was man nicht aus anderer Leute Büchern hätte zusammentragen können – mit Ausnahme etwa von dem Kampf im Hafen. Die Abenteuer eines Wikings sind schon oft erzählt worden, die Geschichte eines griechischen Galeerensklaven war auch nichts Neues. Wenn ich auch beides schrieb, wer konnte die Wahrheit meiner Angaben bestreiten oder bestätigen? Ebensogut konnte ich eine Geschichte schreiben, die in zweitausend Jahren spielen würde.

Obgleich ich von alledem überzeugt war, konnte ich von der Erzählung nicht lassen. Begeisterung und Widerwille lösten einander ab, nicht einmal, sondern zwanzigmal in den nächsten paar Wochen. Meine Laune wechselte mit der Märzsonne und den flüchtigen Wolken. Bei Nacht oder in der Herrlichkeit eines Frühlingsmorgens war ich überzeugt, daß ich die Geschichte schreiben und Berge versetzen würde; an regnerischen, windigen Nachmittagen schien mir, daß ich die Geschichte allerdings schreiben könnte, daß es aber schließlich doch nichts anderes werden würde als ein unechtes, überlackiertes Machwerk, so ein Ding mit künstlichem Rost, wie in den Antiquitätenläden von Wardour Street. Dann rief ich allen Zorn des Himmels auf Charlie herab – obwohl es nicht seine Schuld war.

Er schien mit Preisschriften stark beschäftigt zu sein, und ich bekam ihn immer seltener zu sehen, indes die Wochen hingingen und die Erde sich regte und dem Frühling entgegenreifte und die Knospen in ihren Hüllen schwollen. Er machte sich nichts mehr daraus, zu lesen oder von dem Gelesenen zu reden, und ein neuer Ton von Selbstgefälligkeit klang aus seiner Stimme. Ich hatte kaum noch Lust, ihn an die Galeeren zu erinnern, wenn wir uns trafen; aber er selbst kam häufig darauf zurück und jedesmal nur wie auf ein Geschäft, aus dem sich Geld schlagen ließ.

»Ich denke doch, daß mir mindestens fünfundzwanzig Prozent zukommen, nicht wahr?« sagte er mit schöner Offenheit. »Die Ideen habe ich doch alle geliefert?«

Diese Geldgier war eine neue Seite in seinem Charakter. Ich nahm an, daß sie durch das Leben in der City entstanden war, wo er sich auch den merkwürdigen näselnden gedehnten Tonfall des halbgebildeten Citymanns beigelegt hatte.

»Wenn die Sache fertig ist, wollen wir darüber reden. Augenblicklich kann ich gar nichts damit anfangen. Ich weiß noch nicht einmal, ob der Held rothaarig oder schwarzhaarig ist.«

Er saß beim Feuer und starrte in die Glut. »Ich kann nicht begreifen, was Sie dabei so schwierig finden; mir ist alles so klar wie nur etwas«, antwortete er. Ein Gasstrahl puffte zwischen den Scheiten hervor, fing Feuer und summte leise. »Wir wollen einmal die Abenteuer des rothaarigen Helden zuerst nehmen, von der Zeit an, wo er nach Süden kam und meine Galeere nahm und nach den Buchen segelte.«

Ich hütete mich wohl, Charlie jetzt zu unterbrechen. Ich hatte weder Papier noch Feder zur Hand, aber ich wagte nicht, mich zu rühren, aus Furcht, den Strom zu unterbrechen. Die Stichflamme puffte und winselte, Charlies Stimme sank fast zu einem Geflüster herab, und er erzählte von der Fahrt einer offenen Galeere nach Furdurstrandi, von Sonnenuntergängen auf hoher See, Abend für Abend erschaut unter der Wölbung des Segels, wenn der Schnabel des Schiffs in die Mitte der sinkenden Scheibe schnitt; und »danach steuerten wir, denn einen andern Führer hatten wir nicht«, sagte Charlie. Er sprach von einer Landung auf einer Insel und von

Streifzügen in ihre Wälder, wo die Mannschaft drei Männer tötete, die sie unter den Fichten schlafend fanden. Ihre Geister, sagte Charlie, folgten der Galeere, schwimmend und gurgelnd im Wasser, und die Mannschaft warf Lose und warf einen der Ihren über Bord, zum Opfer für die fremden Götter, die sie beleidigt hatten. Dann aßen sie Seegras, als ihre Lebensmittel ausgingen, und ihre Beine schwollen an, und ihr Führer, der Rothaarige, tötete zwei von den Ruderknechten, die meuterten; und nachdem sie ein Jahr in den Wäldern zugebracht hatten, setzten sie Segel nach ihrem Heimatlande, und ein unablässiger Wind trug sie zurück so sicher, daß sie alle schliefen bei Nacht.

Dies und noch vieles andre erzählte Charlie. Mitunter wurde die Stimme so leise, daß ich die Worte kaum hören konnte, obgleich jeder Nerv gespannt war. Er sprach von ihrem Führer, dem Rothaarigen, wie ein Heide von seiner Gottheit spricht; denn er war es, der ihnen Mut machte, oder sie tötete, unparteiisch, wie er es just zu ihrem Besten für nötig hielt; und er war es, der sie drei Tage lang sicher durch treibendes Eis hindurchsteuerte, jede Scholle voll fremdartiger Bestien – »die mit uns segeln wollten«, sagte Charlie, »und wir schlugen sie mit den Rudern zurück.«

Die kleine Gasflamme im Kamin erlosch, ein ausgebranntes Scheit gab nach, und das Feuer sank knisternd zusammen. Charlie hörte auf zu sprechen, und ich sagte kein Wort.

»Herr Gott!« rief er endlich, den Kopf schüttelnd, »ich habe in das Feuer gestarrt, bis ich ganz wirr geworden bin. Was wollte ich doch gleich sagen?«

»Etwas über die Galeerengeschichte.«

»Ach ja. Fünfundzwanzig Prozent bekomme ich, nicht wahr?«

»Sie sollen haben, was Sie wollen, wenn ich mit der Geschichte fertig bin.«

»Ich wollte das nur bestimmt wissen! Ich muß jetzt gehen. Ich habe ... ich habe eine Verabredung.« Und er verließ mich.

Wären meine Augen nicht verblendet gewesen, so hätte ich wohl erkannt, daß dieses gebrochene Gemurmel überm Feuer der Schwanengesang von Charlie Mears gewesen war. Aber ich hielt es für das Vorspiel zu vollerer Offenbarung.

Endlich, endlich würde ich die Mächte über Leben und Tod überlisten!

Als Charlie das nächste Mal zu mir kam, empfing ich ihn mit großer Wärme. Er war nervös und verlegen. Aber seine Augen leuchteten, und seine Lippen waren halb geöffnet.

»Ich habe ein Gedicht gemacht«, sagte er, und dann hastig: »Es ist das Beste, was ich jemals geschrieben habe. Lesen Sie.« Er drückte es mir in die Hand und zog sich an das Fenster zurück.

Ich stöhnte innerlich. Das kostete wieder eine halbe Stunde, das Produkt zu kritisieren – will sagen zu loben – und Charlies Ehrgeiz zu befriedigen. Diesmal hatte ich besonderen Grund, zu stöhnen, denn Charlie hatte diesmal sein sonst beliebtes vielfüßiges Versmaß aufgegeben und sich auf ein kürzeres, abgehacktes Gereimsel eingelassen, hinter dem überdies ein besonderes Motiv lauerte. Ich las:

»Der Tag ist schön, der frische Wind
Bläst lustig hinter dem Hügel,
Es braust der Wald, daß laut es schallt,
Wohl unter seinem Flügel.
Wehe, o Wind, nur immerfort,
Denn mich auch treibt es von Ort zu Ort!

Sie gab mir ihr Herz, o Erde, o Luft,
O graue See, sie ist meine!
Ihr düstern Felsen, vernehmet mein Glück,
Freut euch mit mir, obwohl ihr nur Steine!
Mein! sie ist mein, o Erde braun,
Schmück dich, der Lenz ist erschienen,
Schmück dich, um meiner Liebe nun
Mit der Zier deiner Felder zu dienen,
Daß der Bauer selbst, der die Pflugschar führt,
Mein junges Glück im Herzen spürt!«

»Ja, ja, junges Glück, ohne Zweifel«, sagte ich ahnungsvollen Gemüts. Charlie lächelte, aber erwiderte nichts.

»Das Abendrot verkünd' es der Welt,
Und die Sonne soll es bescheinen:
Sieger bin ich! Gebieter und Held
Über das Herz der Einen!«

»Nun?« sagte Charlie, mir über die Schulter schauend.

Ja – nun. Ich würgte noch an der Dichtung, als mir Charlie schweigend eine Photographie auf das Papier schob – die Photographie eines Mädchens mit einem Lockenkopf und einem einfältigen Kirschenmund.

»Ist sie nicht – ist sie nicht wundervoll?« flüsterte er rosig erglühend bis an die Ohrenspitzen vom Mysterium erster Liebe. »Ich wußte nicht – ich dachte nicht – es kam wie ein Blitz aus heiterem Himmel.«

»Ja, es kommt wie ein Blitz aus heiterem Himmel! Sind Sie sehr glücklich, Charlie?«

»Mein Gott – sie – sie liebt mich!« Er setzte sich und wiederholte die Worte mehrere Male für sich. – Ich schaute auf das Milchgesicht, die schmalen Schultern, schon von der Arbeit am Pult gebeugt – und ich fragte mich, wann, wo und wie er wohl in seinen früheren Leben geliebt haben mochte?

»Was wird Ihre Mutter sagen?« fragte ich jovial.

»Mir verdammt gleichgültig, was sie sagt!«

Mit zwanzig Jahren ist die Liste der Dinge, die einem verdammt gleichgültig sind, ziemlich umfangreich: aber die Mutter sollte nicht dazu gehören. Ich sagte ihm das freundlich, und er gab mir eine Beschreibung von *Ihr,* so glühend, wie Adam den neubenannten Tieren im Paradies die Herrlichkeit und Lieblichkeit und Schönheit Evas beschrieben haben mag. Ich hörte beiläufig, sie sei in einem Zigarrenladen angestellt, liebe schöne Kleider und habe ihm schon vier- oder fünfmal versichert, daß sie noch nie von einem Mann geküßt worden sei.

Charlie redete weiter und weiter und weiter; indes ich, durch Tausende von Jahren von ihm getrennt, über den Ursprung der Dinge sann. Jetzt verstand ich, warum die Mächte über Leben und Tod die Pforten hinter uns so sorgfältig verschließen: nämlich, damit wir nicht unser erstes wonniges Liebesgirren im Gedächtnis behalten. Wäre dem nicht so, so würde die Welt in hundert Jahren ohne Bewohner sein.

»Nun, und jetzt unsere Galeerengeschichte«, sagte ich noch jovialer bei der ersten Pause.

Charlie schaute auf, als ob ihn etwas gestochen hätte. »Die

Galeere? Was für eine Galeere? Um Gottes willen, machen Sie keine Witze! Die Sache ist ernst! Sie glauben gar nicht, wie ernst!«

Grish Chunder hatte recht: Charlie hatte Frauenliebe gekostet, Frauenliebe, die alle Erinnerung tötet.

Und so kommt es, daß die schönste Geschichte der Welt niemals geschrieben werden wird.

Das Auge Allahs

Der Kantor des Klosters von St. Illod war ein viel zu begeisterter Musiker, um sich daneben noch um seine Bibliothek zu bekümmern. Daher also gab der Hilfskantor, ein wahrer Fanatiker der Kleinarbeit, nach zwei Stunden Diktierens und Schreibens im Skriptorium das Zeichen zum Aufhören. Die Mönche überlieferten ihm ihre Blätter – es handelte sich um eine einfache Kopie der vier Evangelien, vom Abt zu Evesham bestellt – und begaben sich in geschlossener Reihe zur Vesper. Nur Johann Otho, bekannter unter dem Namen Johann von Burgos, achtete nicht darauf. Er glättete gerade an einer feinen Goldverzierung seiner Miniatur – einer Verkündigung für sein Lukasevangelium, von dem man hoffte, Kardinal Falcodi, der päpstliche Legat, werde es später zum Geschenk anzunehmen die Gnade haben.

»Hört auf, Johann«, mahnte der Hilfskantor mit milder Stimme.

»Nanu? Alle schon fort? Davon habe ich nichts bemerkt. Nur eine Minute noch, Clemens.«

Der Hilfskantor wartete geduldig. Schon seit mehr als einem Dutzend Jahren kannte er Johann, der in St. Illod aus- und einging und auf seinen Reisen sich stets als Angehörigen des Klosters ausgab. Dieses Vorrecht wurde gern gewährt, denn weit mehr als die andern Söhne Othos schien Johann der Künste Meisterschaft in seiner Hand und ihrer Ausführung Geheimnisse unter seiner Kapuze zu bergen.

Der Hilfskantor blickte über Johanns Schulter hinweg auf das festgeheftete Pergament. Als Hintergrund rings um den nur leise angedeuteten, aber dennoch leuchtenden Heiligenschein der Jungfrau standen die ersten Worte des Magnificat, gemalt in goldenen, scharlachrot ausgelegten Buchstaben. Maria saß, die Hände wie staunend gefaltet, vor einem Gitterwerk endlos verschlungener Arabesken; Zweige von Orangenblüten rankten sich darum und schienen die blauschimmernde Luft mit ihrem süßen Duft zu erfüllen, während sie zugleich den Blick zu der winzigen, bis in die feinsten Einzelheiten durchgeführten Landschaft des Mittelgrundes leiteten.

»Ihr habt sie ganz als Jüdin dargestellt«, meinte der Hilfskantor und betrachtete aufmerksam der Madonna olivenfarbene Wangen und ihre von ahnendem Wissen schweren Augen.

»Was sonst war unsre liebe Frau?« Johann zog die Heftstifte heraus. »Hört, Clemens. Sollte ich nicht zurückkehren, so kommt diese Verkündigung in mein großes Lukasevangelium, wer es nachher auch vollenden mag.« Und er barg die Zeichnung in die Schutzhülle.

»Also reist Ihr wieder nach Burgos – wie ich hörte?«

»Ja, in zwei Tagen. Die neue Kathedrale von Burgos – aber diese Baumeister dort sind säumiger denn der Zorn Gottes – ist heilsam für die Seele.«

»*Deine* Seele?« Der Hilfskantor schien einige Zweifel zu hegen.

»Sogar für meine Seele, mit Eurer Erlaubnis. Und weiter im Süden – nach Granada zu, an der Grenze der eroberten Länder – gibt es ein heilbringendes Werk, eine maurische Wirkarbeit. Es beruhigt eitles Wünschen und lenkt die Gedanken auf das Bild – wie Ihr es selbst eben bei Betrachtung meiner Verkündigung erfuhrt.«

»Ja, herrlich war sie ... war Euer Bild«, verbesserte sich der Mönch. »Kein Wunder, daß Ihr reisen wollt. Aber werdet Ihr auch die Beichte nicht vergessen, Johann?«

»Gewiß nicht.« Johann versäumte niemals, am Abend vor seiner Abreise sich vorsorglich Absolution erteilen zu lassen; wie er sich auch stets die Tonsur erneuern ließ, die er sich in seiner Jugend in einem Kloster bei Gent verschafft hatte. Dieses Zeichen gab ihm ein gewisses Ansehen auf seinen Reisen und im Notfall auch die Vorrechte des Geistlichen.

»Vergeßt auch ferner nicht, woran es uns im Skriptorium fehlt. Echtes Ultramarin ist überhaupt nicht mehr zu haben, man mengt es neuerdings mit deutschem Blau. Und dann der Zinnober ...«

»Ich werde mein möglichstes tun.«

»Und Bruder Thomas (er war der Krankenpfleger im Klosterhospital) ferner braucht ...«

»Er wird mir seine Aufträge selbst geben. Ich will gleich zu ihm und mir die Tonsur schneiden lassen.«

Johann stieg die Stufen zu dem schmalen Gang hinab,

durch den man vom rückwärtigen Teil des Klosters zum Hospital und Küchenhaus gelangte. Während er geschoren wurde, nannte ihm Bruder Thomas (St. Illods demütiger, aber unermüdlich eifriger Krankenpfleger) eine Reihe von Arzneien, die Johann in Spanien beschaffen sollte, sei's durch List oder Gewalt, oder auch auf dem Wege rechtmäßigen Erwerbs. Dabei wurden sie von dem lahmen, dunkelhaarigen Abt Stephan überrascht, der auf pelzbesetzten Schlafschuhen unbemerkt eingetreten war. Stephan de Sautré pflegte gewiß nicht zu spionieren; aber in seiner Jugend hatte er an einem unglücklichen Kreuzzug teilgenommen und war nach der Schlacht bei Mansura zwei Jahre lang Gefangener gewesen bei den Sarazenen in Kairo, wo man das Leisetreten lernte. Ein tüchtiger Jäger und Falkenier, wie maßvoller Leiter der Klosterzucht, war er doch vor allem ein Mann der Wissenschaft; und als Doctor Medicinae und Schüler des berühmten Ranulphus, Kanonikus von St. Paul, galt sein Interesse mehr der Tätigkeit im Klosterhospital als den Religionsübungen. Er prüfte sorgfältig die von Bruder Thomas aufgestellte Liste und fügte noch selbst einige Arzneimittel hinzu. Nachdem der Krankenpfleger sich entfernt hatte, erteilte er Johann Generalabsolution, zukünftige Verfehlungen während der Reise mit eingeschlossen, denn er hielt nicht viel von gelegentlich erkauftem Ablaß.

»Und was sucht Ihr diesmal auf Eurer Reise?« fragte der Abt und setzte sich neben Mörsern und Tiegeln auf die Bank in der kleinen Zelle, die als Apotheke diente.

»In erster Linie – Teufel«, entgegnete Johann schmunzelnd.

»In Spanien? Sind nicht Abana und Pharphar ...?«

Johann, der die Menschen nur als Objekte seiner Kunst wertete und der zudem von vornehmer Geburt war (denn von mütterlicher Seite stammte er von den de Sanford), blickte dem Abt gerade ins Gesicht und sagte: »Ist das Eure persönliche Meinung?«

»Nein. Auch in Kairo gab es deren. Aber wozu braucht Ihr Teufel so besonderer Art?«

»Für meinen großen St. Lukas. Unter den vieren war er der Meister im Beschreiben von Teufeln.«

»Kein Wunder, denn er war Arzt. Ihr seid es nicht.«

»Der Himmel bewahre mich! Doch habe ich genug von

unsern vorschriftsmäßigen Kirchenteufeln, die immer nur Affen, Ziegen oder Federvieh gleichen. Für die üblichen Höllen und Jüngsten Gerichte in Rot und Schwarz mögen sie ausreichen, für mich aber nicht.«

»Und was macht Euch so wählerisch in dieser Beziehung?«

»Weil es der Vernunft wie der Kunst gemäß ist, daß beim Wirken der Hölle alle Sorten Teufel in Erscheinung treten. Jene sieben zum Beispiel, die aus Magdalena ausfuhren! Diese müßten weibliche Teufel sein – ganz und gar verschieden von jenen Allerweltsteufeln mit Hörnern, Schwanz und Klauen.« Der Abt lachte.

»Und seht weiter! Jener Teufel, der aus dem Stummen ausfuhr. Was braucht der Schnabel oder Schnauze? Ohne Gesicht müßte er sein, wie ein Aussätziger. Das Höchste an Teufeln aber – Gott gebe mir die Kraft, sie darzustellen – waren jene, die in die Säue bei den Gadarenern fuhren. Sie müßten . . . sie müßten . . . nein, noch weiß ich nicht, wie sie auszusehen hätten, aber sie müßten so eine Art Überteufel sein. Gleich mannigfaltig wie die Heiligen möchte ich sie darstellen. Bisher aber fertigte man sie immer nur nach *einer* Schablone, sei's für Wand, Fenster oder Pergament.«

»Laßt's gut sein, Johann. Ihr steckt wohl tiefer in diesen Geheimnissen als ich.«

»Gott behüte! Nur meine ich, man ist auch Teufeln Respekt schuldig, wenngleich sie verdammt sind.«

»Eine gefährliche Lehre.«

»Ich glaube, wenn der Künstler eine Erscheinung der Welt für würdig erachtet der Darstellung im Bilde, so ist sie auch seines besten Könnens würdig.«

»Das klingt weniger gefährlich. Dennoch bin ich froh, Euch Absolution erteilt zu haben.«

»Eines Werkmanns Seelenheil droht geringere Gefahr, weil er sich nur mit der äußeren Gestalt der Dinge befaßt – zu Ruhm und Ehre unserer Mutter Kirche.«

»Möglicherweise. Aber Johann« – der Abt berührte leicht des Malers Ärmel – »sagt mir eins, ist . . . ist sie Maurin . . . oder . . . Hebräerin?«

»Mein ist sie«, gab Johann zurück.

»Genügt denn das?«

»Ich fand wohl!«

»Nun gut. Ich bin nicht zum Richter über Euch bestellt. Aber – wie denkt man dort unten darüber?«

»Oh, in Spanien treibt niemand die Dinge auf die Spitze, weder Kirche noch König – Gott segne sie! Der Mauren und Juden gibt es zu viele, um alle umzubringen; und wollte man sie vertreiben, gäbe es keine Händler oder Ackerpächter mehr. Glaubt mir, in den zurückgewonnenen Ländern von Sevilla bis Granada leben wir einträchtig beieinander – Spanier, Mauren und Juden. Wir dort unten vermeiden, viel zu fragen – wie Ihr seht.«

»Ja – ja«, seufzte der Abt. »Und immer bleibt noch Hoffnung, sie zu bekehren.«

»Gewiß, die Hoffnung bleibt.« – –

Der Abt begab sich in das Hospital. Es war damals noch eine gute Zeit; denn Rom hatte noch nicht schärfere Saiten aufgezogen hinsichtlich der verwandtschaftlichen Bindungen der Geistlichkeit. Benahm sich eine Dame nicht allzu auffällig und war der Sohn nicht allzu offensichtlich der Pfründner seines Vaters in kirchlichen Ehrenämtern und Nutznießungen, so wurde meist ein Auge zugedrückt. Immerhin hatte der Abt recht, daran zu erinnern, daß Verbindungen zwischen Christen und Ungläubigen Ärgernis erregten. Aber dennoch, als Johann mit Maulesel, Felleisen und Begleiter auf der Southamptoner Straße dem Meere zu davonklapperte, beneidete ihn Stephan.

Eindreiviertel Jahre später kehrte Johann heil und wohlbehalten zurück, reichbepackt mit mitgebrachten Gaben. Da waren zunächst für den Hilfskantor ein Stück Lasurstein vom reinsten Blau, eine Stange leicht orange getönter Zinnober und ein Paketchen getrockneter Insekten, das leuchtendste Scharlach daraus zu gewinnen. Ferner noch eine Anzahl Würfel milchweißen, rosa geäderten Marmors, der zerrieben das vorzüglichste Grundiermaterial abgab. Auch von den Arzneien und Drogen, die der Abt und Bruder Thomas bestellt hatten, brachte Johann fast die Hälfte mit. Und schließlich für des Abtes Dame – Anna von Norton – ein schönes Halsband aus blutrotem Karneol. Sie nahm die Gabe huldvoll an und fragte Johann, woher er das Schmuckstück habe.

»Aus der Nähe von Granada«, sagte er.

»Und Ihr habt dort alle wohlbehalten zurückgelassen?« (Vielleicht hatte ihr der Abt von Johanns Bekenntnis erzählt.)

»Ich ließ sie in den Händen Gottes«

»Oh, wirklich! Wann geschah es?«

»Vor vier Monaten weniger elf Tage.«

»Wart Ihr . . . bei ihr?«

»Sie starb in meinen Armen, Kindbettfieber.«

»Und?«

»Der Knabe auch. Nun habe ich niemand mehr dort unten.«

Anna von Norton atmete schwer. Nach einer Weile sagte sie: »Ich meine, Ihr könntet froh sein darüber.«

»Laßt mir Zeit. Vielleicht, daß ich mich dazu durchringe. Nur jetzt noch nicht.«

»Ihr habt Euer Werk und Eure Kunst und – Johann, bedenkt: im Grabe schweigt alle Eifersucht.«

»Wohl, Herrin! Ich habe meine Kunst, und der Himmel weiß – ich hege gegen niemand Eifersucht.«

»So könnt Ihr dafür wenigstens Gott danken!« Anna von Norton war eine stets kränkelnde Frau, die mit ihren tiefeingesunkenen Augen des Abtes Schritte verfolgte. »Seid versichert, Johann«, fuhr sie fort und berührte leicht die roten Perlen, »ich werde diese Gabe wertschätzen – solange ich lebe.«

»Ich hoffte es – und darum brachte ich sie Euch mit«, gab er zur Antwort und nahm Abschied. Als Anna von Norton dem Abt erzählte, wie sie zu dem Geschenk gekommen war, schwieg dieser. Doch später, als er zusammen mit Bruder Thomas in der Zelle hinter dem Küchenkamin des Hospitals die Drogen einordnete, die Johann ihm aushändigte, bemerkte er im Hinblick auf ein Stück getrockneten Mohnsafts: »Das hat die Macht, des Menschen Körper von jeglichem Schmerz zu befreien.«

»Ich habe es erfahren«, sagte Johann.

»Aber gegen die Pein der Seele«, fuhr der Abt fort, »gibt es – außer der Gnade Gottes – nur eine Arznei für den Menschen, nämlich seine Kunst, seine Gelehrsamkeit oder andere heilsame Übung seines Geistes.«

»Auch das habe ich erfahren«, war die Antwort.

Den ersten schönen Maientag verbrachte Johann draußen in den Wäldern bei dem Schweinehirten des Klosters und seiner Herde. Darauf kehrte er, beladen mit Blumen und frisch begrünten Zweigen, zurück und setzte sich auf seinen Platz in der nördlichen Nische des Skriptoriums, der für ihn stets freigehalten blieb. Hier, das aufgeschlagene Reisetagebuch unter seinem linken Ellenbogen, versenkte er sich, über alle Erinnerungen hinweg, in sein großes Lukasevangelium.

Bruder Martin, der Älteste der Kopisten (höchstens einmal in vierzehn Tagen tat er den Mund auf), unternahm es, ihn zu fragen, wie es mit dem Werk voranginge.

»Hier drinnen ist alles fertig.« Johann tippte mit dem Pinsel auf seine Stirn. »Nur gewartet hat es all die Monate darauf, um – ach Gott! – geboren zu werden. Seid Ihr gerade frei, Martin, von Eurer gewöhnlichen Schreibarbeit?«.

Bruder Martin nickte. Es war sein Stolz, daß trotz seiner siebzig Jahre Johann von Burgos sich stets an ihn wandte, wenn es galt, ein Blatt von wirklich vollendeter Abschrift zu fertigen.

»Dann seht her.« Johann entfaltete ein neues Pergament – dünn und fehlerlos. »Ein besseres Blatt wie dieses findet Ihr nicht zwischen St. Illod und Paris. Sicherlich! Ihr müßt es beriechen, wenn Ihr auswählt. Und darum – reicht mir den Zirkel, ich will Euch die Zeilen abstecken –, wenn Ihr einen Buchstaben heller oder dunkler schreibt als den nächsten, werde ich Euch abstechen wie ein Ferkel.«

»Niemals, Johann!« Der alte Mann strahlte glücklich.

»Doch, ich tu's! Also paßt auf: Von hier bis dahin, wo ich die Zeichen mache – die Schrift auf Haaresbreite genau in dieser Höhe –, schreibt Ihr den einunddreißigsten und zweiunddreißigsten Vers des achten Kapitels St. Lucä.«

»Ja, die Säue der Gadarener!« Worauf er hersagte: »Und sie baten ihn, daß er sie nicht hieße in die Tiefe fahren. Es war aber daselbst eine große Herde Säue –« Bruder Martin kannte natürlich die vier Evangelien auswendig.

»Ganz richtig! Bis zu der Stelle: ›Und er erlaubte ihnen.‹ Laßt Euch Zeit dazu. Meine Magdalena muß sich erst in meinem Kopf gestalten.«

Bruder Martin vollendete die Arbeit so vortrefflich, daß Johann ihm zur Belohnung einige leckere Süßigkeiten aus des Abtes Küche stahl. Der alte Mann ließ es sich schmecken; dann bereute er, beichtete und bestand auf Buße. Der Abt wußte wohl, daß es nur einen Weg gab, den wahren Sünder zu fassen, und auferlegte Bruder Martin die Abschrift eines neuen Buches, betitelt *»De virtutibus herbarum«*. St. Illod hatte das Werk von düsteren Zisterziensern ausgeborgt, denen an Kostbarkeiten dieser Welt wenig gelegen war. Der verworrene Text nahm Bruder Martins ganze Zeit in Anspruch, just als Johann ihn dringend benötigte zur Ausführung besonders sorgfältig zu bemessender Buchstaben seiner Schrift.

»Da habt Ihr's«, tadelte ihn der Hilfskantor. »Ihr solltet solche Torheiten unterlassen, Johann. Bruder Martin muß nun Euretwegen Buße tun ...«

»Nein, sondern meines großen St. Lukas wegen. Aber dem Koch des Abtes habe ich's heimgezahlt. Gebleut habe ich ihn, daß selbst seine Küchenjungen nicht ernst bleiben konnten. Der wird das Ausplaudern in Zukunft unterlassen.«

»Das war unfreundlich von Euch! Auch bei dem Abt steht Ihr nicht mehr in Gunst. Seit Eurer Rückkehr genoßt Ihr kein Zeichen seiner Huld – noch hat er Euch zur Abendtafel geladen.«

»Ich war beschäftigt. Und Stephan hat Augen im Kopf, um das zu bemerken. Clemens, Ihr seid ein Bibliothekar, wie es keinen zweiten gibt von Durham bis Torre.«

Der Hilfskantor war auf seiner Hut; denn er wußte, wie Johanns Lobsprüche gemeiniglich endeten.

»Aber außerhalb des Skriptoriums ...«

»Wohin ich niemals komme.« Der Hilfskantor war sogar vom Graben im Garten befreit, damit seine wunderbar geschickten Buchbinderhände keinen Schaden litten.

»Aber in allen Dingen außerhalb des Skriptoriums seid Ihr der größte Dummkopf der Christenheit. Laßt's Euch gefallen von mir, Clemens. Ich bin deren vielen begegnet.«

»Ich lasse mir alles von Euch gefallen.« Clemens lächelte gutmütig. »Ihr treibt's ärger mit mir als mit einem Chorknaben.« Man konnte drunten im Kloster eines jener armen Geschöpfe schreien hören, wie es vom Kantor an den Haaren gezaust wurde.

»Weiß Gott! Das tue ich! Aber habt Ihr je bedacht, wie ich auf meinen Reisen lügen, stehlen – ja, um Euretwillen, selbst morden muß, um Eure Farben und Erden zu ergattern?«

»Das ist wahr«, gestand Clemens gewissensbeschwert zu. »Und oft habe ich gedacht, wenn ich in der Welt lebte – was Gott verhüte! –, würde ich um gewisser Dinge willen zum regelrechten Dieb werden!«

Selbst Bruder Martin, über das verabscheute *»De virtutibus herbarum«* gebeugt, mußte lachen.

Um Mittsommer aber empfing Johann durch Thomas, den Krankenpfleger, eine Einladung des Abtes zum Essen am gleichen Abend in seiner Wohnung, zugleich mit dem Ersuchen, einige fertiggestellte Blätter aus seinem Lukasevangelium mitzubringen.

»Was ist los?« fragte Johann, der ganz in sein Werk vertieft war.

»Nur eins seiner ›Gelehrtenessen‹. Ihr habt erst an wenigen teilgenommen, seit Ihr erwachsen seid.«

»Stimmt, und das war gut so. In welcher Aufmachung wünscht Stephan ...?«

»Kutte und Kapuze unbedingt. Ein Arzt aus Salerno wird anwesend sein mit Namen Roger, ein Italiener; hochgelehrt und berühmt als Anatom. Er war an die zehn Tage im Hospital und hat mir geholfen – *mir* – bedenkt!«

»Habe den Namen nie gehört. Unser Stephan ist ja stets erst *Physicus* und dann *Sacerdos*.«

»Und seine Dame ist ernstlich erkrankt seit einiger Zeit. Hauptsächlich ihretwegen ist Roger gekommen.«

»So? Jetzt fällt mir auch ein, ich habe Herrin Anna lange nicht mehr gesehen.«

»Ihr saht sie überhaupt nicht mehr seit geraumer Weile. Nahezu vier Wochen kam sie nicht aus ihrem Zimmer – und jetzt muß sie hinausgetragen werden.«

»Steht es so schlimm mit ihr?«

»Roger von Salerno will sich noch nicht äußern, was er davon hält. Aber ...«

»Gott erbarme sich Stephans! – – Wer ist noch außer Euch geladen?«

»Ein Frater aus Oxford, ebenfalls Roger mit Namen. Ein

weiser und berühmter Philosoph. Auch er hält's eifrig mit Tinkturen.«

»Drei Ärzte also – Stephan eingerechnet; das macht so viel wie zwei Atheisten meiner Erfahrung nach.«

Thomas blickte unbehaglich an seiner Nase entlang. »Ein übles Sprichwort«, meinte er stammelnd. »Ihr solltet's nicht gebrauchen.«

»Oho! Laßt mir den Mönch aus dem Spiel, Thomas. Ihr wart elf Jahre Krankenpfleger von St. Illod – und seid immer noch Laienbruder. Warum habt Ihr die Weihen nicht genommen?«

»Ich . . . fühle mich nicht würdig.«

»Zehnmal würdiger als dieser Fettwanst von Heinrich Dingsda, der im Hospital die Messen zelebriert. Er fährt Euch schon mit der Wegzehrung unter die Nase, wenn ein Kranker nur vom Aderlaß geschwächt ist. Und nachher stirbt der dann – aus purer Angst. Ihr wißt Bescheid! Ich habe Euer Gesicht dabei beobachtet. Nehmt die Weihen, Didymus! Euren Kranken werden dann zwar weniger Messen, aber mehr Heiltränke verabfolgt werden, und ihr Leben wird länger währen.«

»Ich bin unwürdig . . . unwürdig«, wiederholte Thomas kläglich.

»Ihr nicht – aber – Ihr steht oder fallt mit Eurem Meister. Und nun, damit ich endlich mal loskomme von meiner Arbeit, will ich mit Philosophen jedweder Schule trinken. Und Thomas,« schmeichelte er, »ein heißes Bad für mich im Hospital vor dem Vespergottesdienst.«

Das ebenso trefflich bereitete wie aufgetragene Mahl war beendet, die befransten Tischtücher waren abgenommen, und wie täglich hatte der Prior die Schlüssel hineingesandt mit den Worten, im Kloster wäre alles wohl verschlossen, worauf die Schlüssel in üblicher Weise zurückgeschickt wurden mit den Worten: »Laßt es so bis zur Prime.« Nun erhoben sich der Abt und seine Gäste und stiegen der Kühlung halber zu dem oberen Kreuzgang hinauf, von wo sie über ein flaches Bleidach zum südlichen Chorumgang gelangten. Die Sommersonne brannte noch warm, denn es war kaum sechs Uhr, aber die Abteikirche lag im erwünschten Schatten. Dreißig

Fuß unter ihnen wurden Lichter angezündet für die Übungen des Sängerchors.

»Unser Kantor gibt ihnen niemals Ruhe«, flüsterte der Abt. »Laßt uns an diese Pfeiler treten und hören, was er einübt.«

»Denkt an alles«, klang des Kantors harte Stimme herauf. »Hier spricht die Seele Bernhards selbst, wie sie losstürmt gegen unsere böse Welt. Nehmt es rascher als gestern, und daß ihr mir jedes Wort sauber ausgesprochen herausbringt. Erhebt euch! Los!«

Die Orgel ertönte zum kurzen, stürmischen Vorspiel. Dann setzten die Stimmen ein und stürzten sich unisono in die erste gewaltige Strophe: *»De contemptu mundi*[1]*.«*

»Hora novissima – tempora pessima« – dann eine Atempause, bis, einem Seufzer gleich, das bestätigende *»sunt«* die Stille durchbrach und reiner als Silbertrompeten eine Solostimme mit dem langgezogenen *»vigilemus«* erwiderte.

»Ecce minaciter, imminent Arbiter« (Orgel und Stimmen steigerten sich ineinander in Schrecken und Drohung, um dann sänftigend zum *»ille supremus«* hinüberzugleiten). Nun wechselten die Register für das Präludium zu: *»Imminent, imminent, ut mala terminent . . .«*

»Halt! Wiederholen!« rief der Kantor und schien seinen Ermahnungen etwas schärferen Nachdruck zu geben, als bei Chorproben üblich war.

»Oh, über die Eitelkeit der Menschen«, sagte der Abt. »Er hat vermutet, daß wir hier oben sind. Laßt uns gehen.«

Auch Anna von Norton, ihren Tragstuhl etwas weiter im dunklen Chorumgang vorgeschoben, hatte mit Roger von Salerno zugehört. Johann vernahm ihren Seufzer. Auf dem Rückweg fragte er Thomas, wie es mit ihr stände. Ehe Thomas Antwort geben konnte, hatte sich das spitze Gesicht des italienischen Doktors zwischen sie geschoben. »Um auf unser gestriges Gespräch zurückzukommen«, meinte er zu Thomas, »so halte ich's für das beste, ihr zu eröffnen . . .«

»Was?« fragte Johann höchst unbefangen.

»Was sie längst weiß.« Und Roger von Salerno nannte ein griechisches Zitat des Inhalts, daß Frauen stets und immer über alles Bescheid wissen.

1. Hymnus Nr. 226: »Die Welt ist voll des Bösen.«

»Ich verstehe kein Griechisch«, sagte Johann steif. Roger von Salerno hatte damit bei Tisch ziemlich reichlich aufgewartet.

»Dann werde ich für Euch lateinisch sprechen. Ovid sagt es sehr hübsch: ›*Utque malum late solet immedicabile cancer* – – –.‹ Den Schluß kennt Ihr zweifellos, ehrenwerter Herr.«

»Leider beschränkt sich mein Schullatein auf die paar Brocken, die ich gelegentlich von Dummköpfen aufgeschnappt habe, die sich berufsmäßig mit Heilung kranker Frauen befassen. ›*Hocus-pocus* . . .‹ Den Schluß kennt Ihr zweifellos, ehrenwerter Herr.«

Roger von Salerno blieb ziemlich still, bis sie in den Speisesaal zurückgelangten, wo man neue Scheite auf das Feuer gelegt und Datteln, Trauben, Ingwer, Feigen, zimmetduftende Süßigkeiten nebst auserlesenen Weinen zum Nachtisch aufgetragen hatte. Der Abt setzte sich, zog seinen Ring vom Finger und ließ ihn, so daß alle das Klingen hören konnten, in einen leeren Silberbecher fallen. Dann streckte er die Füße zum Kamin und blickte auf die große geschnitzte goldene Rose an dem Rundgewölbe. Ringsumher hatte jenes Schweigen die Klosterwelt umfangen, das von der Abendandacht bis zur Frühmesse währt. Der stiernackige Frater aus Oxford betrachtete einen Sonnenstreifen, der sich am Rand eines kristallnen Salzfasses farbig brach. Roger von Salerno hatte mit Bruder Thomas die Erörterung wieder aufgenommen über eine in England und anderwärts verbreitete Art von Fleckfieber, das ihrer beider Kunst spottete. Johann beobachtete des Italieners scharfgeschnittenes Profil; und in dem Gedanken, das Gesicht für seinen großen St. Lukas zu notieren, griff er mit der Hand nach seiner Brust. Der Abt sah es und nickte Gewährung; worauf Johann eilig Silberstift und Skizzenbuch hervorzog.

»Nein – Bescheidenheit in allen Ehren –, aber entwickelt Eure eigene Ansicht«, nötigte Roger den Krankenpfleger. Aus Höflichkeit gegen den Fremden wurde die Unterhaltung fast ganz in Schriftlatein geführt, formstrenger und reicher als der Mönchsjargon.

Thomas begann mit seinem demütigen Stammeln: »Ich gestehe meine Unwissenheit über die Ursache des Fiebers; es sei denn – wie Varro in seinem ›*De re rustica*‹ sagt –, daß gewisse kleine Tiere, dem Auge nicht erkennbar, durch Mund und Nase in den Körper eindringen und schwere Erkrankungen verursachen. Hinwiederum aber steht nichts davon in der Heiligen Schrift.«

Roger von Salerno zog Kopf und Schultern ein wie ein ärgerlicher Kater. »Immer die Schrift«, sagte er, und Johann skizzierte rasch den schmalen Saum der dünnen Lippen.

»Niemals untätig, Johann?« meinte der Abt und lächelte dem Künstler zu. »Ihr solltet, wie wir es tun, die Arbeit alle zwei Stunden unterbrechen, um zu beten. Sankt Benediktus war kein Tor. Zwei Stunden ist das höchste, was der Mensch ohne Unterbrechung leisten kann mit Auge oder Hand.«

»Für Kopisten – gewiß. Bruder Martin ist nach einer Stunde seiner Hand nicht mehr sicher. Wenn aber den Menschen ein Werk voll erfüllt, dann darf er nicht eher aufhören, bis es ihn losläßt.«

»Ja, das ist der Dämon des Sokrates«, brummte der Frater über seinen Becher hin.

»Eine Lehre, die an Vermessenheit grenzt«, sagte der Abt. »Erinnert Euch: Darf ein Sterblicher gerechter sein denn sein Schöpfer?«

»Das Gerechtsein steht dabei nicht in Gefahr«, sagte der Frater in bitterem Ton. »Zum mindesten aber sollte dem Menschen erlaubt sein, in seiner Kunst oder seinem Denken vorwärtszuschreiten. Doch wenn Mutter Kirche irgendwo etwas sich regen sieht oder hört, wie heißt es dann? Halt! und abermals Halt!«

»Wenn aber jene winzigen Tierchen des Varro unsichtbar sind« – Roger von Salerno sprach es zu Thomas –, »auf welche Weise sollten wir dann der Heilung näherkommen?«

»Durch das Experiment« – der Frater drehte sich heftig zu dem Arzt herum. »Durch Vernunft und Versuch. Das eine ohne das andere ist wertlos. Mutter Kirche aber ...«

»O weh!« Roger von Salerno schnappte nach dem Köder wie ein Hecht. »Hört, ihr Herren. Der Kirche Bischöfe – unsere Oberen – pflastern in Italien die Straßen mit Toten, Opfern ihrer Vergnügungen oder ihres Zornes. Die schönsten Leichname. Doch wenn ich ... wenn wir Ärzte auch nur ein wenig die Haut eines menschlichen Körpers lüften, um in Gottes Werkstatt hier unten zu schauen, was ruft dann die Kirche?

›Gotteslästerung! Bleibt bei euren Schweinen und Hunden, oder ihr müßt brennen.‹«

»Und nicht Mutter Kirche allein«, warf der Frater ein. »Jeglicher Weg ist uns gesperrt – gesperrt durch die Lehre irgendeines an die tausend Jahre toten Mannes, dessen Worte für letztlich entscheidend gelten. Wo gibt es den Menschensohn, dessen: ›So ist es‹ die Tür zur Wahrheit verrammeln könnte? Selbst Peter Peregrinus, meinen eigenen großen Lehrer, würde ich nicht ausnehmen.«

»Und ich nicht Paul von Aegina«, rief Roger von Salerno. »Hört, ihr Herren, folgenden bezeichnenden Fall zu dieser Sache. Apuleius behauptet, genießt ein Mensch nüchtern vom Saft der kurzblätterigen Butterblume – wir nennen sie *sceleratus,* das heißt ›giftig‹«, erklärte er mit herablassendem Kopfnicken zu Johann –, »so wird die Seele den menschlichen Körper lachend verlassen. Eine Lüge, noch gefährlicher als die Wahrheit, weil sie nämlich ein Körnchen Wahrheit enthält.«

»Er ist nicht bei Trost«, flüsterte der Abt verzweifelt.

»Denn ich weiß aus Versuchen, daß der Saft dieses Krautes Brandblasen verursacht und Verzerrungen des Mundes. Ich kenne also den *Rictus,* jenes Pseudolachen solcher, die durch das starke Gift dieser dem Hahnenfuß verwandten Pflanze umgekommen sind. Der Krampf des Gesichts ähnelt zweifellos einem Lächeln. Apuleius scheint nun meiner Meinung nach die Leiche eines derart Vergifteten gesehen zu haben; darauf geht er spornstreichs hin und schreibt, der Mensch ist lachend gestorben.«

»Also weder die Beobachtung zu Ende führen, noch das Beobachtete durch das Experiment nachprüfen«, fügte der Frater stirnrunzelnd hinzu.

Abt Stephan zwinkerte Johann zu und sagte: »Wie denkt Ihr darüber?«

»Ich bin nicht Arzt«, erwiderte Johann, »aber ich möchte sagen, Apuleius ist in dem langen Zeitraum von den Kopisten vielleicht verfälscht worden. Sie pflegen kurzen Prozeß zu machen, um sich Mühe zu ersparen. Nehmt den Fall, Apuleius habe geschrieben: Durch dieses Gift scheint die Seele den Körper lachend zu verlassen. Unter fünf Kopisten werden drei dieses ›scheint‹ einfach weglassen. Denn wer könnte Apuleius fragen? Wenn es ihm so schien, dann war es so. Andererseits kennt doch jedes Kind die kurzblätterige Butterblume.«

»Besitzt Ihr Kenntnis über Kräuter?« fragte Roger von Salerno kurz.

»Nur soweit, als ich mir als Junge im Kloster mit Butterblumensaft Ausschlag an Mund und Hals erzeugte, um mich vom Kirchengehen in kalten Nächten zu drücken.«

»So!« meinte Roger. »Nun, ich gestehe, keine Kenntnis von Kniffen zu besitzen.« Und er wandte sich steif zur Seite.

»Gleichviel. Um aber auf Eure besonderen Kniffe zu kommen, Johann«, lenkte Stephan taktvoll ab, »zeigt doch den Doctores hier Eure Magdalena und die gadarenischen Säue nebst den Teufeln.«

»Teufel? Teufel? Ich habe Teufel hervorgebracht mit Hilfe von Drogen und sie auf gleiche Weise wieder ausgetrieben. Ob beim Menschengeschlecht Teufel von außen kommen oder immanent sind, darüber habe ich mich noch nicht ausgesprochen.« Roger von Salerno war noch ärgerlich.

»Das dürft Ihr auch gar nicht«, raunzte der Frater aus Oxford. »Mutter Kirche fabriziert sich ihre Teufel selbst.«

»Nicht unbedingt. Unser Johann hier ist mit einer funkelnagelneuen Art aus Spanien zurückgekehrt.« Abt Stephan nahm das dargereichte Pergament und breitete es sorgsam auf dem Tisch aus, während die andern zur Betrachtung herzutraten. Magdalena war in zartestem, fast durchsichtigem Grau in Grau gemalt gegen einen wildwogenden Hintergrund weibartiger Teufel, jeder gekennzeichnet durch die ihm eigentümliche Sünde und, wie deutlich sichtbar, in rasender Wut sich wehrend gegen die ihn bezwingende Macht.

»Ich sah nie desgleichen an grauer Schattenarbeit«, sagte der Abt. »Wie seid Ihr *darauf* gekommen?«

»*Non nobis!* Es kam zu mir«, erwiderte Johann, nicht wissend, daß er in der Anwendung jener Technik seiner Zeit um ungefähr eine Generation voraus war.

»Warum ist Magdalena so blaß?« erkundigte sich der Frater.

»Alles Böse ist aus ihr entwichen – sie kann nun jederlei Farbe annehmen.«

»Ah, ich verstehe – wie Licht, das durch Glas hindurchscheint.«

Roger von Salerno betrachtete schweigend das Blatt, indes seine Nase sich tiefer und tiefer darüberbeugte. »Es stimmt«, schloß er die Prüfung. »Genau so ist es bei Epilepsie – Mund, Augen, Stirn – sogar bis auf das welke Herabhängen des Handgelenks hier. Alle Anzeichen sind da. Sie wird Stärkungsmittel brauchen, diese Frau, und dann gesunden Schlaf. Nur keinen Mohnsaft, sonst muß sie sich erbrechen beim Erwachen. Und danach – – aber ich bin hier nicht im Hörsaal.« Er richtete sich auf. »Herr«, wandte er sich an Johann, »Ihr solltet unserm Beruf angehören. Denn, bei den Schlangen Äskulaps, Ihr versteht zu *sehen!«*

Beide reichten sich die Hände als Ebenbürtige.

»Und was meint Ihr zu den sieben Teufeln?« fragte der Abt weiter.

Diese verschmolzen zu ringelnden Körpern blumen- oder flammenartiger Bildung, farbig gestuft vom schillernden Grün bis zum dunklen Purpur ausgefeimten Lasters, durch deren Wandungen hindurch man die klopfenden Herzen erkennen konnte. Als Zeichen der Hoffnung aber und der heilenden Kraft zurückgewonnenen Lebens wurde die Darstellung umrahmt von einem breiten Kranz bekannter Frühlingsblumen und Vögel und krönend abgeschlossen von einem Eisvogel, der durch ein Büschel gelber Iris eilig dahinstrich.

Roger von Salerno nannte die Namen der Kräuter und erging sich in Darlegungen ihrer Kräfte und Wirkungen.

»Und nun die gadarenischen Säue«, sagte der Abt. Johann breitete das Blatt auf den Tisch.

Auf diesem Blatt beeiferten sich die eben ausgetriebenen Teufel, aus Angst, vom Nichts verschluckt zu werden, einander drängend und stoßend, eine Behausung in den dargebotenen Tierleibern sich zu erobern, indem sie durch irgendeine der Öffnungen einzuschlüpfen suchten. Etliche der Säue erwehrten sich schäumend in Zuckungen der Eindringlinge; etliche ließen es mit schläfrigem Wohlgefallen wie wollüstiges Rückenkraulen geschehen; andere wiederum stürzten sich völlig besessen in wilden Bocksprüngen zum See hinunter. In der einen Ecke dehnte und reckte der Befreite die seiner Gewalt zurückgegebenen Glieder; während der Herr, von erhöhtem Sitz nach ihm hinblickend, zu fragen schien, welchen Gebrauch er nun von seiner Heilung machen würde.

»Teufel sind das freilich«, stellte der Frater fest, »aber von gänzlich neuer Art.«

Manche der Teufel waren bloße Klumpen, mit Beulen und Auswüchsen – Andeutungen von Fratzengesichtern, wie durch gallertartige Wandungen glotzend. Dann war da eine Gattung ungestümer, kugelförmiger Teufelchen, die aus dem geborstenen Bauch ihres grinsenden Erzeugers hervorquollen und nun mit Gier auf ihre Beute zurollten. Andere wiederum hatten die Form von Stäbchen, Ketten oder Leitern und wimmelten einzeln oder in Klumpen um Schnauze und Kehle einer brüllenden Sau, aus deren einem Ohr der glasige Peitschenschwanz eines Teufels hervorlugte, der seinen Einschlupf gut gewählt hatte. Ferner sah man körnige Ballen von Teufeln, untermischt mit Wolken von Schaum und Geifer, wo der Angriff am wildesten tobte. Von da glitt der Blick zu den wie toll sich gebärdenden Hintern der abwärts zum See rasenden Säue, und weiter zu dem bestürzten Gesicht ihres Hirten und dem Entsetzen seines Hundes.

»Ich spreche mich dahin aus«, erklärte Roger von Salerno, »daß derartige Teufel unter Wirkung von Drogen entstanden sind. Sie liegen außerhalb des Bereichs der denkenden Vernunft.«

»Nicht diese«, rief Thomas der Krankenpfleger (als Diener des Klosters hätte er die Erlaubnis zu sprechen vom Abt erbitten müssen). »Nicht diese ... aber seht! – da – am Rande!«

Der untere Rand des Bildes bestand aus einem Ornament unregelmäßiger, aber ineinander gepaßter Abteilungen oder Zellen; darin hockten, schwammen oder wanden sich weißliche Teufelslarven, sozusagen unbeschriebene Teufel, vom Bösen noch nicht erweckt, neutral gewissermaßen, aber schlechthin außerhalb jeder menschlichen Vorstellungskraft. Ihre Formen ähnelten wiederum Leitern, Kettengliedern, Geißeln, Diamanten, Embryos oder schwangeren Phosphorkugeln – manche darunter annähernd wie Sterne.

Roger von Salerno verglich sie mit den Anfechtungen im Gemüt eines Geistlichen.

»Bösartige?« fragte der Frater aus Oxford.

»Alles Unbekannte rechnet er zum Bösen«, zitierte Roger spöttisch.

»Nicht ich. Aber sie sind wundersam – höchst wundersam. Ich glaube . . .«

Der Frater zog sich zurück. Thomas trat herzu, um besser zu sehen, und öffnete halb den Mund.

»Sprecht«, sagte der Abt, der ihn beobachtet hatte. »Wir sind alle in gewisser Weise Ärzte hier.«

»Dann möchte ich sagen –« Thomas stürzte sich darauf wie einer, der seines Lebens Glauben als Einsatz wagt – »daß diese Gebilde am Rande unten, die Johann als Muster und Modelle dienten zur Darstellung und Ausschmückung seiner wahren Teufel da oben bei den Schweinen, gar nicht höllisch oder verderblich sein dürften.«

»Und das will besagen?« fragte Roger von Salerno scharf.

»Daß, meinem geringen Urteil nach, Johann derartige Gestalten gesehen haben mag – *ohne* Zuhilfenahme medizinischer Tränke.«

»Ja, wer . . .«, rief Johann von Burgos nach einem kräftigen, aber unbeachtet bleibenden Fluch, »wer hat dich plötzlich so weise gemacht, du Zweifler?«

»Ich weise? Gott behüte! Nur erinnert Euch, Johann, es war im Winter vor sechs Jahren – vor der Tür des Küchenhauses, als auf Eurem Ärmel Schneeflocken schmolzen. Ihr zeigtet mir sie durch einen kleinen Kristall, der winzige Dinge vergrößert.«

»Gewiß, die Mauren nennen solch ein Glas das Auge Allahs«, bestätigte Johann.

»Ihr zeigtet mir, wie sie – sechsseitig schmolzen, und nanntet sie damals Eure Muster.«

»Richtig. Schneeflocken schmelzen sechsseitig. Ich habe ihre Formen oft für Ornamentwerk verwendet.«

»Schmelzende Schneeflocken also, betrachtet durch ein Glas – ein künstliches Auge?« forschte der Frater.

»Künstliches Auge? Davon habe ich nie vernommen«, rief Roger von Salerno.

»Johann«, klang des Abts befehlende Stimme, »war das . . . ist das so?«

»In gewisser Hinsicht hat Thomas das Richtige getroffen«, entgegnete Johann. »Jene Gebilde in der Einfassung unten sind in der Tat meine Werkstattmodelle für die Teufel oben. In *meiner* Kunst, Salerno, bedarf es nicht der Tränke. Sie lähmen nur Auge und Hand. Meine Gestalten müssen redlichen Beobachtungen der Natur entstammen.«

Der Abt zog eine Schale mit Rosenwasser zu sich heran. »Als ich nach der Schlacht von Mansura Gefangener war bei – bei den Sarazenen«, begann er und schlug den Rand seines weiten Ärmels zurück, »gab es dort gewisse Magier – Ärzte – die ...« er tauchte den Mittelfinger vorsichtig ins Wasser ... »die uns das ganze Firmament der Hölle zeigen konnten, enthalten in ...« er schnippte einen Tropfen von seinem polierten Nagel auf den polierten Tisch ... »enthalten in solch einer Nagelprobe wie dieser.«

»Aber fauliges Wasser muß es sein, nicht klares«, sagte Johann.

»So zeige uns – alles – alles. Auf daß ich mich nochmals – vergewissere.« Des Abtes Stimme klang offiziell.

Johann zog aus seinem Gewand ein Etui aus gepunztem Leder, etwa sechs bis acht Zoll lang. Darin lag, auf verblichenen Samt gebettet, eine Art silberbeschlagener Zirkel aus altem Buchsbaumholz. An seinem oberen Teil befand sich eine Schraube, die die Schenkel auf feinste Einstellung öffnete und schloß. Die Schenkel aber endigten nicht in Spitzen, sondern in Form von Löffeln. Beide Spachtel waren durchbohrt; das Loch des einen war metallumrandet und weniger als ein Viertelzoll im Durchmesser, der andere hatte ein halbzollweites Loch. In dieses steckte Johann einen Metallzylinder, nachdem er ihn sorgfältig mit einem Seidenlappen abgewischt hatte; an beiden Enden dieses Zylinders befand sich je ein Glas oder Kristall, wie es schien.

»Ah! Das künstliche Auge!« rief der Frater. »Aber was bedeutet denn das da drunter?«

Er war eine kleine drehbare Platte aus poliertem Silber, nicht größer als ein Florin; sie fing das Licht und sammelte es an der kleineren der beiden Durchbohrungen. Johann richtete das Instrument ohne des Fraters eifrig angebotene Hilfe.

»Und jetzt einen geeigneten Wassertropfen«, sagte er und nahm einen kleinen Pinsel zur Hand.

»Kommt zum oberen Kreuzgang. Noch liegt die Sonne auf dem Bleidach«, sagte der Abt sich erhebend.

Alle folgten ihm dorthin. Auf halbem Wege trafen sie auf eine grünliche Pfütze, die eine Dachtraufe in einen Stein gehöhlt hatte. Sehr sorgsam ließ Johann einen Tropfen des Wassers in das kleinere Loch des Zirkelschenkels fallen, stellte dann den Apparat auf eine flache Mauerkappe, drehte an der Schraube am Scheitel des Zirkels, stellte den Zylinder ein und bewegte den Drehring des Spiegels, bis er zufrieden war.

»Gut!« Er blickte durch das Instrument. »Alle meine Gestalten sind da. Seht selbst, Vater! Und wenn sie Eurem Auge nicht sogleich erscheinen, so dreht an diesem gekerbten Rand nach rechts oder links.«

»Ich weiß es noch«, sagte der Abt, Johanns Platz einnehmend. »Ja! da also sind sie – genau so wie sie damals waren zu meiner Zeit – der vergangenen Zeit. Es wäre kein Aufhören mit ihnen, so wurde mir erzählt. – – Wahrhaftig, es ist kein Aufhören!«

»Das Licht wird schwinden. Oh, laßt mich schauen! Erlaubt, daß auch ich sehe!« bat der Frater und drängte fast den Abt beiseite. Stephan trat zurück; seine Augen weilten in vergangener Zeit. Der Frater aber, statt zu schauen, drehte den Apparat mit seinen geschickten Händen.

»Nicht doch«, rief Johann, denn der Frater fingerte schon an den Schrauben. »Laßt den Doktor sehen.«

Roger von Salerno schaute – – Minute auf Minute. Johann bemerkte, daß seine blaugeäderten Backenknochen weiß wurden. Endlich trat er zurück, wie überwältigt von dem Eindruck. »Das ist eine neue Welt – eine neue Welt – und ich, o Ungerechtigkeit Gottes! – ich bin alt!«

»Und jetzt Thomas«, befahl der Abt.

Johann richtete das Okular für den Krankenpfleger, dessen Hände zitterten. Auch er schaute lange Zeit. Und plötzlich rief er mit veränderter Stimme: »Das ist Leben! Und keine Hölle! Erschaffenes, sich freuendes Leben – – das Werk des Schöpfers! Solche Wesen leben, ganz so wie ich's geträumt habe. Also waren sie keine Sünde – meine Träume. Keine Sünde – o Gott – keine Sünde!«

Er sank auf die Knie und betete inbrünstig das *»Benedicite omnia opera.«*

»Jetzt will ich sehen, wie es gehandhabt wird«, sagte der Frater aus Oxford und drängte sich wieder herzu.

»Bringt es hinein«, befahl der Abt. »Der Ort hier hat Augen und Ohren.«

Und gelassen kehrten sie über die Bleidächer zurück. Rings um sie her breiteten sich im Abendschein drei englische Grafschaften; Kirche folgte auf Kirche, Kloster auf Kloster, Zelle an Zelle; und wie verankert am leuchtenden Gestade des fernen Sonnenuntergangs, ruhte einer Kathedrale hochgetürmter Bau.

In den Eßsaal zurückgekehrt, ließen sich alle wieder an dem Tische nieder. Nur der Frater war zum Fenster getreten und tastete mit flattrigen Händen an dem Instrument herum. »Ich sehe – sehe!« wiederholte er zu sich selbst.

»Wenn er es nur nicht beschädigt«, sagte Johann. Aber der Abt, der – gleich Roger von Salerno – vor sich hinstarrte, hörte nicht. Des Krankenpflegers Kopf ruhte auf dem Tisch zwischen den bebenden Armen.

Johann griff nach einem Becher Wein.

»Mir wurde in Kairo offenbart«, sprach der Abt mehr zu sich selbst, »daß der Mensch ewig zwischen zwei Unendlichkeiten – von Größe und Kleinheit – steht. Und darum gibt es kein Aufhören – weder für das Leben – noch . . .«

»Und ich – ich stehe am Rande des Grabes«, murrte Roger von Salerno. »Wer hat mit mir Mitleid?«

»Hört!« rief Thomas der Pfleger. »Die kleinen Lebewesen sollten geheiligt werden – – geheiligt dem Dienst seiner Kranken.«

»Wozu das?« Johann von Burgos wischte sich den Mund. »Jenes Auge zeigt nicht mehr als die äußeren Formen der Dinge. Es liefert gute Bilder. Ich bekam es zu Granada, und man sagte mir, es wäre aus dem Osten gebracht worden.«

Roger von Salerno lachte mit der Bosheit des Alters. »Und Mutter Kirche? Unsere allerheiligste Mutter Kirche? Wenn der zu Ohren kommt, daß wir in ihrer Hölle forschen ohne ihre Erlaubnis, wo stehen wir dann?«

»Auf dem Scheiterhaufen«, sprach der Abt von St. Illod. Und dann die Stimme leicht hebend: »Ihr hörtet es? Roger Bacon, habt Ihr's gehört?«

Der Frater wandte sich vom Fenster, den Zirkel fester mit seinen Händen umschließend. »Nein – nein!« rief er. »Nicht unter Falcodi – dem zum Papst gekrönten Engländer Foulkes. Er ist weise – und gelehrt. Er liest, was ich veröffentliche. Foulkes würde es niemals dulden.«

»Eins ist der Heilige Papst, ein anderes die Heilige Kirche«, zitierte Roger.

»Aber ich – – ich kann Zeugnis ablegen dafür, daß kein Zauberwerk dabei ist«, fuhr der Frater fort. »Es ist Kunst zu *sehen,* nichts weiter – Erkenntnis, begründet auf Versuch und Erfahrung. Ich kann's beweisen und – – mein Name gilt unter Männern, die zu denken wagen.«

»Sucht sie«, krächzte Roger von Salerno. »Fünf oder sechs werdet ihr finden auf der ganzen Erde. Das macht zusammen keine fünfzig Pfund an Asche auf dem Scheiterhaufen. Ich habe genug solcher Eingeäscherten gesehen.«

»Ich *will* das nicht aufgeben!« Des Fraters Stimme brach vor Leidenschaft und Verzweiflung. »Es wäre Sünde wider das Licht.«

»Nein – nein! Laßt sie uns heiligen, die Tierchen des Varro«, rief Thomas.

Abt Stephan beugte sich vor, fischte seinen Ring aus dem Becher und steckte ihn an den Finger. »Meine Söhne«, begann er, »was wir gesehen haben, das haben wir gesehen.«

»Daß es keine Zauberei ist, sondern einfache Kunstfertigkeit«, beharrte der Frater.

»Das ändert nichts. In den Augen der Mutter Kirche haben wir mehr gesehen, als den Menschen erlaubt ist.«

»Aber Leben war es – – erschaffenes, sich freuendes Leben«, wiederholte Thomas.

»In die Hölle zu schauen, so wie man uns beschuldigen – uns beweisen wird – geschaut zu haben, das steht nur Priestern zu.«

»Oder bleichsüchtigen Jungfrauen auf dem Wege zur Heiligkeit, als deren Ursache euch jede Hebamme bekunden könnte . . .«

Des Abtes halberhobene Hand tat dem Ausfall Rogers Einhalt.

»Und selbst Priester dürfen nicht mehr von der Hölle erkennen, als der Kirche von der Hölle bekannt ist. Ebenso wie der Kirche, Johann, ist man auch Teufeln gewissen Respekt schuldig.«

»Mein Beruf befaßt sich mit der Gestalt der Dinge«, entgegnete Johann gelassen. »Mir war nur an meinen Vorbildern gelegen.«

»Aber es muß Euch drängen, nach weiteren zu suchen«, warf der Frater ein.

»Für meine Kunst gilt das einmal Vollbrachte als abgeschlossen. Danach wenden wir uns neuen Formen zu.«

»Und wenn wir die gesteckten Grenzen überschreiten – sei's auch nur in Gedanken, so sind wir dem Urteilsspruch der Kirche bloßgestellt«, fuhr der Abt fort.

»Aber Ihr wißt – *wißt*!« Roger von Salerno ging erneut zum Angriff über. »Die Welt hier unten ist voller Finsternis, was die Ursachen der Dinge betrifft – angefangen von dem Fieber rings im Lande, bis zur zehrenden Krankheit Eurer – Eurer eigenen Dame. Bedenkt das!«

»Ich habe das bedacht, Salerno! Gewiß, ich habe es wohl bedacht.«

Thomas, der Krankenpfleger, hob nochmals den Kopf, und jetzt stammelte er nicht. »Wie da im Wasser, so müssen diese Tierchen auch im Blute wüten und gegeneinander kämpfen. Ich habe zehn Jahre von ihnen geträumt – und ich glaubte, es wäre Sünde –, aber sie sind Wahrheit, meine und Varros Träume! Wollet das nochmals bedenken! Hier ist das Licht – – das Licht, uns in die Hand gegeben.«

»Löscht es aus. Deshalb würdet ihr dem Rösten nicht länger standhalten als jeder andere. Ich werde euch zeigen, wie die Kirche – und ich selbst – den Fall darstellen würde. Unser Johann kehrt von den Mauren zurück und zeigt uns eine Hölle von Teufeln, die im Raum eines Wassertropfens gegeneinander kämpfen. Also Aufklärung durch Zauberei! Ihr könnt das Reisig knistern hören.«

»Aber du weißt – und hast es lange vor uns geschaut! Um des Elends der Menschen – – um unserer alten Freundschaft willen – – Stephan!« Während er leidenschaftlich bat, versuchte der Frater das Instrument in seiner Kutte zu bergen.

»Was Stephan de Sautré weiß, das wißt ihr, seine Freunde, ebenso. Ich wünsche jetzt, daß ihr dem Abt von St. Illod gehorcht. Gebt es mir!« Seine beringte Hand streckte sich aus.

»Darf ich – darf nicht Johann wenigstens eine Zeichnung machen – sei's nur einer einzigen Schraube?« rief, völlig gebrochen, der Frater wie gegen seinen Willen.

»In keiner Weise«, Stephan nahm das Instrument in Empfang. »Euren Dolch, Johann. Laßt ihn in der Scheide!«

Hierauf schraubte er den Metallzylinder ab, legte ihn auf den Tisch und mit dem Griff des Dolches zerschlug er den Kristall zu funkelndem Staub. Diesen fegte er in die hohle Hand und warf ihn in den Kamin.

»Es möchte scheinen«, begann er, »daß die Wahl steht zwischen zwei Sünden. Entweder versagt man der Welt das Licht, das hier in unsern Händen liegt, oder man bringt der Welt Erleuchtung, bevor die Zeit gereift. Was ihr heute gesehen habt, ich sah es längst bei den Ärzten von Kairo. Und ich weiß auch, welche Lehre sie daraus zogen. Hast du, Thomas, geträumt? So auch ich – mit höherem Wissen. Aber diese Geburt, meine Söhne, wäre unzeitgemäß. Sie würde nur die Urheberin sein von größerem Sterben, härterer Folter, ärgerer Zwietracht und tieferer Finsternis in diesem finsteren Zeitalter. Und darum nehme ich, der ich beide kenne: die Welt und die Kirche, diese Wahl auf mein Gewissen. Geht nun! Wir sind zu Ende.«

Und er warf die Holzteile des Zirkels mitten zwischen die Buchenscheite, bis alles verbrannt war.

Der Stier, der denken konnte

Von einer Stadt nahe der Rhonemündung läuft nach Westen zu eine Straße, so mathematisch gerade und so barometrisch eben, daß sie als eine der Normalstrecken der Welt gilt und von Autofahrern zu Rekordmessungen benutzt wird.

Ich hatte die Strecke schon mehrmals in Angriff genommen, stets jedoch behindert vom blasenden Mistral oder vom weidenden Vieh jener Gegend, das mir in die Quere kam. Einmal aber, als ich von Osten kommend der Hochglut eines nahezu ägyptischen Sonnenuntergangs entgegenfuhr, brach eine Nacht herein, die ungenützt zu lassen Sünde gewesen wäre. Die Luft war warm vom milden Atem des vorgerückten Sommers; über der weiten, ebenen Fläche lag volles Mondlicht, unterbrochen nur vom Schatten der runden Steine und der spitzen Zypressenhecken. Und mein Mister Leggatt, der vor die Tür getreten war, um Ausschau zu halten, berichtete, daß die Straße einwandfrei wäre.

»Jetzt«, schlug er vor, »wollen wir mal sehen, was Esmeralda leisten kann bei tadelloser Bahn. Den ganzen Tag über hat sie gezogen wie der Orientexpreß. Wenn mich nicht alles täuscht, hat sie heute ihren guten Tag.«

Der Versuch sollte nach Tisch vor sich gehen dreißig Kilometer immer schnurgerade weg und zweiundzwanzig davon ohne jede Kreuzung.

Neben mir an der Wirtstafel saß ein älterer, bärtiger Franzose mit der Rosette eines höheren Grades der Ehrenlegion; er war mit einem geräuschvollen Citroën angekommen. Ich hörte, daß er viele Jahre seines Lebens im französischen Kolonialdienst in Annam und Tongking verbracht hatte. Während des Krieges hatte er, seines Alters wegen von der Front ausgeschlossen, chinesische Holzfäller überwacht, die zur Gewinnung von Schützengräbenstützen die Wälder im Innern Frankreichs mit Axt und Dynamit kahl schlugen. Er sagte, mein Chauffeur habe ihm erzählt, wir planten eine Rekordfahrt. Er habe Interesse für Autos, habe das meinige schon bewundert; kurzum, er wäre mir außerordentlich verbunden, wenn ich ihm die Mitfahrt als Beobachter gestattete. Ich konnte nicht gut abschlagen; und wie ich meinen Mister Leggatt kannte, mochte vielleicht auch eine Wette dahinterstecken.

Während er seinen Mantel holte, fragte ich den Wirt nach seinem Namen. – »Voiron – Monsieur André Voiron«, war die Antwort. »Und was ist er?« »Mon Dieu! Er ist Voiron! Er ist alles, was Sie hier sehen.« Dabei wies der Wirt nach den farbigen Anzeigen an den Wänden des Eßsaals, aus denen ersichtlich war, daß die Gebrüder Voiron in Weinen, Ackerbaugeräten, Kunstdünger, Landwirtschaftsprodukten und sonstigen Erzeugnissen dieses Teils der Erde handelten.

Auf der Fahrt sprach er in den ersten fünf Minuten wenig, und während der nächsten zehn verstummte er ganz – denn Esmeralda hatte, nach Leggatts richtiger Vermutung, ihren guten Tag. Und als der Geschwindigkeitsmesser eine bestimmte Höhe erklommen hatte und die Zahl drei blanke Kilometer lang hielt, erklärte er sich befriedigt und schlug vor, das Ereignis im Gasthaus zu feiern. »Ich habe da noch einen Wein«, sagte er, »über den ich gern Ihre Meinung hören möchte.«

Bei unserer Rückkehr verschwand er für einige Minuten, und ich hörte ihn unten im Keller herumwirtschaften. Bald darauf lud mich der Wirt in das Eßzimmer, wo unter spärlicher Lampe ein Tisch mit allerlei Speisen von lokaler Berühmtheit hergerichtet war. Mitten darauf stand eine Flasche von mehr als üblicher Größe mit einer Jahreszahl und schwarzer Aufschrift auf roter Etikette. Monsieur Voiron öffnete sie, und wir tranken auf das Wohl meines Wagens. Das würzig milde Getränk, weder zu süß noch zu herb und goldigbraun wie Topas, schäumte in den hohen Gläsern. Ein solcher Wein – aus Engelsflügelwispern, Paradieseshauch und aller Lust und Glut der Jugend bereitet – war mir bisher noch nicht begegnet, und ich fragte, was es wäre.

»Es ist Champagner«, sagte er gewichtig.

»Dann möchte ich wissen, was ich mein Leben lang getrunken habe.«

»Wenn Sie Glück hatten, vorm Kriege, und dreißig Schilling für die Flasche anlegten, mögen Sie vielleicht eins unserer besseren Gewächse gelegentlich getrunken haben.«

»Und dieses da, wo bekommt man das?«

»Hier, wie ich erfreulicherweise sagen kann. Anderswo

dürfte es schwierig sein. Wir Produzenten pflegen nämlich unsere wahren Weine nur untereinander auszutauschen.«

Ich neigte freudig mein Haupt in Bewunderung und Beifall. Da stand die gewaltige Flasche, und es war noch nicht elf Uhr. Im Hause wurden Türen zugeschlagen und Läden geschlossen. Irgendein letzter dienstbarer Geist ging gähnend zu Bett. Monsieur Voiron öffnete das Fenster; über einen kleinen gepflasterten Hof flutete das Mondlicht herein. Es war fast, als könnte man die Stadt Chambres atmen hören im ersten Schlaf. Jetzt aber erhob sich dumpfer Lärm, man hörte Schritte, Hufgetrappel, Geblök und das Gekläff von Hunden. Staub stieg über die Hofmauer, gefolgt von dem starken Geruch von Rindvieh.

»Da wird Vieh getrieben«, bemerkte Monsieur Voiron aufhorchend. »Meins, wie mir scheint. Richtig, ich höre Christophe. Unsere Tiere lieben Autos nicht, daher wird des Nachts getrieben. Sie kennen unser Land nicht, die Crau hier oder die Camargue? Ich war – bin jetzt wieder – von hier. Ganz Frankreich ist schön; aber dieses Land hier ist am schönsten.« Er sprach, wie nur ein Franzose sprechen kann, von seiner geliebten Heimat in seinem geliebten Vaterlande.

»Was mich betrifft – hätte ich nicht diese ganzen Geschäfte am Hals« – er wies auf die Anzeigen –, »so möchte ich am liebsten auf unserm Hof leben zusammen mit unserm Vieh und es heilighalten wie der Hindu. Sie kennen unser Vieh von der Camargue, Herr? Nicht? Nun, das ist auch keine Bekanntschaft, die man so im Vorübergehen macht. Solche Tiere gibt's nicht ein zweites Mal. Ihr Intellekt ist anderen ihrer Art überlegen. Das wählt sich seine Weideplätze selbst und trotzt dem Mistral, was man von manchen Autos nicht sagen kann. Außerdem besitzen sie die Fähigkeit, zu denken – und wenn so ein Tier denkt – nun, ich habe erlebt, was dann geschieht.«

»Sind diese Tiere wirklich so gescheit?« fragte ich obenhin.

»Herr, wenn Ihr trefflicher Chauffeur Ihre Limousine derart verkleidete, daß sie aussähe wie ein Armeelastwagen, so würde ich an ihre Leistungsfähigkeit nicht glauben. Ich würde wetten – sagen wir zwei zu eins –, sie brächte es nicht auf neunzig Kilometer. Nun, es wurde bewiesen, was sie leistet. Ich kann Ihnen keine Beweise geben; aber wollen Sie mir glauben, wenn ich Ihnen erzähle, was ein Tier, das denken kann, fertigbringt?«

»Seit dem Kriege ist nichts unglaublich«, sagte ich so allgemein.

»Das stimmt! Denkbar Unwahrscheinlichstes ist eingetreten, und trotzdem, wir lernen nichts und glauben nichts. Als ich noch als Kind im Elternhaus lebte – bis ich Kolonialbeamter wurde –, galt all mein Interesse und meine ganze Liebe allein unserm Vieh. Wir vom alten Schlage leben hier – Sie haben es vielleicht gesehen? – in festen Höfen wie Burgen. Einzelne mögen auch wirklich aus der Sarazenenzeit stammen. Rings um den Hof Scheunen – große, weiß getünchte Scheunen und Ställe, solid wie unsere Häuser; das Ganze von festem Gatter umschlossen. Es ist eine Welt für sich, ein kleiner Staat zur Pflege und Aufzucht von Vieh. Damals lernte ich einigermaßen mit Vieh umzugehen. Es war, verstehen Sie, das Spielzeug für uns von der Camargue und der Crau. Der Knabe erprobt seine Kraft am jungen Kalb, das ihn spielend über den Misthaufen boxt. Er läuft hin und her zwischen den Kühen, die – weniger liebenswürdig sind. Mit den Hirten reitet er hinaus, um die Herden zu treiben. Früher oder später trifft er die jungen Kälber, mit denen er sich herumbalgte, als Stiere an. So stand es mit mir – als ich notgedrungen in die Kolonien mußte.« Er lachte. »Ja, sehr notgedrungen. Glückliche Zeit der Jugend, Herr, wo man Dinge ausfrißt, die den Eltern mißfallen. Warum ist es immer der Vater, der empört ist und so was unerhört findet – und immer die Mutter, die Entschuldigungen bereit hat? ... Und als dann mein Bruder – der ältere, der das Geschäft auf die Beine brachte – mich heimverlangte, um ihm zu helfen, da verzichtete ich mit Freuden auf meine koloniale Laufbahn. Ich kehrte in mein Land zurück und zu meinem vielgeliebten, gottlosen, weißgelben Vieh der Camargue und der Crau. Weiß Gott, ich könnte die ganze Nacht davon erzählen, denn dieser Trank löst die Zunge, ohne daß man's am nächsten Morgen zu bereuen braucht. Ja! Also nach dem Kriege hat es sich zugetragen. Wir hatten da ein Kalb, unter wer weiß wie vielen – ein Stierkalb – ein Stück Jungvieh genau wie alle andern. Da es schwach war, wurde es zusammen mit der Mutter bei uns zu Hause auf dem Hof aufgezogen. Zuerst natürlich waren es die Kinder unserer Hirten, die sich an ihm schulten. Das liegt ihnen im Blut. Den Spaniern ist der Stierkampf ein Kult. Unsere jungen Teufel hier unten hetzen Stiere genauso selbstverständlich, wie englische Kinder Ball schlagen. Dieses Kalb nun jagte beim Spiel hinter ihnen drein mit weitoffenen Augen, gleich einer Kuh, die einen Mann hetzt. Sie suchten dann Schutz hinter Pflügen und Weinkarren mitten im Hof: der Jungstier aber war hinter ihnen drein wie der Hund hinter der Ratte. Mehr noch, er erforschte Auge in Auge ihre Wesensart; ja, er studierte ihre Mienen, um zu erraten, nach welcher Seite sie sich wenden würden. Und er wiederum tat bisweilen so, als ginge er direkt auf einen der Burschen los. Dann schwenkte er plötzlich ab nach rechts oder links – das wußte man nie vorher – und überrannte etwa ein Kind, das sich im Schutz der Mauer sicher glaubte. Hernach blieb er stehen über dem niedergeworfenen, weil er wohl wußte, daß die Kameraden zu Hilfe eilen würden. Wenn sie nun alle gelaufen kamen, die Jacken vor seinen Augen schwenkten und ihn am Schwanz zogen, dann jagte er sie auseinander – und wie er sie auseinanderjagte! Auch ausschlagen konnte er, seitwärts, wie eine Kuh. Er kannte seine Schußweiten so genau wie unsere Kanoniere und stand so rasch wieder auf den Füßen wie unser Carpentier. Ich habe ihn häufig beobachtet. Christophe – Sie wissen, der Mann, der eben vorüberging – unser erster Hirte, er brachte mir als Zehnjährigem bei, mit dem Vieh zu reiten – Christophe also erzählte mir, daß er von jener gelben Kuh abstammte, die uns einmal in die Marschen gejagt hatte. ›Genau auf ihre Art stößt er‹, sagte Christophe. ›Er kann mitten im Sprung seitwärts zustoßen. Haben Sie auch bemerkt, daß er sich nicht täuschen läßt, wenn ein Junge die Jacke vor ihm schwingt? Das benutzt er, um den Burschen auszuspüren. Die glauben immer, sie könnten ihm was vormachen; aber er macht ihnen was vor. Ich sag' Ihnen, der da, der kann denken.‹ Ich war zur gleichen Überzeugung gekommen. Ja – dieses Tier vermochte zu denken, soweit es für seinen Sport erforderlich war; und obendrein war es ein Humorist, wie so mancher geborene Mörder. Man kennt den Typ bei Tieren so gut wie bei Menschen: er ist von einer gewissen grausamen, fast schamlosen Spaßhaftigkeit – ganz unverkennbar.«

Monsieur Voiron füllte von neuem die Gläser mit dem herrlichen Wein, der bei jedem Schluck glatter hinunterrann.

»Sie hielten ihn eine Zeitlang im Hof, um sich an ihm zu üben. Natürlich wurde er ein bißchen frech; Christophe brachte ihn daher, damit er Manieren lernte unter seinesgleichen, auf die Weiden hinaus, da wo die Camargue und die Crau aneinandergrenzen. Wie alt er damals war? Etwa acht oder neun Monate, glaube ich. Wochen darauf begegneten wir uns – er und ich. Ich kam auf einem unserer halbwilden Pferde die Straße nach der Crau entlang geritten, als ich mich plötzlich fast aus dem Sattel gehoben sah. Er war es! Hatte sich hinter einer Windhecke versteckt, bis wir heran waren, und dann mein Pferd von hinten attackiert. Ja, sogar mein Pferdchen hatte er zu täuschen gewußt! Aber ich erkannte ihn wieder. Ich gab ihm einen Hieb über die Nase und sagte: ›Apis, dafür wirst du nach Arles geschickt. Das war deiner unwürdig, zwischen uns beiden.‹ Aber dies Biest besaß kein Schamgefühl. Er trollte sich davon, lachend wie eine Apache. Wäre ich aus dem Sattel geflogen, ich glaube kaum, daß *ich* gelacht hätte – einjährig wie der Kerl war.«

»Warum wollten Sie ihn nach Arles schicken?« fragte ich.

»Zum Stierkampf. Sobald Ihre liebenswürdigen reisenden Landsleute uns verlassen haben, pflegen wir dort unsere kleinen Vergnügungen zu veranstalten. Keine richtigen Stierkämpfe, verstehen Sie, nur so ein Spiel zwischen den Burschen aus Stadt und Umgegend und den jungen Stieren mit umwickelten Hörnern. Bevor wir sie hinsenden, werden sie natürlich bei uns im Hof abgerichtet. So wurde also Apis von der Weide hereingebracht. Er wußte gleich, daß er unter Jugendfreunden war – er schüttelte ihnen gleichsam die Hand – und ließ sich mit wahrer Engelsgeduld die Hörner umwickeln. Er untersuchte die Pflüge und Karren im Hofe, um brauchbare Angriffs- und Verteidigungslinien zu erkunden. Und dann – griff er an mit einem Elan und verteidigte sich mit einer Umsicht und Zähigkeit, daß wir alle entzückt waren. In unserer Begeisterung mögen wir wohl seiner Geduld zuviel zugemutet haben. Wir stachelten ihn zu Wiederholungen an, was kein wahrer Künstler verträgt. Aber er gab uns eine ehrliche Warnung. Er zog sich nach der Mitte des Hofes zurück, wo der Boden locker war; hier kniete er nieder – haben Sie jemals ein Kalb gesehen, dessen Hörner sich schälen, wie es in eine Böschung stößt und wühlt? Nun, genau das tat er, ganz mit Bedacht, bis er die Umwicklung der Hörner abgestreift hatte. Dann richtete er sich hoch, tänzelte auf seinen wundervollen Hufen, die uns gleichsam zublinzelten, und sagte: »Jetzt, ihr Freunde, sind die Knöpfe weg von den Floretts. Wer fängt an?« Wir verstanden. Wir machten sofort Schluß. Er wurde wieder auf die Weiden hinausgebracht, bis die Zeit der Belustigung in unserer kleinen Hauptstadt gekommen war. Kurz bevor er nach Arles gebracht wurde – ja, ich glaube, so war es –, kam Christophe von der Crau herein und meldete, daß Apis einen jungen Stier umgebracht habe, der Miene gemacht hatte, sich zum Rivalen zu entwickeln. Das kommt natürlich vor, und unsere Hirten sollen das eigentlich verhindern. Aber Apis hatte in seinem ganz persönlichen Stil getötet. Im Dunklen aus dem Hinterhalt einer Windhecke vorbrechend, hatte er durch einen Stoß von schräg rückwärts den andern über den Haufen gerannt; dann hatte er ihm den Leib aufgerissen. Durchaus möglich alles; aber – als die Mordtat vollbracht war, spazierte Apis zu der Böschung einer Windhecke, kniete nieder und reinigte, ganz wie damals auf dem Hof, sorgfältig seine Hörner in der Erde. Christophe war so etwas noch nicht vorgekommen; er lief zu der kleinen Kapelle bei den Weiden, entlieh sich (wissen Sie, daß es auf diese Art am wirksamsten ist?) etwas Weihwasser, besprengte Apis damit (dem das keinen Eindruck machte) und ritt nach Hause, um mir zu berichten. Offenbar lag es in der Natur eines Denkers von der Art dieses Stiers, auch auf sein Äußeres mit peinlicher Sorgfalt zu achten. Als er dann nach Arles geschickt wurde, legte ich den Begleitern ans Herz, nur ja vorsichtig mit ihm umzugehen. Glücklicherweise schien er Freude zu haben an dem Szenenwechsel, der Musik, der allgemeinen Aufmerksamkeit und dem Wiedersehen mit alten Freunden; denn alle unsere schlimmen Burschen waren anwesend. Er wurde für eine Weile wieder zum richtigen Spaßmacher; aber seine Wendungen, seine Vorstöße, seine Rattenjagd waren vollendeter als je. Es zeigte sich jetzt darin, verstehen Sie, eine Sicherheit der Technik, wie sie nur aus wohldurchdachter Kunst erwächst, und vor allem jene wahre Leidenschaft eines erprobten Könnens. Oh, er hatte etwas gelernt da draußen in der Crau. Zum Schluß des Spiels wurde mit ihm ganz so verfahren wie mit einem berufsmäßigen Stier, der sterben muß, nur daß dem lokalen Brauch gemäß statt des Degens ein Stecken Verwendung fand. Man manövrierte ihn in die erforderliche Stellung, oder er nahm sie auch von selber ein, machte einen Ansprung, empfing den Stoß über der Schulter – und dann drehte er sich um und galoppierte nach dem Ausgang der Arena, durch den er gekommen war. Er sagte zu dem Publikum: ›Werte Freunde, die Vorstellung ist aus. Ich danke für den Beifall. Ich gehe mich jetzt ausruhen.‹ Aber unsere Arlesianer, die – nicht ganz so gescheit sind wie andre Leute, verlangten ein Dakapo, und Apis wurde wieder zurückgejagt. Wir Landsleute von ihm wußten, was kommen würde. Er trollte in die Mitte der Manege, ging nieder und bohrte gemächlich und so recht vor allen Augen die Hörner abwechselnd in den Sand, bis die Polster herunter waren. Christoph rief: ›Macht euch fort, ihr Esel, ihr! Macht euch freiwillig fort, eh' ihr müßt!‹ Aber es kitzelte sie nach Aufregung; wie ja schon Rom immer seine vielgeliebte Provincia mit Brot und Spielen gepäppelt hat. Nun, sie bekamen ihr Teil. Haben Sie, Herr, schon einmal einen Diener mit Schaufel und Besen ein Zimmer in allen Ecken ausfegen sehen? In einer halben Minute hatte Apis sie alle hinaus und über die Schranken gefegt. Dann verlangte er noch einmal, daß ihm das Tor geöffnet würde. Es *wird* geöffnet, und er zieht sich zurück in einer Haltung, wie mit Lorbeeren überschüttet.«

Monsieur Voiron füllte die Gläser, zündete sich eine Zigarette an und rauchte eine Weile.

»Und nachher?« fragte ich.

»Ich überlege gerade. Die Sache richtig darzustellen ist nicht ganz leicht. Nachher – ja, nachher kehrte Apis zu seinen Weiden und zu seinen Weibern zurück, und ich zu meinen Geschäften. Der alte Sportfex in Hemdsärmeln, der dem gelben Sohn einer Kuh begeistert zubrüllte, verwandelte sich wieder in Voiron Frères – Weine, Kunstdünger et cetera. Und im nächsten Jahr, vermöge irgendwelcher Kniffe, die hier zu weit führen würden, und dank unserm patriarchalischen System, die älteren Hirten aus dem Zuwachs der Herden zu entlohnen, gelangte der brave Christophe in den Besitz von Apis. O gewiß, er bewies, daß Apis von einer Kuh abstammte, die zur Zeit des zweiten Kaiserreichs mein Vater seinem Vater geschenkt hatte. Hüten Sie sich vor dem Gedächtnis des einfachen Mannes, Herr! Ein Vorfahr von Christophe war Soldat gewesen unter unserm Soult, der bei Bayonne gegen Ihren Beresford kämpfte. Er fiel in die Hände spanischer Freischärler. An Feiertagsabenden, als ich noch ein Kind war, pflegten Christophe und seine Frau mir die Geschichte ausführlich zu erzählen. Jetzt, wenn ich so Soults Kämpfe und Rückzug über die Bidossoa mit unserm letzten Krieg vergleiche – – –«

»Aber erlaubten Sie denn Christophe, sich just diesen Stier anzueignen?« fragte ich.

»Sie kennen unsern Christophe nicht. Ehe ich überhaupt davon wußte, hatte er ihn längst nach Spanien verkauft. Die Spanier zahlen in barer Münze – Duros von reinstem Silber. Unsere Bauern mißtrauen dem Papier; Sie kennen die Rede: ›Tausend Franken sind nur Papier – achthundert in Münze und die Kuh gehört dir.‹ Ja, Christophe also verkaufte Apis, der damals zweieinhalb Jahre und nach Christophes Kenntnis mindestens dreifacher Mörder war.

Oh, nur seinesgleichen hatte er umgebracht. Und wie Christophe mir erzählte, stets mit dem gleichen schrägen Ansprung von hinten, dem gleichen seitlichen Überrennen und dem gleichen prompten Ausweiden, gefolgt stets von der priesterlichen Reinigung der Hörner. Im menschlichen Leben würde er sich eine Maniküre gehalten haben – dieser Minotaurus. Apis also verschwand aus unserm Lande. Das beunruhigte mich weiter nicht; ich wußte, ich würde zur gegebenen Zeit schon von ihm hören. Warum? Weil in diesem Land, Herr, zwischen Berre und Sainte Marie, kein Huf sich bewegt, ohne daß Kenner wie Christophe davon wissen. Das Vieh bedeutet ihnen Inhalt und Leidenschaft ihres Lebens. Und kaum hatte mir dann Christophe kurz vor Ostersonntag mitgeteilt, daß in einer kleinen katalanischen Stadt an der Straße nach Barcelona Apis zum erstenmal in der Arena auftreten werde, da hatte ich auch schon meinen Wagen hergerichtet und rollte mit Christophe zusammen der Grenze zu. Der Ort war ohne Bedeutung für Handel und

Wandel, hatte aber einen Matador von Ruf hervorgebracht, der sich jetzt herbeilassen wollte, seine Kunst in seiner Vaterstadt zu zeigen. Nun sind unsere französischen Eisenbahnen schon miserabel genug, aber die spanischen – –«

»Sie nahmen die Landstraße, nicht wahr?«

»Natürlich. Die war auch nicht besonders gut. Der Matador hieß Villamarti. Er beabsichtigte, zwei Stiere zu Ehren seiner Vaterstadt zu töten. Apis sollte der zweite sein, wie Christoph berichtete. Der kleine Ausflug lohnte sich, das Städtchen lag wirklich entzückend am Rande der Küste. Die Arena stammte aus der Mitte des siebzehnten Jahrhunderts, sehr stimmungsvoll das Ganze. Auch das Einleitungszeremoniell – wenn die Berittenen hereingaloppieren und den Bürgermeister in seiner Loge ersuchen, ihnen die Schlüssel zum Zwinger herabzuwerfen –, das alles wurde brillant ausgeführt. Sie wissen, es bedeutet ein gutes Vorzeichen, wenn der Reiter die Schlüssel in seinem Hut auffängt. Und er fing sie tadellos auf. Wir hatten unsere Sitze in der ersten Reihe neben dem Tor, durch das die Stiere hereinkamen.

Villamartis erster Stier wurde in leidlicher Form getötet. Der zweite Matador, der Name ist mir entfallen, erledigte den seinigen ohne jede Bravour – was Villamartis Glanz erhöhte. Auch der dritte, Chisto, ein tüchtiger Fachmann mittleren Alters, der nie über eine gewisse flaue Mittelmäßigkeit hinausgekommen war, blieb gleichfalls im Hintergrund. Ja, sie sind eifersüchtig aufeinander wie die Aktricen der Comédie Française, diese Matadore! Villamarti stand mit der Truppe für seinen zweiten Stier bereit. Das Gatter öffnete sich, und Apis erschien, prachtvoll auf seinen Hufen sich wiegend und kokett um die Ecke lugend, als wäre er hier ganz zu Hause. Ein Picador – ein Berittener mit langer Lanze – hielt rechts von ihm nahe der Schranke. Der Mann hatte sich nicht mal die Mühe gemacht, sein Pferd zu wenden, denn die Capeadors – die mit den roten Mänteln – gingen bereits vor, um Apis auf sich zu lenken und seine Wesensart und seine Absichten auszuspüren, nach den Regeln der Kunst, die für Stiere gemacht sind, die nicht denken können . . . Ich erfaßte die Mordtat erst, als sie vollbracht war! Die plötzliche Wendung, der Ausfall, der schräge Stoß von rückwärts, der Sturz von Pferd und Mann – alles war das Werk eines Augenblicks. Apis setzte über das Pferd hinweg – mit dem hatte er keinen Streit – und landete mit allen vier Füßen zugleich (das genügte!) zwischen den Schultern des Mannes, tänzelte mit seinen herrlichen Hufen auf dem Leichnam und war mit dem nächsten Satz davon, wobei er so tat, als fiele er fast auf seine Nase. Können Sie mir folgen? Durch das Stolpern in diesem Augenblick erweckte er den Eindruck, als wäre sein bewundernswerter tödlicher Angriff nichts als tierische Tölpelei gewesen. Da, Herr, begann ich zu begreifen, daß wir es mit einem Künstler zu tun hatten. Er blieb nicht über dem Körper des Gefallenen stehen, um den Rest der Truppe herbeizulocken. Diesen Trick behielt er sich für später vor. Er ließ die Diener den Toten hinausschaffen und vergnügte sich nunmehr mit den Capeadors. Für Apis, der sich an den Kindern auf unserm Hof geschult hatte, bedeutete der Mantel lediglich einen Wegweiser zu dem dahinter versteckten Mann. Er hielt sich, verstehen Sie, an die Person und nicht an die Aufmachung – nicht an die Zeitung sozusagen, sondern an die Drahtzieher dahinter. Wenn in Frankreich nur ein Drittel der Wähler so gescheit wäre, lieber Freund! – – – Alles aber geschah gewissermaßen gemütlich, mit Humor, und zugleich mit einem Schuß von Grausamkeit. Er schnappte nach dem Mantel eines Capeadors wie ein täppischer Hund, aber ich konnte beobachten, wie er dabei den Mann stets auf seiner gefährlichen linken Seite hielt. Christophe flüsterte mir zu: ›Passen Sie auf den berühmten Stoß seiner Mutter auf. Sobald er den Burschen sicher gemacht hat, kommt's.‹ Es kam mitten in einem Luftsprung. Bei Gott! Er stieß aus der Luft zu! Der Mann plumpste wie ein Sack zu Boden, hob ein wenig die Hand nach dem Kopf – und – – – das war alles. Nun hatte er also den zweiten Leichnam zu seiner Verfügung; zum zweitenmal eilten die Capeadors mit den Mänteln herbei, um ihn fortzulocken, und zum zweitenmal sparte sich Apis seine große Szene auf. Auch jetzt wieder tat er so, als habe nur ein unglücklicher Zufall den Mord verursacht, und – er überzeugte sein Publikum! Es war, als hätte er etwa aus Versehen draußen in den Marschen ein Koppelgatter überrannt. Unglaublich? Ich habe es gesehen.«

Die Erinnerung ließ Monsieur Voiron erneut zum Champagner greifen, und ich folgte seinem Beispiel.

»Aber Apis war nicht der einzige Künstler auf dem Plan. Es hieß, Villamarti stamme aus einer Schauspielerfamilie. Ich bemerkte, daß er Apis jetzt mit ganz andern Augen ansah. Auch er begann zu begreifen. Er nahm seinen Mantel und schwenkte ihn vor Apis, um ihn hinzuhalten, bis ein anderer Picador zur Stelle wäre. Er war ein Matador von bedeutendem Ruf. Vielleicht wußte Apis das; vielleicht auch erinnerte Villamarti ihn an einen der Burschen, mit denen er sich zu Hause geübt hatte. Jedenfalls ließ er alles mit sich machen – – bis zu einem bestimmten Punkt: er gestattete dem andern keine Bewegungsfreiheit auf der Arena; er hielt ihn ständig in der Klemme. Er duckte sich, stieß tölpelhaft und lässig, aber stets drohend zu und dem andern hart auf den Leib rückend. Wir konnten sehen, daß der Mann sich dem Stier anpaßte – und nicht der Stier dem Mann; denn Apis spielte ihn nach der Mitte des Rings hin und Villamarti – ich beobachtete sein Gesicht – erkannte das bald. Aber ich vermochte mir nicht zusammenzureimen, worauf das Biest eigentlich hinauswollte. ›Warten Sie nur ab‹, meinte der alte Christophe, ›er hat es auf den Picador drüben auf dem Schimmel abgesehen. Wenn er nahe genug heran ist, wird er ihn fassen. Villamarti dient ihm nur zur Deckung. Mit mir hat er es einmal ebenso gemacht.‹ Und so war es, mein Freund! Mit einem kurzen Stoß seiner Brust – es klang genau wie bei einem unserer Siebenkommafünfer – entledigte er sich Villamartis – überrannte ihn – und schon hatte er sein Opfer an der Schranke erreicht. Der gleiche schrägeAnsprung, mit tiefgesenktem Kopf, um die Hörner nicht zu gebrauchen – und schon hatte der gewaltige Flankenstoß das Pferd übern Haufen geworfen, mit gebrochenen Beinen und halb gelähmt – der Mann lag bewußtlos am Boden, und siehe da: Apis zwischen beiden, den Rücken gegen die Schranke, seine Rechte gedeckt durch das Pferd, seine Linke durch den Mann zu seinen Füßen. Wie einfach dieser Gedanke! Da ihm die Pflüge und Karren seines früheren Exerzierplatzes nicht zur Hand waren, hatte er sich – ein wahres Genie – mit dem vorhandenen Material eine Behelfsdeckung geschaffen. Die Truppe rückte von neuem vor, ihr linker Flügel behindert durch das gestürzte Pferd, ihr rechter zur Untätigkeit verurteilt durch den Körper des Mannes, über den gespreizt Apis mit bedeutungsvoller Miene stand. Villamarti warf sich fast zwischen die Hörner, aber – es war mehr eine Herausforderung als ein Angriff. Apis nahm sie nicht an; er hielt seine Verteidigungsbasis fest. Ein Picador wurde vorgeschickt – notwendigerweise gegen seine Front, die allein ungedeckt war. Apis brach vor – er, der bisher, wie Sie wissen, die Hörner nicht gebraucht hatte! Das Pferd überschlug sich nach rückwärts, der Mann halb darunter. Apis stoppte, hakte ihm unter das Herz und schleuderte ihn gegen die Schranke. Wir hörten, wie der Kopf krachte, aber er war tot, bevor er auf das Holz aufschlug. Die Zuschauer blieben regungslos. Auch sie hatten allmählich erfaßt, daß es sich um einen Foch unter den Stieren handelte! In der Arena beschäftigte man sich wieder mit dem Toten. Zwei von der Truppe versuchten zaghaft, ihn zu locken – aber er machte sich davon, der Mitte des Ringes zu. ›Schauen Sie‹, rief Christophe, ›jetzt geht er sich reinigen. Das ist mir immer unheimlich gewesen.‹ Er kniete nieder und begann seine Hörner zu säubern. Der Boden war hart; er stieß in ihn hinein in einer Art ekstatischer Versunkenheit. Wenn er den Kopf gegen die Erde schob und die Ohren schüttelte, war es gleichsam, als ob er den Satan selber um seine Geheimnisse befragte und jedesmal ungeduldig riefe: ›Ja, ich weiß *das* ... und *das* ... und *das*! Sag mir mehr ... mehr!‹ In der Stille ringsum rief eine Frau: ›Er gräbt ein Grab! Ihr Heiligen, er gräbt ein Grab!‹ Einige andere wiederholten die Worte – leise nur, wie eine Woge in einer Meeresgrotte widerhallt.

Und als seine Hörner gereinigt waren, richtete er sich auf und blickte die Truppe des Villamarti prüfend an, einen nach dem andern, Auge in Auge, mit der Würde eines an Verstand Ebenbürtigen und mit der unnahbaren und mitleidlosen Entschlossenheit eines Meisters in seiner Kunst. Das war noch unheimlicher als die Säuberung vorher.«

»Und sie ... die Leute Villamartis?« fragte ich.

»Sie standen unter seinem Bann, genau wie die Zuschauer. Sie hatten aufgehört, zu stampfen, zu fuchteln und ihn zu beschimpfen. Sie richteten sich nach seinem Willen. Die beiden andern Matadore standen und starrten. Nur Chisto, der älteste, unterbrach bisweilen die Stille durch einen Ruf, und Apis drehte dann den Kopf nach ihm hin. Im übrigen hielt er sich abgesondert, regungslos finster – – brütend über die, die seiner Gnade überliefert waren. Ah!

Aus irgendeinem Grund rief die Trompete nach den Banderillas – jenen buntbebänderten, mit Widerhaken versehenen Stäben, die Stieren, die nicht denken können, zwischen die Schultern gestoßen werden, wenn ihre Nackenmuskeln müde sind vom Hochheben der Pferde. Sobald die Tiere den Schmerz spüren, stutzen sie, und in diesem Augenblick springt der Mann elegant zur Seite. Villamartis Banderillero folgte dem Trompetenruf mechanisch – wie ein Verurteilter. Er ging vor, hielt den Speer wägend in der Hand und stammelte den üblichen Herausforderungsspruch ... Und dann? Ich will nicht gerade behaupten, daß Apis mit den Achseln zuckte, aber er vereinfachte dieses Zwischenspiel auf seine elementarsten Formen, wie nur ein Stier Galliens es vermochte. Mit seiner Grausamkeit war stets – dieser Eindruck war wohl der Kürze seines Schweifes zu verdanken – eine gewisse rabelaissche Ausgelassenheit verbunden, besonders wenn man die Sache von der Rückseite besah. Christophe hatte das oft beobachtet. Diese Eigenschaft entfaltete Apis jetzt. Er umkreiste den Burschen und zwang ihn zur schleunigen Aufgabe seiner schönen Posituren. Er betrachtete ihn prüfend von den verschiedensten Seiten, wie ein ungeschickter Photograph. Er bot ihm jeden Teil seiner Anatomie dar, ausgenommen die Schultern. Zwischendurch gab er sich den Anschein, als wollte er ihn überrennen. Mein Gott, es war grausam! Seine Absicht war indessen klar. Er wollte die Zuschauer zum Lachen kitzeln, just in dem Augenblick, wo die menschliche Moral in die Brüche gehen würde. Und das gelang ihm. Der Bursche machte kehrt und rannte der Schranke zu. Apis hatte ihn eingeholt, ehe noch das Lachen abbrach; er überholte ihn; drängte ihn – was sage ich –, pferchte ihn links gegen die Bande, die Hörner seitwärts gehalten, aber doch dicht vor seiner Brust: er wollte ihn nicht in Deckung entweichen lassen. Einige von der Truppe gingen vor, um einzugreifen, aber Villamarti rief: ›Zurück! Wenn er ihn will, wird er ihn nehmen!‹ Sie blieben stehen. Ob nun der Bursche ausglitt oder Apis ihn mit der Schnauze umstieß, konnte ich nicht genau sehen. Jedenfalls sank er stöhnend zu Boden. Apis stoppte wie ein Wagen mit Vierradbremse, machte eine stolze Gebärde, beschnüffelte den Daliegenden von oben bis unten und wandte sich weg: eine Verabschiedung, schmachvoller als Degradierung vor der Front des Bataillons. Die Vorstellung war zu Ende. Für Apis blieb nur noch die Aufgabe, seine Bühne von den untergeordneten Chargen zu säubern.

Ah! Mit welcher Geste er das vollführte! Er inszenierte einen dramatischen Start – dieser Cyrano aus der Camargue –, so als wäre er ihrer erst jetzt gewahr geworden. Er machte eine Bewegung: und alle die prächtigen Hosen blinkten im nächsten Augenblick oben auf dem Rand der Schranke. Er war alleiniger Herr der Bühne! Aber Christophe und ich, wir zitterten für ihn! Denn, sehen Sie, er hatte sich in ein großartiges Drama verstrickt, dessen dritten Akt nur er selbst vollenden konnte. Und abgesehen von dem in atemloser Erregung dasitzenden Publikum selber, hatte er seinen Stoff erschöpft. Selbst Molière – wir haben vergessen, lieber Freund, auf das Andenken dieser großen Seele zu trinken –, selbst er würde in Verlegenheit gewesen sein. Und Tragödie ist nur ein Schritt nach dem Versagen. Wir sahen, wie die vier oder fünf Gendarmen, die immer für alle Fälle bereitstehen, schon den Finger an den Abzug ihrer Flinten legten. Sie warteten nur auf das Zeichen des Bürgermeisters, um auf Apis Feuer zu geben, wie es zuweilen bei einem Stier geschieht, der über die Schranken in die Zuschauer springt. Natürlich wären einige Menschen dabei getötet oder verwundet worden, aber das hätte Apis nicht gerettet.«

Monsieur Voiron schwemmte den Gedanken in kräftigem Zug hinunter und wischte sich den Bart.

»In diesem Augenblick sandte das Schicksal – oder der Genius von Frankreich, wenn Sie wollen – als Beistand in diesem unvergleichlichen Finale keinen anderen als Chisto, den Ältesten und, wie ich gesagt haben würde (aber ich werde mich in Zukunft hüten zu urteilen), den von allen am wenigsten Begabten: die Mittelmäßigkeit selbst, aber im Herzen – und es ist stets das Herz, das siegt, lieber Freund –, im Herzen ein Künstler. Er stieg gravitätisch in die Arena hinab, allein und sicher. Apis schaute ihn prüfend an, die Augen in seinen Augen. Der Mann nahm Stellung mit seinem Mantel und sprach mit dem Stier wie mit seinesgleichen: ›Nun, Señor‹, rief er, ›wollen wir miteinander diesen ehrenwerten

Caballeros etwas zeigen.‹ Damit schritt er auf den Denker zu, der – wie wir alle wußten – ihn mit einem Sprung – einem Stoß – einem Druck hätte erledigen können. Werter Freund, ich wünschte, ich könnte Ihnen etwas anschaulich machen von der ungekünstelten Gutmütigkeit, dem Humor, dem natürlichen Takt, der an Respekt grenzenden Wertschätzung, mit der Apis, der überlegene Künstler, diese Einladung annahm. Er war der Meister, der nach einer Stunde ermüdender Arbeit im Atelier nun sich aufgeknöpft und gemütlich zeigte mit einem vorgeschrittenen, aber nicht allzu begabten Schüler. Der Kontakt war augenblicklich zwischen ihnen hergestellt. Und das aus gutem Grund! Christophe sagte zu mir: ›Alles in Ordnung! Dieser Chisto ist unter Stieren aufgewachsen. Ich wußte das gleich, als ich ihn eben sprechen hörte. Er ist Hirte gewesen; er wird die Sache machen.‹ Zuerst gab es ein kurzes Heranfühlen und gegenseitiges Abtasten der Entfernungen und Gelegenheiten.

Oh, und ja: jetzt kam eine grobe Ungehörigkeit von Villamarti. Er war Chisto in einiger Entfernung gefolgt – in der Absicht, seinen Ruf wiederherzustellen. Wahrhaftig! Ich kann mir vorstellen, daß der alte Dumas einem unwillkommenen Eindringling die Tür vor der Nase zuschlug, genau so, wie jetzt Apis es machte. Unverweilt jagte er Villamarti in die nächstgelegene Deckung. Er blieb davor stehen, stampfte mit den Füßen und schnaubte: ›Pack dich! Ich hab' es jetzt mit einem Künstler zu tun.‹ Villamarti ging und ließ seinen Ruf für immer zurück.

Apis wandte sich wieder Chisto zu und sagte: ›Entschuldigen Sie die Unterbrechung. Ich bin leider nicht immer Herr meiner Zeit, aber Sie haben ja wohl selbst bemerkt, lieber Kollege . . .?‹ Und dann begann das Spiel. Aus Achtung vor Chisto wählte Apis zum Operationsziel (und das ist bei jedem Stier verschieden) den inneren Saum des Mantels – den nämlich, der dem Körper des Mannes am nächsten ist. Damit bleiben für den Vorstoß nur wenige Millimeter Spielraum frei. Aber Apis vertraute sich selbst, wie Chisto ihm vertraute; und diesmal richtete er sich nach dem Mann mit unnachahmlicher Klugheit und Mäßigung. Er ließ sich in den Schatten oder in die Sonne spielen, ganz wie es das begeisterte Publikum verlangte. Er raste fürchterlich, markierte eine

Niederlage, stand starr wie eine Bildsäule, um dann plötzlich in einem neuen Paroxysmus von Wut vorzubrechen – immer aber mit der sicheren Beherrschung des wahren Künstlers, der weiß, daß er nur das Gefäß einer Leidenschaft ist, an der nicht er, sondern die anderen sich berauschen. Und keinen Augenblick vergaß er, daß ihm der Mantel nur als Anhaltspunkt diente, um dem braven Chisto nicht ein Haar auf seiner Haut zu krümmen. Auch Chisto wurde von ihm mitgerissen. Weiß Gott, seine Jugend kam ihm wieder, diesem altbewährten Ochsentöter – der Schwung und Zauber und Glanz seiner frühen Träume. Fast konnte man sie sehen, jene Schöne von einst, um deretwillen er sich jetzt übersteigerte, sich aufschwang zu diesem Gipfel von Geschicklichkeit und Wagemut. Auch seine große Stunde war es, eine wunderbare Stunde der Abenddämmerung, die ein letzter Sonnenstrahl vergoldet. Sein ganzes Können setzte er für Apis ein. Und Apis dankte es ihm mit allem, was er gelernt hatte, zu Hause, in Arles oder bei seinen einsamen Mordtaten draußen auf unsern Weidegründen. Gleich einem Strom des Todes umwogte er Chisto, umkreiste seine Knie, sprang hoch bis zu seinen Schultern, stieß haarscharf rechts oder links an seinem Kopf vorbei, strich schnaubend hart an seinem Rücken vorüber, und ein- oder zweimal – es war unvergleichlich! – bäumte er sich zur vollen Höhe vor ihm auf, während Chisto vor der Lawine dieses wohlgeschulten Körpers gewandt zurückglitt. Diese beiden, lieber Freund, hielten fünftausend Menschen in Bann, und nichts war zu hören als das Geräusch des Atmens – regelmäßig wie Pumpenzüge. Es war kaum noch zu ertragen. Beide, Tier und Mann, wurden sich bewußt, daß wir nach einem Wechsel der Tonart verlangten – einer *détente*. Und sie gingen zur Heiterkeit eines reinen Possenspiels über. Chisto fiel auf den Rücken und schimpfte wütend auf Apis ein. Dieser tat, als habe er eine solche Sprache noch nie vernommen. Das Publikum heulte vor Vergnügen. Chisto gab ihm Klapse; er trieb Unfug mit seinem kurzen Schwanz, an den er sich anklammerte, während Apis Bocksprünge vollführte; er machte mit ihm akrobatische Kunststücke in allen möglichen Stellungen; er war wieder zum Hirten geworden – derb, unbekümmert, grob, aber voller Verständnis. Apis aber blieb immer der vollendetere

Clown. Während der ganzen Zeit jedoch (Christophe und ich sahen es) lenkte Apis das Spiel nach dem Gatter des ›Toril‹ hin, durch das so mancher Stier hereinkommt, aber – haben Sie je gehört, daß einer lebend wieder hinausgelangte? – Wir wußten, daß Apis wußte: so wie er Chisto gerettet hatte, würde Chisto ihn retten. Das Leben ist süß für uns alle; für den Künstler, der viele Leben in einem lebt, am süßesten. Und Chisto ließ ihn nicht im Stich. Zuletzt, als niemand mehr lachen konnte, warf er seinen Mantel über den Rücken des Stiers und legte den Arm um seinen Nacken. Dann wies er mit erhobener Hand zum Gatter, so wie Villamarti, jung und gebietend, aber *kein* Hirte, gewinkt haben würde, und rief: ›Meine Herren, öffnen Sie mir und meinem ehrenwerten Eselchen!‹ Sie öffneten – ich hatte die Spanier bisher falsch beurteilt! –, das Tor öffnete sich vor beiden, dem Mann und dem Stier, und schloß sich hinter ihnen. Und dann? Vom Bürgermeister bis zum letzten Gendarmen waren alle wie toll fünf Minuten lang; bis die Trompeten von neuem ertönten und der fünfte Stier – ein schwarzer Andalusier, der *nicht* denken konnte – in die Arena stürmte. Vermutlich wurde er von irgend jemand getötet. Mein Freund, mein sehr lieber Freund, dem ich mein Herz geöffnet habe, ich gestehe, daß ich nicht weiter achtgegeben habe. Christophe und ich, wir weinten – weinten zusammen wie Kinder der gleichen Mutter. Wollen wir nicht trinken auf diese Mutter?«

II

Fischerjungs

Ein Seeroman

1

Durch die Tür des Rauchzimmers, die nach der Wetterseite offenstand, drangen die Nebelmassen des Nordatlantik ein. Der große Dampfer stampfte und schlingerte, und die Sirenen pfiffen zur Warnung der Fischerflottille.

»Dieser junge Cheyne ist die lästigste Wanze auf dem ganzen Schiff«, sagte ein Passagier in einem wollenen Paletot, indem er die Tür zuschlug. »Können wir hier nicht brauchen. Ist viel zu frech.«

Ein weißhaariger Deutscher langte nach einem belegten Brötchen und brummte kauend:

»Die Brut kenn' ich. Amerika ist voll davon. Ich sag' Ihnen, Sie sollten Tauenden zollfrei einführen bei Ihnen.«

»Pah! Er ist nicht wirklich bösartig. Er kann einem eher leid tun«, brummte ein Newyorker, der bequem der Länge nach ausgestreckt unter dem feuchtbeschlagenen Deckfenster lag. »Seit seiner frühesten Kindheit schleppen sie ihn von Hotel zu Hotel. Gerade heute morgen sprach ich mit seiner Mutter darüber. Eine reizende Frau, aber sie gibt selber ohne weiteres zu, daß sie dem Jungen nicht gewachsen ist. Sie gehen nach Europa, um seine Erziehung zu vollenden ...«

»Die noch nicht mal begonnen hat«, warf ein Herr aus Philadelphia, von seinem Eckplatz her, dazwischen. »Dieser Bub bekommt zweihundert Dollar monatlich Taschengeld. Er ist noch keine sechzehn.«

»Eisenbahnen, der Alte, nicht?« fragte der Deutsche.

»Jawohl«, antwortete der aus Philadelphia faul. »Eisenbahnen und Bergwerke und Sägewerke und Reedereien. Ein Werk hat er in San Diego, eins in Los Angeles; ihm gehören ein halbes Dutzend Eisenbahnen, die Hälfte aller Waldungen nach dem Stillen Ozean hin, und seine Frau hat nichts zu tun, als Geld auszugeben. Im Westen fühlt sie sich nicht wohl, sagt sie. Reist einfach zwecklos 'rum mit ihrem Jungen und ihren Nerven, bloß auf der Suche danach, scheint's, was *ihm* Spaß machen könnte. Immer in der Runde 'rum, Florida, Adirondacks, Lakewood, Hot Springs, New York, und wieder von vorn. Hat nicht mehr Schliff wie ein x-beliebiger Hotelboy, der Kerl, und wenn seine Erziehung in Europa ›vollendet‹ ist, wird er erst der richtige Schrecken für alle sein.«

»Weshalb kümmert sich der eigene Vater nicht um den Jungen?« fragte der wollene Paletot.

»Der Alte muß Geld scheffeln. Will dabei nicht gestört werden, vermutlich. In ein paar Jahren wird er sich seinen Schaden besehen. Ein Jammer, steckt allerhand Gutes in dem Jungen, wenn man bloß 'ran könnte.«

»Mit dem Tauende, mit dem Tauende!« brummte der Deutsche.

Die Tür wurde aufgerissen, und ein Knabe von etwa fünfzehn Jahren, lang und schmächtig, eine halb gerauchte Zigarette im Mundwinkel hängend, kam hereingeschlakst. Seine käsige Gesichtsfarbe paßte wenig zu seinem Alter, und seine Haltung und Erscheinung war ein Gemisch aus Unentschlossenheit, Aufdringlichkeit und falscher Eleganz. Er trug eine kirschfarbene Joppe, Knickerbockers, rote Strümpfe, Tennisschuhe; eine rote Flanellmütze hatte er tief in den Nacken geschoben. Durch die Zähne pfeifend und die Anwesenden musternd, sagte er mit hoher, lauter Stimme:

»Mulmig draußen, was? Man hört nichts wie das Getute von den Fischerbooten rundum. Wär' ein Mordsspaß, wenn wir eins rammen würden, was?«

»Tür zu, Harvey«, sagte der Newyorker, »Tür zu und draußen geblieben; wir verzichten auf Ihre Gesellschaft.«

»Wer kann mich hindern«, antwortete der Junge unverfroren. »Haben *Sie* vielleicht meine Überfahrt bezahlt, Mister Martin? Ich denke, ich habe hier das gleiche Recht wie jeder andre.«

Er nahm ein paar Würfel von einem Schachbrett und begann zu würfeln, rechte Hand gegen linke.

»Stinklangweilig hier, meine Herren, was? Könnten wir nicht eine Partie Poker machen?«

Niemand gab ihm Antwort. Trotzdem paffte er ungeniert seine Zigarette, schlug die Beine übereinander und trommelte mit reichlich unsaubern Fingern auf den Tisch. Dann zog er einen Pack Banknoten aus der Tasche, wie um sie zu zählen.

»Wie geht es heute Ihrer Mutter?« fragte einer der Herren. »Sie war nicht beim Lunch.«

»Ist in ihrem Salon, vermut' ich. Sie ist fast immer seekrank bei der Überfahrt. Ich wollte grade die Stewardeß mit fünfzehn Dollar tippen, daß sie sich ein bißchen um sie kümmert. Ich gehe nicht öfter 'runter als unbedingt nötig. Wird mir immer ganz schwummrig, wenn ich an der Anrichte vorbei muß. Ich bin zum erstenmal auf See, verstehn Sie.«

»Sie brauchen sich nicht zu entschuldigen, Harvey.«

»Wer spricht von entschuldigen? Ich fahre zum erstenmal nach Europa, meine Herren, und außer am ersten Tage bin ich keine Spur seekrank gewesen, *ich* nicht!« Er schlug triumphierend mit der Faust auf den Tisch, näßte die Finger und fing wieder an, seine Scheine zu zählen.

»Ja, du bist ein Mordskerl, steht dir an der Stirn geschrieben«, sagte der Philadelphier. »Du wirst noch zur Zierde deines Vaterlandes heranblühn, wenn du so fortmachst.«

»Weiß ich! Ich bin Amerikaner, durch und durch und allemal. Das werd' ich ihnen zeigen, wenn ich nach Europa komm'. Pff! Mein Kraut ist ausgegangen. Ich kann den Mist nicht rauchen, den der Steward verzapft. Hat einer der Herren eine echte Türkische bei sich?«

Der Obermaschinist kam einen Augenblick herein, gerötet, lächelnd, naß. »He, Mac«, rief Harvey kameradschaftlich. »Wie steht's, wie geht's?«

»Ganz wie immer«, war die ruhige Antwort. »Die Jugend ist höflich gegen die Erwachsenen, und die Erwachsenen wissen das zu schätzen.«

Aus der Ecke kicherte es. Der Deutsche öffnete seine Zigarrentasche und bot Harvey eine dunkle, dünne Zigarre an. »Das ist das Richtige für Sie, mein junger Freund«, sagte er. »Wollen Sie sie versuchen, ja? Da werden Sie mal sehen, wie Ihnen wohl wird.«

Harvey zündete sich schwungvoll das verdächtige Kraut an. Er fühlte seine Stellung unter den Erwachsenen gefestigt.

»Das langt nicht, um *mich* umzuwerfen«, sagte er, nicht ahnend, daß das furchtbare Produkt, das er sich da ansteckte, ein »Wheeling«-Stumpen, eine Giftnudel schlimmster Sorte, war.

»Das wird sich gleich zeigen«, sagte der Deutsche. »Wo sind wir jetzt, Herr Macdonald?«

»So hier- oder dortherum, Herr Schäfer«, erwiderte der Maschinist. »Bis heute abend können wir bei den ›Großen Bänken‹ sein; aber ganz allgemein gesprochen, sind wir mitten in der Fischerflotte. Wir haben seit Mittag drei Jollen angerannt und einem Franzosen den Klüverbaum gekappt. Das kann man knapp vorbei nennen!«

»Schmeckt Ihnen meine Zigarre, hm?« fragte der Deutsche, denn Harveys Augen standen voll Tränen.

»Feines, kräftiges Aroma«, antwortete er mit zusammengebissenen Zähnen. »Mir scheint, wir fahren jetzt langsamer, nicht? Ich will mal 'raus und nach dem Log sehen.«

»Das täte ich auch an Ihrer Stelle«, sagte der Deutsche.

Harvey stolperte über die nassen Decks zur nächsten Reling. Er fühlte sich miserabel; aber da er vor dem Decksteward, der Stühle zusammenstellte, erst kürzlich geprahlt hatte, er werde nie seekrank, ließ er sich aus Stolz verleiten, nach rückwärts über das Zweite-Klasse-Deck bis zum Heck zu gehen, das in ein sogenanntes Schildkrötendeck auslief. Das Deck lag ganz verlassen, und er schleppte sich zum äußersten Ende, bis an den Flaggenstock. Er krampfte sich halb ohnmächtig vor Schmerz zusammen, denn der Stumpen im Verein mit dem Dröhnen der aus dem Wasser auftauchenden Schraube schien ihm die Seele aus dem Leib zu drehen. Sein Kopf schwoll; Funken tanzten ihm vor den Augen; sein Körper schien kein Schwergewicht mehr zu haben; seine Glieder flogen. Die Seekrankheit raubte ihm die Besinnung, und beim nächsten Überholen kippte er über die Reeling, auf den glatten Rand des Schildkrötendecks. Dann tauchte eine graue, mütterliche Woge aus dem Nebel auf, nahm Harvey sozusagen unter einen Arm und schleppte ihn mit sich fort; das große Wasser schloß sich über ihm, und er sank sanft in Schlummer.

Er erwachte durch den Ton eines Horns, wie es ihm von seiner Sommerschule in den Adirondacks her als Signal zum Mittagessen bekannt war. Langsam kam ihm die Erinnerung, daß er Harvey Cheyne war, tot, ertrunken inmitten des großen Wassers. Aber er war zu schwach, sich die Einzelheiten zusammenzureimen. Ein ungewohnter Geruch drang ihm in die Nase; kaltes Schuddern lief ihm über den Rücken, und er fühlte sich hoffnungslos mit Salzwasser angepumpt. Als er die Augen aufschlug, vermeinte er, noch auf den Wellen zu liegen, denn es glitzerte wie Silberkämme um ihn; und dann sah er, daß er auf einem Haufen halbtoter Fische gebettet lag, und sah vor sich einen Menschenrücken, in eine blaue Wolljoppe gekleidet.

Das hilft alles nichts, dachte der Junge. Ich bin tot, sicherlich, und der da hat irgendwas damit zu tun.

Er stöhnte. Da drehte die Gestalt ihren Kopf herum und ließ ein Paar goldener Ohrringe sehen, die halb in schwarzem, lockigem Haar verschwanden.

»Aha! Jetzt besser?« sagte die Gestalt. »Still liegen! Daß wir grade bleiben!«

Mit einem raschen Ruderschlag drehte der Sprecher den schwankenden Bootsbug einem schaumlosen Wellenberg zu, der ihn zwanzig Fuß hochhob, um ihn sodann in einen glasigen Abgrund hinabgleiten zu lassen. Aber diese Bergpartie störte die blaue Joppe nicht in ihrer Rede. »Fein, daß ich dich erwischt hab', was? Noch feiner, daß euer Boot nicht *mich* erwischt hat, was? Wie bist du denn 'rausgefallen?«

»Mir war furchtbar elend«, sagte Harvey, »und ich konnt' nichts machen.«

»Ich tute noch grade rechtzeitig in mein Horn, und dein Boot piert ein bißchen, und da kommst du 'runtergerollt. Halt, denk' ich, der ist jetzt zu Fischköder zermahlen von der Schraube! Aber nein, du treibst – treibst auf mich zu und ich fang' dich ein, wie einen großen Fisch. Für diesmal geht's noch nicht ans Sterben.«

»Wo bin ich?« fragte Harvey, der sich in seiner Lage nicht sonderlich gesichert vorkam.

»Mit mir auf unserer Jolle, Manuel heiß' ich. Ich bin vom Schoner ›Da sind wir‹, von Gloucester. Da wohn' ich auch. Bald gibt's Abendbrot, he?«

Er schien vier Hände und einen Kopf aus Eisen zu haben, denn er tutete nicht nur durch eine große Muschel, sondern drehte im Stehen das flache Boot, indem er zugleich breiige hohle Töne in den Nebel schickte. Wie lange dieses Spiel gedauert haben mochte, dessen konnte sich Harvey nicht erinnern; denn er lag nur da, ganz überwältigt vom Anblick der dampfenden Wellenberge. Er glaubte, einen Schuß, ein Hornsignal und Rufe zu hören. Ein Fahrzeug, größer als die Jolle, aber nicht weniger flink, wurde sichtbar. Stimmen sprachen durcheinander. Er wurde in einen dunklen, schwankenden Raum gehoben, wo Männer in Ölzeug ihm einen heißen Trank einflößten, ihm die Kleider abzogen. Dann schlief er ein.

Beim Erwachen wartete er auf die Frühstücksglocke seines

Dampfers und wunderte sich, wieso seine Kabine so eng geworden war. Sich umwendend, sah er in ein kleines, dreieckiges Loch, von einer Lampe erhellt, die an einem Querbalken hing. Just in Reichweite lief ein dreieckiger Tisch vom Bugwinkel bis zum Fockmast. Rückwärts, wo der verrauchte Ofen stand, saß ein Junge seines Alters, mit rotem, breitem Gesicht und lustigen grauen Augen. Er trug eine blaue Joppe und hohe Wasserstiefel. Mehrere Paare der gleichen Art, eine alte Mütze, ein paar abgetragene, wollene Socken lagen auf dem Boden, und gelbes und schwarzes Ölzeug schlug gegen die Kojen. Der Raum war von Gerüchen so vollgepfropft wie ein Sack mit Wolle. Das Ölzeug hatte einen eigentümlich schweren Geruch, der sozusagen den Untergrund bildete für die Düfte von gebackenem Fisch, angebranntem Fett, Farbe, Pfeffer und altem Tabak. Über dem allem aber schwebte der Geruch von Schiff und Salzwasser. Mit Widerwillen bemerkte Harvey, daß sein Lager keine Leintücher aufwies. Er war auf ein Stück schmutzig-braunen Drillich gebettet, voller Knoten und Knubbeln. Ja, und die Bewegungen des Schiffes waren auch nicht die eines Dampfers. Es glitt nicht, schlingerte nicht, sondern schien sich albern und wie ziellos um sich selbst zu drehen, wie ein Fohlen am Halfter. Wasserrauschen drang nah an sein Ohr, und die Deckbalken knarrten und winselten. Bei alledem wurde ihm so verzweifelt zumute, daß er plötzlich an seine Mutter denken mußte und laut aufstöhnte.

»Geht's besser?« fragte ihn der Junge freundlich grinsend. »Magst du Kaffee?« Er brachte ihm einen Blechbecher voll und süßte den Kaffee mit Melasse.

»Gibt's denn hier keine Milch?« fragte Harvey und musterte die Doppelreihe der Kojen, als ob er eine Kuh zu finden hoffte.

»Nein«, lachte der Junge. »Nicht bis Mitte September. Der Kaffee ist aber nicht schlecht. Ich hab' ihn selber gemacht.«

Harvey trank ohne weitere Entgegnung und machte sich heißhungrig über einen Teller voll rasch gebratenen Specks, den ihm der Junge reichte.

»Ich hab' auch deine Kleider getrocknet. Die werden wohl ein bißchen eingeschrumpft sein«, fuhr der Bub fort. »Passen sowieso nicht recht hier zu uns. Versuch mal, dich umzudrehn, ob du nicht verletzt bist.«

Harvey drehte sich nach allen Richtungen, aber er konnte sich über keine Schmerzen beklagen.

»Das ist recht«, sagte der Junge herzlich. »Mach dich fertig und komm auf Deck. Mein Vater will dich sehen. Ich bin sein Sohn – Dan werd' ich gerufen –, ich bin Küchenjunge und mach' auch alle andre Arbeit, die den Männern zu drekkig ist. Ich bin jetzt der einzige Junge hier, seit Otto über Bord gegangen ist. War bloß'n Holländer, zwanzig Jahre alt. Wie bist du bloß bei so 'ner Flaute über Bord gekommen?«

»Es war gar nicht ruhig«, sagte Harvey mürrisch. »Es war ein richtiger Sturm, und ich war seekrank. Ich muß über die Reling gerollt sein.«

»War 'ne ganz gewöhnliche leichte Dünung gestern und vorgestern, jawoll«, sagte der andre. »Aber wenn das bei dir Sturm ist«, ... er pfiff durch die Zähne ... »da kannst du noch etwas erleben, bis du seefest wirst. Fix jetzt, der Vater wartet!«

Harvey hatte, wie so manche bedauernswerte junge Menschen, noch nie in seinem Leben einen direkten Befehl zu hören bekommen – wenigstens nie ohne lange und oftmals tränenreiche Erläuterungen über die Vorteile des Gehorsams und die Gründe, weshalb dies oder jenes von ihm verlangt wurde. Frau Cheyne lebte in ständiger Angst, ihren Sohn zu verstimmen, was vielleicht der Grund war, daß sie ihrerseits immer am Rande eines Nervenzusammenbruchs stand. Er konnte daher nicht begreifen, warum er sich wegen jemand anderem beeilen sollte. Er sagte: »Dein Vater kann ja herunterkommen, wenn er mich durchaus sprechen will. Er soll mich nach New York bringen, sofort. Es wird sich bezahlt machen!«

Dan riß die Augen auf, als ihm der köstliche Spaß in seinem ganzen Umfang aufdämmerte. »Hör mal, Papp«, rief er hinauf. »Er sagt, du kannst ja 'runterkommen, wenn du ihn durchaus sprechen willst. Hörst du, Papp?«

In einem Baß, wie ihn Harvey noch nie aus einer Menschenbrust gehört hatte, kam die Anwort: »Laß den Unsinn, Dan, und schick ihn 'rauf.«

Dan kicherte und warf Harvey seine aufgeweichten Tennisschuhe zu. Etwas in den Tönen von da oben bewirkte, daß der Knabe seine Wut unterdrückte, indem er sich mit dem

Gedanken tröstete, wie er nach und nach auf der Heimreise die Geschichte von seinem und seines Vaters Reichtum den Leuten hier zu Gemüte führen würde. Und daheim, bei seinen Freunden, würde er sicherlich ein Held auf Lebenszeit sein nach diesem Abenteuer.

Er frettete sich die senkrechte Leiter hinauf, stolperte über eine Menge Hindernisse vorwärts und landete vor einem kleinen, untersetzten, glattrasierten Mann mit grauen Augenbrauen, der auf einer Stufe saß, die zum Achterdeck führte. Über Nacht hatte sich die See gelegt und wogte nur noch in langer, öliger Dünung, gegen die sich rings in der Ferne die Segel von einem Dutzend Fischerbooten abhoben – kleine schwarze Punkte –, das waren die Jollen, die beim Fischen waren. Der Schoner spielte leicht um den Anker, am Großmast war nur das Gaffelsegel aufgezogen. Und außer dem Mann am »Kartenhaus« war das Schiff völlig verlassen.

»Guten Morgen, um nicht zu sagen guten Mittag! Du hast vier Wachen überschlafen, mein Junge«, begrüßte ihn der Fischer.

»Guten Morgen«, erwiderte Harvey. Es paßte ihm nicht, »Junge« tituliert zu werden; auch erwartete er mehr Mitgefühl für das Schicksal eines vom Tode Erretteten. Seine Mutter litt Qualen, wenn er nur nasse Füße hatte, aber dieser Seemann schien sich nicht im mindesten zu beunruhigen.

»Jetzt erzähl uns mal die ganze Geschichte! War richtig 'ne Schicksalsfügung, wenn man's genau bedenkt. Wie heißt du denn und woher kommst du? Europa scheint's, was?«

Harvey nannte seinen Namen, den Namen des Dampfers, gab eine kurze Schilderung des Unglücks und schloß mit der Aufforderung, ihn sofort nach New York zurückzubringen, wo sein Vater jede verlangte Summe bezahlen würde.

»Hm«, machte der Glattrasierte, gänzlich unberührt von Harveys Schlußbemerkung. »Könnte nicht sagen, daß wir hier viel halten von einem, der bei völliger Flaute von so 'nem großen Kahn über Bord geht, und wenn's auch bloß 'n Bub ist. Am allerwenigsten, wenn er sich damit entschuldigt, daß er seekrank war.«

»Entschuldigt!« schrie Harvey. »Bilden Sie sich vielleicht ein, ich bin zu meinem Vergnügen in euer dreckiges kleines Boot gefallen?«

»Da ich nicht weiß, was bei dir Vergnügen heißt, kann ich dir darauf nicht antworten, mein Junge. Aber an deiner Stelle würd' ich das Schiff, das dich durch Gottes Vorsehung gerettet hat, nicht beschimpfen. Erstens ist das sträfliche Lästerung, und zweitens verletzt das meine Gefühle, denn ich bin Disko Troop, Kapitän der ›Da sind wir‹ von Gloucester, was du nicht recht zu wissen scheinst.«

»Weiß ich auch nicht, und ist mir auch höchst einerlei«, gab Harvey zurück. »Ich bin natürlich sehr dankbar, daß ich gerettet worden bin und so weiter, aber ich möchte Ihnen endlich begreiflich machen, daß Sie um so besser bezahlt werden, je schneller Sie mich nach New York zurückbringen!«

»Was heißt das?« Troop zog eine buschige Braue hoch über einem verdächtig sanften blauen Blick.

»Was das heißt? Dollars und Cents!« sagte Harvey, beglückt, sich aufspielen zu können. »Blanke Dollars!« Er fuhr mit der Hand in die Tasche und reckte ein wenig den Bauch heraus, wie es seine Art war, wenn er sich ein Ansehen geben wollte. »Das war der beste Fang eures Lebens, daß ihr mich aufgefischt habt. Ich bin der einzige Sohn von Harvey Cheyne.«

»Da hat er Glück gehabt!« sagte Disko trocken.

»Und falls ihr nicht wißt, wer Harvey Cheyne ist, dann wißt ihr überhaupt nicht viel, basta. Also wenden und hoppla!«

Harvey war der festen Überzeugung, daß halb Amerika nichts anderes zu tun hatte, als vom Reichtum seines Vaters zu reden und ihn darum zu beneiden.

»Vielleicht kenn' ich ihn, vielleicht nicht. Reff deinen Bauch ein, Junge, der ist voll von meiner Kost!«

Harvey hörte, wie Dan kicherte, der sich zum Schein am Fockmast zu schaffen machte, und das Blut stieg ihm zu Kopf.

»Für die Kost werden wir auch bezahlen«, sagte er. »Wann, meinen Sie, sind wir in New York?«

»Ich hab' nichts zu suchen in New York. Auch nicht in Boston. Kann sein, wir sind im September in Eastern Point. Dein Vater – tut mir leid, hab' nie von ihm gehört –, der gibt mir dann zehn Dollar vielleicht nach allem, was du da schwatzt. Vielleicht auch nicht.«

»Zehn Dollar! Was stellen Sie sich vor! Sehen sie ...«

Harvey griff in seine Tasche nach dem Bündel Banknoten. Aber nichts als ein Päckchen aufgeweichter Zigaretten kam zum Vorschein.

»Nicht die geläufige Scheidemünze und schlecht für die Lungen! Schmeiß weg, mein Junge, und versuch's noch mal.«

»Man hat mir's gestohlen!« schrie Harvey hitzig.

»Werd' also warten müssen mit meinen Dollars, bis du deinen Papa wiedersiehst, was?«

»Hundertvierunddreißig Dollar, alle weg!« Er wühlte wild in allen Taschen. »Geben Sie sie zurück!«

Ein merkwürdig veränderter Ausdruck glitt einen Augenblick über das wetterharte Gesicht des Schiffers.

»Was hast *du* in deinem Alter wohl mit hundertvierunddreißig Dollar anzufangen, Junge?«

»Es war ein Teil von meinem Taschengeld – für den Monat natürlich.« Damit glaubte Harvey den Alten endgültig umgeworfen zu haben. Das traf auch zu. Aber in anderm Sinn.

»Oh! Hundertvierunddreißig Dollar ist nur ein Teil von seinem Taschengeld – bloß für einen Monat! Kannst du dich nicht erinnern, ob du dich irgendwo angeschlagen hast beim Runterfallen? Vielleicht an einen Pfosten? Der alte Hasken vom ›Ostwind‹« – Troop schien nur noch zu sich selber zu sprechen –, »der ist damals bloß über 'ne Luke gestolpert und ist mit dem Kopf an den Großmast geschlagen, und drei Wochen drauf, da hat er sich steif und fest eingebildet, der ›Ostwind‹, der wär 'n Kriegsschiff und müßt' Handelsschiffe kapern, und da hat er richtig Krieg erklärt gegen Sable Island, weil's britisch wär' und die Sandbänke zu weit vorliefen. Sie mußten ihn in einen Bettsack einnähen, daß bloß noch Kopf und Füße 'rausschauten – die ganze Reise über. Und jetzt ist er wieder in Essex zu Hause und spielt mit kleinen Puppen.«

Harvey erstickte fast vor Wut. Aber Troop fuhr tröstend fort: »Du tust uns leid, sehr leid ... noch so jung ... Wollen lieber nicht mehr reden von dem Geld, denk' ich.«

»Natürlich nicht, Sie haben's gestohlen.«

»Gut, gut, wir haben's gestohlen, wenn dich das beruhigt. Und was die Rückreise betrifft: Angenommen, wir könnten dich zurückbringen – was wir aber *nicht* können –, du bist jetzt nicht im richtigen Zustand für zu Hause; und *wir*, wir sind eben erst in die ›Bänke‹ eingelaufen und müssen uns unser Brot verdienen. Wir besehen keine *fumfzig* Dollar im Monat – nicht zu reden von Taschengeld, und wenn wir Glück haben, sind wir so gegen September wieder irgendwo an Land.«

»Aber – aber jetzt ist doch erst Mai. Ich kann doch nicht einfach hier bleiben und nichts tun, nur weil ihr fischen wollt. Ich *kann* nicht, sag' ich Ihnen!«

»Schön und gut, gut und schön. Niemand verlangt von dir, daß du nichts tust. Es gibt sogar 'ne Menge zu tun für dich – an Ottos Stelle –, der ist in Le Have über Bord gegangen. Hat scheint's den Halt verloren bei 'nem Sturm dort. Hat sich nicht drüber äußern können, weil er nie wiedergekommen is. Du kommst grade recht, für alle Teile, wie von der Vorsehung geschickt. Verstehn wirst du nicht viel, kann ich mir denken, was?«

»Ich werd's euch zeigen, euch allen, wenn wir an Land sind«, sagte Harvey mit einem giftigen Kopfnicken und etwas von »Pirat« murmelnd, was ein – allerdings nur halbes – Lächeln auf Troops Antlitz hervorrief.

»Bloß mit dem Mundwerk bist du nicht faul. Das hatt' ich vergessen. Aber auf der ›Da sind wir‹ schwatzt man nur, wenn man was zu sagen hat! Halt die Augen offen und hilf Dan bei seiner Arbeit und so, und dafür geb' ich dir – du bist's zwar nicht wert – aber trotzdem doch – zehn und einen halben im Monat – sagen wir: fünfunddreißig am Ende der Fahrt. Ein bißchen Arbeit wird dir den Kopf klarmachen, und später mal kannst du uns dann alles erzählen von Papa und Mama und von deinem Geld.«

»Sie ist auf dem Dampfer«, rief Harvey, und seine Augen füllten sich mit Tränen. »Bringen Sie mich nach New York, sofort!«

»Arme Frau – arme Frau! Aber sie wird's schon verwinden, wenn sie dich erst wieder hat. Wir sind unser acht auf der ›Da sind wir‹. Wenn wir jetzt umkehren – das sind mehr als tausend Meilen –, da verlieren wir die gute Fischzeit. Das kann ich nicht wegen der Mannschaft, selbst wenn *ich* wollte.«

»Aber mein Vater wird das alles gutmachen!«

»Er würd's versuchen, ohne Zweifel würd' er's versuchen«, sagte Troop. »Aber unser Fang ist das Brot von acht Leuten, und im Herbst, wenn du ihn wiedersiehst, wird's dann auch wieder mit deiner Gesundheit besser sein. Vorwärts jetzt und hilf Dan. Zehneinhalb, wie ich gesagt hab'. Und die Kost natürlich, wie für uns alle.«

»Soll das heißen, daß ich Töpfe und Pfannen und so reinmachen soll?« fragte Harvey.

»Und sonst allerhand. Das ist noch lange kein Grund, so laut zu schreien, Junge!«

»Das tu' ich nicht! Mein Vater gibt euch so viel, daß ihr den dreckigen, kleinen Fischkasten hier« – Harvey stampfte auf das Deck auf – »zehnmal, nicht einmal, damit kaufen könnt, wenn ihr mich heil nach New York bringt! Und – und außerdem seid ihr mir sowieso noch hundertdreißig Dollar schuldig.«

»Wieso?« fragte Troop, und sein unbewegliches Gesicht verfinsterte sich.

»Wieso? Das wissen Sie besser als ich. Und obendrein soll ich noch Knechtsarbeit tun bis zum Herbst.« – »Knechtsarbeit« schien ihm sehr eindrucksvoll. – »Ich sag' ihnen nochmals, ich *will* nicht. Haben Sie verstanden?«

Troop betrachtete eine Weile die Spitze des Großmasts mit scheinbar größtem Interesse, während Harvey nicht aufhörte auf ihn einzuschwätzen.

»Ksch!« machte er endlich. »Ich muß mir die Sache mal zurechtlegen. Da steckt Verantwortung dahinter.«

Dan kam verstohlen heran und zupfte Harvey am Ellbogen. »Hör auf, dich mit Vater 'rumzustreiten«, flüsterte er. »Du hast ihn jetzt schon ein paarmal einen Dieb geheißen, und das läßt er sich von keinem lebenden Wesen bieten.«

»Ich will aber nicht!« schrie Harvey, ohne auf den Rat zu achten. Troop überlegte noch immer.

»Klingt richtig verrückt«, sagte er schließlich und wandte seinen Blick Harvey zu. »Ich verdenk' dir's nicht, nicht ein bißchen, mein Junge, aber du wirst mir's auch nicht verdenken, wenn du erst mal deine Galle los bist. Paß jetzt gut auf, was ich sage: Zehneinhalb als zweiter Schiffsjunge hier auf dem Schoner und die ganze Kost, damit du was lernst und wieder gesund wirst. Ja oder nein?«

»Nein!« schrie Harvey. »Bringen Sie mich nach New York zurück oder ich . . .«

Er konnte sich nicht mehr genau erinnern, was dann geschah. Er lag im Speigat und hielt sich seine blutende Nase zu. Troop sah ihn gelassen an.

»Dan«, sagte er zu seinem Sohn, »der Junge hat mir von Anfang an nicht gefallen, weil er so vorschnell urteilt. Laß dich nie zu vorschnellen Urteilen verleiten, Dan. Jetzt tut er mir leid, denn es ist sicher oben gar nicht richtig bei ihm. Er kann nichts dafür, daß er mich beschimpft hat, auch nicht für das, was er sonst geschwätzt hat und daß er über Bord gesprungen ist; denn ich glaub' jetzt beinahe, das hat er getan. Sei nett mit ihm, Dan, sonst kriegst du die doppelte Tracht. Das Nasenbluten wird ihm den Kopf klarmachen. Laß ihn nur ausbluten.«

Troop ging gemessen in die Kajüte, wo er und die älteren Männer schliefen. Er überließ es Dan, den unglückseligen Erben von dreißig Millionen zu trösten.

2

»Ich hab' dich gewarnt«, sagte Dan, während das Blut in raschen Tropfen auf das dunkle, ölige Plankenwerk fiel. »Papp ist nicht jähzornig, aber du hast's redlich verdient. Hab dich doch nicht so.« – Harvey schüttelte sich vor Schluchzen. – »Ich kenn' das. Einmal hat er mich geschlagen und nie wieder. Und das war auf meiner ersten Reise. Da kommt man sich dann ganz elend vor und gottverlassen; das kenn' ich.«

»Du hast recht«, stöhnte Harvey. »Der Alte ist entweder verrückt oder betrunken, und ich – und ich kann gar nichts tun.«

»Laß das Papp nicht hören! Alkohol, das gibt's bei ihm nicht, und ... und er hat gesagt, daß *du* verrückt bist. Warum *hast* du ihn denn auch bloß einen Dieb geschimpft? Er ist doch mein Vater.«

Harvey richtete sich auf, wischte seine Nase ab und berichtete über das Mißgeschick mit seinen verschwundenen Banknoten. »Ich bin gar nicht verrückt«, schloß er; »aber dein Vater hat scheinbar nie mehr als eine Fünfdollarnote beisammen gesehn, und mein Vater könnte jede Woche einmal so einen Kasten wie euern hier kaufen und würde es gar nicht mal merken.«

»Du weißt nicht, was die ›Da sind wir‹ wert ist. Da müßte dein Vater ja haufenweise Geld haben. Womit hat er sich's denn verdient? Mein Vater sagt immer, Verrückte können kein richtiges Garn spinnen. Erzähl nur weiter.«

»Womit er es verdient hat? In Goldbergwerken und so, im Westen.«

»Davon hab' ich gelesen. So, so, im Westen! Ob er da wohl auch mit der Pistole und einem dressierten Pony 'rumreitet wie im Zirkus? Sie nennen das ›Wildwest‹, und ich hab' gehört, daß sie Sporen und Zaumzeug aus purem Silber haben.«

»Du *bist* ein Schaf!« sagte Harvey, wider Willen belustigt. »Mein Vater kann mit Ponys nichts anfangen. Wenn er fort muß, nimmt er seinen Wagen.«

»Was soll *das* wieder für ein Wagen sein?«

»Seinen eigenen Salonwagen natürlich; hast du noch nie was von einem Salonwagen gehört?«

»Slatin Beeman hat einen«, sagte Dan bedächtig. »Ich hab' ihn in Boston auf dem Bahnhof gesehen. Drei Neger haben dran 'rumgeschrubbert. Aber dem Slatin Beeman, dem gehören ja alle Eisenbahnen auf Long Island, heißt's. Und halb Hampshire hat er gekauft, heißt's, und einen großen Zaun drum 'rum gemacht und dann Löwen und Tiger und Bären und Büffel und Krokodile und noch mehr so Viehzeug 'reingesteckt. Ja, das ist ein Millionär! *Dem* seinen Wagen hab' ich gesehn, jawohl!«

»Na also, *mein* Vater ist, was man einen Multimillionär nennt. Und er hat zwei Salonwagen. Einer heißt nach mir ›Harvey‹ und der andre nach meiner Mutter ›Constance‹.«

»Halt!« rief Dan. »Papp kann das Schwören nicht leiden. Aber diesmal mußt du. Bevor du weiter erzählst, mußt du sagen: ›Ich will auf der Stelle tot sein, wenn ich gelogen hab'.‹«

»Gerne«, sagte Harvey.

»Das genügt nicht. Du mußt wörtlich sagen: ›Ich will auf der Stelle tot sein, wenn ich nicht die Wahrheit spreche.‹«

»Ich will hier auf der Stelle sterben, wenn nicht jedes Wort, das ich gesagt hab', die glatte Wahrheit ist.«

»Auch das mit den hundertvierunddreißig Dollar und alles?« rief Dan. »Ich hab' zugehört, wie du Papp davon erzählt hast. Da dacht' ich schon, jetzt muß gleich der Walfisch kommen und dich verschlingen, wie den Jonas.«

Harvey redete sich in Hitze. Dan war ein schlauer Bursch auf seine Art, und nach weiteren zehn Minuten war er überzeugt, daß Harvey nicht log – wenigstens nicht allzu sehr. Außerdem hatte er sich ja durch den furchtbarsten Eid, den Knaben kennen, gebunden. Und da saß er ja, lebend, mit roter Nase, im Speigat, und erzählte Wunder über Wunder.

»Bei Gott noch mal!« sagte Dan aus der Tiefe seines Herzens, als Harvey seine genaue Beschreibung des Salonwagens beendet hatte, der seinen Namen trug. Ein kleines Grinsen der Schadenfreude überzog sein breites Gesicht: »Ich glaub' dir, Harvey. Zum erstenmal in seinem Leben hat sich Papp verhauen mit seinem Urteil.«

»Ganz gewiß«, sagte Harvey, rachebrütend.

»*Das* wird ihn mächtig fuchsen. Das verträgt er gar nicht, wenn er sich geirrt hat.« Dan warf sich zurück und schlug sich auf den Schenkel. »O Harvey, verdirb jetzt bloß den Spaß nicht und halt den Mund!«

»Ich will mich aber nicht wieder verprügeln lassen. Ich will quitt werden mit ihm!«

»Das ist bei meinem Vater noch keinem gelungen. Er wird dich höchstens noch mal verprügeln. Je mehr er sich geirrt hat, um so kräftiger. Goldminen und Pistolen . . .«

»Ich habe kein Wort von Pistolen gesagt«, fiel Harvey rasch ein, der an seinen Eid dachte.

»Da hast du recht. Also: Zwei Salonwagen, einer mit deinem, einer mit Mutters Namen . . . Zweihundert Dollar Taschengeld im Monat . . . und sitzt im Speigat mit blutender Nase, weil er nicht für zehneinhalb im Monat arbeiten will. Das nenn' ich einen Spaß!« Er schüttelte sich vor Lachen.

»Ich war also doch im Recht?« sagte Harvey, der hoffte, einen Parteigänger gefunden zu haben.

»Nein, du warst im Unrecht, ganz und gar. Jetzt halt dich man bloß an mich und mucks dich nicht, sonst kriegst du's wieder und ich dazu, weil er dann denkt, daß ich auf deiner Seite bin. Er gibt mir immer die doppelten Hiebe, weil ich sein Sohn bin. Er will niemanden bevorzugen. Jetzt hast du natürlich eine Stinkwut auf ihn. Geht mir auch manchmal so. Aber Papp ist ein gerechter Mann. Das sagt die ganze Flotte.«

»Das sieht wohl sehr nach Gerechtigkeit aus?« sagte Harvey und zeigte auf seine vergewaltigte Nase.

»Macht nichts. Das verdünnt dein Landrattenblut. Papp sagt, das ist gut für deine Gesundheit. Und hör mal, ich kann mit niemandem verkehren, der mich oder Papp oder sonst wen auf der ›Da sind wir‹ einen Dieb schimpft. Wir sind keine Bande von gewöhnlichen Werftarbeitern. Ganz und gar nicht. Wir sind alle Fischer, und wir fahren schon sechs Jahre miteinander. Laß dir das gesagt sein! Ich soll nicht schwören, Papp nennt das den Eid mißbrauchen und verhaut mich dafür. Aber wie *du* geschworen hast, daß alles wahr ist, was du über deinen Papa und sein Geld erzählt hast, kann ich auch schwören wegen den Dollars. Ich weiß nicht, was du in deinen Taschen gehabt hast, wie wir deinen Kram zum Trocknen gehängt haben, denn ich hab' nicht nachgesucht. Aber ich kann mit genau denselben Worten schwören, wie du eben: weder Papp noch ich wissen was von deinem Geld, und wir waren die einzigen, die dich angefaßt haben, wie du an Bord kamst. Das sag' *ich!* Na?«

Der »Aderlaß« hatte Harveys Gehirn anscheinend ein wenig geklärt, und auch die Einsamkeit hier auf weiter See tat wohl das ihre. »Gut!« sagte er. Dann schaute er verwirrt zu Boden. »Mir scheint, daß ich mich für einen, den man eben vom Ertrinken gerettet hat, nicht sehr dankbar gezeigt habe, Dan.«

»Na ja, du warst eben noch nicht ganz bei Trost«, antwortete Dan. »Übrigens haben bloß Papp und ich dich gesehn. Der Koch zählt nicht.«

»Ich hätt' mir überlegen sollen, daß ich das Geld vielleicht im Wasser verloren hab«, sagte Harvey halb zu sich selbst, »statt jeden einen Dieb zu nennen, der mir vor die Augen kam. Wo ist dein Vater?«

»In seiner Kajüte. Was willst du schon wieder von ihm?«

»Das wirst du gleich sehn«, antwortete Harvey. Er ging, etwas schwankend, denn der Kopf summte ihm noch, zur Kajüte, wo die kleine Wachuhr in Sicht des Steuerstandes hing. In der schokoladebraun und gelb gemalten Kajüte saß Troop, mit einem Notizbuch und einem riesigen schwarzen Bleistift beschäftigt, an dem er von Zeit zu Zeit heftig sog.

»Ich habe mich nicht gut benommen«, sagte Harvey, erstaunt über seine eigene Schüchternheit.

»Was ist jetzt wieder los?« fragte der Kapitän. »Hast du was mit Dan gehabt?«

»Nein. Es betrifft Sie.«

»Also, ich höre.«

»Ich ... ich ... ich bin hergekommen, um zurückzunehmen, was ich gesagt hab'«, sagte Harvey sehr rasch. »Wenn einer vom Ertrinken gerettet wird ...« Er schluckte.

»Wie? – Na – aus dir kann immerhin noch 'n Mann werden, wenn du so weitermachst ...«

»... dann sollt' er sich nicht damit einführen, daß er die Leute beschimpft.«

»Gut und recht. Recht und gut«, sagte Troop mit einem kleinen trockenen Lächeln.

»Deshalb bin ich hier, um um Entschuldigung zu bitten.« Wieder ein großer Schluckser.

Troop erhob sich langsam von der Schlopskiste, auf der er saß. Er reichte Harvey seine zwölfzöllige Pranke hin: »Ich hab's gewußt, es wird dir mächtig nützen; beweist wieder mal mein Urteil.« Ein unterdrücktes Kichern kam vom Deck. »Ich täusch' mich sehr selten in meinem Urteil.« Die Riesenhand schloß sich um die Harveys, seinen Arm bis an den Ellbogen lähmend. »Das muß noch 'n bißchen mehr Schmalz ansetzen, eh' wir dich abliefern, mein Junge – und was vorher war – Schwamm drüber. Du warst auch nicht ganz richtig im Kopf. Mach dich jetzt an die Arbeit, das wird dir nichts schaden.«

Als Harvey auf Deck kam, sagte Dan: »Na, jetzt bist du reingewaschen!« Harvey wurde rot bis an die Haarwurzeln.

»Ich mein' es nicht bös«, gab Dan zurück. »Ich hab' gehört, was Papp gesagt hat; und wenn er mal sagt, daß er von einem was hält, dann bleibt's auch dabei. Er kann nu mal nicht leiden, daß er sich irrt. Ho, ho! Wenn Papp mal 'ne Meinung hat, streicht er lieber die Flagge vor den Engländern, als daß er davon abgeht. Ich bin froh, daß jetzt alles klar ist. Papp hat schon recht, wenn er sagt, daß er dich jetzt nicht zurückbringen kann. Wir leben alle vom Fischen. In einer halben Stunde kommen die Fischer zurück, wie die Haifische auf 'nen toten Wal.«

»Wieso?« fragte Harvey.

»Essen, natürlich. Sagt dir dein Magen nichts? Du mußt noch 'ne Menge lernen.«

»Das scheint mir auch so«, sagte Harvey kläglich und schaute auf das Gewirr von Tauen und Spieren über sich.

»Prachtschiff, was?« begeisterte sich Dan, den Blick Harveys mißverstehend. »Wart nur, bis wir mit vollen Segeln und schwerbeladen heimkehren! Aber vorher heißt's noch tüchtig schaffen!« Er zeigte in die finstere Leere des offenen Großluks zwischen den beiden Masten.

»Wozu ist das, das ist doch ganz leer?« fragte Harvey.

»Du und ich und noch 'n paar andre werden dafür sorgen müssen, daß es voll wird«, erklärte Dan. »Dahinein kommen die Fische.«

»Lebend?« fragte Harvey.

»Aber nein, erst müssen sie tot sein – und platt – und eingesalzen. Wir haben hundert Fässer Salz in den Behältern, und bis jetzt haben wir kaum eine Lage eingesalzen.«

»Wo sind denn aber die Fische?«

»Erst naß im Wasser, dann tot im Boot«, antwortete Dan nach einem alten Seemannswort. »Gestern hat man dich zusammen mit Stücker vierzig eingeholt.« Er zeigte auf eine Art hölzernen Behälter. »Den müssen wir beide schrubben, wenn er wieder leer ist. Gott geb's, daß wir heute volle Tröge haben. Ich hab's schon erlebt, daß das Boot vor Ladung einen Fuß tiefer ging, und wir haben an den Tischen gearbeitet, bis wir uns fast selber aufgeschlitzt haben vor Müdigkeit. Schau, jetzt kommen sie!« Dan schaute über die niedrige Reling auf ein halbes Dutzend Jollen, die durch das seidig glänzende Wasser herangerudert kamen.

»Ich hab' die See noch nie von so tief aus gesehn«, sagte Harvey. »Das ist schön.«

Die untergehende Sonne färbte das Wasser purpurrot, und goldene Lichtstreifen spielten auf den Wellenhöhen und bildeten makrelfarbige, blaugrüne Schatten in den Wellentälern. Jeder Schoner, der in Sicht war, schien seine Jollen wie an unsichtbaren Fäden heranzuziehen, und die kleinen, dunklen, rudernden Gestalten in den winzigen Booten nahmen sich wie aufgezogene Spielzeugmännchen aus.

»Sie haben heut gut angebissen«, rief Dan mit halbgeschlossenen Augen, um besser zu sehn. »Manuel hat nicht mehr Platz für einen einzigen Fisch. Seine Jolle liegt so flach am Wasser wie ein Seerosenblatt.«

»Welcher ist Manuel? Ich begreife nicht, wie du das aus der Entfernung unterscheiden kannst.«

»Das letzte Boot nach Süden. Der hat dich gestern aufgefischt«, sagte Dan und zeigte mit dem Finger in die Richtung. »Er rudert portugiesisch, man kann ihn nicht verkennen. Östlich von ihm, das ist Pennsylvania, kann besser fischen als rudern. Pumpvoll, soviel man sehen kann. Wieder östlich – schau nur, wie schön sie alle in der Reihe kommen –, der mit den hohen Schultern, das ist der lange Jack. Der ist aus Galway, wohnt in Südboston, wie die meisten, und alle aus Galway sind gute Ruderer. Dort, weiter nach Norden, du wirst ihn gleich singen hören, das ist Tom Platt. Er war Matrose auf dem alten Kriegsschiff ›Ohio‹, dem ersten, das um Kap Horn herumkam, erzählt er. Er spricht nie von was anderm, außer wenn er singt. Aber er hat viel Glück beim Fischen. Aha, was hab' ich gesagt!«

Rauher Sang kam übers Wasser von der nördlichen Jolle. Harvey verstand etwas von kalten Händen und Füßen und dann:

»Die Karte her, den Fetzen,
Schau dort die Berge an,
Die Wolken um die Häupter
Und Nebel unten dran.«

»Volles Boot«, rief Dan mit einem Jauchzer: »Wenn er den ›Capitano‹ singt, ist das Boot pumpvoll.«

Der Sang setzte wieder ein:

»Und dich, mein Capitano,
Bitt' ich aus Herzensgrund:
Begrabt mich nicht im Kirchhof
Nach meiner letzten Stund'.«

»Hurra, Tom Platt! Morgen kommt wieder die Geschichte von der ›Ohio‹ dran. Siehst du die blaue Jolle hinter ihm? Das ist mein Onkel – Vaters Bruder. Und wenn irgendwer Pech hat bei den Bänken, dann ist's sicher Onkel Salters. Schau, wie er zimperlich rudert. Ich wett' meine Heuer, er ist wieder der einzige heute, der ganz zerstochen ist. – Und ob er zerstochen ist!«

»Wovon denn zerstochen?« fragte Harvey, den die Sache zu interessieren anfing.

»Erdbeeren, meistens. Kürbis, Gurken und Zitronen. Natürlich! Zerstochen bis an die Ellbogen! Der hat ein Glück beim Fischfang, der Mann! Komm, jetzt machen wir die Flaschenzüge klar, damit wir sie 'raufziehen können. Stimmt das wirklich, was du gesagt hast, daß du in deinem Leben noch nie gearbeitet hast? Ist das nicht ein schreckliches Gefühl?«

»Aber jetzt werd' ich's versuchen«, antwortete Harvey tapfer. »Es ist mir nur alles so neu.«

»Pack jetzt die Talje an, da hinter dir!«

Harvey griff nach einem Seil und einem großen Haken, die vom Backstag herunterpendelten, während Dan einen andern Haken herunterzog vom Topptakel, wie er es nannte. Eben kam Manuel mit seinem vollen Boot längsseit. Der Portugiese lächelte sein strahlendes Lächeln, das Harvey später so gut zu deuten wußte, und begann mit einer kurzstieligen Gabel die Fische in den Trog auf Deck zu werfen. »Zweihunderteinunddreißig«, schrie er.

»Gib ihm den Haken«, sagte Dan. Harvey reichte ihn Manuel hinunter. Manuel hakte ihn in eine Seilschlinge am Bug ein, ergriff Dans Talje, hakte sie in den Heckshaken und klimmte sich zum Schoner hinauf.

»Zieh!« schrie Dan und Harvey zog. Er war erstaunt, wie leicht die Jolle sich hob.

»Halt! Bis zum Großmast soll sie nicht rauf!« lachte Dan. Und Harvey ließ nach, denn das Boot hing in der Luft über seinem Kopf.

»Tiefer!« kommandierte Dan. Harvey gab nach, und Dan schwang mit einer Hand das leichte Boot herüber, bis es sanft auf Deck landete.

»Leer wiegen sie fast gar nichts. Das war ganz gut für 'nen Neuling. Aber 'n richtiger Seemann hat den Trick noch besser 'raus.«

»Aha!« rief Manuel, seine braune Hand ausstreckend. »Geht's besser heut? Gestern um die Zeit haben die Fische nach dir gefischt. Jetzt fischst du nach Fischen, he?«

»Ich . . . ich bin Ihnen zu großem Dank verpflichtet«, stammelte Harvey und fuhr wieder einmal seiner unseligen Angewohnheit nach mit der Hand in die Tasche. Aber er erinnerte sich gleich, daß er ja kein Geld mehr hatte. Später, als er Manuel besser kannte, errötete er noch in der dunklen Koje vor Scham bei dem Gedanken an den Mißgriff, den er da begangen hätte.

»Was ist da zu danken?« brummte Manuel. »Hätt' ich dich vielleicht um die ganzen ›Bänke‹ rumtreiben lassen sollen? Und jetzt bist du ein Fischer, he? Au, au!« machte er und bog sich hin und her, um die Steifheit aus seinen Gliedern zu kriegen. »Ich hab' heute das Boot nich saubergemacht. Zu viel geschafft. Ging zu schnell, Danny, mein Söhnchen, mach du's für mich!«

Harvey war auch gleich mit dabei. Jetzt konnte er etwas für den Mann tun, der ihm das Leben gerettet hatte.

Dan warf ihm einen Wischer zu, und Harvey mühte sich ab, das Boot vom Fischschleim zu säubern, ungeschickt, aber voll guten Willens. »Heb die Fußplanken hoch, die gehn 'rauszunehmen aus den Rillen«, ordnete Dan an. »Wisch sie gut ab und leg sie hin. Eine Fußplanke darf nie klemmen. Kann sein, daß man sie mal nötig braucht! Da kommt der lange Jack.«

Ein Strom glitzernder Fische floß von Jacks Jolle in den Trog. »Manuel, laß die Talje runter, ich mach' inzwischen die Tische zurecht. Mach Manuels Jolle frei, Harvey! Jack seine hängt ja schon drüber.«

Harvey sah von seiner Arbeit auf, und schon pendelte der Boden einer andern Jolle über seinem Kopf.

»Passen ineinander wie Löffel, was?« meinte Dan, als sich das eine Boot bequem ins andre fügte.

»Wie die Ente ins Wasser«, sagte der lange Jack, ein graubärtiger Mann aus Galway mit breitem Mund, sich auf die gleiche Weise zurechtbiegend wie vorher Manuel. Aus der Luke herauf hörte man Disko in seiner Kajüte brummen und an seinem Bleistift nagen.

»Hundertneunundvierzig Stück und einen halben! Pech, Diskobolus!« rief der lange Jack. »Dabei hab' ich mich halbtot geschunden für deine Tasche. Brumm du nur. Der Portugiese hat mich geschlagen.«

Hopp, da kam schon wieder eine Jolle an, und eine neue Ladung Fische schoß in den Trog.

»Zweihundertdrei. Wo ist der neue Passagier?« Der Sprecher war noch größer als der Galwaymann und besonders gekennzeichnet durch eine rote Narbe, die vom linken Auge schräg zum rechten Mundwinkel lief.

Da Harvey nicht wußte, was er sonst tun sollte, wischte er eine Jolle nach der andern aus, zog die Fußplanken heraus und legte sie längsseits auf den Boden des Bootes. »Der macht sich ganz gut«, sagte der Narbige, der kein anderer als Tom Platt war, mit kritischem Blick. »Man kann alles auf zweierlei Art machen. Das eine ist Fischerart – ganz egal, wo man anfängt bei dem glitschrigen Geschäft – und das andre ...«

»Wie wir's gemacht haben auf der alten ›Ohio‹«, fiel Dan ein, sich mit einem langen Klapptisch durch den Knäuel von Männern drängend. »Platz da, Tom Platt, daß ich den Tisch aufstellen kann!«

Er klemmte das eine Tischende auf zwei Bolzen an der Reling, klappte die Beine herunter und duckte sich gerade noch rechtzeitig, um einem schwungvollen Hieb von der Hand des alten Kriegsschiffmannes auszuweichen.

»Das haben sie *auch* gemacht auf der ›Ohio‹, siehst du, Danny«, rief Tom Platt lachend.

»Die müssen aber schieläugig gewesen sein, denn es ging daneben; und ich kenne einen, der wird morgen seine Stiefel auf dem Hauptmast finden, wenn er uns jetzt nicht in Ruhe läßt. Platz da, siehst du nicht, daß ich zu tun hab'.«

»Danny, du liegst den ganzen Tag auf der faulen Haut und schnarchst! Das nenn' ich die Höhe der Frechheit«, sagte der lange Jack. »Wenn du so weitermachst, wirst du unsern ›Neuen‹ in einer Woche ganz verdorben haben.«

»Harvey heißt er«, stellte Dan vor und schwang zwei sonderbar geformte Messer. »Und es wird keine Woche dauern, da wird er es mit fünf solchen Südbostoner Muschelsuchern aufnehmen!« Darauf arrangierte er die Messer mit Geschmack auf dem Tisch und legte, sein Werk bewundernd, den Kopf auf die Seite.

»Ich hab' zweiundvierzig«, sagte eine schwache Stimme von außenbords herauf, und ein dröhnendes Gelächter erhob sich, als eine zweite Stimme antwortete:

»Na, da hab' ich ja diesmal noch Glück gehabt, ich hab' fünfundvierzig. Dafür bin ich auch zerstochen von oben bis unten.«

»Zweiundvierzig *oder* fünfundvierzig!« sagte wieder die kleine Stimme. »Man kann sich ja verzählen!«

»Das ist Penn und Onkel Salters«, sagte Dan. »Wenn die ihren Fang zählen, das ist jedesmal der reinste Zirkus. Hör dir das an!«

»'rauf, 'rauf mit euch«, brüllte der lange Jack. »Ist feucht da unten, Kinder.«

»Zweiundvierzig hast du gesagt.« Das war Onkel Salters' Stimme.

»Ich kann ja noch mal zählen«, sagte die schwache Stimme sanft.

Die beiden Jollen stießen gegeneinander und schlugen an die Bordwand des Schoners.

»Heiliges Jerusalem«, japste Onkel Salters und schlug mit dem Ruder auf, daß es klatschte. »Welcher Teufel hat dich bloß geritten, dich Stoppelhopser, daß du je deinen Fuß in ein Fischerboot gesetzt hast! Um ein Haar hätt'st du mich in Grund gerannt.«

»Tut mir aufrichtig leid, Mister Salters. Ich bin zur See gegangen wegen meines nervösen Magenleidens. Sie selbst haben mir dazu geraten, wenn ich mich recht erinnere.«

»Wärst du bloß in einem Walfischloch ersoffen, du mitsamt deinem Magenleiden«, schrie Onkel Salters, eine kleine dicke Tonne von Mann. »Jetzt kommst du ja schon wieder auf mich los! Hast du jetzt zweiundvierzig gesagt oder fünfundvierzig?«

»Ich weiß es nicht mehr, Mister Salters. Ich will noch mal zählen.«

»Woher sollen's auch fünfundvierzig sein! *Ich* hab' fünfundvierzig«, sagte Onkel Salters. »Zähl du genau nach, Penn.«

Disko Troop kam jetzt herauf und fuhr dazwischen: »Salters, schaff jetzt sofort deine Fische herauf«, befahl er gebieterisch.

»Verdirb uns den Spaß nicht, Papp«, flüsterte Dan. »Jetzt fangen sie grade erst richtig an.«

»Barmherziger Himmel! er spießt sie stückweise auf«, grölte der lange Jack, als Onkel Salters sich umständlich an die Arbeit machte, während der kleine Mann in der andern Jolle eine Reihe von Kerben im Dollbord abzählte.

»Das war der Fang von voriger Woche«, sagte er, kläglich aufschauend und den Zeigefinger noch auf die Kerbe haltend, bei der er aufgehört hatte zu zählen.

Manuel stieß Dan an, der sprang aufs Achterdeck, beugte sich rasch über, hakte die Jolle hinten ein, während Manuel sie vorne festmachte. Die andern zogen rüstig an und hißten das Boot an Bord – Mann, Fisch und alles.

»Eins, zwei, vier – neun«, zählte Tom Platt mit geübtem Aug'. »Siebenundvierzig! Penn, du bist Sieger!« Dan ließ den Flaschenzug laufen und entleerte Penn mitsamt einem Strom von Fischen auf Deck.

»Halt!« rief Onkel Salters, während sein Boot schon in der Luft baumelte. »Halt! Jetzt hab' ich mich wieder verzählt.« Es blieb ihm keine Zeit mehr zu protestieren; er wurde über Bord gehißt und in derselben Weise behandelt wie »Pennsylvania.«

»Einundvierzig!« sagte Tom Platt. »Ein Seemann wie du! Läßt sich von einem Farmer übertrumpfen!«

»Das ist geschwindelt!« antwortete der und stolperte aus seinem Boot. »Und ich bin zerstochen von oben bis unten!« Seine fetten Hände waren geschwollen und rotweiß gesprenkelt.

»Manche Leute finden Erdbeeren, und wenn sie danach tauchen müßten«, sprach Dan zum eben aufgehenden Mond hin.

»Und andere«, erwiderte Onkel Salters, »stinken vor Fett und Faulheit und verhöhnen noch dazu ihre eigenen Blutsverwandten.«

»Los, los!« rief eine Stimme, die Harvey bis jetzt noch nicht gehört hatte. Disko Troop, Tom Platt, der lange Jack und Salters machten den Anfang. Der kleine Penn bückte sich nach seiner Tiefsee-Angelwinde und nach den verwickelten Fischleinen. Manuel legte sich der Länge nach auf Deck, und Dan tauchte in den Packraum unter, wo ihn Harvey hämmern hörte.

»Salz!« sagte er heraufkommend; »gleich nach dem Essen geht's ans Ausnehmen. Du wirst die Fische spießen, und Tom Platt und Vater werden sie verstauen und sich dabei in die Haare geraten wie gewöhnlich. Du, ich, Manuel und Penn gehören zur zweiten Eßrunde. Die Jüngsten und die Schönsten!«

»Was nützt mir das! Ich hab' Hunger.«

»Die sind gleich fertig. Hmm! heut riecht's besonders gut. Vater hält auf einen guten Koch. Das war heute ein feiner Fang, was?« Er zeigte auf die mit Stockfischen vollgefüllten Tröge. »Wie war der Wasserstand, Manuel?«

»Fünfundzwanzig Faden«, antwortete der Portugiese schläfrig. »Sie haben gut und rasch angebissen. Das lernst du auch noch, Harvey.«

Der Mond hatte schon seine nächtliche Wanderung über die stille See angetreten, eh' die älteren Männer an Deck kamen. Der Koch brauchte nicht erst »zweite Tour« zu rufen. Dan und Manuel waren schon durchs Luk hinunter und saßen am Tisch, noch ehe Tom Platt, der Langsamste von den Älteren, recht mit Essen fertig war und sich den Mund mit dem Handrücken abgewischt hatte. Harvey folgte Penn und setzte sich vor einen Blechteller mit Dorschköpfen und Lebern, Speckwürfeln und Bratkartoffeln; daneben gab's noch warmes Brot und starken schwarzen Kaffee. So hungrig sie waren, warteten sie doch, bis Penn den Tischsegen gesprochen hatte. Dann stopften sie schweigend in sich hinein, bis Dan nach einem langen Zug aus seiner Tasse Atem schöpfte und Harvey fragte, ob er satt sei.

»Voll bis oben, aber es ist doch noch Platz für einen letzten Bissen.«

Der Koch war ein riesiger, jettschwarzer Neger und im Gegensatz zu allen Negern, die Harvey bis jetzt gesehn hatte, redete er nicht, sondern begnügte sich, mit Grinsen und Deuten zum Zulangen aufzufordern.

»Siehst du, Harvey«, sagte Dan, seine Gabel auf den Eßtisch aufklopfend, »die jungen und schönen Leute wie ich und Pennsy und du und Manuel, wir gehören zur zweiten Runde und essen nach der ersten. Die sind die alten Fische; grantig und mufflig, und man muß ihren Mägen schöntun. Drum kommen sie zuerst dran, was sie gar nicht verdienen. Hab' ich recht, Doktor?«

Der Koch nickte.

»Kann der nicht sprechen?« flüstere Harvey.

»Genug, um sich verständlich zu machen. Aber nicht wie wir. Seine Muttersprache ist ganz komisch. Er kommt vom Kap Breton, aus dem Innern, da sprechen die Farmer ihr eigenes Schottisch. Kap Breton ist voll von Niggern, die sind im Krieg dahingekommen, und jetzt sprechen sie alle so ein Kauderwelsch zusammen.«

»Das ist nicht Schottisch«, warf Penn ein. »Das nennt man Gälisch. Das hab' ich in einem Buch gelesen.«

»Penn liest sehr viel, und meistens hat er recht, außer, wenn er Fische zählt. Was, Penn?«

»Läßt sich dein Vater bloß einfach *sagen*, wieviel Fische jeder gefangen hat, ohne zu kontrollieren?« fragte Harvey.

»Freilich. Glaubst du, daß einer wegen ein paar lumpiger Stockfische lügen wird?«

»Es war einmal einer, der *hat* gelogen«, warf Manuel ein. »Tagtäglich immer fünf oder zehn oder fünfundzwanzig mehr, wie er hatte.«

»Wo war denn das?« fragte Dan. »Nicht bei *unsern* Leuten?«

»Franzmann aus Anguille.«

»Ah, diese Franzmänner von der Westküste zählen überhaupt nicht mit. Begreiflich, daß sie nicht zählen können. Wenn du dir mal einen von ihren weichen Haken in die Finger jagst, Harvey, weißt du Bescheid«, sagte Dan mit größter Verachtung.

»Welche Wonne früh und spät,
Wenn's ans Fischeputzen geht«,

brüllte der lange Jack durch die Luke hinunter, und die zweite »Runde« kletterte flugs hinauf.

Der Schatten der Masten und der Takelage mit dem nie ganz eingezogenen Toppsegel schwankte im Mondlicht hin und her übers Deck, und der Berg von Fischen am Heck glizerte wie ein Block flüssigen Silbers. Im Laderaum hörte man Disko Troop und Tom Platt lärmend mit den Salzfässern herumhantieren. Dan gab Harvey eine großzinkige Forke in die Hand und placierte ihn an das eine Ende des Brettertisches, wo Onkel Salters schon ungeduldig mit dem Messer trommelte. Ein Zuber mit Salzwasser stand neben ihm.

»Du langst Vater und Tom Platt die Fische durch die Luke 'runter«, kommandierte Dan, »und paß auf, daß dir Onkel Salters die Augen nicht aussticht.« Damit turnte er in den Packraum hinab. »Ich muß unten Salz zureichen.«

Penn und Manuel standen bis an die Knie zwischen den

Stockfischen in den Trögen und schwangen ihre Messer. Der lange Jack stand am andern Tischende, trug Fäustlinge und hatte einen großen Korb neben sich aufgestellt. Harvey starrte seine Gabel und den Zuber an.

»He«, schrie Manuel, sich nach einem Fisch bückend und ihn mit zwei Fingern, einen unter der Kieme, einen im Auge, hochhebend. Er legte ihn auf den Rand des Troges; die Messerklinge glitzerte, man hörte einen Ratsch, und der Fisch, aufgeschlitzt vom Hals zum Schwanz und am Kopf beiderseits eingeschnitten, fiel dem langen Jack vor die Füße.

»He!« rief jetzt der lange Jack und löste mit einem Griff die Leber. Die flog in einen Korb. Ein zweiter drehender Griff brachte Kopf und Eingeweide, und der ausgenommene Fisch glitt zu Onkel Salters hinüber, der mächtig schnaufte. Wieder ein Ratsch und die Rückengräte flog über Bord, und der ausgeweidete, kopflose Fisch klatschte in den Trog, und Salzwasser spritzte Harvey in den vor Staunen offenen Mund. Nach den ersten Ausrufen wurde es still unter den Arbeitenden. Die Fische glitten von einem zum andern, als wären sie noch lebendig; und ehe Harvey sich vom ersten Staunen über diese rätselhafte Geschicklichkeit erholt hatte, war sein Zuber voll.

»Vorwärts!« grunzte Onkel Salters, ohne sich umzudrehen, und Harvey gabelte die Fische immer zu zwei und drei die Luke hinunter.

»He! du mußt immer gleich mehr auf einmal nehmen«, rief Dan. »Aber keinen fallen lassen. Onkel Salters ist der beste Aufschlitzer in der ganzen Flotte. Schau, das geht wie bei 'nem Buch!«

In der Tat sah es fast so aus, als ob der rundliche Onkel damit beschäftigt wäre, Buchseiten auf Rekord aufzuschneiden. Manuels gebückter Körper war wie versteinert. Nur mit seinen langen Armen langte er ohne Unterlaß nach Fischen. Der kleine Penn arbeitete voll Eifer, aber es war leicht zu erkennen, daß er zu schwach war. Ein- oder zweimal fand Manuel Zeit, ihm zu helfen, ohne die Kette zu unterbrechen. Und einmal schrie er auf, weil er sich einen französischen Angelhaken in die Finger gespießt hatte. Diese Haken sind sehr weich gearbeitet, damit sie nach dem Gebrauch wieder zurechtgebogen werden können. Aber der Kabeljau reißt sich oft mitsamt dem Haken los und beißt anderswo wieder an. Das ist einer der vielen Gründe, weshalb die Gloucester-Flotte die französische so verachtet.

Von unten her klang das Einreiben des großen Salzes auf das rohe Fleisch wie das Knirschen eines Schleifsteins – die ständige Begleitung zu dem »Klipp-Klapp« der Messer, dem Abdrehen der Köpfe, dem Aufklatschen der Lebern und Eingeweide, dem »Krrr« von Onkel Salters' Messer beim Entgräten und dem »Platsch«, mit dem die Fische in die Bottiche fielen.

Eine Stunde später hätte Harvey alles hingegeben für einen Augenblick Ruhe. Denn nasser, frischer Kabeljau wiegt mehr, als man denkt, und sein Rücken tat ihm weh von dem unausgesetzten Aufgabeln. Aber zum erstenmal in seinem Leben fühlte er sich als Arbeiter unter Arbeitern. Das machte ihn stolz, und er hielt hartnäckig aus.

»Messer!« rief Onkel Salters nach einer geraumen Weile. Penn richtete sich japsend zwischen seinen Fischen auf, Manuel begann mit seinen Rumpfbeugen, um sich wieder geschmeidig zu machen, und der lange Jack lehnte sich über die Reling. Der Koch tauchte auf, geräuschlos wie ein schwarzer Schatten, raffte einen Haufen Köpfe und Fischschwänze auf und verschwand wieder.

»Gebackene Fischköpfe zum Frühstück!« schnalzte der lange Jack.

»Messer!« rief Onkel Salters wieder und schwang ungeduldig seine krumme, flache Aufschlitzwaffe.

»Schau unter dich, Harvey«, rief Dan von drunten.

Harvey sah in einer Leiste des Lukgitters ein halbes Dutzend Messer stecken. Er verteilte sie und nahm die stumpfen ab.

»Wasser!« rief Disko Troop.

»Die Wassertonne ist vorn, und der Schöpfer steht daneben, los, Harvey«, rief Dan.

Eine Minute später kam er zurück mit einem großen Schöpfer voll abgestandenen, braunen Wassers, das trotzdem wie Nektar mundete und Disko und Tom Platt die Zungen löste.

»Das sind Stockfische«, sagte Disko, »und keine Damaskusfeigen, Tom Platt. Das sag' ich dir jedesmal immer wieder, solange wir schon zusammen fahren.«

»Sieben Jahre lang dieselbe Leier«, antwortete Tom Platt kühl. »Gut verstaut bleibt gut verstaut. Man kann auch Ballast falsch und richtig stauen. Wenn ihr je gesehen hättet, wie wir vierhundert Tonnen Eisen auf der ...«

»He!« rief Manuel und gab das Zeichen zur Arbeit. Und sie schafften ohne aufzuhören, bis die Tröge leer waren. Kaum war der letzte Fisch verschwunden, so stapften Disko und sein Bruder ins Deckhaus. Manuel und der lange Jack gingen voraus ins Logis, nur Tom Platt wartete noch, um das Luk zu schließen, und verschwand dann auch. Eine Minute später hörte Harvey schon tiefe Schnarchtöne, und sprachlos vor Verwunderung starrte er Dan und Penn an.

»Diesmal ging's doch schon etwas besser, Manny«, sagte Penn schlaftrunken. »Aber eigentlich muß ich euch doch jetzt noch beim Reinemachen helfen.«

»Für keine Stange Gold möcht' ich Ihr Gewissen haben!« sagte Dan. »Gehen Sie ruhig schlafen, Penn. Sie sind doch nicht zu Schiffsjungenarbeit da. Harvey, zieh einen Eimer mit Wasser hoch. Hören Sie, Penn, schaffen Sie das noch in die Deckeltonne. Können Sie sich noch so lange wachhalten?«

Penn nahm den schweren Korb mit Fischlebern auf und leerte ihn in die Deckeltonne beim Fock. Dann verschwand auch er in seiner Koje.

»Aufklaren ist Schiffsjungenarbeit hier bei uns, und bei ruhigem Wetter haben wir die erste Wache.« Unterdem begann Dan schon die Tröge kräftig auszuschrubben, schlug den Tisch zusammen, stellte ihn im Mondlicht zum Trocknen auf, zog die blutigen Messerklingen durch Werg und wetzte sie dann noch an einem kleinen Schleifstein, während Harvey unter seiner Anleitung Eingeweide und Rückengräten über Bord werfen mußte.

Gleich beim ersten Platsch stieg ein silberweißer Geist aufrecht aus dem öligen Wasser und sandte einen pfeifenden Seufzer in die Stille. Harvey wich mit einem Aufschrei zurück. Aber Dan lachte. »Delphine, die um Fischköpfe betteln. So kommen sie immer hoch, wenn sie hungrig sind. Klingt wie'n Geist aus 'm Grabe, was?« Ein übler Gestank von Fischabfall erfüllte die Luft, als die weiße Säule wieder verschwand, und es gurgelte im öligen Wasser. »Hast du noch nie Delphine kopfstehn sehn? Du wirst sie noch zu Hunderten sehn, solang du bei uns bist. Du, ist doch gut, wieder 'nen Jungen hier zu haben. Otto war zu alt und auch bloß 'n Holländer. Haben uns immer mächtig in den Haaren gelegen. Aber das hätt' mir nix ausgemacht, wenn er wenigstens wie 'n Christenmensch geredet hätte. Müd?«

»Todmüde«, sagte Harvey und ließ den Kopf vornüber sinken.

»Beim Wachegehn darf man nicht schlafen. Vorwärts! Schau, ob die Ankerlichter gut brennen. Du hast jetzt Wache, Harvey!«

»Pah! Was kann uns denn geschehn? Ist ja hell wie am Tag.« Schon schnarchte er.

»Grade dann passiert am leichtesten was, sagt Papp. Bei ruhigem Wetter ist gut schlafen, und eh' man sich's versieht, ist man von einem großen Dampfer mitten durchgeschnitten, und siebzehn goldbetreßte Offiziere, lauter feine Herren, schwören einen Eid drauf, daß kein Licht gebrannt hat und dicker Nebel war. Harvey, ich mag dich sozusagen gern, aber wenn du noch einmal einnickst, treib' ich dir's mit dem Tauende aus.«

Der Mond, der schon vieles in den »Neufundlandbänken« gesehen hat, sah heute auf einen schmalen Jungen in Knickerbockers und roter Jacke herab, der auf dem Deck eines 70-Tonnen-Schoners schlaftrunken herumstolperte, während hinter ihm wie ein Henkersknecht ein anderer Junge sein geknotetes Tauende schwang und zwischen den Schlägen, die er austeilte, gähnte und selbst fast einnickte.

Die festgemachten Ruder knarrten und bewegten sich leise, das Toppsegel klapperte leicht im Nachtwind, und der Ankerspill knirschte, während der klägliche Umzug sich über das Deck bewegte. Harvey flehte, drohte, winselte und weinte zuletzt laut auf. Dan aber pries mit einer Zunge, die ihm am Gaumen klebte, die Wachsamkeit und schlug mit seinem Tauende immer drauflos, wobei er öfter die Jollen als Harvey traf. Endlich, endlich schlug die Uhr zehn, und mit dem letzten Schlag kam der kleine Penn auf Deck gekrochen. Er fand zwei Jungen Seite an Seite am Großluk liegen, so tief in Schlummer, daß er sie buchstäblich an ihre Schlafplätze rollen mußte.

3

Es war der vierzig Faden tiefe Jungenschlaf, der Herz, Auge und Seele klärt und die gewaltige Frühstücksgier erzeugt. Sie aßen eine große Schüssel saftiges Fischgulasch leer, aus den Teilen bereitet, die der Koch gestern weggetragen hatte. Sie wuschen dann das Geschirr der »Alten« auf, die schon wieder auf Fang aus waren, schnitten Schweinespeck für die Mittagsmahlzeit zurecht, spülten den Boden, füllten die Lampen, trugen dem Koch Kohle und Wasser zu, inspizierten den Packraum, wo die Schiffsvorräte verstaut lagen. Ein milder, klarer, wunderbarer Morgen war angebrochen, und Harvey sog die würzige, reine Luft tief in seine Lungen.

Seit gestern lagen noch mehr Schoner vor Anker, und auf der blauen Dünung tanzten Segler und Jollen in großer Zahl. Weit hinten am Horizont stieg, das Blau des Himmels trübend, die Rauchsäule eines Dampfers auf, dessen Rumpf nicht sichtbar war, und östlich schnitt das Großsegel einer Bark ein Viereck ins Blau. Disko Troop saß rauchend auf dem Dach des Deckhauses, ein Aug' auf die schwärmenden Barken, das andere auf den Windzeiger am Toppsegel gerichtet.

»Wenn Papp so vor sich hinstiert«, flüsterte Dan, »dann denkt er sich immer was Wichtiges aus für die ganze Mannschaft. Ich wett' meine Heuer, daß wir bald unsern Ankerplatz verlegen. Papp kennt die Fische am besten. Die ganze Flotte weiß das. Siehst du, wie sie alle 'rankommen, so ganz beiläufig, scheint's, und dabei schielen sie doch die ganze Zeit nach uns. Da kommt der ›Prince Leboo‹, der ist aus Chatham. Der hat sich seit gestern abend angeschlichen. Und siehst du dort den großen Kasten mit dem Flicken im Fock und dem neuen Klüverbaum? Das ist die ›Carrie Pittman‹ aus West-Chatham. Die wird nicht mehr lange segeln, wenn sie nicht mehr Glück hat wie letztes Jahr. Sie tut jetzt schon nicht viel mehr als treiben. Der Anker, an dem sie festliegt, der ist noch nicht erfunden ... Wenn Papp so kleine Ringe pafft, dann studiert er über die Fische. Jetzt darf ihn keiner anreden, sonst wird er wütend. Neulich hat er mir einen Stiefel an den Kopf geschmissen.«

Disko Troop starrte vor sich hin, die Pfeife zwischen den Zähnen, mit Augen, die ins Leere gingen. Er studierte, wie sein Sohn gesagt hatte, über die Fische, die eigene Kenntnis und Erfahrung in den »Bänken« gegen die Launen ihrer Schwärme mobilmachend. Die Anwesenheit der beobachtenden Schoner am Horizont nahm er als eine Reverenz vor seinen Fähigkeiten ruhig hin. Aber nun, da ihm diese Auszeichnung zuteil geworden war, hätte er lieber in der Stille seinen Ankerplatz gewechselt, bis es Zeit war, nach der »Virgin« abzusegeln und die »Straßen dieser brausenden Stadt im Wasser« durchzufischen. So überdachte er also die Wetterlage der letzten Tage; Stürme, Strömungen, Ernährungsverhältnisse und sonstige Hausvatersorgen, alles vom Standpunkt eines zwanzigpfündigen Stockfisches aus gesehn. In der Tat schien er sich für eine Stunde lang in einen Stockfisch verwandelt zu haben und glich ihm auf ein Haar. Endlich nahm er die Pfeife aus dem Mund.

»Papp«, wagte sich jetzt Dan hervor, »wir haben unsre Arbeit durch, dürfen wir nicht 'n bißchen raus? Es ist so gutes Fangwetter.«

»Aber nicht in dem roten Gelump da und mit den braunen Gigerlschuhen. Gib ihm was Richtiges zum Anziehn.«

»Der Alte ist bei Laune, dann ist alles in Ordnung«, sagte Dan fröhlich und zog Harvey hinunter. Troop warf ihnen einen Schlüssel nach. »Vater sperrt mir das Zeug zum Wechseln immer ein, weil Mutter sagt, ich bin so schlampig.« Er wühlte in einer Kiste herum, und in weniger als drei Minuten stand Harvey fix und fertig umgekleidet da: in hohen Fischerstiefeln, einer dicken blauen Wolljope, an den Ellbogen gehörig verstopft, in Fäustlingen und Südwester.

»So, jetzt siehst du doch nach was aus«, sagte Dan. »Los!«

»Bleibt nah beim Boot und macht keine Visiten in der ganzen Flotte herum. Wenn euch jemand fragt, was ich mir auskalkuliert hab', dann sagt ihr's so, wie's ist: ihr wißt nichts.«

Eine kleine rote Jolle, ›Hattie S‹ gezeichnet, war hinter dem Schoner angemacht. Dan holte das Tau an und sprang leicht in das Boot, während Harvey tolpatschig hinterdreinplumpste.

»So geht man in kein Boot«, rügte Dan. »Beim kleinsten Seegang gehst du kopfüber. Das mußt du erst noch richtig lernen.«

Dan setzte die Riemen ein, nahm das erste Paar und beobachtete Harveys Rudertechnik. Harvey konnte rudern, etwa wie Damen auf einem Parkteich. Aber es ist ein gewaltiger Unterschied zwischen leichten, kurzen, wohlausgewogenen Salonrudern und schweren, knirschenden, acht Fuß langen Seeriemen. Sie blieben Harvey schon in der leichten Dünung stecken, und er stöhnte.

»Kurz! Kurz rudern!« schrie Dan. »Wenn du dein Ruder so tief ins Wasser läßt, bringst du das Boot zum Kippen. Nicht ein Prachtboot? Gehört *mir!*«

Die kleine Jolle war blitzsauber. Im Bug lagen ein kleiner Anker, zwei Wassereimer und siebzig Faden dünnes, braunes Ankertau. Eine Blechtute war gerade unter Harveys rechter Hand angebracht, daneben ein groß gearbeiteter Holzschlegel, ein kurzer Bootshaken und ein noch kürzerer Holzstock. Etliche Leinen, mit schweren Bleistücken daran, und Doppelfischhaken waren ordentlich auf Wickelhölzer aufgereiht und hingen an ihrem Platz an der Bordwand.

»Wo ist der Mast und wo sind die Segel?« fragte Harvey, dessen Hände schon Blasen zogen.

Dan kicherte. »Da wird nicht viel gesegelt. Da muß man rudern! Aber drück nicht so hart auf. Möchtest du nicht auch so ein Boot haben?«

»Mein Vater hätte mir gewiß schon ein paar gekauft, wenn ich ihn darum gebeten hätte«, antwortete Harvey. Bis jetzt hatte er noch wenig Zeit gehabt, an seine Familie zu denken.

»Ach so! Jetzt hab' ich ganz vergessen, daß dein Vater ein Millionär ist. Millionärisch lebst du ja nun jetzt grade nicht. Aber so eine Jolle mit Besatzung und Zubehör« – er sprach, wie wenn von einem Walfischfängerboot die Rede wäre –, »kostet einen Haufen Geld. Glaubst du, dein Vater würde dir eine schenken bloß so zum . . . zum Spielen?«

»Selbstverständlich. Das wär' ohnedies so ziemlich das einzige, worum ich ihn noch nicht gequält hab'.«

»Du mußt ein kostspieliges Söhnchen sein zu Hause! Fackel nicht so mit den Rudern durchs Wasser, Harvey. Kurz, kurz! Immer kurz! Denn die See ist fast nie ganz glatt, und sobald eine Dünung kommt . . .«

Krack! Der Riemen schlug Harvey unters Kinn und warf ihn zurück.

»Davor wollte ich dich grade warnen. Ich hab' auch mein

Lehrgeld zahlen müssen. Aber *ich* war noch keine acht Jahr alt.«

Mit gerunzelten Brauen und mit schmerzender Kinnlade setzte sich Harvey neuerdings auf seinem Platz zurecht.

»Es hat keinen Zweck, sich über die Dinge zu erbosen. Man ist selber schuld, wenn man nicht damit umgehen kann, sagt Papp immer. Hier wollen wir anfangen. Manuel wird uns die Wassertiefe geben.«

Der Portugiese schaukelte eine gute Meile von ihnen entfernt, aber als Dan sein Ruder hochhob, schwenkte Manuel dreimal seinen linken Arm.

»Dreißig Faden!« sagte Dan und steckte einen Köder an den Haken. »Runter mit dem saftigen Bissen! Mach auch deinen Köder an, Harvey, und schau, daß die Schnur sich nicht verwickelt.«

Dans Fischleine war schon lange draußen, bis Harvey das Kunststück des Köderanmachens und Leineauswerfens gemeistert hatte. Die Jolle trieb leicht weiter. Es hatte noch keinen Zweck zu ankern, ehe sie einen guten Fischplatz gefunden hatten.

»Da sind sie schon!« schrie Dan. Ein salziger Guß durchnäßte Harveys Schulter, und ein schwerer Stockfisch zappelte an der Leine.

»Das Ding her, Harvey! Rasch! Grad bei deiner Hand! Rasch!«

Offensichtlich konnte das »Ding« nicht die Blechtute sein. Drum langte Harvey nach dem Holzschlegel. Damit betäubte Dan kunstgerecht den Fisch, bevor er ihn hereinzog. Dann zog er ihm mit dem kurzen Holzstock, den er »Zahnstocher« nannte, den Haken aus dem Hals. Plötzlich fühlte Harvey einen Anbiß und zog eifrig ein.

»Gott, das sind ja Erdbeeren!« rief er. »Schau!«

Der Haken hatte sich in ein Büschel »Erdbeeren« verfangen; sie sahen genauso aus wie Landerdbeeren, rot und weiß, aber blätterlos und mit röhrenartigen, schleimigen Stengeln.

»Rühr sie nicht an! Schüttle sie ab, sonst . . .«

Die Warnung kam zu spät. Harvey hatte sie vom Haken genommen, um sie aus der Nähe zu betrachten.

»Autsch!« schrie er, denn seine Finger brannten ihm, als hätte er in Brennesseln gegriffen.

»Jetzt weißt du wenigstens, was ›Erdbeerenpflücken‹ heißt. ›Nichts mit der bloßen Hand anfassen‹, sagt Papp, ›bloß Fische.‹ Streif sie an der Bordwand ab und spieß einen frischen Köder an, Harvey. Vom Hinschaun wird's nicht besser. Das ist alles in der Heuer inbegriffen.«

Harvey mußte Lachen beim Gedanken an die zehneinhalb Dollar. Was würde wohl seine Mutter sagen, wenn sie ihn so sehen könnte, mitten im weiten Ozean, halben Leibs über Bord in einer winzigen Fischerjolle hängend. Sie hatte schon Todesängste ausgestanden, wenn er auf den Saranac-See hinausgerudert war; und beiläufig fiel ihm dabei ein, daß er sie so manches liebe Mal deswegen ausgelacht hatte. Plötzlich glitt ihm die Schnur blitzschnell durch die Hand, daß es ihn durch die wollenen Fäustlinge hindurch brannte.

»Ist das ein Klotz!« schrie Dan. »Laß ihm Leine, dem Kerl, daß er sich austoben kann. Ich helf' dir.«

»Nein, du hilfst mir nicht!« keuchte Harvey, der an der Leine zerrte. »Es ist mein erster Fisch. Ist es ein Wal?«

»Ein Heilbutt könnt's sein.« Dan äugte ins Wasser und schwang kampfbereit den großen Holzschlegel. Etwas weißlich Ovales glitzerte und wand sich im Grünen. »Ich wett' meinen Lohn und Anteil, der wiegt mehr als hundert Pfund. Bist du noch immer so versessen drauf, ihn allein 'reinzuholen?«

Harveys Knöchel waren wund und blutig vom Aufschlagen an die Bootswand; sein Gesicht war blaurot vor Aufregung und Anstrengung. Er war in Schweiß gebadet, halbblind vom Hinstarren auf das sonnengrelle Gestrudel um die tanzende Schnur. Die Knaben waren bald müder als der Heilbutt, der sie und das Schiffchen noch fast eine halbe Stunde lang narrte. Endlich aber konnten sie doch den großen, flachen Fisch durch einen Schlag betäuben und hereinholen.

»Anfängerglück!« sagte Dan und wischte sich den Schweiß von der Stirn. »Der hat seine hundert Pfund!«

Harvey betrachtete sich das riesige, graugesprenkelte Tier mit unaussprechlichem Stolz. An Land hatte er schon oft an den Fischständen Heilbutte ausgelegt gesehen, aber es war ihm nie eingefallen zu fragen, wie sie dahingekommen seien. Nun wußte er's; wußte es mit jeder Faser seines schmerzenden Körpers.

»Wenn Papp da wäre«, sagte Dan, seine Leine einziehend, »könnt' er an dem Fang jetzt alles lesen, wie in einem gedruckten Buch. Die Fische werden immer kleiner und kleiner, und du fängst hier einen Klotz von Heilbutt, wie wir ihn vielleicht auf der ganzen Fahrt nicht wieder kriegen. Gestern – hast du drauf geachtet? –, da gab's lauter große Fische und keinen einzigen Butt drunter. Papp kann das sofort taxieren. Er sagt, alles was in den Bänken geschieht, hat seine Bedeutung. Man muß sie bloß erkennen. Papp, der versteht sein Handwerk wie keiner.«

Er hatte den Satz noch nicht beendet, als auf der »Da sind wir« eine Pistole abgefeuert und ein Kartoffelkorb am Fockmast gehißt wurde.

»Na, was hab' ich dir gesagt? Das ist das Signal zum Zurückrudern für die ganze Mannschaft. Papp muß was Besonderes vorhaben, sonst würd' er nicht um diese Tageszeit abbrechen lassen. Dreh die Fischleine ein, wir müssen auch zurück.«

Sie lagen in Lee vor dem Schoner, eben im Begriff, mit der Jolle über die stille See zurückzuflitzen, als aus einiger Entfernung Hilferufe zu ihnen drangen. Es war Penn, der immer um einen festen Punkt herumkreiste, wie ein riesenhafter Wasserkäfer. Der kleine Mann versuchte immer wieder abzukommen und wurde immer wieder gewaltsam zurückgerissen, und am Ende des Manövers drehte sich die Jolle jedesmal wie besessen um ihr Ankertau.

»Wir müssen ihm rasch helfen, sonst wächst er hier noch an!« rief Dan.

»Was ist denn los?« fragte Harvey. In dieser neuen Welt konnte er nicht einfach wie zu Hause klugschwätzen, sondern mußte sich bescheiden aufs Fragen verlegen. Und die See war überhaupt so schrecklich groß und gleichgültig.

»Sein Anker hat sich verhakt. Das passiert ihm immer so. Zwei hat er schon wieder verloren diesmal. Papp sagt, beim nächsten, den er verliert, so wahr er ein Fischer ist, kriegt er den ›Kelleg‹. Aber das würde Penn das Herz brechen.«

»Was ist ›Kelleg‹?« fragte Harvey, der eine dunkle Vorstellung von einer Seemannstortur damit verband, etwa wie das »Kielholen«, das er aus Seemannsgeschichten kannte.

»Ein schwerer Stein anstatt eines Ankers. Den sieht man

schon im Bug meilenweit. Jeder Fischer weiß, was das zu bedeuten hat. Sie würden ihn fürchterlich aufziehen. Das könnte Penn ebensowenig vertragen, wie ein Hund 'nen Topf am Schwanz. Er ist kolossal empfindlich. Hallo, Penn! Wieder festgehakt? Laß deine Kunststücke jetzt und halt das Tau straff, immer 'rauf und 'runter.«

»Er rührt sich nicht«, sagte der kleine Mann keuchend. »Er rührt sich absolut nicht. Ich hab' schon alles probiert.«

»Was bedeutet dieses Schlangennest?« fragte Dan und zeigte auf ein wildes Durcheinander von Reserverudern und Tauen, von unkundiger Hand zusammengeballt.

»Das«, rief Penn stolz, »ist eine spanische Ankerwinde. Mister Salters hat mir das gezeigt. Aber auch damit krieg' ich das Boot nicht los.«

Dan beugte sich über Bord, um ein Lächeln zu verbergen. Dann zog er ein paarmal am Ankertau hin und her und – sieh da – der Anker gab nach.

»Hol auf, Penn, sonst hakst du dich wieder fest.« Sie ließen den verwirrten Penn zurück, der mit großen und traurigen blauen Augen den tangumwickelten Anker betrachtete und ihnen überschwenglich dankte.

»Du, Harvey, was ich dir sagen wollte«, begann Dan, als sie außer Hörweite waren. »Penn, der ist nicht ganz richtig im Kopf. Es ist gar nicht gefährlich, aber er vergißt alles.«

»Ist das wahr, oder sagt das bloß wieder dein Vater?« fragte Harvey, sich in die Riemen legend. Er fühlte, daß er sie schon leichter handhabte.

»Diesmal irrt sich Papp bestimmt nicht. Penn ist 'n richtiger Verrückter. Na, nicht ganz so. Aber so 'ne Art harmloser Idiot. Das kam nämlich so – gut gerudert so, Harvey –, ich erzähl' dir's, weil du's doch wissen mußt. Früher, da war er mal 'n Prediger bei den Herrnhutern. Jacob Boller hat er geheißen, hat mir Papp erzählt, und er lebte mit seiner Frau und vier Kindern irgendwo da in Pennsylvania. Einmal nahm er seine ganze Familie zu einer Herrnhuterversammlung mit. Im Freien, glaub' ich, oder so, und sie blieben eine Nacht in Johnstown. Hat du von Johnstown schon was gehört?«

Harvey überlegte. »Ja, aber ich weiß nicht mehr, in welchem Zusammenhang. Es ist mir noch so was in Erinnerung. War da nicht irgendso ein großes Unglück?«

»Ganz richtig. Also. In dieser selben Nacht, als Penn und seine Leute in der Herberge schliefen, da wurde ganz Johnstown weggeschwemmt. Der Damm brach ein, und die ganze Stadt wurde überschwemmt, und die Häuser stürzten ein, und manche sind einfach versunken. Ich hab' Bilder davon gesehn. Muß ganz schrecklich gewesen sein. Penn, der sah seine Frau und seine Kinder vor seinen Augen ertrinken, eh' er noch recht wußte, was überhaupt los war. Seitdem ist er nicht ganz richtig im Kopf. Er wußte schon noch, daß da irgendwas passiert war in Johnstown, aber er konnt' ums Leben nicht sagen, was, und dann ist er halt immer nur so 'rumgezogen und hat vor sich hin gelacht und sich gewundert. Er wußte schon gar nicht mehr, wer er war und wer er gewesen war, und so lief er Onkel Salters in die Hände, der in Alleghany zu Besuch war. Fast alle Verwandten von Mutters Seite leben verstreut in Pennsylvania, und Onkel Salters, der besuchte sie immer der Reihe nach im Winter. Onkel Salters, der hat ihn so gewissermaßen adoptiert, weil er gewußt hat, was mit ihm war, und hat ihn mitgenommen nach dem Osten und ihm Arbeit gegeben auf seiner Farm.«

»Aha, deshalb hat er ihn auch ›Stoppelhopser‹ geschimpft, gestern abend, wie die Jollen zusammenstießen. Ist dein Onkel Salters Farmer?«

»Und ob!« rief Dan. »So viel Wasser gibt's gar nicht, um dem die Erdschollen von den Stiefeln zu waschen. Der ist und bleibt ein Landmann. Ich hab' ihm neulich abend zugeschaut, wie er sich einen Eimer geholt hat und an dem Wasserhahn von der Filtertonne 'rumgefummelt hat, wie wenn's ein Kuheuter wär'. Also er und Penn, die machten da so weiter auf ihrer Farm, da bei Exeter 'rum. Aber heuer im Frühjahr, da hat Onkel Salters verkauft an irgendein Frauenzimmer aus Boston, die wollt' sich da ein Sommerhaus bauen, oder so was, und er hat einen Haufen Geld dafür gekriegt. Und die zwei Verrückten haben sich dann 'rumgetrieben, bis eines schönen Tages die Sekte, zu der Penn gehörte, diese Herrnhuter, 'rausbekommen haben, wo er gesteckt hat, und an Onkel Salters einen Brief geschickt haben. Ich hab' nie ganz 'rausgekriegt, was eigentlich drinstand, aber Onkel Salters war wütend. Er ist protestantisch, aber das schert ihn nicht viel. Und er sagte, er gibt den Penn nicht mehr 'raus, so einem verdammten Herrnhuter in die Hände, nicht in Pennsylvania noch anderswo. Dann, das war vor zwei Sommern, kam er zu Papp und brachte Penn mitgeschleppt und sagte, er und Penn wollten mitfahren ihrer Gesundheit wegen. Bei sich dacht' er wohl, bei den großen Bänken werden die Herrnhuter den Jacob Boller nicht aufspüren. Vater war's recht, denn Onkel Salters hat schon seit dreißig Jahren immer ab und zu mal mitgefischt, wenn er nicht grade dran geknobelt hat, irgendein neues Düngemittel zu erfinden, und da nahm er ein Viertel Beteiligung an der ›Da sind wir‹, und die Fahrt ist dem Penn so gut bekommen, daß ihn Papp jetzt immer mitnimmt. Eines Tages, sagt Papp, wird er sich schon wieder an seine Frau und seine Kinder und alles in Johnstown erinnern. Und dann wird er wahrscheinlich bald sterben, sagt Papp. Sprich nie über Johnstown oder Erdbeben oder so was, sonst schmeißt dich Onkel Salters über Bord.«

»Armer Penn«, sagte Harvey leise. »Ich hätt' gar nicht gedacht, daß Onkel Salters ihn so gern mag, so wie er ihn behandelt.«

»Wir alle mögen Penn. Wir hätten ihn ins Schlepptau nehmen können. Aber ich wollt' dir's erst erzählen.«

Sie waren jetzt dicht beim Schoner und die andern Jollen gleich hinter ihnen.

»Zieht die Jollen erst nach dem Essen ein«, rief Troop vom Deck herunter. »Erst nehmen wir die Fische aus. Tisch herrichten, Jungs!«

»Gescheit wie 'n Wal!« zwinkerte Dan Harvey zu, als sie den Tisch aufstellten. »Schau dich um, wieviel Boote seit heute früh 'rangekommen sind. Die warten alle, was Papp macht.«

»Mir sehn sie eins aus wie's andre«, sagte Harvey. Und in der Tat glichen die sich wiegenden Schoner einander, wie aus einer Form gegossen.

»Die sind aber sehr verschieden. Siehst du den gelben, schmutzigen Kasten da drüben mit dem steilen Bugspriet? Das ist ›Die Hoffnung von Prag‹. Nick Brady ist der Bootsherr, der gemeinste Kerl in den Bänken. Dem zeigen wir's noch, wenn wir ans ›Große Riff‹ kommen! Ein Stück weit ab liegt die ›Sonnenblume‹. Die gehört den zwei Jeraulds. Kommt von Harwich. Ein schneller Segler und hat mächtig Fischglück. Aber mein Papp, der würde noch auf 'nem Kirchhof

Fische fangen. Die drei dort nebeneinander sind die ›Margie Smith›, die ›Rose‹ und die ›Edith S. Walen‹. Alle von uns daheim. Morgen werden wir die ›Abbie M. Dering‹ zu sehn kriegen, taxier' ich, gelt, Papp? Die kommen alle von der Quereaubank 'rüber.«

»Morgen wirst du nicht mehr viele sehn, Danny.« Wenn Troop seinen Sohn Danny nannte, war das ein Zeichen guter Laune. »Jungens, wir hocken hier zu dicht aufeinander«, wendete er sich an die Mannschaft, die heraufkletterte. »Großen Köter, kleinen Fisch; das woll'n wir ruhig den andern überlassen!« Wie zum Beweis betrachtete er sich den Fang, und wirklich, er war armselig genug. Außer Harveys Heilbutt war kein Fisch über fünfzehn Pfund dabei.

»Ich warte nur auf diesiges Wetter«, fügte er hinzu.

»Das werdet Ihr Euch selber machen müssen, Disko. Ich sehe keine Anzeichen«, sagte der lange Jack, den klaren Himmel musternd.

Und doch fiel eine halbe Stunde später, während sie beim Ausweiden saßen, der Nebel über den Bänken ein. »Zwischen Fisch und Fisch«, wie sie das nennen. Er fiel in dichten Schwaden ein, sich ballend und dampfend, und breitete sich über das farblose Wasser aus. Ohne ein Kommandowort hielt die Mannschaft plötzlich in der Arbeit inne. Der lange Jack und Onkel Salters richteten das Spill her und begannen den Anker zu lichten; das Spill knarrte, als sie das nasse Tau aufseilten. Manuel und Tom Platt legten auch mit Hand an. Ächzend hob sich der Anker, und das Toppsegel bauchte sich, als Troop am Steuer den Schoner in die Fahrt stellte. »Klüver und Flieger hoch!« rief er.

»Ersticken soll'n sie in dem Mulm«, brüllte der lange Jack am Vorsegel, die andern zogen die klappernden, rasselnden Ringe des Klüversegels auf. Und der Vormast knarrte verheißend, als die »Da sind wir« sich den Winden anheimgab und durch leichten Wellenschaum ins Weite glitt.

»Es liegt Wind hinter dem Nebel«, sagte Troop.

Harvey fiel von einem Erstaunen ins andre. Aber das Merkwürdigste schien ihm, daß er gar keine Befehle hörte, außer einem gelegentlichen Brummen Troops, das in ein »Gut so, mein Sohn« auslief.

»Hast noch nie einen Anker lichten sehn?« fragte Platt

den Jungen, der entgeistert auf das feuchte Leinen des Focksegels starrte.

»Nein. Wohin fahren wir?«

»Fischen und einen neuen Ankerplatz suchen! Das hast du alles 'raus, wenn du eine Woche bei uns bist. Jetzt ist dir das alles noch neu. Aber man kann nie wissen, wozu man alles kommt. Nimm mich zum Beispiel, Tom Platt, ich hätt' nie gedacht . . .«

»Immer noch besser als vierzehn Dollar im Monat und eine Kugel durch den Bauch«, rief Troop vom Steuer, »Locker das Stagsegel!«

»Hast recht, Käpt'n!« gab der Kriegsschiffmann zurück und machte sich an der Spiere des schweren Vorsegels zu schaffen. »Aber daran dachte keiner, als wir mit der ›Miss Jim Buck‹ aus Beaufort-Hafen ausliefen. Aus der Festung Macon jagten sie uns wie verrückt ihre blauen Bohnen ins Heck, und zum Überfluß kam Sturm und Wetter. Wo wart Ihr denn zu der Zeit, Disko?«

»So hin und her, wie immer«, erwiderte Disko. »Brotverdienen auf hoher See, den Kaperschiffen aus dem Weg gehn . . . Mit blauen Bohnen kann ich nicht dienen, Tom Platt, aber einen gehörigen Wind kann ich dir versprechen, eh' wir Eastern Point sichten.«

Um den Schiffsbug klatschte und gurgelte es unaufhörlich. Ab und zu klang es dumpf dazwischen, und schaumiger Gischt spritzte auf die Back. Die Takelage troff vor Nässe, und die Mannschaft hielt sich in Lee vom Deckhaus. Nur Onkel Salters saß wie angewurzelt auf dem Großluk und kühlte seine zerstochenen Hände.

»Taxiere, sie könnte das Stagsegel vertragen«, sagte Disko mit einem Seitenblick auf seinen Schwager.

»Halt's für unnütz. Wozu Leinwand vergeuden«, antwortete der Farmer-Seemann.

Das Steuerrad zuckte fast unmerklich in Diskos Händen. Und einen Atemzug später ging ein Wellenkamm zischend quer über Deck, traf Onkel Salters' Schultern und durchtränkte ihn von Kopf bis Fuß. Er sprang, sich schüttelnd, auf, nur um in einen zweiten Guß hineinzulaufen.

»Paß auf, Harvey«, sagte Dan, »wie Vater ihn jetzt ums ganze Deck 'rumjagt. Onkel Salters denkt immer bloß an sein Viertel Anteil. Papp hat ihn schon auf zwei Reisen so getauft. Hei! Das hat ihn erwischt.« Onkel Salters hatte am Fockmast Zuflucht gesucht, aber eine neue Welle schlug ihm über die Knie. Troops Gesicht war so unbewegt wie das Holz des Steuerrads.

»Taxiere, sie würde ruhiger laufen mit dem Stagsegel, Salters«, sagte Disko, als hätte er nichts bemerkt.

»Laß deinen ollen Drachen steigen, meinetwegen«, brüllte das Opfer unter einem neuen Sturzbad. »Aber schieb mir's nicht zu, wenn was passiert. Penn, scher dich sofort 'runter an deinen Kaffee. Du solltest auch mehr Grütze haben, als daß du hier bei dieser Saunässe auf Deck 'rumstrolchst.«

»Jetzt gehn sie Kaffee schlappern und Schach spielen, bis die Kühe von der Weide kommen«, klärte Dan seinen Freund auf, während Onkel Salters Penn hinuntertrieb. »Uns könnt' 'n bißchen Kurzweil auch nicht schaden. Es gibt auf Gottes weiter Welt nichts Öderes für einen Fischer, als wenn nicht gefangen wird.«

»Gut gebrüllt, Danny!« rief der lange Jack, der auch auf der Suche nach Unterhaltung herumstrich. »Hatt' ganz vergessen, daß wir 'nen Passagier bei uns haben da unterm Südwester. Wer noch kein Tauende benamsen kann, der braucht sich nicht zu öden. Lang ihn mal her, Tom Platt, wir werden ihm was beibringen.«

Dan grinste: »Nicht mein Geschäft diesmal, Harvey. Da mußt du schon alleine ran. *Mir* hat's Papp mit dem Tauende beigebracht.«

Eine Stunde lang hetzte der lange Jack sein Opfer deckauf, deckab und lehrte ihn alles, was, wie er sich ausdrückte, »ein richtiger Seemann wissen muß, blind, besoffen oder im Schlaf«. Es gibt nicht viel zu sehen auf einem Siebzig-Tonnen-Schoner, der nur mit Fockmast fährt, aber der lange Jack verfügte über die Gabe, die Dinge eindrucksvoll zu erklären. Wenn er Harveys Aufmerksamkeit auf die Rahen lenken wollte, grub er seine Knöchel in des Jungen Nacken und zwang ihn, eine ganze Weile so hinaufzustarren. Er schilderte ihm mit Begeisterung den Unterschied zwischen vorn und achtern, indem er Harveys Nase etliche Male am Mast hin und her rieb, und jedes Tau prägte sich Harveys Gedächtnis ein mit Hilfe seines eigenen Endes.

Auf einem leeren Deck wäre die Lektion für Harvey leichter gewesen. Aber es schien der Stapelplatz für alles und jedes zu sein, Menschen ausgenommen. Da gab es das Ankertau und die Ankerwinde, die Kette und die Hanfseile, vorzüglich geeignet, um darüber zu stolpern. Da gab es den Schornstein vom Logis und die Deckeltonne für die Fischlebern. Dahinter nahmen der Fockmast und das Ladeluk allen Platz ein, der von den Pumpen und Fischtrögen noch nicht besetzt war. Dann kamen die Jollen, an Ringbolzen im Quarterdeck festgemacht. Dann kam das Haus und aller Tod und Teufel, der da herum lag und hing. Und zum guten Schluß konnte man sich noch jedesmal am Großbaum, der in seiner Gabel ruhend das Schiff in zwei Teile teilte, den Kopf wundstoßen, wenn man sich nicht gehörig bückte.

Tom Platt konnte sich natürlich auch nicht enthalten, seinen Senf dazuzugeben, und beteiligte sich mit umfangreichen und höchst überflüssigen Beschreibungen sämtlicher Segel und Spieren auf der alten »Ohio«.

»Acht nicht auf den, hör mir zu, junge Unschuld! Der Kahn, Tom Platt, ist nicht die ›Ohio‹, und du machst mir den Burschen ganz wirr!« »Du ruinierst ihn fürs Leben mit diesem Hinundhergelaufe«, verteidigte sich Tom Platt. »Laß ihm doch erst mal Zeit, daß er 'n paar Grundbegriffe kapiert. Segeln ist 'ne Kunst, Harvey, und das würd' ich dir zeigen, wenn ich dich im Topp der . . .«

»Schon gut, schon gut! Du schwätzt ihn ja zuschanden. Ruhe, Tom Platt, laß mich mal! Also, nach allem, was ich dir schon erklärt hab', wie würdest du jetzt die Fock reffen, Harvey? Besinn dich, eh' du antwortest!«

»*Das* einholen . . .«, antwortete Harvey schließlich und zeigte mit dem Finger leewärts.

»*Was* einholen? Den ganzen Nordatlantik?«

»Nein, den Mast da. Dann würde ich das Segel, das ihr mir gezeigt habt, da hinten . . .«

»So geht das nicht«, platzte Tom Platt dazwischen.

»Ruhig! Er lernt doch erst und kann die Namen noch nicht alle wissen. Nur weiter, Harvey!«

»Oh, jetzt weiß ich's wieder. Das heißt Reefhanger! Ich hake die Talje in den Reefhanger und dann lass' ich das Segel herunter.«

»Fieren! heißt das, mein Kind, fieren!« rief Tom Platt in fachmännischer Verzweiflung.

». . . fiere Klaufall und Pickfall weg«, verbesserte sich Harvey. Diese Bezeichnungen waren ihm im Kopf geblieben.

»Zeig mit der Hand drauf!« bestand der lange Jack.

Harvey gehorchte. ». . . führe sie herunter, bis die Schlinge der – der He-, nein, der Segel – unten am Mast ist. Dann bind' ich sie fest, wie Ihr mir's gezeigt habt, und dann hiss' ich die Klaufall und die Pickfall wieder auf.«

»Du hast vergessen, die Talje einzuhaken, aber mit der Zeit und Gottes Hilfe wirst du's schon erlernen. Jedes Tau an Bord hat seinen Zweck und Sinn, sonst würde man's über Bord schmeißen. Hast du gut verstanden? Das sind Dollar und Cents, die ich dir jetzt in die Taschen stopf', du spillriger, kleiner Ballast. Wenn du aufgefuttert bist und was gelernt hast, kannst du von Boston nach Kuba segeln und dazu sagen, das weiß ich alles vom langen Jack. So, jetzt werd' ich dich noch eine Zeitlang herumhetzen. Ich benenn' die Taue, und du legst jedesmal die Hand drauf.«

Er begann, und Harvey, der anfing, müde zu werden, ging langsam zu dem bezeichneten Tau. Da sauste ihm ein Tauende um die Rippen, daß ihm fast der Atem verging.

»Wenn du einmal selber Bootsherr bist«, sagte Tom Platt mit strengem Blick, »dann kannst du über Deck schlendern. Bis dahin heißt es laufen bei jedem Kommando. Jetzt noch einmal, daß du's im Kopf behältst.«

Harvey hatte die Lehrstunde schon warm genug gemacht, und dieser Hieb brachte sein Blut gehörig in Wallung. Nun war Harvey ein besonders geweckter Junge, Sohn eines sehr klugen Vaters und einer überempfindsamen Mutter, dessen an sich gute Anlage zur Entschlossenheit durch systematisch schlechte Erziehung fast zur Bockigkeit eines Maulesels ausgeartet war. Er schaute von einem zum andern, und selbst auf Dans Gesicht war kein Lächeln zu bemerken. Offenbar gehörte das alles zur Lehre, wenn es auch elend weh tat. So verbiß er den Schmerz, indem er die Tränen hinunterwürgte und zu lächeln versuchte. Mit derselben Klugheit, mit der er die Nachgiebigkeit der Mutter zu seinem Vorteil benützt hatte, erkannte er, daß niemand, Penn vielleicht ausgenommen, sich hier an Bord das geringste von ihm bieten lassen würde.

Der lange Jack benannte ihm noch ein halbes Dutzend Taue, und Harvey wand sich so behend über Deck wie ein Aal bei Ebbe, ein Auge stets auf Tom Platt gerichtet.

»Bravo! Sehr gut!« rief Manuel. »Nach der Mahlzeit zeig' ich dir einen kleinen Schoner, den ich selber gemacht hab', mit der ganzen Takelage, daran kannst du viel lernen!«

»Erstklassig für einen Passagier!« rief Dan. »Papp hat eben auch gesagt, du wirst vielleicht dein Salz noch mal wert sein, eh' du ersäufst. Das will viel sagen bei meinem Alten. Wenn wir Wache gehn, zeig' ich dir wieder was.«

»Flacher!« knurrte Disko, durch den Nebel spähend, der wie Rauchschwaden über den Bug zog. Zehn Fuß über den Klüverbaum hinaus konnte man nichts mehr sehen. Längs des Schiffs rollte in feierlicher Prozession Woge um Woge heran, bleich und wispernd, eine an der andern.

»Jetzt zeig' *ich* dir mal was, was der lange Jack nicht kann«, rief Tom Platt und zog aus einem Fach am Heck ein abgenütztes Tiefseelot hervor. Er schmierte die Höhlung mit Hammeltalg aus. »Jetzt paß auf, wie wir die ›blaue Taube‹ fliegen lassen! Hooo!«

Disko hantierte etwas am Steuer; der Schoner machte langsamere Fahrt. Manuel mit Harvey – wie stolz half er ihm! – »führte« den Klüver auf den Baum. Das Blei sang tiefdröhnend, als Tom Platt es surrend im Kreise schwingen ließ.

»Wirf aus, Kerl!« rief der lange Jack ungeduldig. »Wir wollen doch hier keine Kunststücke machen.!

»Nur kein Neid, Galwayer!« Das Lot flog losgelassen ins Wasser, weit voraus, und der Schoner folgte langsam.

»Loten *ist* ein Kunststück«, sagte Dan, »wenn's einem für eine ganze Woche die Augen ersetzen muß. Wieviel taxierst du, Papp?«

Diskos Züge glätteten sich. Seine Seemannskunst und Ehre stand auf dem Spiel bei dem heimlichen Schnippchen, das er der übrigen Flotte geschlagen hatte, und er hatte den Ruf eines Meisterkenners, der sich in den Bänken mit verbundenen Augen auskannte. »Sechzig etwa, nach meiner Schätzung«, antwortete Disko mit einem Blick auf den winzigen Kompaß im Fenster.

»Sechzig!« schrie Tom Platt und holte die Leine in großen nassen Ringen ein.

Der Schoner nahm wieder volle Fahrt. »Loten!« rief Disko nach einer Viertelstunde.

»Was taxierst du jetzt?« wisperte Dan und sah Harvey stolz an. Aber Harvey war zu stolz auf seine eigene Arbeit, als daß er die Meisterschaft seines Kapitäns genügend hätte würdigen können.

»Fumfzig!« sagte der Vater. »Wenn es richtig hergeht, sind wir direkt über dem Einschnitt der Green Bank bei Sechzig-Fumfzig.«

»Fumfzig!« brüllte Tom Platt. Man konnte ihn kaum durch den Nebel sehn. »Haarscharf, wie die Granaten vom Fort Macon.«

»Köder her, Harvey!« rief Dan und bückte sich nach einer Angelleine. Der Schoner schien wie ziellos durch den Nebel zu irren. Das Toppsegel schlug mächtig an. Die Männer warteten zu und sahen auf die fischenden Knaben.

Hei! Etwas zuckte an Dans Leine, die über die Reling hing. »Wie, zum Teufel, hat jetzt Papp das gewußt?! Los, Harvey, zieh! Das ist ein Dicker. Hat den ganzen Haken verschluckt.«

Sie zogen miteinander einen glotzäugigen, zwanzigpfündigen Kabeljau herauf. Der Köder saß tief im Magen.

»Ach, der sitzt ja voll lauter kleiner Krabben!« rief Harvey, ihn herumdrehend.

»Beim großen Neptun, hier sind sie sogar verlaust!« rief der lange Jack. »Es scheint, Disko, Ihr habt 'n zweites Paar Augen unter Wasser.«

Rasselnd fiel der Anker. Alle Mann nahmen an der Reling ihre Plätze ein und warfen die Leinen aus.

»Sind die gut zum Essen?« keuchte Harvey, einen zweiten krabbenbedeckten Stockfisch heraufziehend.

»Und ob! Wenn sie ›verlaust‹ sind, ist das ein Zeichen, daß sie zu Tausenden beisammenhausen. Und wenn sie so anbeißen, sind sie sehr hungrig. Egal, wie dein Köder sitzt, die beißen hier auch auf den leeren Haken.«

»Oh, fein!« schrie Harvey, als ein Fisch nach dem andern schnappend und platschend hereinkam, fast alle mit verschlucktem Haken. »Warum fischen wir nicht immer vom Boot aus?«

»Wär' schon recht, so lange bis wir die ersten ausweiden; dann vertreibt uns der Abfall die Fische. Vom Boot aus fischen gilt nicht für einträglich, außer man versteht soviel davon wie Papp. Wir werden wohl heut nacht noch unsern Kahn aussetzen. Da geht's einem nicht so über den Rücken, von der Jolle aus.«

In der Tat, diese Art Fischerei brach einem fast das Rückgrat; denn in der Jolle wird das Gewicht des Fisches bis zum letzten Augenblick vom Wasser getragen, und der Fischer ist sozusagen in gleicher Höhe mit ihm; beim Schoner dagegen wird unnütz Kraft vergeudet durch das Einziehen bis zur Bordhöhe, und dazu krampft einem das Bücken über die Reling den Magen zusammen. Aber es war trotzdem ein lustiger, aufregender Sport, und ein großer Haufen Fische lag an Deck, als sie endlich nicht mehr anbissen.

»Wo sind eigentlich Penn und Onkel Salters?« fragte Harvey, das Ölzeug vom Fischschleim säubernd und die Leine aufwickelnd, sorgfältig bedacht, es genauso zu machen wie die andern.

»Hol uns Kaffee, dann wirst du's gleich sehn.«

Im gelben Schein der Logislampe saßen die beiden an dem aufgeklappten Tisch über ihrem Schachbrett, völlig versunken, weder auf Fisch noch auf Wetter achtend. Bei jedem Zug knurrte Onkel Salters den armen Penn an.

»Was ist jetzt wieder los?« brummte der Farmer, als Harvey, eine Hand in der Lederschlaufe über der Treppe, sich herunterbeugte und zum Koch nach Kaffee hinüberrief.

»Riesenfische, und alle verlaust, haufenweise!« berichtete Harvey, den langen Jack zitierend. »Wie steht das Spiel?«

Der kleine Penn ließ die Lippen hängen. »Es ist nicht seine Schuld«, erklärte Onkel Salters großmütig. »Penn ist matt.«

»Schwach, was?« sagte Dan, als Harvey mit dem dampfenden Kaffee im Blecheimer ankam. »Da kommen wir heute am Aufklaren vorbei. Papp ist ein gerechter Mann. Er wird sich die beiden 'rankriegen.«

»Und zwei junge Herren, die ich kenne, werden derweil Köder für die Schleppnetze aufstecken, so für 'nen Kübel voll etwa, während die andern aufklaren«, warf Disko am Steuer dazwischen.

»Oh, Papp, da möcht' ich lieber noch aufklaren.«

»Glaub' ich gern, aber ist nicht. Anfangen! Penn wird zureichen, und ihr besteckt die Leinen.«

»Warum, zum Donnerwetter, haben uns die verdammten Jungs nicht gesagt, daß ihr geankert habt?« brummte Onkel Salters, an seinen Platz schlurfend. »Das Messer hier ist total stumpf, Dan!«

»Wenn euch das nicht von selber aufweckt, wenn der Anker 'runtergeht, müßt ihr euch lieber 'nen eignen Jungen halten«, rief Dan, im Dunkeln mit den Trögen voll Schleppnetzen hantierend, die in Lee des Deckhauses festgemacht waren. »Ho, Harvey, spring doch 'runter und hol uns Köder.«

»Wir stecken frischen Köder auf«, befahl Disko, »der zieht besser.«

Das hieß, die beiden Jungen mußten mit ausgewählten Stücken aus dem Abfall der eben ausgeweideten Stockfische die Köder bestecken. Das war immerhin angenehmer, als mit bloßen Händen in den kleinen Köderfäßchen herumzupanschen.

Die Tröge waren voll sauber aufgewickelter Schleppleinen, die in Abständen von wenigen Fuß mit großen Haken versehen waren. Das Prüfen und Bestecken jedes einzelnen Hakens und dann das Wiederaufwickeln der Leinen, so daß sie beim Auswerfen aus den Jollen klar abliefen, war ein kunstvolles Geschäft. Dan beherrschte es im Dunkeln, fast ohne hinzusehen, während sich Harvey unzählige Male in die Finger stach und fast verzweifelte. Die Haken flogen nur so durch Dans Finger, wie die Stricknadeln durch die Hände einer alten Jungfer. »Ich hab' das schon daheim machen müssen, eh' ich noch richtig laufen konnte«, prahlte Dan. »Aber 'n ekliges Geschäft trotzdem. Hallo, Papp!« rief er ins Luk hinunter, wo Disko und Platt beim Einsalzen waren. »Wieviel Längen werden wir brauchen, schätzungsweise?«

»Gut drei! Eilt euch!«

»In jeder Tonne sind dreihundert Faden«, erklärte Dan. »Mehr als wir brauchen für heute. Autsch! jetzt hab' ich mich auch gestochen.« Er steckte den Finger in den Mund. »Ich sag' dir, Harvey, in ganz Gloucester gibt's nicht Geld genug, um mich für 'nen richtigen Schleppfischer zu heuern. Es mag einträglich sein, aber davon abgesehn ist es das verdammteste, ekligste Geschäft auf der ganzen Welt.«

»Wenn das hier keine richtige Schleppfischerei ist, dann weiß ich nicht«, sagte Harvey brummig. »Meine Finger sind schon ganz in Fetzen.«

»Pah! Das ist bloß mal wieder eins von Vaters Experimenten. Er läßt nicht mit Schleppleinen fischen, ohne besondern Grund. Der kennt sich aus. Die werden pumpvoll sitzen, wirst du sehn.«

Penn und Onkel Salters klarten auf, wie es Disko befohlen hatte, aber die Buben profitierten wenig dabei. Kaum waren die Leinen versorgt, so tauchten schon Tom Platt und der lange Jack auf, die inzwischen mit einer Laterne das Innere einer Jolle beaugenscheinigt hatten, bemächtigten sich der Tröge und verstreuten sie in die Jolle, die sie über Bord haulten – hinunter in eine See, die Harvey schrecklich stürmisch erschien. »Sie werden ertrinken!« schrie er. »Das Boot ist ja beladen wie ein Lastwagen!«

»Wir kommen schon wieder«, rief der lange Jack, »und Gott gnade euch beiden, wenn Knoten drin sind!«

Die Jolle tanzte auf dem Bug einer Woge; aber grade als es so aussah, als müßte sie im nächsten Augenblick gegen die Flanke des Schoners geschleudert werden, glitt sie jenseits hinab und war in dem nebligen Dunkel verschwunden.

»Faß hier an und läute, was du kannst«, sagte Dan, Harvey das Seil einer Glocke in die Hand drückend, die gleich hinter dem Ankerspill hing.

Harvey läutete nach Kräften, in dem Gefühl, daß zwei Menschenleben von ihm abhingen. Aber Disko in seiner Kajüte, in seinem Logbuch kritzelnd, sah nicht eigentlich wie ein Mörder aus; und als er zum Essen ging, blickte er nur mit einem trockenen Lächeln zu dem besorgten Harvey hinüber.

»*Das* ist noch lange kein Wetter«, meinte Dan. »Das könnten wir beide sogar auch machen! Sie fahren bloß so weit, daß sie nicht in unser Ankertau geraten. Die brauchen eigentlich gar keine Glocke.«

»Klang – kling – klang!« läutete Harvey unermüdlich. Ein Ruf und ein dumpfer Stoß erscholl längsseits. Manuel und Dan stürzten an die Haken der Jollentalje; der lange Jack und Tom Platt tauchten an Deck auf, den halben Nordatlantik auf dem Buckel, wie es schien, und hoch durch die Luft kam die Jolle nach und landete krachend an Deck.

»Nicht ein einziger Knoten!« sagte Tom Platt, sich die Nässe abschüttelnd. »Dan, du bist 'n tüchtiger Kerl.«

»Wir haben die Ehre Ihrer Gesellschaft beim Bankett«, witzelte der lange Jack, das Wasser aus seinen Stiefeln quetschend, indem er mit der Grazie eines Elefanten von einem Fuß auf den andern trat und Harvey mit seinem ölignassen Ärmel ins Gesicht fuhr. »Wir werden uns gnädigst gestatten, die zweite Runde mit unserer Gegenwart zu beehren.« Und fort ging's zum Abendbrot, wo sich Harvey bis zum Hals mit Fischgulasch und geröstetem Zwieback vollstopfte und vom Fleck weg in Schlaf fiel, just als Manuel ein hübsches, kleines Modell der »Lucy Holmes«, seines ersten Bootes, anbrachte, um Harvey die Takelage zu erklären. Harvey rührte kein Glied mehr, als Penn ihn in seine Koje schob.

»Traurig, sehr traurig für Vater und Mutter, die ihn tot glauben«, sagte Penn mit einem sorgenvollen Blick auf den Knaben. »Ein Kind zu verlieren – ein Kind, das schon fast ein Mann ist!«

»Laß das gut sein, Penn«, tröstete Dan. »Geh und spiel deine Partie mit Onkel Salters zu Ende. Sag Papp, ich geh' allein auf Wache, wenn er's erlaubt. Mit Harvey ist doch nichts mehr anzufangen.«

»Braver Junge!« sagte Manuel, zog die Stiefel aus und verschwand im Dunkel der unteren Koje. »Wird mal 'n tüchtiger Mann, Danny. Scheint mir nicht halb so verrückt, wie dein Papa meint, eh?«

Dan kicherte. Aber das Kichern ging rasch in Schnarchen über.

Dicker Nebel draußen! Stärkerer Wind kam auf, und die Älteren blieben über ihre Wache hinaus an Deck. Deutlich drang das Glasen der Nachtstunden in die Kabine. Dünung brach sich prustend am Schiffsbug. Der Schornstein am Logis zischte unter der aufspritzenden Gischt. Und die Knaben schliefen ruhig weiter, während Disko, der lange Jack, Tom Platt und Onkel Salters der Reihe nach zwischen jeder Runde nach achtern stolperten, um nach dem Ruder zu sehen, dann nach vorn, um zu schauen, ob der Anker auch hielt, und das Ankertau von Zeit zu Zeit zu fieren, damit es sich nicht heiß scheuerte, oder einen Blick auf das trüb brennende Ankerlicht zu werfen.

4

Als Harvey erwachte, saß die erste Runde bereits beim Frühstück. Die Logistür war geschlossen bis auf einen schmalen Spalt, und jeder Zoll des Schoners sang seine eigene Melodie. Die schwarze Masse des Kochs balancierte in der winzigen Kombüse, im rötlichen Schein des Kochherds, und die Töpfe und Pfannen klapperten in ihren hölzernen Gestellen bei jedem Überholen. Wieder und wieder hob sich der ganze Raum unter Seufzen und Stöhnen, um, wie eine Garbe unterm Sensenhieb, wieder in die See zu sinken. Man konnte den Bug förmlich einschneiden hören, und es dauerte jedesmal eine Weile, bis das zerteilte Wasser wie eine Salve Rehposten auf Deck niederprasselte. Dann kam der weiche Ton des Ankertaus in seiner Klüse; das Quietschen des Spills; ein Schaukeln, ein Schwingen, ein Stoßen ... und die »Da sind wir« raffte sich für die »zweite Tour«.

»Am Land«, hörte Harvey den langen Jack sagen, »gibt's immer Arbeit und bei jedem Wetter. Hier sind wir schön für uns und haben nix zu tun, und das ist ein wahrer Segen. Gute Nacht mitsammen!« Er wand sich wie eine dicke Schlange von der Bank zur Koje und fing zu rauchen an. Tom Platt folgte seinem Beispiel. Onkel Salters und Penn kämpften sich die Leiter hoch, um auf Wache zu gehen. Und der Koch rüstete sich für die »zweite Tour.«

Die Leute kamen zu Tisch. Sie schüttelten sich und gähnten, während sie aus den Kojen krochen, genauso wie die andern, die schon wieder hineinkrochen. Man aß, bis man nicht mehr konnte. Dann stopfte Manuel seine Pfeife mit einem schauerlichen Stinkkraut, postierte sich zwischen dem Pallpfosten und einer Kojenwand, legte die Füße auf den Tisch und schaute stillvergnügt und sorglos seinen Rauchwolken nach.

Dan lag lang ausgestreckt auf seiner Koje und tippte vergnügt auf einer alten Ziehharmonika herum, immer im Takt mit dem Auf und Ab des Schoners. Der Koch lehnte mit seinem breiten Rücken gegen den Kasten, in dem er das »Gebackene« aufbewahrte (Dan war ein großer Freund von Gebackenem), und schälte Kartoffeln, mit einem wachsamen Blick auf seinen Kochherd, für den Fall, daß zuviel Wasser durch den Schornstein herunterspritzen sollte; und allenthalben herrschte ein unbeschreiblicher Mief aus Tabakqualm und Küchendunst.

Wenn Harvey seine gegenwärtige Situation bedachte, wunderte er sich ehrlich, daß ihm nicht speiübel war. Er kroch wieder in seine Koje, als den besten und sichersten Platz, den er sich wußte, während Dan auf seiner Harmonika »Ich mag in deinem Garten nicht mehr spielen« anstimmte, so gut es bei den wilden Sprüngen des Schoners gehen wollte.

»Wie lang wird das noch so weitergehn?« fragte Harvey.

»Bis wir ruhiges Wetter kriegen und die Leinen einholen können«, gab Manuel zur Anwort. »Vielleicht noch heute, vielleicht in zwei Tagen. Nichts für dich, he?«

»Noch vor einer Woche wär' ich grün und gelb geworden vor Seekrankheit. Jetzt macht's mir nichts mehr aus – *fast* nichts mehr.«

»Das haben *wir* gekonnt. Jetzt bist du schon ein halber Fischersmann. Wenn ich du wär' und wir sind wieder in Gloucester, tät' ich zwei, drei große Kerzen zum Dankopfer stiften.«

»Stiften? wem?«

»Herrgott – wem! Unserer Lieben Frau auf dem Berge natürlich! Die hilft allen Fischersleuten immer. Deshalb ertrinken so wenig von uns Portugiesen.«

»Seid Ihr katholisch?«

»Ich bin von Madeira. Was soll ich also wohl sein – etwa Baptist, he? Ich stift' immer Kerzen; zwei, drei, wenn ich nach Gloucester komm'. Drum vergißt auch die Madonna ihren Manuel nicht.«

»Da denk' ich anders«, warf Tom Platt ein. Sein narbiges Gesicht leuchtete auf im Schein des Streichholzes, mit dem er sich seine Pfeife paffend in Brand setzte. »Wasser bleibt Wasser, das ist doch klar. Und was kommen soll, kommt, da hilft kein Wachs und kein Stearin.«

»Es ist aber doch was wert, einen Freund da oben zu haben«, warf der lange Jack dazwischen. »Ich halt's wie Manuel. Es kann zehn Jahr her sein, da war ich Matrose auf einem Süd-Bostoner Frachtsegler. Wir waren hinter Riff Minot bei Nord-Ost und der Nebel war dicker wie Brei. Unser Alter war besoffen – immer das Kinn an der Pinne. Und ich sag' zu mir: Wenn ich wieder heil und trocken auf unsrer Werft steh', sag' ich, dann sollen die Heiligen merken, aus was für einer Rotte Korah sie mich gerettet haben. Jetzt bin ich hier, wie ihr seht, und das Modell von dem ollen Dreckskahn, von der ›Kathleen‹, das hab' ich dem Pfaffen gegeben. Er hat's beim Altar aufgehängt. Einen ganzen Monat Arbeit hat's mich gekostet. Es ist mehr, so ein Modell zu opfern, was sozusagen ein Kunstwerk ist, als noch so viele Kerzen. Kerzen kannst du überall kaufen. Aber so ein Modell zeigt den guten Heiligen, daß man sich Mühe gemacht hat und dankbar ist.«

»Glaubst du daran, Irländer?« fragte Tom Platt und stieß ihn mit dem Ellbogen an.

»Würd' ich es tun, wenn ich nicht dran glauben würde, Ohio?«

»Schön. Na ja – Enoch Fuller, der hat ein Modell gemacht von unserer alten ›Ohio‹, und das steht jetzt im Museum in Salem. Mächtig feines Modell, sag' ich dir. Aber der hat's nicht für die Jungfrau gemacht, taxier' ich. Und meiner Meinung nach . . .«

So wäre es denn wieder einmal zu einem jener stundenlangen Diskurse gekommen, wie Fischer sie lieben und wo das gleiche Thema immer in der Runde herumgeht und zu guter Letzt keiner was bewiesen hat – hätte nicht Dan plötzlich den folgenden munteren Gesang angestimmt:

»Hoch springt die Makrele, jetzt nehmt euch in acht,
Die Rahen geholt, und die Segel gerafft,
Denn jetzt gibt's Wind« –

Hier fiel der lange Jack ein:

»und bösen Wind.
Alle Mann! eh' wir alle zum Teufel sind.«

Jetzt begann Dan von neuem, mit einem vorsichtigen Seitenblick auf Tom Platt, sich tief in die Koje drückend:

»Hoch springt der Stockfisch mit dickem Kopf,
Nimmt das Lot für 'nen Köder, der arme Tropf.
Und jetzt gibt's Wind . . .«

Tom Platt schien nach etwas zu suchen. Dan duckte sich noch tiefer und sang und sang noch lauter:

»Hoch springt die Flunder vom sandigen Grund,
Armer Tropf, armer Tropf, schon deinen Schlund.«

Tom Platts schwerer Wasserstiefel sauste durchs Logis und traf Dans erhobenen Arm. Es herrschte Krieg zwischen Tom und Dan, seit der Junge entdeckt hatte, daß Tom beim Loten jedesmal in Wut geriet, wenn einer das Lied auch nur pfiff.

»Da! Volltreffer!« grinste Dan, das Geschoß treffsicher zurücksendend. »Wenn du meine Musik nicht hören kannst, hol doch deine Fiedel her. Ich hab' keine Lust, hier den ganzen Tag zu liegen und zuzuhören, wie ihr euch über Kerzen zankt. Geig was, Tom Platt, oder ich bring Harvey auch das Lied bei.«

Tom Platt beugte sich über eine Kiste und zog eine alte, verkratzte Geige hervor. Manuels Augen glänzten. Und wie von ungefähr brachte er ein kleines, gitarreähnliches Ding mit Drahtsaiten zum Vorschein, das er eine »Machette« nannte.

»Das gibt ein Konzert«, rief der lange Jack beseligt durch den Qualm, »echtes Bostoner Konzert.«

Das Luk öffnete sich; Disko, in gelbem Ölzeug, kam die Treppe herunter. Ein Sturz Wasser folgte ihm.

»Grade recht, Disko! Wie geht's da draußen?«

»So!« knurrte Disko, von einem Stoß des rollenden Schoners auf die Schlopskiste plumpsend.

»Wir singen, damit wir unser Frühstück im Magen behalten!« erklärte der lange Jack. »Ihr müßt den Anfang machen, Disko!«

»Immer wieder meine zwei alten Lieder! Die kennt ja jeder!«

Seine Ausrede schnitt Tom Platt kurz ab, indem er eine höchst klagevolle Weise anstimmte, die wie das Heulen des Windes und das Ächzen der Maste klang.

Die Augen auf die Decksbalken gerichtet, begann Disko die alte, alte Weise, und Tom Platt phantasierte auf seiner Geige herum, bemüht, die Begleitung einigermaßen dem Text anzupassen.

»Ich weiß einen Klipper,
Dem Seemann bekannt.
Er kommt von New York,
Wird Dreadnought genannt.
Immer preist eure ›Schwalbe‹,
Euren ›Flieger‹ nur an,
An den Dreadnought, da kommen
Sie alle nicht ran.«

Chor:

»An den Dreadnought, da kommen
Sie alle nicht ran.«

»Der Dreadnought liegt schon
Im Wasser bereit.
Es holt ihn der Schlepper
Zur richtigen Zeit.
Das offene Meer
Ist sein Bereich.
Nach Liverpool geht's.
Gott sei mit euch!«

Chor:

»Nach Liverpool geht's.
Gott sei mit euch!«

Das Lied hatte unzählige Verse, denn Disko begleitete das Schiff so gewissenhaft die ganze Reise zwischen Liverpool und New York, als stünde er selber an Deck, und die Geige quietschte, und die Ziehharmonika orgelte die Begleitung dazu. Dann folgte Tom Platt mit dem Gesang von einem »rauhen und grauen Kaptein – Der lotste das Schiff herein.« Dann wurde auch Harvey aufgefordert, der sich sehr geschmeichelt fühlte, daß er auch etwas zur allgemeinen Unterhaltung beitragen sollte; aber alles, woran er sich erinnern konnte, waren ein paar Bruchstücke aus dem Lied von »Schiffer Iresons Fahrt«, das er in der Sommerschule in den Adirondacks gelernt hatte. Das Lied schien Harvey nicht schlecht hierher zu passen, aber er hatte kaum den Titel genannt, als Disko krachend mit einem Fuß aufstampfte und schrie:

»Fang erst gar nicht an, Junge. Das ist ein ganz urteilsloses Zeug – ganz besonders schlimm, weil sich's so leicht nachsingen läßt, daß es jeder gleich behalten kann.«

»Ich hätt' dich warnen sollen«, sagte Dan leise. »Dabei wird mein Alter immer wild.«

»Warum denn?« fragte Harvey erstaunt und ärgerlich.

»Das Ganze ist vom Anfang bis zum Ende erstunken und erlogen«, grollte Disko. »Und der Whittier, der ist schuld dran. Mir ist's ja eigentlich egal, ob einem aus Marblehead Unrecht geschieht oder nicht, aber auf Ireson kann man's nicht schieben. Mein Vater hat mir's oft und oft erzählt, und die Sache war so: –«

»Zum einhundertstenmal!« warf der lange Jack halblaut ein.

»– Ben Ireson, der war der Käpt'n von der ›Betty‹, 'n junger Kerl, auf der Heimfahrt von den Bänken – das war noch vor dem Krieg von 1812, aber Gerechtigkeit muß Gerechtigkeit bleiben, allemal! Sie stießen auf die ›Active‹ aus Portland, und Gibbon, von Portland, der war der Käpt'n. Sie war beim Kap Cod leck gelaufen. Es war ein Pfundssturm, und sie wollten die ›Betty‹ heimbringen, so rasch es ging. Es hätt' keinen Zweck und Verstand gehabt, hat Ireson gesagt, ein Boot bei solchem Wetter zu riskieren, und die Mannschaft hätt's auch nicht zugelassen, und da schlug er ihnen vor, sie sollten bei der ›Active‹ bleiben, bis der Sturm nachließ. Das wollten sie wieder nicht, da am Kap herumhängen bei so 'nem Wetter, leck oder nicht leck. Also die Vorsegel hoch und los! Und Ireson, der mußte natürlich mit, wohl oder übel. Aber in Marblehead, das war das ganze Volk wie toll auf ihn, daß er die ›Active‹ im Stich gelassen hatte, und tags darauf, wie die See wieder ruhig war (daran hat aber keiner gedacht), da wurden 'n paar von der ›Active‹ von einer andern Bark aufgefischt. Die kommen also nu nach Marblehead und erzählen ihre Geschichte, und wie Ireson seiner Stadt hätte Schande gemacht, undsoweiter, undsofort. Jetzt kriegt's die Mannschaft mit der Angst, wie sich alles gegen sie kehrt, und schieben nu alles auf Ireson und schwören Stein und Bein, er sei schuld an allem. Aber daß die Weiber von Marblehead ihn geteert und gefedert hätten – das stimmt nicht – so was tun die Weiberleute in Marblehead nicht! Es war eine Rotte Mannsvolk und Buben, alles Pack, und die schleppten ihn hernach in der ganzen Stadt 'rum in einer alten Jolle, bis der Boden 'rausfiel. Ireson schwor ihnen, sie würden's eines Tags bitter büßen. Viel später kam die Wahrheit an den Tag, wie's gewöhnlich geht, zu spät, als daß es 'nem ehrlichen Mann noch was nützen könnt'. Und da kommt so ein Whittier daher, und packt die Lügengeschichte wieder aus und teert und federt den armen Ben Ireson zum zweitenmal, nachdem er längst gestorben ist. Meinen Dan, den hab' ich gehörig verwalkt, wie er mir mit der Lügengeschichte aus der Schule angekommen ist. Aber ich sag' dir's jetzt. Schreib's dir hinter die Ohren! Ben Ireson war nicht so einer, wie Whittier ihn hinstellt. Mein Vater hat ihn noch gut gekannt. Vorher und nachher. Und du hüt dich vor vorschnellem Urteil, Junge!«

Harvey hatte Disko noch nie so lange in einem Zug sprechen hören und saß geknickt mit brennenden Wangen. Aber Dan verteidigte ihn gleich: ein Junge könne nur wissen, was man ihn lehrt, und das Leben sei zu kurz, um sich um jede Lügengeschichte an Land zu kümmern.

Dann zupfte Manuel auf seiner kleinen zirpenden »Machette« eine fremdartige Weise und sang etwas auf Portugiesisch von der »Nina innocente« und endigte mit einem gewaltigen Akkord. Dann gab Disko sein zweites Lied zum besten, zu einer altmodisch weinerlichen Melodie, und alles sang den Chor mit. Eine Strophe lautete:

»April ist vorbei und geschmolzen der Schnee,
Bald geht's aus Neubedford hinaus in die See.
Ja, hinaus aus Neubedford müssen wir ziehn,
Nie sehn wir daheim den Weizen blühn.«

Hier spielte die Geige eine Weile sehr leise allein, und dann:

»Wenn der Weizen blüht, blüht auch der Liebsten Strauß.
Wenn der Weizen blüht, geh' ich aufs Meer hinaus.
Als der Weizen blühte, war'n deine Wangen rot,
Als ich wiederkam, warst du altbacken Brot.«

Das brachte Harvey fast zum Weinen, trotzdem er nicht sagen konnte, weshalb. Aber es wurde noch trauriger, als der

Koch die Kartoffeln beiseite stellte und nach der Geige griff. Noch immer gegen den Kasten gelehnt, stimmte er eine Weise an; es klang wie etwas Schlimmes, das über einen hereinbricht, mochte man sich dagegen wehren oder nicht. Dann sang er in einer unbekannten Sprache, sein schweres Kinn an den Geigenhals gedrückt, und das Weiß seiner Augen glänzte im Lampenlicht. Harvey richtete sich auf, um besser hören zu können. Zwischen dem Knarren der Deckbalken und dem Zischen der Fluten wehklagte und stöhnte der Gesang wie die Brandung im dicken Nebel, bis er in einem Seufzer ausklang.

»Da läuft einem ja 'ne Gänsehaut über den Rücken!« Dan schüttelte sich. »Was in aller Welt war denn das?«

»Das Lied von Fin M'Coul, als er nach Norwegen ging«, sagte der Koch. Sein Englisch klang nicht kehlig, sondern scharf und blechern, als käme es aus einem Phonographen.

»Bei Gott, ich bin auch in Norwegen gewesen, aber so ein grausiges Gewinsel hab' ich nich vollführt. Klingt aber, wie wenn's was Altes wär'«, seufzte der lange Jack.

»Nicht gleich noch so eins, erst was andres dazwischen«, rief Dan; die Ziehharmonika stimmte eine lustig rasselnde Melodie an, und er sang:

»Die Heimatküste sah'n wir
Seit dreißig Wochen nicht.
Wir luden hundert Zentner,
Ja, mehr als hundert Zentner,
Ein fülliges Gewicht!«

»Halt!« brüllte Tom Platt. »Willst du uns die Fahrt verschrein? Das ist ›Jonas‹, bei Gott, das singt man erst, wenn alles Salz naß ist.«

»Das ist *nicht* ›Jonas‹, gelt, Vater? Höchstens die letzte Strophe. Du brauchst *mir* nicht sagen, was ›Jonas‹ ist!«

»Was ist denn das?« fragte Harvey. »Was ist denn ›Jonas‹?«

»›Jonas‹ ist alles, was einem Unglück bringt. Einmal kann's ein Mann sein, einmal ein Bub, 'n andermal ein Schöpfeimer.«

»Ich weiß von einem ›Jonas‹messer«, sagte Tom Platt. »Und wir haben's zwei Reisen mitgeschleppt, bis wir dahinter kamen. Das gibt's auf alle Arten. Jim Bourke war auch so ein ›Jonas‹, bis er ersoff. Mit Jim Bourke wär' ich nicht an Bord gegangen, und wenn ich hätt' verhungern müssen. Auf der ›Ezra Flood‹ war's wieder 'ne grüne Jolle. Ein ›Jonas‹ von der schlimmsten Sorte. Vier Mann sind ersoffen auf ihr. Bei Nacht, da hat sie immer ganz feurigrot ausgeschaut.«

»Und so was glaubt ihr?« fragte Harvey, sich erinnernd, was Tom Platt über Kerzenopfer gesagt hatte. »Müssen wir nicht einfach alles hinnehmen, was kommt?«

Ein mißfälliges Murmeln ging von Mann zu Mann. »An Land mag das stimmen. Auf See kann vieles geschehn«, sagte Disko ernst. »Mach du dich nicht etwa über Jonas lustig, mein Junge.«

Dan warf rasch ein: »Aber Harvey ist kein Jonas. Gleich nachdem wir ihn eingefangen haben, haben wir einen großartigen Fang gehabt.«

Der Koch warf seinen Kopf hoch und lachte ein sonderbares, schrilles Lachen. Mit diesem Nigger kannte man sich nie aus.

»Mord und Totschlag!« rief der lange Jack. »Mach das nicht noch mal, Doktor! Das paßt uns nicht.«

»Was lachst du?« fragte Dan. »Harvey ist doch 'ne Maskotte für uns. Haben die Fische etwa nicht gut gebissen, seit er angebissen hat?«

»O ja-ah!« sagte der Koch. »Schon! Aber wir sind noch nicht am Ende.«

»Von ihm kommt uns nichts Böses«, rief Dan erregt. »Was willst du eigentlich sagen damit? Er ist *all right.*«

»Böses nichts! Aber eines Tages, da wird er dein Herr sein, Danny.«

»Ist das alles, was du weißt?« sagte Dan beruhigt. »Einen Dreck!«

»Herr!« sagte der Koch auf Harvey weisend. »Diener!« Dabei zeigte er auf Dan.

»Das ist das Neueste! Wann denn?« fragte lachend Dan.

»In ein paar Jahren, und ich werd' dabeisein. Herr und Diener ... Diener und Herr!«

»Donnerkiel! Wie hast du das ausgeknobelt?« fragte Tom Platt.

»In meinem Kopf. Ich seh' das.«

»Wie?« kam es von allen zugleich.

»Ich weiß nicht. Aber es wird sein.« Dann senkte er den Kopf und schälte ruhig seine Kartoffeln weiter. Nichts brachten sie mehr aus ihm heraus.

»Na«, sagte Dan, »da muß noch vieles kommen, eh' Harvey mein Herr wird. Aber ich bin nur froh, daß ihn der Doktor wenigstens nicht zum Jonas gemacht hat. Ich fürchte, der Hauptjonas in der ganzen Flotte ist Onkel Salters; das heißt, bis jetzt bringt er sich selber bloß Unglück, aber hoffentlich steckt's nicht an wie die Pocken. Der gehört eigentlich auf die ›Carrie Pittman‹. Die ist selber ihr eigener Jonas. Die ganze Mannschaft und Takelage kommt dagegen nicht auf. Heilige Weihnacht! die reißt's noch bei der größten Flaute vom Anker.«

»Wir sind weitab von der Flotte und von der ›Carrie Pittman‹ auch«, sagte Disko. Vom Deck her hörte man Klopfen.

»Onkel Salters hat sein Glück gefangen«, spottete Dan, als sein Vater gegangen war.

»Es klart auf«, rief Disko herunter. Das ganze Logis stolperte an Deck, um frische Luft zu schnappen. Der Nebel war gewichen, aber es war noch hoher Seegang. Die »Da sind wir« glitt wie durch lange, tiefe, hohle Wasserstraßen, darin man sich ganz traulich und geborgen hätte fühlen können, wenn sie nur still gestanden hätten. Aber sie wechselten ohne Gnade und Rast und hoben den Schoner immer wieder auf den Kamm eines der tausend schaumigen Hügel, von dem er – das Takelwerk von Wind umheult – im Zickzack wieder zu Tal fuhr. Weitab brach sich eine Riesenwelle schäumend, und andre folgten wie auf ein gegebenes Zeichen, bis Harveys Augen übergingen im ewigen Wechsel von Weiß und Grau. Seevögel umkreisten das Schiff und stießen spitze Schreie aus, sobald sie dem Bug nahekamen. Regenböen huschten wie ziellos durch die trostlose Weite.

»Ich habe da drüben eben was krauchen sehn, scheint mir«, sagte Onkel Salters und zeigte nach Nordost.

»Von der Flotte kann's keiner sein«, sagte Disko, und sein scharfer Blick traf den Punkt. »Wir kriegen ölige See. Danny, spring 'rauf und schau, wie unsre Angelboje liegt.«

In seinen schweren Stiefeln schwang Dan sich mühelos auf die Sahling. (Harvey erbleichte vor Neid.) Er ließ sein Auge wandern, bis er etwa eine Meile entfernt auf einem Wellenberg die winzige schwarze Bojenflagge entdeckte.

»Alles in Ordnung«, schrie er. »Segel ahoi! Genau Nord. Schoner, scheint's.«

Nach einer halben Stunde hellte sich der Himmel stellenweise auf, von Zeit zu Zeit brach ein Sonnenstrahl für Augenblicke durch und warf grüne Flecken auf das Wasser. Dann tauchte ein Fockmast auf, verschwand wieder. Die nächste Welle brachte einen hohen Stern mit altmodischen hölzernen Schneckhorndavits in Sicht.

Die Segel waren rostbraun.

»Ein Franzmann!« rief Dan. »Nein, doch nicht. – Pa-app!«

»Das ist kein Franzos'«, bestätigte Disko. »Dein verfluchtes Glück hält fester wie eine Faßschraube, Salters.«

»Jetzt seh' ich's! Es ist ›Onkel Abishai‹.«

»Das kannst du noch gar nicht mit Sicherheit sagen!«

»Der König aller Jonasse!« seufzte der abergläubische Tom Platt. »Salters, Salters, warum liegst du nicht lieber in deiner Koje und schläfst!«

»Was kann *ich* dazu?« jammerte der arme Salters, als der Schoner näherkam.

Es hätte ebensogut der »Fliegende Holländer« sein können, so verschmutzt und wirr und verwahrlost war jedes Tau und Holz an Bord. Das altmodische Achterdeck war vier oder fünf Fuß hoch, und die Takelage hing herum wie Kraut und Rüben. Das Ding lief ächzend vor dem Wind. Das Stagsegel diente als Fock – empörend für ein Fischerauge –, und der Fockmast selber stand schief. Das Bugspriet ragte in die Höhe wie bei einer uralten Fregatte. Der Klüverbaum war angeschlagen, gelascht, genagelt, verbolzt, daß es schier nicht mehr anging. Und als das Jammerfahrzeug sich hochhob und wieder auf sein breites Hinterteil niedersetzte, sah es, weiß Gott, wie ein häßliches, altes, zerlumptes Weib aus, das boshaft zu einer hübschen Jungfer herübergrinst.

»Das ist Abishai«, sagte Onkel Salters. »Wieder mal voller Schnaps und Gesindel. Der findet nirgends Rast und Ruh'. Den treibt richtig ein Fluch.«

»Er wird seinen Kasten noch in Grund fahren«, sagte der lange Jack. »Das ist doch keine Takelung für so 'n Wetter.«

»Der nicht! Sonst wär's ihm schon längst passiert«, antwortete Disko. »Scheint eher, als ob er drauf aus wär', *uns* in Grund zu fahren. Liegt er nicht mehr auf der Nase als nötig, Tom Platt?«

»Wenn sie so laden, ist sie bald fertig«, sagte der Matrose bedächtig. »Wenn sie ihr Werg ausspeit, sollen sie lieber gleich an die Pumpen gehn.«

Das elende Wrack drehte sich ächzend und krachend herum und lag im Wind innerhalb Rufweite.

Ein graubärtiger Mann beugte sich über die Reling, und eine kehlige Stimme schrie etwas herüber, was Harvey nicht verstehen konnte. Aber Diskos Gesicht verfinsterte sich: »Er riskiert den letzten Nagel an seiner Schundbarke für eine schlimme Nachricht. Er sagt, wir kommen in einen Windbruch. Ihm wird's den Kragen kosten.« Disko brüllte: »Abishai! A ... bi ... shai ...!« Er hob und senkte seinen Arm wie ein Mann an einer Pumpe und zeigte nach vorn. Von drüben kam höhnisches Gelächter. »Rührt euch, tummelt euch, takelt ab!« rief der Graubärtige zurück. »Ein toller Sturm, ein toller Sturm ... hoho! Anker gelichtet zur letzten Fahrt, ihr Gloucester-Stockfische. Keiner von euch sieht Gloucester wieder, keiner!«

»Stinkbesoffen, wie gewöhnlich!« rief Platt. »Wär' besser, er hätte uns nicht ausspioniert.«

Der Graubart brüllte noch etwas von einem »Tanz« in der Bullbay herüber und von einem Toten im Logis, während die Bark außer Hörweite trieb. Harvey schauderte. Er hatte das vor Schmutz starrende Deck und die wildfremden Gesichter gesehen.

»Das ist eine leibhaftige Hölle auf See«, sagte der lange Jack und schüttelte sich. »Was mag er an Land wieder angerichtet haben!«

»Er ist 'n Schleppfischer«, erklärte Dan seinem neuen Freund, »er fischt die Küsten ab. Im Süden und Osten treibt er sich 'rum. Nach Hause kommt er nie.« Er deutete in die Richtung der gnadenlosen Neufundlandküste. Dann fuhr er fort: »Papp wollt' mich dort nie an Land lassen. Das ist eine üble Gesellschaft, und Abishai der ärgste von allen. Hast du sein Boot gesehn? Es soll fast siebzig Jahre alt sein, der letzte von den alten Marbleheadkästen. Solche Hecks werden gar nicht mehr gebaut. Abishai geht nie mehr nach Marblehead zurück. Er ist dort nicht gern gesehn. Er treibt sich so herum, trinkt und schimpft. Du hast ihn ja gehört. Der ist ein Jonas für alle, Jahr für Jahr. Er bekommt Schnaps von den Feecampfischern; dafür macht er seinen Hokuspokus, beschwört den Wind und solches Zeug. Er ist verrückt, glaub' ich.«

»Hat keinen Zweck mehr, daß wir heut noch die Leinen unterlaufen«, sagte Tom verzweifelt. »Ist bloß längsseits gekommen, der Kerl, um uns den Fang zu verderben! Heuer und Anteil würd' ich dafür geben, wenn ich den Kerl auf der alten ›Ohio‹ hätte. Sechs Dutzend Hiebe müßt' ihm Sam Mocatta kreuzweise überziehen.«

Die verwahrloste Bark tanzte wie betrunken unter dem Wind, und aller Augen folgten ihr. Plötzlich rief der Koch mit seiner Phonographenstimme: »Das ist der Tod, der spricht aus ihm. Er ist verloren, ich sag' euch, verloren. Schaut hin!« Die Bark segelte auf einen sonnenbeschienenen Fleck zu, drei Meilen von ihnen weg. Der Fleck verdunkelte sich, erlosch, und mit dem Licht verschwand der Schoner.

Er verschwand in die Tiefe, wie von ihr eingeschluckt.

»Abgesackt, bei Gott!« schrie Disko und sprang auf. »Betrunken oder nüchtern, wir müssen helfen. Einhieven und dann Anker hoch! Vorwärts!« Harvey wurde von dem Stoß, der nun beim Setzen der Segel folgte, auf Deck geschleudert. Um Zeit zu sparen, wurde der Anker nur gehoben, schleifte eine Zeitlang über den Grund und wurde erst in der Fahrt eingehievt. Das ist ein gewaltsames Manöver, das selten angewendet wird, nur wenn es auf Leben und Tod geht. Und die kleine »Da sind wir« jammerte wie ein Geschöpf aus Fleisch und Blut. Sie liefen zu der Stelle, wo Schiff und Mannschaft verschwunden waren, fanden zwei oder drei Schleppnetztaljen, ein Faß Schnaps und eine eingerannte Jolle. Sonst nichts.

»Laßt es treiben!« befahl Disko, obwohl niemand den Versuch gemacht hatte, etwas davon hereinzuholen. »Ich möchte kein Streichholz haben, das *der* an Bord gehabt hat. Hat sich schnurgerade in den Grund gesegelt. Muß schon seit einer Woche oder mehr Werg gelassen haben, und niemand hat dran gedacht, zu pumpen. Kommt davon, wenn man mit besoffener Mannschaft fährt!«

»Dank den Heiligen«, seufzte der lange Jack befreit auf.

»Beistehn hätte man ihnen doch müssen, wenn sie noch über Wasser getrieben wären.«

»Dacht' ich mir eben auch«, sagte Tom Platt.

»Fort, fort!« rief der Koch mit rollenden Augen. »Er hat das Unglück mitgenommen.«

»Das ist eine gute Geschichte für die Flotte«, schrie Manuel. »Wenn eins so dahersegelt, vor dem Wind, mit offenen Nähten ... Manuel warf die Hände mit einer nicht zu beschreibenden Geste in die Luft, während Penn auf dem Deckhaus saß und vor Entsetzen und Mitgefühl schluchzte. Harvey kam es noch nicht ganz zum Bewußtsein, daß er Tod und Untergang auf hoher See erlebt hatte, aber es war ihm elend genug zumute. Dan kletterte wieder zur Sahling, und Disko steuerte den Schoner zurück, bis sie wieder ihre Boje sichteten, gerade noch rechtzeitig, eh' der Nebel die See wieder zudeckte.

»Wenn's hier zum letzten kommt, dann geht's rasch«, war alles, was Disko darüber zu Harvey sagte. Und dann: »Das kommt vom Schnaps! Denk ein bißchen drüber nach, mein Junge.«

Nach dem Essen war es ruhig genug, um von Deck aus zu fischen. Penn und Onkel Salters waren besonders eifrig dabei. Der Fang war reichlich, und die Fische waren groß.

»Der ›Abishai‹ hat wirklich das Unglück mit sich 'runtergenommen«, sagte Onkel Salters. »Nicht weniger Wind und nicht mehr. Gar nichts. Was ist jetzt mit dem Netz? Ich pfeif' auf allen Aberglauben.«

Tom Platt war durchaus der Meinung, man solle das Netz einholen und einen neuen Ankerplatz suchen. Aber der Koch sagte: »Das Glück hat zwei Hälften. Wenn ihr nachschaut, könnt ihr's sehn. Ich weiß es.«

Das reizte den langen Jack so sehr, daß er Tom Platt überredete, mit ihm auszufahren.

Eine Schleppleine »unterlaufen« heißt: man holt ein Ende herauf in die Jolle, nimmt die Fische ab, besteckt die Haken mit frischem Köder und setzt sie wieder aus. Eine ähnliche Arbeit, wie wenn man Wäsche abnimmt und neue aufhängt. Es ist ein langwieriges Geschäft, und auch gefährlich. Denn die schwerbelastete Leine kann das Boot unter Wasser ziehn. Aber als aus dem Nebel herausklang »... und dich, mein

Capitano ...«, faßte die Mannschaft auf der »Da sind wir« frischen Mut. Die Jolle kam vollgepackt längsseits, und Tom Platt rief um eine zweite Jolle zum Leichtern.

»Jawoll, das Glück hat zwei Hälften«, sagte der lange Jack und warf die Fische mit der Gabel an Bord. Harvey blieb vor Staunen der Mund offen über die Geschicklichkeit, mit der die heftig schwankende Jolle vor dem Zerschellen bewahrt wurde.

»Zuerst haben wir nichts eingeholt wie Kürbisse. Tom Platt wollt's schon aufgeben. Aber ich sag' zu Tom Platt: ›Ich vertrau' auf das zweite Gesicht von unserm Doktor.‹ Und wirklich war die Leine dann dick voll mit Fischen, und lauter großen. Fix, Manuel, neue Köder, heut schwimmt das Glück auf dem Wasser!«

Die Fische bissen an die neu besteckten Haken, von denen man ihre Brüder gerade abgenommen hatte. Tom Platt und der lange Jack fuhren methodisch auf und ab längs der Angelstelle. Die Fischleine fuhr surrend über die Bootsnase, die Seegurken, die sie »Kürbisse« nannten, wurden abgestreift, und die frisch gefangenen Stockfische schlugen klatschend auf. So wurden die Leinen immer wieder besteckt und die Fische eingeholt bis Einbruch der Dunkelheit.

»Ich will nichts riskieren«, sagte Disko dann, »solange der ›Abishai‹ hier 'rumtreibt. Der sinkt nicht vor einer Woche. Holt die Jollen ein. Nach dem Abendbrot wird ausgenommen.«

Das war ein gewaltiges Stück Arbeit, wobei ihnen ein paar schnaufende Schweinsfische Gesellschaft leisteten. Es dauerte bis neun Uhr, und man konnte Disko mehrmals lachen hören, als Harvey die geputzten Fische in den Raum hinuntergabelte.

»Du machst dich ja mächtig, hör mal«, sagte Dan zu Harvey, während sie die Messer schliffen, nachdem die Männer das Deck schon verlassen hatten. »Allerhand See heut abend, und du hast noch kein Wort drüber gesagt.«

»Man hat nicht Zeit zum Sprechen«, gab Harvey zurück, die Schneide einer Klinge probierend. »Jetzt, wo du's sagst ... das Boot stößt gehörig.«

Der kleine Schoner kapriolte zwischen den silberköpfigen Wellen um den Anker herum. Wie mit gespieltem Erstaunen sprang er beim Anblick des gestrafften Ankertaus zurück und wieder vor, wie ein Kätzchen, während das Wasser von dem Rücksprung mit der Gewalt von Flintenschüssen durch die Klüsen schoß. Dann schien er wieder den Kopf zu schütteln und zu sagen: »Es tut mir leid, ich kann nicht länger bei euch bleiben, ich muß fort nach Norden«, worauf er sich seitwärts abwandte, um plötzlich, dramatisch seine Takelage rüttelnd, wieder innezuhalten. »Was ich noch sagen wollte«, begann er von neuem feierlich ernst, wie ein Betrunkener einen Laternenpfahl anredet: ... der Rest der Rede ging in einem wirren Taumel von Bewegungen unter: bald benahm er sich wie ein Hündchen, das an seiner Leine kaut, dann wieder wie ein plumpes Frauenzimmer, das im Damensattel reitet, dann wieder wie eine Henne, der man den Kopf abgeschlagen hat, oder eine Kuh, die von einer Hornisse gestochen ist ... wie es gerade den Launen der See beliebte.

Dann schwang er seitwärts auf einer großen Woge, mit dem Klüverbaum gleichsam eine schwungvolle, dramatische Geste machend:

»Meine Herren ..., geben Sie mir ... Freiheit ... oder ... den ... Tod!«

Wupp! Dann setzte er sich mit einer stolzen Verbeugung mitten in den Streifen Mondlicht, der über dem Wasser lag.

Harvey lachte laut. »Genau, als ob sie lebendig wär'!« rief er.

»Sie ist so standfest wie ein Haus und so zäh wie ein Hering«, rief Dan begeistert, während er von einer Sturzwelle quer über Deck geschwemmt wurde. »Da schau! Die können ihr alle nix anhaben! ›Kommt mir bloß nicht zu nahe‹, sagt sie. Schau sie dir an – schau sie dir bloß an! Herrgott, aber da solltest du erst mal einen von den ›Zahnstochern‹ sehn, wie *die* aus fünfzehn Faden Wasser ihren Anker hissen!«

»Wa ist denn das, ein Zahnstocher, Dan?«

»Das sind die neuen Schellfisch- und Heringsfangboote. Schön wie 'ne Jacht und mit einem Heck wie 'ne Jacht und einem Deckhaus so groß wie unser Packraum. Papp ist dagegen, weil sie so stampfen. Aber man kann einen Haufen Geld damit machen. Papp, der ist ein guter Fischer, aber nicht fortschrittlich, verstehst du? Er geht nicht mit der Zeit. Die Boote, die sind voll von neuen Erfindungen, die Arbeit sparen. Hast du schon mal den ›Elector‹ von Gloucester gesehn? Ein Prachtboot!«

»Was kostet so ein Boot, Danny?«

»Haufen Dollar. Fünfzehntausend vielleicht oder mehr. Alles vergoldet drin, was man sich bloß denken kann.« Leise fügte er hinzu, wie zu sich selbst: »Ich glaube, ich würd' es auch ›Hattie S.‹ nennen.«

5

Das war das erste Gespräch von vielen, bei denen Harvey erfuhr, warum Dan den Namen seiner Jolle auf das erträumte Schellfischboot übertragen wollte. Er hörte manches über die wirkliche Hattie in Gloucester, bekam eine Haarlocke zu sehen, die er ihr »geklaut« hatte – obwohl er heftig versuchte, das zu beschönigen –, als sie im vorigen Winter vor ihm auf der Schulbank saß. Zum Schluß kam noch eine Photographie zum Vorschein. Hattie war etwa vierzehn Jahre alt, verachtete Buben fürchterlich und hatte den ganzen Winter Dans Herz mit Füßen getreten. All das wurde Harvey unter dem Siegel der Verschwiegenheit mitgeteilt, auf mondbeleuchtetem Deck, in schwarzer Finsternis oder im dichten Nebel. Als einzige Horcher das klagende Steuer hinter ihnen, das schweigende Deck vor ihnen, und um sie die ruhelose See.

Als die Buben immer vertrauter wurden, kam es natürlich auch einmal zu einer regelrechten Schlacht, die zwischen Bug und Heck raste, bis Penn die Kämpfer trennte und versprach, Disko nichts zu sagen, der Streit auf Wache strenger bestrafte als Schlafen. Harvey war körperlich Dan nicht gewachsen, aber es zeugte von seiner neuerworbenen Disziplin, daß er sich ehrlich verteidigte und keine feigen, unerlaubten Kniffe anwandte.

Das geschah, als er noch kaum von einer Reihe Furunkeln geheilt war, die sich zwischen Ellbogen und Handgelenk ausgebreitet hatten, wo die nasse Wolle und das Ölzeug die Haut wundrieben. Auch das Salzwasser schmerzte ihn furchtbar, und schließlich behandelte Dan die reifen Geschwüre sachkundig mit Diskos Rasiermesser. Er tröstete Harvey in seinem Schmerz, daß er nun ein »Vollblut-Sandbank-Fischer« sei und seine Narben die Marke des Standes seien, dem er nun angehörte.

Da er ein Junge war und ein beschäftigter dazu, quälte er sich nicht mit viel Gedanken ab. Seine Mutter tat ihm furchtbar leid, und oft war ihm bange nach ihr, vor allem aber hätte er ihr gerne von seinem neuen, wunderbaren Leben erzählt, und wie glänzend er sich darin bewährte. Im übrigen aber zog er es vor, sich nicht allzusehr darüber zu beunruhigen, wie sie den Schicksalsschlag seines vermeintlichen Todes getragen habe. Aber als er eines Tages auf der Treppe zum Logis stand und den Koch zu besänftigen trachtete, der ihn und Dan angeschuldigt hatte, Pasteten gemopst zu haben, dämmerte ihm, daß dieses Leben ein großer Fortschritt sei gegenüber dem, das er als zahlender Passagier eines Liniendampfers, zwischen rauchenden Fremden, die ihn maßregelten, geführt hatte.

Er war jetzt ein anerkanntes Mitglied auf der Bark; er hatte seinen bestimmten Platz am Tisch und in der Koje. Er konnte sich an den Gesprächen beteiligen, die bei ungünstigem Fischwetter geführt wurden, und man hörte gerne seinen Erzählungen zu von seinem Leben daheim, die bei der Mannschaft als »Märchen« galten. Schon nach kürzester Zeit hatte er herausgefühlt, daß keiner den Schilderungen seines bisherigen Lebens – und wie weit schien es ihm selbst zurückzuliegen – wirklichen Glauben schenkte, Dan ausgenommen, und auch dessen Gutgläubigkeit wurde manchmal auf eine harte Probe gestellt. Daher erfand er einen Knaben, mit dem er vorgab befreundet gewesen zu sein, der ein Miniatur-Vierpony-Gespann in Toledo, Ohio, kutschiert, fünf Anzüge auf einmal bestellt und Feste veranstaltet hatte, bei denen das älteste Mädchen noch keine fünfzehn Jahre zählte, aber alle Geschenke aus schwerem Silber waren. Solche Erzählungen waren nun Onkel Salters zuviel, er nannte sie erstunken und erlogen, ja geradezu lästerlich. Aber er hörte genauso gespannt zu wie die andern. Und die scharfe Kritik am Schluß seiner Erzählungen, die jene Feste, Kleider, Zigaretten mit Goldmundstücken, Ringe, Uhren, Parfüms, Kinderdinners mit Champagner, Kartenspiel und den Luxus großer Hotels zum Inhalt hatten, lehrte allmählich auch Harvey, all diese Dinge von einem durchaus andern Gesichtspunkt aus zu betrachten als bisher. Nach und nach wechselte er den Ton, wenn er von seinem »Freund« sprach, den der lange Jack das »verrückte Balg«, das »vergoldete Baby«, den »Vanderpoop mit der Saugflasche« und andres mehr getauft hatte, und die Seestiefel nach Fischerart auf den Tisch gestützt, erfand er noch die kühnsten Geschichten von Seidenpyjamas, eigens importierten Krawatten und dergleichen hinzu, nur um seinen »Freund« recht lächerlich zu machen. Harvey war ein sehr anpassungsfähiger Bursch und besaß ein offenes Aug' und Ohr für jede Miene und jeden Tonfall seiner Umgebung.

Bald hatte er herausgefunden, wo Disko den alten, grünspanbedeckten Quadranten, den sie den »Zinken« nannten, aufbewahrt hatte, nämlich im Schlafsack in seiner Koje. Wenn Disko das »Mittagsbesteck« nahm und mit Hilfe des »Farmeralmanachs« die geographische Breite ausgerechnet hatte, sprang Harvey jedesmal ins Logis und kratzte mit einem Nagel Resultat und Datum in das rostige Ofenrohr ein. Kein Oberingenieur auf dem größten Passagierdampfer hätte diese Arbeit sorgfältiger verrichten können, und kein Ingenieur nach dreißigjähriger Dienstzeit hätte das selbstbewußte Wesen eines alten Mariners besser zur Schau tragen können als Harvey. Er vergaß nie, umständlich über die Reling zu spukken, laut das Tagesbesteck auszurufen, und erst dann, und nicht einen Augenblick früher, nahm er Disko den alten Quadranten aus der Hand. Jeglich Ding hat eben seine Etikette.

Besagter Quadrant, eine Seekarte, der Farmeralmanach, Blunts »Küstenpilot« und ein Buch, der »Navigator« benannt, stellten alle Waffen und Wehr dar, deren Disko bedurfte; das Tiefseelot nicht zu vergessen, sein Hilfsauge. Als Tom Platt seinen Schüler Harvey zum erstenmal die »blaue Taube« handhaben ließ, hätte Harvey um ein Haar Penn damit erschlagen. Wenn auch seine Kraft noch nicht ausreichte, um das schwere Lot bei Seegang zu bedienen, so konnte Disko ihn doch bei ruhiger See und flachem Wasser mit einem Sieben-Pfund-Lot selbständig hantieren lassen; denn wie Dan erklärte: Papp will gar nicht die Lotung, er will Grundproben. »Schmier viel Talg 'rein, Harvey.« Harvey schmierte also die Höhlung gut aus und brachte den Sand, die Muscheln, den Schlamm, oder was immer dran hängen blieb, zu Disko, der es befühlte, beroch und sich danach sein Urteil bildete. Wie schon gesagt, konnte sich Disko vollkommen in einen Stockfisch hineinversetzen, wenn er an Stockfische dachte, und dank einer langerprobten Mischung von Instinkt und Erfahrung verlegte er sein Boot von Ankerplatz zu Ankerplatz, immer in der Richtung der guten Fischzüge, ähnlich wie ein Schachmeister beim Blindspielen seine Züge macht, ohne das Brett zu sehen.

Aber Diskos Schachbrett waren die großen Bänke – ein gleichseitiges Dreieck von 250 Meilen; eine stets bewegte Wasserwüste, von feuchten Nebeln heimgesucht, von heftigen Stürmen bedrängt, durch Treibeis gefährdet, bedroht vom Zwangskurs der Ozeandampfer und gesprenkelt mit den Segeln der Flottille.

Vier Tage lang arbeiteten sie im Nebel – Harvey an der Nebelglocke –, bis er am fünften Tage, schon vertraut mit dem dicken Grau, zum erstenmal mit Tom Platt ausfuhr. Es war ihm recht bänglich zumute. Aber der Nebel wollte nun einmal nicht weichen, und die Fische bissen an, und niemand kann sich sechs Stunden nacheinander zu Tode ängstigen. Harvey arbeitete abwechselnd an den Leinen, oder mit Bootshaken und Schlegel, je nachdem Tom Platt sie verlangte. Dann ruderten sie zum Schoner zurück, von der Nebelglocke und Toms Instinkt geleitet, Manuels Nebelhorn schwach und fern neben ihnen. Es war ein überirdischer Zustand, und zum erstenmal seit einem Monat träumte Harvey nachts von den rastlos schäumenden Wasserfluten, die die Jollen umbrandeten, von den Fischleinen, die sich ins Endlose zu verlieren schienen, und der Luft über ihm, die fast greifbar mit dem Wasser in eins verschmolz. Einige Tage später war er mit Manuel auf Fang aus. Der Fischgrund sollte vierzig Faden haben, aber das ganze Ankertau lief aus, und sie fanden keinen Grund. Harvey erschrak aus tiefstem Herzen, denn das letzte Band mit der Mutter Erde schien ihm verloren.

»Ein Walfischloch«, sagte Manuel, indem er einholte. »Das gibt einen Spaß mit Disko, komm!« Und er ruderte zum Schoner zurück, wo Tom Platt und die andern schon dabei waren, ihren Bootsherrn aufzuziehen, weil es ihm also doch endlich auch einmal passiert war, daß er sie an ein Walfischloch – wie sie die großen, tiefen, fischleeren Löcher in den Bänken nannten – geführt hatte.

Sie wechselten den Ankerplatz trotz Nebels, und als Harvey wieder mit Manuel in der Jolle ausfuhr, hatte er abermals ein Erlebnis, bei dem ihm die Haare zu Berge stiegen. Etwas unheimlich Weißes bewegte sich im fahlen Weiß des Nebels, und wie Grabeshauch wehte es zu ihnen herüber unter Gurgeln, Brausen, Dröhnen. Es war Harveys erste Bekanntschaft mit einem der so gefürchteten Sommereisberge in den Bänken, und er duckte sich verzagt in die Jolle, während Manuel lachte.

Aber es kamen auch Tage, die so mild, klar und warm waren, daß es sündhaft schien, etwas anderes zu tun, als die Fischleinen spielend über Wasser tanzen zu lassen und mit den Rudern in die Sonnenkringel zu schlagen. Es kamen Tage mit leichter Brise, an denen Harvey lernte, den Schoner von einem Ankerplatz zum andern zu steuern.

Es ging ihm durch und durch, als er zum erstenmal spürte, wie der Kiel dem Druck seiner Hand am Steuerrade gehorchte und die langen Wellen durchschnitt, während das Weiß des Focksegels sich wie eine Sichel gegen den blauen Himmel blähte. Das war herrlich, obwohl Disko sagte, es könne einer Schlange das Rückgrat brechen, seinem Kielwasser zu folgen. Aber Hochmut kommt vor dem Fall! Sie segelten vor dem Wind mit dem Stagsegel – einem alten zum Glück –, und Harvey wollte eben so richtig ins Zeug gehen, um Dan zu zeigen, wie meisterlich er seine Kunst erlernt habe, als die Vorsegel mit einem Krach übergingen, wobei das morsche Stagsegel entzweiriß. Sie holten schwerbedrückt das zerfetzte Segel herunter, und Harvey brachte in den nächsten Tagen seine ganze freie Zeit damit zu, sich unter Tom Platts Anleitung mit Nadel und Segelhandschuhen zu üben. Dan glänzte vor gutmütiger Schadenfreude, denn auch er hatte, wie er sagte, seinerzeit genau den gleichen Unfug angerichtet.

Nach Knabenart ahmte Harvey der Reihe nach die Eigentümlichkeiten jedes einzelnen nach, bis er von jedem etwas angenommen hatte: von Disko seine besondre Art, sich über das Steuer zu bücken, vom langen Jack das Auf- und Abschwingen beim Leineneinholen, von Manuel die hochschultrige Haltung beim Rudern, und von Tom Platt den schwerfälligen »Ohio-Gang« über Deck.

»Prächtig, wie er sich macht«, sagte der lange Jack eines Tages, als Harvey bei dickem Wetter auf Auslug stand. »Ich möcht' wetten, das ist zur größten Hälfte alles bloß Theaterspielerei bei ihm, und er macht sich selber vor, er wär' schon 'n ganz verwegner Seemann. Schaut euch den Spatz bloß an, was er für 'n Buckel macht!«

»So fangen wir alle an«, sagte Tom Platt. »Die Jungs spielen sich so lange als Männer auf, bis sie wirklich welche sind; und so geht's immer weiter, immerzu macht man sich selber was vor, bis man im Grabe liegt. *Ich* hab's genauso gemacht auf der alten ›Ohio‹, das weiß ich noch gut. Zum erstenmal auf Wache – Hafenwache –, da kam ich mir vor wie 'n Admiral. Dan, der macht's genauso. Schau dir bloß an, wie sie sich haben, wie richtige olle Seebären.« Dann rief er ins Logis hinunter: »Mir scheint, diesmal hast du dich doch verhaun, Disko. Wie konntst du uns bloß allen erzählen, der Junge wär' verrückt?«

»Er war's auch«, antwortete Disko, »total verrückt, wie er an Bord kam. Aber ich muß sagen, jetzt ist er 'n gut Teil klarer im Kopf. Ich hab' ihn kuriert.«

»Spinnt 'n gutes Garn«, sagte Tom Platt. »Neulich abend, da hat er uns von 'nem Buben erzählt, so in seinem Alter, der hat 'ne pikfeine kleine Equipage mit vier Ponys davor immer so auf und ab kutschiert, in Toledo, Ohio, glaub' ich, war's, und hat 'n ganzen Haufen so Bälger, Mädeln und Buben durcheinander, mit Champagner traktiert. So 'ne Art Märchengeschichten, aber verdammt interessant! Die weiß er dutzendweise.«

»Das holt er sich alles bloß so aus seinem Kopf«, rief Disko von seinem Tisch zurück, wo er bei seinem Logbuch saß. »Lauter erfundnes Zeug, das sieht ja 'n jeder. Bloß Dan, der geht ihm auf den Leim, und der lacht ihn auch noch aus. Hab' ich selber gehört, hinterm Rücken von mir.«

»Schon mal gehört, was Simon Peter Ca'houn gesagt hat, wie sie's aufgebracht haben, seine Schwester Hitty hätt' den Lorin Jerauld geheiratet, und wie die Jungs zu ihm gekommen sind mit dem Spaß?« klönte Onkel Salters, friedlich in Lee der Steuerbordjollen gelagert.

Tom Platt paffte höhnisch schweigend an seiner Piep; er war von Kap Cod und kannte die Geschichte seit mehr denn zwanzig Jahren. Onkel Salters fuhr, heiser in sich hineinlachend, fort:

»Simon Peter Ca'houn, der sagte bloß, und recht hat er gehabt, ›die eine Hälfte 'n Geck‹, sagt er, den Lorin meint er, ›und die andre Hälfte 'n verdammter Narr; und mir haben sie 'esa't, sie hätt' 'nen 'eichen Mann 'ehei'atet.‹ Simon Peter, der hatt' nämlich keinen Gaumen im Mund und hat so geredet.«

»Wie 'n pennsylvanischer Holländer hat er nu mal sicher nicht geredet«, warf Tom Platt ein. »Die Geschichte sollst du man lieber 'n Kapmann erzählen lassen. Die Ca'houns, die sind in frühern Zeiten mal Zigeuner gewesen.«

»Na, ich behaupt' ja auch nicht, daß ich 'n großer Sprachkünstler bin«, sagte Salters. »Ich wollt' bloß sagen, die Moral von der Geschichte, die ist die, daß es mit unserm Harvey genau dasselbe ist. Die eine Hälfte 'n Geck, die andre 'n verdammter Narr; und da wollen manche noch glauben, daß er 'n reicher Mann ist. Jawoll!«

»Hat einer von euch sich schon mal vorgestellt, was für 'ne Lust das wär', mit 'ner ganzen Mannschaft von lauter Saltersens zu segeln?« höhnte der lange Jack. »Die eine Hälfte im Heuboden, die andre im Misthaufen, wie Ca'houn *nicht* gesagt hat, und dabei behauptet er, daß er 'n Fischersmann ist!«

Kurzes Gelächter erscholl in der Runde auf Onkel Salters' Kosten.

Disko schwieg dazu und blätterte in seinem Logbuch, auf dessen beflecken Seiten die Eintragungen in seiner klotzigen Keilschrift prangten. So ungefähr ging es Seite auf Seite:

»17. Juli. Heute dicker Nebel und wenig Fische. Ankerplatz nach Norden verlegt. So schließt der Tag.«

»18. Juli. Heute beginnt der Tag mit dickem Nebel. Wenig Fische gefangen.«

»19. Juli. Heute setzt leichte Brise von NO ein. Schön Wetter. Östlich verlegt. Guter Fang.«

»20. Juli. Heute, Sabbat, wieder Nebel und leichte Winde. So schließt dieser Tag. Gesamter Fischfang dieser Woche: 3478.«

Sonntags arbeiteten sie nie. Bei gutem Wetter rasierten und wuschen sie sich, und der Pennsylvanier sang Choräle. Manchmal erbot er sich auch, eine kleine Predigt zu halten, wenn sie es nicht als Anmaßung auffassen wollten. Wenn Penn damit kam, fuhr ihm Onkel Salters jedesmal fast an die Gurgel und erklärte, er sei kein Prediger und an Predigen sei nicht zu denken. »Und wenn er sich dabei wieder an Johnstown erinnert«, rechtfertigte Onkel Salters sein Dazwischenfahren, »was dann?« Also kam man überein, daß Penn laut aus einem Buch »Josephus« vorlesen solle. Das war ein alter wetterfester Lederband, der nach hundert Reisen roch, einer Bibel nicht unähnlich, belebt durch eingestreute Erzählungen von Schlachten und Belagerungen. Und sie lasen ihn jedesmal fast von Anfang bis zu Ende. An den übrigen Tagen war Penn ein stiller Geselle. Manchmal sprach er drei Tage kein Wort. Trotzdem spielte er gern Schach, hörte den Liedern zu und lachte bei den Geschichten. Wenn man ihn aufmuntern wollte, pflegte er zu sagen: »Ich will nicht unfreundlich erscheinen, aber ich habe nichts zu sagen. Ich habe immer so ein leeres Gefühl im Kopf. Ich weiß kaum noch meinen eigenen Namen.« Dabei wendete er sich immer mit einem erwartungsvollen Lächeln zu Onkel Salters.

»Herrgott, Pennsylvania Pratt, nächstens wirst du *mich* auch noch vergessen«, dröhnte dann jedesmal Onkel Salters.

»Nein, niemals«, antwortete Penn regelmäßig, indem er seine Lippen fest aufeinanderpreßte. Und dann wiederholte er mehrmals hintereinander: »Natürlich, Pennsylvania Pratt!« Manchmal tat Onkel Salters zerstreut und nannte ihn Haskins oder Rick oder M'Vitty. Und Penn war es gleicherweise zufrieden – bis zum nächstenmal.

Er war immer sehr liebevoll zu Harvey, den er als verlorengegangenes Kind und als Verrückten bemitleidete. Und als Salters sah, daß Penn den Knaben mochte, war auch er nicht mehr ganz so rauhbeinig gegen ihn. Salters war nicht gerade eine liebenswürdige Persönlichkeit. Er hielt es für seine besondere Pflicht, die Jungs in Zucht zu halten; und als Harvey zum erstenmal mit Zagen und Beben bei ruhigem Wetter zum Flaggenstock emporklomm (Dan hinter ihm drein, um im Notfall zu helfen), hielt er es für *seine* Pflicht, Onkel Salters' große Wasserstiefel dort oben aufzuhängen, zum Schaden und Spott des Gefoppten. Disko gegenüber nahm sich aber Harvey keinerlei Freiheiten heraus. Auch dann nicht, wenn der Alte bei guter Laune ihn wie die andern Matrosen behandelte und statt direkter Befehle nur zu ihm sagte: »Möchtest du nicht vielleicht ...« oder: »Wär's nicht besser, wenn ...« usw. Es lag etwas um den glattrasierten Mund und in den Fältchen um die Augenwinkel, das jungem Blut unweigerlich Respekt einflößte.

Disko erklärte ihm die Bedeutung der abgegriffenen und durchlöcherten Seekarte, die, wie er sagte, jede Regierungsveröffentlichung bei weitem an Wichtigkeit überträfe, führte ihn mit dem Bleistift in der Hand von Ankerplatz zu Ankerplatz über das ganze Netz von Bänken – Le Have, Western, Banquereau, St. Pierre, Green, Grand – und erzählte ihm dabei von der Lebensweise der Stockfische. Er lehrte ihn auch, auf welchen Gesetzen das Bestecknehmen beruhe.

Darin überflügelte Harvey bald Dan. Denn er hatte eine rechnerische Begabung ererbt, und es entsprach seinem scharfen Verstand, daß man sich durch einen einzigen Blick auf die trübe Sonne der Bänke Orientierung holen konnte. In andern seemännischen Dingen war ihm sein Alter hinderlich. Wie Disko sagte: damit hätte er mit zehn Jahren anfangen sollen. Dan konnte im Dunkeln Köderleinen bestecken und jedes Tauende finden. Er konnte, wenn Onkel Salters sich einen Splitter in die Hand gejagt hatte, ihn mit *einem* sicheren Druck herausbringen. Er konnte die »Da sind wir« auch bei rauher See nach dem bloßen Gefühl des Windes auf seinem Gesicht steuern. Und all das tat er so selbstverständlich, wie er in der Takelage herumturnte oder in seiner Jolle saß, als sei sie ein Teil von ihm selbst. Aber diese Kenntnisse konnte er Harvey nicht übermitteln.

Immerhin gab es auf dem Schoner bei stürmischem Wetter vielerlei Wissenswertes zu lernen, wenn die Mannschaft im Logis lag oder auf ihren Seemannskisten saß, während sich in ihre Gespräche das Klirren und Rasseln der Ersatzbolzen und Lote mischte. Disko erzählte da von dem Walfischfang, von großen Walfischmüttern, die man von der Seite ihrer Jungen weggeschossen hatte, von Todeskämpfen auf schwarzer brausender See, und Blut, das vierzig Fuß hochspritzte, von Barken, die durch einen Anprall in tausend Splitter zerschellten, von Raketen, die am falschen Ende losgegangen waren und die entsetzte Mannschaft getroffen hatten, vom Schneiden und Auskochen des Walfischtrans, von jener schrecklichen Katastrophe im Jahr 71, wo durch einen Eisbruch 1200 Menschen in drei Tagen obdachlos geworden waren – wunderbare Geschichten, und alle wahr. Aber nichts übertraf Diskos Schilderungen der Stockfische, wie sie dachten und überlegten und ihre eigensten Angelegenheiten besprachen, tief da drunten unterm Kiel.

Jacks Geschmacksrichtung ging mehr auf das Übernatürliche. Er hielt seine Zuhörerschaft durch Geistergeschichten in Atem, wie die Geschichte von den Yohoes in der Monomoy-Bucht, die einsame Muschelsucher narren und erschrekken; von Strandläufern und Dünenräubern, die kein ehrliches Grab bekommen haben; von verborgenen Schätzen auf Feuerland, die von Geistern bewacht werden; von Schiffen, die im Nebel über Truro hinwegsegeln; von dem Hafen in Maine, wo niemand je ankert, es sei denn ein Fremder, weil eine ertrunkene Schiffsbesatzung um Mitternacht dort längsseits gerudert kommt, den Anker im Bug ihres altertümlichen Bootes, und nach den Seelen der Menschen pfeift – nicht ruft, sondern pfeift –, die ihre Ruhe aufgestöbert haben.

Harvey hatte mit der Ostküste seiner Heimat bis jetzt nur den Begriff verbunden, daß sie von Leuten besiedelt sei, die sich Pferde halten konnten, Sommerhäuser mit Parkettböden und kostbaren Portieren bewohnten, in denen sie Gesellschaften gaben. Er lachte über die Geistergeschichten – nicht mehr so laut, wie er es einen Monat zuvor getan hätte –, saß aber am Schluß wie die andern still und schaudernd da.

Tom Platt erzählte immer wieder von seiner nie enden wollenden Reise ums Kap Horn auf seiner alten »Ohio« in den guten alten Tagen, da es noch die Prügelstrafe gab; von einer Flotte, nun ausgestorben wie der Vogel Dodo – der Flotte, die im großen Krieg unterging. Er beschrieb, wie man rotglühende Geschosse in die Kanonen lädt, einen Lehmpfropfen zwischen Geschoß und Kartusche. Und wie diese Geschosse zischen und stinken, wenn sie auf Holz schlagen ... und wie die kleinen Schiffsjungen auf der »Miss Jim Buck« Wasser darüber ausgegossen und nach dem Fort hinübergerufen hatten: »Probiert's nur noch mal!« Und von Blockaden erzählte er, wo sie wochenlang vor Anker hatten liegen müssen, als einzige Abwechslung das Kommen und Gehen von Dampfern, die Kohlen luden; von Stürmen und Kälte – Kälte, die so groß gewesen war, daß zweihundert Mann Tag und Nacht zu schaffen hatten, um das Eis vom Tauwerk, von den Blöcken und dem Ankertau herunterzuschlagen, und wo der Kochherd in der Kombüse so glühend rot gewesen war wie die Geschosse aus dem Fort und die Mannschaft eimerweise Kakao soff. Vom Dampf hatte Tom Platt keine große Meinung. Seine Dienstzeit war just abgelaufen, als diese Erfindung noch ziemlich neu war. Er gab zu, es sei eine ganz nette Erfindung für Friedenszeiten, aber er sah hoffnungsvoll dem Tage entgegen, wo die alten Segel sich wieder blähen würden auf Zehntausend-Tonnen-Fregatten mit Großbäumen von hundertneunzig Fuß.

Manuels Erzählweise war bedächtig und liebenswürdig. Es handelte meist von hübschen Mädchen in Madeira, wie sie in den ausgetrockneten Flußbetten bei Mondschein unter wiegenden Palmen Wäsche wuschen. Dann folgten Geschichten von wunderbaren Heiligenlegenden, von seltsamen Tänzen und Raufereien oben in den kalten Häfen von Neufundland. Salters hielt es mit der Agrikultur, denn obwohl er manchesmal im »Josephus« las und Rat suchte, blieb doch seine eigentliche Lebensaufgabe, den Wert des grünen Düngers, besonders des Kleedüngers, gegenüber jeder Art von Phosphaten zu verfechten. Er wurde rabiat, wenn er über Phosphate zu sprechen anfing. Er schleppte beschmierte landwirtschaftliche Bücher herbei und trug gestikulierend Harvey daraus vor, dem das alles spanische Dörfer waren. Dem kleinen Penn tat es so sichtlich weh, wenn Harvey sich über Onkel Salters' Vorträge lustig machte, daß der Knabe bald davon abließ und in höflichem Schweigen den Vortrag über sich ergehen ließ. Das war eine gute Lektion für Harvey.

Der Koch mischte sich nie in diese Gespräche. Er tat gewöhnlich überhaupt den Mund nur auf, wenn es unbedingt notwendig war. Aber manches Mal kam eine sonderbare Redegabe über ihn, und dann sprach er oft eine ganze Stunde ohne aufzuhören, halb in Gälisch, halb in gebrochenem Englisch. Den Knaben gegenüber war er am mitteilsamsten. Und er blieb bei seiner Prophezeiung, daß Harvey einmal Dans

Herr und Meister sein und er selbst es noch erleben werde. Er erzählte ihnen, wie man die Post im Winter vom Kap Breton weiterbefördert, und von den Hundeschlitten, die nach Coudray laufen, und von dem Eisbrecher »Arctic«, der den Wasserweg zwischen dem Festland und den Prinz-Edward-Inseln freilegt. Dann kam er auf Geschichten, die er von seiner Mutter her wußte, vom Leben weit im Süden, wo das Wasser niemals zufriert, und wenn er gestorben sei, sagte er, würde seine Seele zu einer warmen, weißen, sandigen Küste fliegen und sich dort zur Ruhe betten, mit rauschenden Palmen über sich. Das kam den Knaben verwunderlich genug vor, denn sie wußten, daß der Neger noch nie eine Palme gesehen hatte. Bei jeder Mahlzeit fragte er Harvey und nur Harvey, ob ihm das Essen geschmeckt habe. Darüber mußten die andern jedesmal lachen. Aber trotzdem hatten sie großen Respekt vor dem Ahnungsvermögen des Kochs, und in ihren Herzen wurde Harvey infolgedessen mit der Zeit so etwas wie ein Talisman.

Und während Harvey mit jedem Blutschlag neue Kenntnisse erwarb und mit jedem Atemzug der würzigen Luft seine Gesundheit stählte, ging die Bark ruhig ihres Weges und tat ihre Arbeit in den Bänken. Die silbergrauen Lagen der wohlgestapelten Fische stiegen täglich höher und höher. Kein einziger Tagesertrag war außergewöhnlich, aber ihr Durchschnittsfang war gut und regelmäßig.

Begreiflicherweise wurde ein Fischer von Diskos Ruf von den Nachbarschonern scharf beobachtet – »ausgequetscht«, wie Dan es nannte. Aber Disko hatte eine eigene Technik, ihnen durch die klammen, schleichenden Nebelbänke zu entwischen. Er vermied Begleitung aus zwei Gründen. Erstens wollte er seine Erfahrungen für sich allein behalten, und zweitens war er gegen eine Ansammlung aller Nationalitäten durcheinander. In der Hauptsache waren es Gloucester-Barken, dazwischengestreut solche aus Provincetown, Harwich, Chatham, etliche aus dem Staate Maine, aber die Mannschaft kam von weiß Gott wo her. Wagemut zeitigt Draufgängertum; kommt dann noch Habgier dazu, so sind alle Möglichkeiten für jede Art von Unheil in einer Flotte gegeben, die sich wie eine gepferchte Hammelherde um einen Leitbock drängt.

»Mögen die beiden Jeraulds sie führen. Für 'ne kurze Zeit werden wir bei den ›Eastern Shoals‹ mit ihnen zusammenbleiben müssen, aber bei günstigem Wind wird das nicht lang dauern. Wo wir jetzt sind, Harvey, das ist alles andre als guter Fischgrund.«

»Das nennt ihr schlechten Fischgrund?« fragte Harvey, der Wasser aufzog (er hatte grade gelernt, wie man dem Eimer den rechten Schwung gibt), nachdem man wieder einmal ungewöhnlich lange beim Ausweiden eines reichen Fangs gehockt hatte. »Dann wünscht' ich bloß, wir kämen bald mal auf einen noch schlechtern.«

»Sag mal, Papp«, sagte Dan, »zwei Wochen mindestens wird's wohl dauern, eh' wir wegkommen werden von den ›Shoals‹? Dort wirst du alle Sorten Menschen beisammen finden, die du dir denken kannst, Harvey! Da geht erst die Arbeit los! Da gibt's für niemanden regelmäßige Mahlzeiten mehr. Da heißt's: Stopf was 'rein, wenn du hungrig bist, und: Schlaf! wenn du nicht mehr aufrecht stehen kannst. Gut, daß wir dich nicht einen Monat später aufgefangen haben, sonst hätten wir dich nicht mehr rechtzeitig in Form bringen können für die ›Old Virgin‹.«

Harvey hatte schon aus der Karte entnommen, daß die »Old Virgin«, und um sie her ein Kranz von merkwürdig benannten Shoals oder Sandbänken, der letzte große Ankerplatz der Flottille war und daß bei einigem Fischglück ihr ganzer Salzvorrat dort »naß werden«, d. h. verbraucht werden würde; aber angesichts des winzigen Pünktchens, als das die »Virgin« auf der Karte eingezeichnet war, fragte er sich staunend, wie Disko selbst mit Hilfe des Lots und des Quadranten sie finden könne. Später begriff er, daß Disko dem und noch schwierigeren Dingen gewachsen war und obendrein auch noch andern helfen konnte. In der Kajüte hing eine schwarze Tafel oder »Bord«, vier zu fünf im Ausmaß, deren Zweck Harvey nie eingeleuchtet hatte – bis er eines Tages nach einer Woche dicken Nebels das unmelodische Getute eines mit Pedalen getriebenen Nebelhorns hörte, eines Instruments, dessen Töne dem Röhren eines sterbenden Elefanten gleichkommen. Sie machten vorübergehend halt und verankerten sich kurz, um nicht zu sehr abzutreiben.

»Ein Rahentakler, der den Breitengrad wissen möchte«,

rief der lange Jack. Die tropfnassen, roten Segel einer Bark kamen aus dem Nebel in Sicht, und die »Das sind wir« läutete dreimal die Glocke, gemäß ihrer Seestenographie. Das große Boot holte unter Schreien und Rufen sein Marssegel back.

»Franzose«, sagte Onkel Salters verächtlich, »Michelonschiff von St. Malo.« Der Landmann hatte ein wettersichres Seeauge. »Mein Tobak ist übrigens zu Ende, Disko.«

»Meiner auch«, rief Tom Platt. »He, dort! Backez-vous! Dickschädeliger Mucho bono! Aus St. Malo, he?«

»Ah, ah, *Mucho bono! Oui, oui!* Clos Poulet – St. Malo! St. Pierre et Michelon!« riefen die andern durcheinander und schwenkten lachend ihre Wollmützen. Dann alle zugleich: »Bord! Bord!«

»Bring die Tafel 'rauf, Danny! Wundert mich allemal, wie diese Franzmänner überhaupt wohin finden, wenn's nicht grade Amerika ist, das ist ja breit genug. Sechsundvierzig bis neunundvierzig genügt für die; stimmt auch so ziemlich, taxier' ich.«

Dan schrieb die Zahlen groß auf die Tafel, und sie hingen sie in die Großmastwanten. Ein Chor von »*Mercis*« antwortete ihnen.

»Unfreundlich von uns, sie so abziehen zu lassen«, gab Onkel Salters zu verstehn und befühlte seine leeren Taschen.

»Hast du seit unserer letzten Reise Französisch gelernt?« fragte Disko. »Ich will nicht wieder Steine geschmissen bekommen, wie damals bei Le Have, wo ihr ihnen ›miserable Cochinchinesen‹ nachgeschrien habt.«

»Das wär' grade das Richtige, um sie in Schwung zu bringen, hat Harmon Rush gesagt. Wir sind alle schauderhaft knapp mit Tobak. Junge, sprichst du nicht französisch?«

»O ja«, sagte Harvey mutig. Und er schrie hinüber: »He, ihr! *Arrêtez-vous! Attendez! Nous sommes venant pour tabac!*«

»Aha, *tabac, tabac*« schrien jene unter Lachen.

»Das hat gezogen. Hinüber mit einer Jolle« rief Tom Platt. »Ich hab' zwar kein Zeugnis in Französisch, aber ich weiß eine andre ›lingo‹, die immer wirkt. Los, Harvey, mach den Dolmetsch!«

Der Lärm und die Verwirrung, als sie drüben über die schwarze Bordwand gehoben wurden, war unbeschreiblich.

Die Kajüte war bis unter die Decke mit grellen Öldrucken der heiligen Jungfrau, der Jungfrau von Neufundland, wie sie sie nannten, behängt. Harvey fand keine verständnisvolle Seele für sein Französisch, und seine Konversation beschränkte sich daher auf Nicken und Grinsen. Aber Tom Platt fuchtelte nur mit den Armen, und sie da, die Verständigung gelang glänzend. Der Kapitän gab ihm einen Schnaps unbeschreiblicher Qualität, und die Mannschaft, die aussah wie aus einer komischen Oper, mit haariger Brust, roten Kappen und langen Messern, begrüßte ihn als Bruder. Dann begann der Handel. Sie hatten Tabak in schweren Mengen, »zollfreien« amerikanischen. Sie verlangten dagegen Schokolade und Zwieback. Harvey ruderte zum Schoner zurück, um es mit dem Koch und Disko auszumachen, die darüber zu verfügen hatten. Zu den Franzosen zurückgekehrt, zählten sie ihnen die Kakaobüchsen und die Zwiebacksäcke vor. Es sah aus, als ob sich Seeräuber in ihre Beute teilten. Tom Platt ging aus der Teilung mit einer großen Schnur Kautabak um seinen Leib hervor, die Taschen vollgestopft mit andern Sorten Kau- und Rauchtabak. Dann verschwand das muntre Seevölkchen, und Harvey hörte nur noch einen lustigen Chorgesang:

»Par derrière chez ma tante,
Il y a un bois joli,
Et le rossignol y chante
Et le jour et la nuit . . .
Que donneriez-vous, belle,
Qui l'amènerait ici?
Je donnerai Quebec,
Sorel et Saint Denis.«

»Wie kam denn das, daß mein Französisch gar nicht gewirkt hat und deine Zeichensprache gleich?« fragte Harvey, als der Tausch unter der Mannschaft verteilt wurde.

»Zeichensprache!« muffelte Tom Platt mit vollen Backen. »Tja, jawoll, Zeichensprache, aber verdammt älter wie dein Französisch, Harvey. Diese Franzosenboote sind stoppevoll von Freimaurern. Darum.«

»Bist du denn ein Freimaurer?«

»Hat den Anschein«, sagte der Kriegsmann, seine Pfeife stopfend. Ein neues Mysterium auf hoher See für Harvey.

6

Was Harvey am meisten verwunderte, war die ungemein sorglose Art, mit der manche Schiffe sich auf dem Atlantik herumtrieben. Fischerboote hingen natürlicherweise, wie Dan erklärte, von der Freundlichkeit und Erfahrung ihrer Nachbarn ab; aber von Dampfern konnte man etwas Besseres erwarten. Nichtsdestoweniger brachte sie ein alter, schwerfälliger Viehtransportdampfer über drei Meilen außer Kurs, dessen Deck über und über mit Vieh beladen war und der stank wie tausend Hürden. Ein sehr aufgeregter Mann auf der Brücke schrie die »Da sind wir« durch ein Sprachrohr an. Disko führte seine Barke in Lee von ihm und hielt mit seiner Meinung nicht zurück. »Wo man ist, will man wissen, he? Nirgends, von mir aus. Ihr Landtrampel stolpert hier auf See 'rum, ohne Rücksicht auf eure Nebenmenschen, verdammt noch mal, und habt eure Augen bloß in euren Kaffeetassen, statt in euren blöden Schädeln.« Daraufhin begann der Kapitän wütend auf seiner Brücke herumzutanzen und rief etwas von »um seine eigenen Augen kümmern«.

»Wir haben seit drei Tagen keine Observation. Meint ihr, wir können blind fahren?« brüllte er.

»Ich kann's, jawohl«, rief Disko zurück. »Was habt ihr mit eurem Lot gemacht? gefressen? Könnt ihr nicht Grund riechen? Oder stinkt das Vieh zu sehr?«

»Womit füttert ihr?« fragte Onkel Salters mit größtem sachlichen Ernst. Denn der Geruch der Herde hatte den Landmann in ihm wachgekitzelt. »Ich hab' gehört, sie nehmen sehr ab, unterwegs. Ist ja nu eigentlich nicht mein Geschäft, aber ich hab' mir sagen lassen, daß Ölkuchen klein zerbröckelt und gut eingeweicht, vermischt mit . . .

»Donnerwetter«, rief ein Viehknecht in roter Jacke, »aus welchem Narrenhaus haben sie den Graubart laufen lassen?«

»Junger Bursch«, sagte Onkel Salters, sich aufrichtend, »laß dir von mir sagen, eh' du weiterredest . . .«

Der Kapitän auf der Brücke lüftete mit ausgesuchter Höflichkeit seine Mütze. »Bitte um Entschuldigung«, sagte er, »ich wollte mich nur über unsre Lage orientieren. Wenn diese behaarte Persönlichkeit mit den landwirtschaftlichen Fachkenntnissen gütigst die Klappe halten wollte, würde sich vielleicht der verehrte Seebär mit den Walfischaugen herbeilassen, uns darüber aufzuklären.«

»Da hast du mich wieder mal richtig zum Narren gemacht, Salters«, sagte Disko ärgerlich. Diese Art von Konversation widerstand seinem Naturell. Er gab ihnen ohne weitere Ermahnung Länge und Breite an.

»Scheint ja 'ne ganze Ladung Idioten«, sagte der Kapitän, indem er in den Maschinenraum Signal gab und einen Pack Zeitungen in den Schoner hinüberwarf.

»Das sind die komplettesten Idioten – nächst dir, Salters –, die mir jemals vorgekommen sind«, sagte Disko, indes die »Da sind wir« davonglitt. »Ich wollte ihnen gerade meine Meinung sagen darüber, daß sie hier auf dem Wasser 'rumstolpern wie 'n verirrtes Kind im Wald, da mußt du hineinschwätzen mit deiner dummen Landwirtschaft. Kannst du denn nie zwei Dinge auseinanderhalten?«

Dan, Harvey und die andern standen im Hintergrund und zwinkerten sich vergnügt zu. Aber Disko und Salters zankten noch bis abends weiter. Salters verteidigte sich, indem er behauptete, ein Viehdampfer sei nichts andres als ein schwimmender Stall, während Disko meinte, das möge ja vielleicht sein, aber trotzdem hätte er nach Fischerbrauch und Ehre die Dinge auseinanderhalten müssen. Der lange Jack saß eine Weile in düsterem Schweigen – wenn der Kapitän bei schlechter Laune ist, ist auch schlecht Wetter bei der Mannschaft. Aber endlich ließ er sich doch nach dem Essen vernehmen:

»Was schert uns, was die sagen!«

»Sie werden die Geschichte wieder jahrelang gegen uns ausschlachten. Eingeweichte Ölkuchen!« brummte Disko.

»Mit Salzzusatz«, beharrte Onkel Salters verstockt, in den landwirtschaftlichen Bericht einer acht Tage alten Newyorker Zeitung vertieft.

»So was *kränkt* mich«, begann der Schiffer von neuem.

»Das seh' ich anders an«, sagte der lange Jack als Friedensengel. »Schau her, Disko: schwimmt hier vielleicht sonst noch einer 'rum, der imstande wär', daß er so 'nem Vagabunden, bei so 'nem Wetter, außer der Messung auch noch 'ne richtige fachmännische Beratung gibt über Viehfütterung und so – außer der Messung, sag' ich? Das vergessen die nicht so bald, das kann ich euch sagen. Das war das großartigste

Palaver, das ich je gehört hab'. Zweimal Trumpf – für uns.«

Dan stieß Harvey unter dem Tisch an, und Harvey kicherte in seinen Becher.

»Well«, sagte Onkel Salters, gestärkt durch das Pflaster auf seine verwundete Ehre. »Ich hab' ja auch gleich dazugesagt, es wär' eigentlich nicht mein Geschäft – eh' ich noch angefangen hab'.«

»Ja, und *da* . . .«, fiel Tom Platt ein, der sich viel auf seine Erfahrung in Sachen der Etikette zugute tat, »und *da* hättet Ihr ihm schon gleich dazwischenkommen müssen, Disko, wenn nach Eurem Urteil das Gespräch eine falsche Richtung nahm.«

»Mag sein«, pflichtete Disko bei, der seinen Rückzug ehrenvoll gedeckt sah.

»Ja, natürlich!« rief Salters. »Du bist der Käpt'n. Auf einen Wink von dir hätt' ich geschwiegen, nicht aus Prinzip oder Überzeugung, sondern schon wegen den zwei verdammten Bengels da.«

»Hab' ich dir's nicht gesagt, Harvey, zum Schluß bleibt's wieder an uns hängen. Immer die ›verdammten Bengels‹! Aber ich hätt das Theater nicht für den halben Anteil an 'nem Heilbuttfang versäumen mögen«, flüsterte Dan.

»*Trotzdem:* man muß die Dinge auseinanderhalten«, sagte Disko, und neue Streitlust blitzte in Salters' Augen auf, während er sich den Knaster in seine Pfeife krümelte.

»Es gehört Charakterstärke dazu, daß man die Dinge auseinanderhält«, warf der lange Jack ein, um einem neuen Sturm zuvorzukommen. »Das hat Reeder Steyning, von Steyning und Hare, auch erfahren müssen, wie er den Counahan als Käpt'n mit der ›Marilla D. Kuhn‹ ausgeschickt hat, für den Käpt'n Newton, weil der schweren Rheumatismus gehabt hat und nicht fahren konnte. Counahan, der Navigator, hat er bei uns bloß geheißen.«

»Nick Counahan, der kam nie an Bord ohne 'ne mächtige Ladung Rum«, mischte sich Tom Platt sekundierend ins Gespräch. »Beim Stellungsnachweis in Boston ist der immer 'rumgelungert und hat drauf gelauert, daß der liebe Herrgott ihm wenigstens 'nen Schlepper zuschanzen sollt', zum Lohn für seine Verdienste. Sam Coy, der hat ihm über ein Jahr lang Kost und Logis gegeben, bloß auf seine Lügengeschichten hin. Counahan, der Navigator!« Er spuckte verächtlich aus. »Das mag seine fünfzehn Jahre her sein.«

»Siebzehn, meiner Schätzung nach. Er starb in dem Jahr, wo die ›Caspar M'Veagh‹ gebaut wurde. Steyning, der nahm ihn aus demselben Grund wie der Dieb den heißen Ofen: weil er nichts andres finden konnte. Alle andern waren schon 'raus, und Counahan, der bracht' 'ne feine Besatzung zusammen, sag' ich euch. Rum gab's an Bord, daß die ganze Marilla hätte drin schwimmen können. Sie liefen von Boston aus bei scharfem Nordwest, stinkbesoffen. Sie hatten Glück, wie alle Besoffnen, und sie kümmerten sich den Teufel um 'ne Wache oder den Teufel was um die Segel, bis sie dem ersten Fünfzehn-Gallonen-Faß Fusel auf den Grund sahen. Das war nach einer Woche, soweit sich Counahan erinnern konnte. Herrgott, könnt' ich die Geschichte nur so bringen, wie er sie erzählt hat! Jupheidi! blies der brave Wind ohne Aufhören, es war Sommer, und die ›Marilla‹ machte gute Fahrt. Da nahm Counahan seinen Zinken in die zittrigen Tatzen und bekam damit und mit Hilfe der Karte und seinem Brummschädel heraus, daß sie südlich von Sable Island waren. Sie hatten famose Fahrt gehabt. Er aber sagte gar nichts. Dann zapften sie ein andres Fäßchen an und kümmerten sich den Deubel um was. Schon von Boston weg lag die ›Marilla‹ leewärts tief, und das blieb so. Aber sie stießen weder auf Seegras noch auf Möwen, noch auf andre Schoner, und plötzlich dämmerte es ihnen in ihrem Dusel, daß sie schon vierzehn Tage auf See waren. Sie konnten nicht begreifen, wohin die Bänke verschwunden waren. Sie loteten und hatten sechzig Faden. ›Hab' ich das nicht wieder fein gemacht?‹ prahlte Counahan. ›So segle ich! Ich hab' euch glatt an die Bänke gebracht, und wenn wir dreißig Faden haben, geht das Geschäft los wie der Teufel. Das ist 'n Kerl, der Counahan, was?‹ sagt' er. ›Counahan, der Navigator!‹ Bei der nächsten Messung waren's neunzig. Da sagt Counahan: ›Entweder hat sich das Lot gestreckt oder die Bänke sind tiefer gesunken.‹

Sie setzten sich auf Deck, zählten die Knoten und brachten das Lot in Ordnung, so gut sie es in ihrem Zustand vermochten. Die ›Marilla‹ segelt lustig drauflos. Und plötzlich kommt ein Frachter daher, und Counahan ruft ihn an: ›He, habt ihr wo Fischerboote hier herum gesehn?‹ ruft er so beiläufig.

›Haufenweise an der irischen Küste!‹ sagt der Frachter.
›Fopp deine Großmutter‹, sagt Counahan. ›Was hab' ich bei der irischen Küste verloren?‹ sagt er.

›Was seid ihr dann hergekommen‹, sagt wieder der Frachter.

›O du leidende Christenheit‹, sagt Counahan. Das rief der Navigator immer, wenn er mit seiner Weisheit am Ende war. ›Leidende Christenheit, wo bin ich denn?‹

›Fünfunddreißig Meilen Westsüdwest von Kap Clear‹, sagt der Frachter. ›Wenn dich das beruhigen kann.‹

Counahan macht einen Satz, vier Fuß, sieben Zoll. Der Koch hat's nachgemessen. ›Beruhigen!‹ brüllt er zornig. ›Nehmt ihr mich für einen Anfänger? Fünfunddreißig Meilen von Kap Clear und vierzehn Tage vom Bostoner Leuchtturm! Leidende Christenheit, ist das ein Rekord! Bei allen Heiligen, ich hab' meine Mutter in Skibeeren!‹

Stellt euch das vor! Die Wut von ihm! Aber seht ihr, der konnte auch die Dinge nicht auseinanderhalten. Die Mannschaft bestand hauptsächlich aus Cork- und Kerry-Leuten. Nur ein Marylander war an Bord. Der wollte nach Hause. Aber sie nannten ihn einen Meuterer und segelten mit der alten ›Marilla‹ nach Skibeeren. Dort lebten sie in den Tag hinein und suchten an Land ihre alten Freunde auf. Schließlich segelten sie ab und brauchten zweiunddreißig Tage, bis sie wieder zu den großen Bänken kamen. Es ging schon gegen den Herbst, der Mundvorrat wurde ihnen knapp. So liefen sie ohne einen Schwanz Ladung wieder nach Boston zurück.«

»Und was sagte die Reederei dazu?« fragte Harvey.

»Was wollten sie machen? Die Fische schwammen in den Bänken, und Counahan war auf der Werft und prahlte mit seinem Rekord nach Osten. Das konnten sie sich als Profit anrechnen, und alles kam nur daher, weil er erstens Mannschaft und Rumbottel nicht auseinanderhalten konnte, und zweitens Skibeeren und Quereau. Ja, Counahan, der Navigator! Friede seiner Asche! So was steht nur einmal auf!«

»Einmal fuhr ich auf der ›Lucy Holmes‹«, begann Manuel mit seiner sanften Stimme. »In Gloucester wollt' man keine Preise zahlen. Fische waren billig. So gehn wir übers Wasser und wollen an einen in Fayal verkaufen. Es weht stark, und schlechte Sicht, versteht ihr? Dann weht's noch stärker. Wir treiben weiter, niemand weiß wohin. Nach einiger Zeit sieht man Land, und es wird wärmer. Dann kommen ein paar Neger in einem Kanu. Wir fragen, wo wir sind. Also was glaubt ihr, he?«

»Bei den Kanarischen Inseln«, sagte Disko nach kurzer Pause.

Manuel schüttelte seinen Kopf und lachte.

»Blanco«, riet Tom Platt.

»Nein, noch schlimmer. Wir waren unter den Bezagos, und das Kanu kam von Liberia. So verkauften wir unsre Fische da. Nicht schlecht, he?«

»Kann eine Bark wie unsre direkt nach Afrika hinübersegeln?« fragte Harvey.

»Man kann ums Kap Horn herum, wenn sich's verlohnt und der Vorrat reicht«, sagte Disko. »Mein Vater, der fuhr einen kleinen Frachter, so eine kleine Rinke, bei fünfzig Tonnen taxier' ich, den ›Rupert‹. Er segelte damit nach Grönland, wo die Eisberge sind. Unsere halbe Flotte ging damals dort auf Fischfang. Und zum Überfluß nahm er noch meine Mutter mit, damit sie auch mal sehen sollt', wie das Geld verdient wird, scheint's. Und sie blieben im Eise stecken, und ich wurde in Disko geboren. Ich kann mich nicht dran erinnern, das ist klar. Wir kamen zur Eisschmelze wieder nach Hause. Aber den Namen behielt ich von da. Das heißt einem Baby einen Streich spielen. Aber jeder Mensch macht Fehler.«

»Aber sicher«, sagte Salters und nickte mit dem Kopf. »Ja, jeder Mensch macht Fehler, und ich sag' euch, Buben, wenn ihr mal einen Fehler gemacht habt – und ihr macht nicht weniger wie hundert an einem Tag –, dann ist es am anständigsten, daß man sich dazu bekennt.«

Der lange Jack zwinkerte der Tischrunde vielsagend zu, Disko und Onkel Salters respektvoll übergehend, und damit war der Zwischenfall erledigt.

Täglich verlegten sie jetzt den Ankerplatz nördlich, täglich waren die Jollen draußen, gegen die Ostseite der Bänke hin, bei dreißig, vierzig Faden Tiefgang, täglich machten sie guten Fang.

Hier war es zum erstenmal, daß Harvey Tintenfische zu Gesicht bekam, die besten Köder für Stockfische, aber schwer zu fangen, weil sie sehr launisch sind. Mitten in der Nacht wurden alle durch Onkel Salters' Ruf: »Tintenfisch ahoi!« aus dem Schlaf geschreckt. Anderthalb Stunden war alles damit beschäftigt, die Tintenfischangeln auszuwerfen, Stücke rot bemalten Bleis, unten mit einem Kranz schräg nach oben stehender Nägel versehen, wie die Rippen eines halbgeöffneten Regenschirms. Aus irgendwelchen unbekannten Gründen hat der Tintenfisch diese Instrumente gern, er schlingt sich um sie herum und wird hochgezogen, ehe er wieder loskommt. Sobald er aber aus seinem Element taucht, spritzt er erst Wasser und dann Tinte in das Gesicht seiner Verfolger. Und es war lustig anzusehen, wie die Männer ihre Köpfe wendeten und drehten, um dem Strahl auszuweichen. Sie waren so schwarz wie Schornsteinfeger, als das Kampfspiel zu Ende war. Aber ein Haufen frisch erlegter Tintenfische lag auf Deck. Die großen Stockfische sind Liebhaber eines solchen kleinen, leckeren, durchsichtigen Stückchens Tintenfischfühler an der Spitze des Köderhakens.

Am andern Tag war guter Fang. Sie kreuzten die »Carrie Pittman«, der sie die Kunde von ihrem Glück zuriefen. Die waren gleich bereit zu einem Tauschhandel und boten sieben Stockfische für einen mittelgroßen Tintenfisch. Das war Disko zuwenig, und die »Carrie« wandte sich verstimmt nach Lee und ankerte eine halbe Meile weiter, in der Hoffnung, selber einen ebensolchen Fang zu machen.

Disko sprach nichts mehr bis nach dem Abendessen. Dann sandte er Manuel und Dan aus, um das Ankertau einzuhieven, und gab seine Absicht kund, mit dem Kappbeil zu Bett zu gehen. Dan gab natürlich diese Bemerkungen einer Jolle der »Carrie« weiter, die wissen wollte, warum sie es für nötig hielten, ihr Kabel einzuhieven, da sie doch nicht auf felsigem Grund seien.

»Mein Vater würde sich mit keinem Fährboot sicher fühlen in fünf Meilen Nähe von euch!« brüllte Dan zurück.

»Warum geht er denn dann nicht woanders hin? Was hindert ihn?« rief wieder der andre.

»Weil ihr euch direkt in Lee von uns gepflanzt habt. Das läßt sich mein Vater von keinem Boot bieten, am allerwenigsten von so einem treibenden Trog, wie ihr einer seid!«

»Diesmal treibt sie überhaupt nicht«, rief der von der »Carrie« ärgerlich.

Die »Carrie Pittman« stand in dem schlechten Ruf, des öfteren von ihrem Anker auszubrechen.

»Wie macht ihr's denn dann jetzt? Und was macht ihr denn mit dem neuen Klüverbaum, wenn sie nicht mehr treibt?« Dieser Hieb saß.

»He, du portugiesischer Drehorgelmann, führ deinen Affen nach Gloucester, und du, Dan Troop, kannst noch mal in die Schule gehen und was lernen«, war die Antwort.

»Schlosserkittel!« rief Dan zurück, der wußte, daß einer von der Mannschaft vorigen Winter in einer Fabrik gearbeitet hatte.

»Du Knirps, du Seeheuschrecke, du Gloucester-Zwerg, scher dich fort, du Neuschotte!«

Einen aus Gloucester einen Neuschotten zu schimpfen, gilt als schwere Beleidigung. Dan antwortete dementsprechend:

»Selber Neuschotten, ihr Stadtgesindel, ihr Chathamer Stranddiebe! Macht, daß ihr fortkommt, ihr mit euerm Jahrmarktsboot!« Die feindlichen Streiter trennten sich, aber die Chathamleute hatten den kürzeren gezogen.

»Ich weiß im voraus, wie es kommen wird«, sagte Disko. »Sie hat den Wind schon 'rumgezogen. An *den* Kahn sollt' einer Warnungstafeln anhängen. Sie wird schnarchen bis Mitternacht, und gerade, wenn *wir* ein Auge schließen wollen, werden sie angetrieben kommen. Gut, daß fast keine andern Boote hier liegen. Aber für so ein Chathampack geb' ich den Ankerplatz nicht auf. Mögen sie treiben oder nicht!«

Der Wind hatte gedreht, wurde gegen Sonnenuntergang stärker und blies steif. Doch war noch nicht einmal Seegang genug, um die Ankertaue einer Jolle zu beunruhigen. Aber die »Carrie Pittman« stand unter ihrem eigenen Gesetz. Gegen Ende der Wache, die die Knaben gingen, hörte man das Krachen eines Vorderladers an Bord der »Carrie«.

»Gloria, halleluja!« frohlockte Dan. »Hier kommt sie schon, Papp! Heck voran, noch halb im Schlaf, ganz wie bei Quereau.«

Bei jedem andern Schiff hätte Disko es darauf ankommen lassen. Jetzt aber kappte er das Ankertau; denn obwohl der »Carrie« der ganze Nordatlantik zur Verfügung stand, kam sie geradewegs auf die »Da sind wir« los. Diskos Schoner unter Klüver und Toppsegel gab ihr nur soviel Raum als unbedingt nötig – denn der Schiffer wollte keine Woche daran setzen, nach seinem Ankertau zu fischen – und drehte sich in den Wind, indes die »Carrie« auf Rufweite wie in lautloser Wut vorbeitrieb, auf Gnade und Ungnade der Laune eines Seetangfeldes preisgegeben, das ihre Breitseite bedrängte.

»Schönen guten Abend!« rief Disko hinüber und schwang seine Mütze. »Wie geht's, wie steht's?«

»Geht nach Ohio und mietet euch einen Maulesel«, schrie Onkel Salters. »Wir brauchen hier keine Landwirte.«

»Soll ich euch meinen Jollenanker borgen?« kläffte der lange Jack dazwischen.

»Macht euer Ruder los und schmeißt's in den Dreck!« riet ihnen Tom Platt.

»Hallo, ist bei euch in der Fabrik Streik ausgebrochen, oder hat man Frauenzimmer angestellt?« Dans Stimme schrillte im Diskant vom Ruderhaus herunter. »Ihr Landstreicher!«

»Nagelt euer Steuerruder ans Deck!« rief nun auch Harvey, der diesen Salzwasserscherz von Tom Platt aufgeschnappt hatte.

Manuel beugte sich über die Reling und schrie: »Drehorgelspieler, hahaha!« Dabei beschrieb er mit seinen breiten Daumen eine nicht mißzuverstehende, verächtlich drehende Bewegung durch die Luft. Und der kleine Penn bedeckte sich mit Ruhm, indem er hinüberpiepste: »Hü, hott! ... Brr!«

Für den Rest der Nacht lag der Schoner vor der Ankerkette und machte kurze, schnippische, hastige Bewegungen, die Harvey recht unangenehm empfand. Den halben Vormittag brachten sie damit zu, ihr Kabel wieder aufzunehmen. Aber die beiden Jungen waren sich darüber einig, daß die Plage gering war im Verhältnis zur Ehre, und voll Kummer gedachten sie nachträglich all der schönen Dinge, die sie der unseligen »Carrie« noch hätten zurufen können.

7

Am nächsten Morgen wurden sie von Seglern eingekreist, die immer zahlreicher langsam von Nordosten nach Westen hereinkamen. Aber just als sie an die Untiefen der »Virgin«

kamen, fiel dichter Nebel ein, und sie mußten ankern, umtönt vom Gebimmel unzähliger Glocken. Der Fischfang war unbeträchtlich, aber hier und da traf eine Jolle die andre im Nebel, und man tauschte Neuigkeiten aus.

In der gleichen Nacht, eh' der Morgen anbrach, standen Dan und Harvey, die fast den ganzen Tag verschlafen hatten, auf, um Pastetchen zu »angeln«. Es lag keinerlei Grund vor, weshalb sie sie nicht hätten offen nehmen sollen, aber so schmeckten sie besser, und es ärgerte zugleich den Koch. Hitze und Rauch da unten trieben sie bald wieder mit ihrer Beute auf Deck, und sie trafen Disko an der Glocke, die er sogleich an Harvey übergab.

»Halt sie in Gang«, sagte er. »Ich meine, ich hör' was. Und wenn's was ist, ist's besser, ich bin bei der Hand.«

Das war ein kleines, verlorenes Geläute. Die dicke Luft schien es einzuschlucken. Und in die Pausen hinein hörte Harvey den erstickten Schrei der Sirene eines Ozeandampfers, und er hatte schon genug Erfahrung von den Bänken her, um zu wissen, was das bedeutete. Es kam ihm mit schrecklicher Deutlichkeit die Erinnerung an einen Knaben in einer kirschroten Joppe – er verachtete jetzt derlei modisches Zeug mit der ganzen Verachtung eines Fischers –, einen rüpelhaften, unwissenden Jungen, der einmal den Ausspruch getan hatte: Das wäre ein Hauptspaß, wenn ein Dampfer so ein Fischerboot in Grund rennen würde. Dieser Knabe hatte eine Luxuskabine gehabt, mit Bad, und hatte alle Morgen zehn Minuten lang damit zugebracht, aus einer goldgeränderten Speisekarte ein passendes Gericht herauszuklauben. Und dieser selbe Knabe – nein, sein viel älterer Bruder – stand nun um vier Uhr, bei Morgengrauen, in triefendem Ölzeug an einer Glocke, die nicht größer war, als die Frühstücksglocke des Dampferstewards, buchstäblich ums liebe Leben läutend, während irgendwo nahebei ein dreißig Fuß hoher Stahlsteven mit zwanzig Meilen in der Stunde dahergeschossen kam. Der bitterste Gedanke dabei war, daß da Menschen in trockenen, gepolsterten Kabinen saßen, die hernach nie etwas davon erfahren würden, daß sie vor dem Frühstück ein kleines Boot zu Tode gerannt hatten. So läutete Harvey aus aller Kraft.

»Jawoll, grade 'ne Umdrehung langsamer lassen sie ihre

verdammten Schrauben laufen«, sagte Dan, der fleißig Manuels Nebelhorn bediente; »grade genug, daß sie sagen können, sie haben vorschriftsmäßig gestoppt. Guter Trost für uns, wenn wir alle in Grund gebohrt sind. Hörst du? Das ist 'n großer.«

»Auuuh-huuu-huuup!« machte die Sirene. »Tingel-tingeltink«, machte die Glocke. »Gräää–uuh!« machte das Nebelhorn, während der milchige Nebel Wasser und Himmel ineinander wälzte.

Dann fühlte Harvey, daß eine große Masse sich ganz in seiner Nähe bewegte, und er starrte und starrte auf das nasse, steile Riff eines Schiffsbugs, der, so schien es ihm, direkt auf den Schoner zugestürzt kam. Wie eine gelbliche kleine Feder kräuselte sich vorne das Wasser, und so oft der Bug sich hob, wurde eine lange Skala römischer Ziffern, XV, XVI, XVII, XVIII usw., auf lachsfarben leuchtendem Grund sichtbar. Das Ungetüm hob und senkte sich mit einem herzlähmenden: Sssssoooo! Die Ziffern verschwanden, eine Reihe in Messing gefaßter Ochsenaugen blitzte vorbei, eine Dampfwolke schnob über Harveys hilflos aufgehobene Hände hin; ein schwerer Guß heißen Wassers zischte über die Reling der »Da sind wir«, und der kleine Schoner schlingerte und sprang in den aufgeworfenen Wassermassen der Schraube, während der Stern eines Schiffes im Nebel verschwand.

Harvey war nahe daran, ohnmächtig zu werden oder sich zu erbrechen oder beides zusammen, als er einen Krach hörte, wie wenn man einen Koffer aufs Pflaster wirft, und leise, wie eine ferne Stimme im Telephon, kam es langgezogen an sein Ohr: »Beidrehn! Ihr habt uns gerammt!«

»Sind wir das?« keuchte Harvey.

»Nein! Eine Bark weiter draußen. Läut! Wir müssen hin!« schrie Dan, seine Jolle herunterlassend.

Einen Augenblick später waren alle, außer Harvey, Penn und dem Koch, von Bord.

Der Stumpf eines Schonermastes schoß knapp am Bug der »Das sind wir« vorbei. Dann folgte eine leere grüne Jolle, klopfte an ihre Seitenwand, als wollte sie um Einlaß bitten. Dann folgte ein Etwas, Kopf nach unten, in einer blauen Wolljacke, aber – es war nur ein Stück von einem Menschen. Penn wurde bleich, und ein gewaltsamer Laut blieb ihm im

Hals stecken. Harvey hing verzweifelt an seiner Glocke, denn er meinte jeden Augenblick zu sinken und sprang auf Dans Anruf herbei, als die Mannschaft zurückkehrte.

»Es ist die ›Jennie Cushman‹«, rief Dan außer sich. »Glatt mitten durchgeschnitten, auf den Kopf gestellt und zertrampelt. Keine Meile von hier. Vater hat den Alten gerettet. Sonst ist keiner gefunden worden. Und sein Sohn war mit drauf. O Harvey, ich kann das nicht ... ich hab' gesehn ...« Er grub den Kopf in die Arme und schluchzte, während die andern einen grauhaarigen Mann an Bord schafften.

»Warum habt ihr mich 'rausgeholt?« stöhnte der Fremde. »Disko, warum habt ihr mich 'rausgeholt?«

Disko legte seine Hand schwer auf des Mannes Schulter, denn des Alten Augen blickten wild, und seine Lippen zitterten, als er auf die schweigende Mannschaft starrte. Aber da stand auf einmal Pennsylvania Pratt vor ihm, der auch Haskins oder Rich oder M'Vitty hieß, wenn Onkel Salters gerade seinen richtigen Namen vergessen hatte, und sein Gesicht war plötzlich nicht mehr das Gesicht eines Narren, sondern das Antlitz eines alten weisen Mannes, und er sagte mit starker Stimme:

»Der Herr hat's gegeben, der Herr hat's genommen, der Name des Herrn sei gelobt! Ich war ... ich bin ein Diener des Evangeliums! Laßt ihn mir!«

»So, bist du – bist du? Dann bet mir meinen Sohn zurück! Bet mir 'ne Neuntausend-Dollar-Bark zurück und tausend Zentner Fische! Hättet ihr mich ersaufen lassen! Dann wär' meine Witwe zur Seemannskasse gegangen und hätt' zu leben gehabt. Und hätt's nie erfahren, nie erfahren! Jetzt muß ich's ihr sagen.«

»Da ist jetzt nichts zu machen«, beschwichtigte Disko. »Besser, Ihr legt Euch jetzt 'ne Weile hin, Jason Olley.«

Wenn ein Mann in dreißig knappen Sekunden seinen einzigen Sohn, die Arbeit eines ganzen Sommers und alle Mittel, sein Leben weiter zu fristen, verloren hat, ist es schwer, ihm Trost zuzusprechen.

»Das waren alles Gloucester-Leute, oder ...?« fragte Tom Platt, hilflos an einem Jollentau fingernd.

»Das macht keinen Unterschied«, sagte Jason und drückte das Wasser aus seinem Bart. »Im Herbst kann ich jetzt' die

Fremden in Ost-Gloucester 'rumrudern.« Er torkelte zur Reling und sang:

»Lob dem Vater und dem Sohn,
Auf dem höchsten Himmelsthron!«

»Komm mit mir. Komm hinunter«, sagte Penn, als ob er ein Recht hätte, zu befehlen. Ihre Blicke trafen sich und kämpften einen Blutschlag lang.

»Ich weiß nicht, wer Ihr seid, aber ich komme«, sagte Jason unterwürfig. »Es kann ja sein, daß ich etwas . . . etwas . . . von den neuntausend Dollar wiederkriege.« Penn führte ihn ins Logis und zog die Tür hinter sich zu.

»Das ist nicht Penn! Das ist Jacob Boller – und – er hat sich wieder auf Johnstown besonnen: So'n Paar Augen hab' ich noch nie in 'nem Kopf von 'nem lebendigen Menschen gesehn. Was soll ich jetzt machen? Was soll ich jetzt machen?« ächzte Onkel Salters.

Man konnte Penns und Jasons Stimme gleichzeitig hören. Dann fuhr Penn allein fort, und Salters zog seine Mütze, denn Penn betete. Gleich nachher kam der kleine Mann die Treppe herauf, schwere Schweißtropfen auf der Stirn, und schaute von einem zum andern. Dan schluchzte noch immer beim Steuer.

»Er erkennt uns nicht«, stöhnte Salters. »Jetzt muß ich wieder von vorne anfangen, mit Schach und allem – und was wird er zu *mir* sagen!«

Und Penn sprach, man konnte hören, daß er wie zu Fremden sprach: »Ich habe gebetet«, sagte er. »Wir glauben an die Kraft des Gebetes. Ich habe um das Lebens seines Sohnes gebetet. Die Meinen ertranken vor meinen Augen . . . sie, mein Ältester und die andern. Darf ein Mensch klüger sein wollen als der Schöpfer? Ich habe noch nie um ihr Leben gebetet, aber ich habe für dieses Mannes Sohn gebetet, und er wird ihn zurückerhalten.«

Salters forschte in Penns Zügen, um zu sehen, wie weit er sich erinnerte.

»Wie lange bin ich verrückt gewesen?« fragte Penn plötzlich. Um seinen Mund zuckte es.

»Pah! Penn, du warst nie verrückt«, begann Salters, »nur so'n bißchen verwirrt.«

»Ich sah die Häuser einstürzen, eh' die Feuersbrunst ausbrach. Sonst weiß ich nichts mehr. Wie lang ist das her?«

»Das halt' ich nicht aus, das halt' ich nicht aus!« schluchzte Dan auf, und Harvey wimmerte mit.

»So an die fünf Jahre«, sagte Disko mit zitternder Stimme.

»Dann bin ich jemandem seither jeden einzelnen Tag zur Last gewesen. Wer war das?«

Disko zeigte auf Salters.

»Das warst du nicht, das warst du nicht«, rief der Farmer, seine Hände ringend. »Du hast zweimal mehr gearbeitet, als dein Essen wert war, und außer der Hälfte von meinem Viertel Anteil am Boot gehört dir noch Bargeld.«

»Ihr seid gute Leute, das seh' ich euch im Gesicht an. Aber . ..«

»Mutter der Barmherzigkeit«, flüsterte der lange Jack. »Der ist nu all die Jahre mit uns! Er ist rein behext.«

Die Glocke eines nahen Schoners ertönte, und eine Stimme rief durch den Nebel: »He, Disko! Wißt Ihr was von der ›Jennie Cushman‹?«

»Sie haben seinen Sohn gefunden«, rief Penn. »Erkennet in Demut das Heil durch Gott den Herrn!«

»Wir haben Jason herein«, gab Disko zurück, aber seine Stimme zitterte. »War sonst keiner . . .?«

»Wir haben noch einen gefunden. Trafen auf ihn, eingeklemmt in 'nen Haufen Holz. Kann mal 'n Logis gewesen sein. Er hat 'n paar Risse am Kopf.«

»Wer ist es?«

Alle Herzen auf der »Da sind wir« schlugen einen Schlag.

»Vermutlich der junge Olley«, kam es gezogen zurück.

Penn hob seine Hände hoch und sagte etwas auf deutsch. Harvey hätte schwören können, daß ein heller Strahl sich auf sein erhobenes Gesicht senkte. Aber die schleppende Stimme fuhr fort:

»He, Bursche, ihr habt uns schwer gefoppt, neulich nachts.«

»Jetzt ist uns nicht nach foppen zumute«, entgegnete Disko.

»Wissen wir! Aber die Wahrheit zu sagen, wir sind, sozusagen, mal wieder 'n bißchen getrieben, und da sind wir auf den Jungen gestoßen.«

Es war die unvermeidliche »Carrie Pittman«, und ein etwas schütteres Lachen antwortete vom Deck der »Da sind wir«.

»Wär's nicht besser, ihr schickt uns den Alten 'rüber? Wir laufen ein, um Köder und Ankertau. Ihr werdet ihn doch nicht brauchen, taxier' ich, und dieses verdammte Spill nimmt uns Hände weg. Wir werden für ihn sorgen. Seine Frau, die ist die Tante von meiner Alten.«

»Ihr könnt alles kriegen, was wir im Boot haben«, sagte Disko zurück.

»Wir brauchen nichts. Höchstens 'nen Anker, der hält. Hallo! Der junge Olley, der fängt an muksch und wild zu werden. Schickt uns den Alten gleich.«

Penn weckte ihn aus seiner Verzweiflungsstarre, und Tom Platt ruderte ihn hinüber. Er ging von ihnen, ohne ein Wort des Danks, ohne noch zu wissen, was ihm bevorstand. Und der Nebel schloß sich über allem.

»Und jetzt«, sagte Penn, tief Atem holend, als wollte er zu einer Predigt anheben: »Und jetzt« – der aufgerichtete Körper sank zusammen, wie ein Schwert in die Scheide versinkt; das überirdische Licht erlosch in seinen Augen. Die Stimme nahm ihren armen kleinen Klang wieder an – »und jetzt«, sagte Pennsylvania Pratt, »wie wär's jetzt vielleicht mit 'ner kleinen Partie Schach, was meinen Sie, Herr Salters?«

»Grade das, grade das wollt' ich eben sagen!« rief Salters rasch. »Das ist zum Staunen, Penn, wie Ihr immer wißt, was einer denkt!«

Der kleine Mann errötete und folgte Salters bescheiden.

»Anker hoch! Los! Fort aus diesem verrückten Gewässer«, schrie Disko, und noch nie hatte man ihm rascher gehorcht.

»Und was in aller Welt soll das alles bedeuten?« fragte der lange Jack, während sie wieder durch den Nebel hindurchpflügten, feuchtnaß und benommen.

»Wie ich mir's zurechtlege«, sagte Disko am Steuer, »ist es so: Diese ganze Geschichte mit der ›Jennie Cushman‹ so auf den leeren Magen . . .«

»Er . . . wir . . . haben auch einen vorbeitreiben sehn«, schluckte Harvey.

». . . und *das*, versteht sich, das hat ihn sozusagen aus dem Wasser gehoben, Hat ihn richtig 'rausgehoben, denke ich mir, daß er sich an Johnstown und Jacob Boller und an all das übrige wieder erinnert hat. Na, und wie er dann dem Jason so zugeredet hat, das hat ihn so 'ne Weile oben gehalten, so wie wenn einer 'n Boot an Land zieht. Und dann, weil er nicht viel Kräfte hat, da ist ihm alles wieder ins Rutschen gekommen und hat ihn mit 'runtergezogen, und jetzt schwimmt er wieder auf 'm Wasser. So leg' *ich* mir's aus.«

Alle waren der Meinung, daß Disko es vollkommen richtig ausgelegt hatte.

»Das wär 'n Schlag gewesen für Salters«, sagte der lange Jack, »wenn Penn Jacob Boller geblieben wär'. Habt ihr sein Gesicht gesehn, wie Penn ihn ausgefragt hat, wem er die ganzen Jahre über zur Last gewesen ist? Wie geht's ihm jetzt, Salters?«

»Er schläft, schläft wie 'n Kind«, antwortete Salters, auf den Zehen nach achtern kommend. »Mit dem Essen müssen wir warten, bis er aufwacht, selbstverständlich. Habt ihr schon mal erlebt, daß einer so 'ne Gewalt haben kann mit 'nem bloßen Gebet? Er hat den jungen Olley aus dem Ozean 'rausgeholt, das steht fest. Das ist meine Überzeugung. Jason, der war zu sehr vernarrt in seinen Jungen, und ich hab' mir's schon die ganze Zeit gedacht, daß es 'n Gottesurteil war, weil er den reinsten Götzendienst getrieben hat mit 'nem Menschen.«

»Da gibt's andere, die sind akkurat so närrisch«, sagte Disko.

»Das ist ganz was andres«, gab Salters rasch zurück. »Penn ist nicht ganz richtig im Kopf, und ich tu' nur meine Christenpflicht an ihm.«

Sie warteten wirklich, all diese hungrigen Männer, drei volle Stunden, bis Penn wiederkam, mit blankem Gesicht und ausgelöschter Erinnerung. Er erzählte, daß er geträumt habe. Dann wollte er wissen, warum sie so schweigsam wären. Und keiner konnte ihm antworten.

Disko gab allen Händen in den nächsten drei Tagen erbarmungslos zu tun. Wenn sie nicht von Bord konnten, ließ er sie im Packraum schaffen und die Fische noch enger zusammenschichten, um neuen Platz zu gewinnen. Der Laderaum lief von der Kajütenwand bis zum Logis, und Disko unterwies sie in der Kunst, so zu laden, daß der Schoner den besten Tiefgang habe. Dadurch wurde die Mannschaft in Schwung gehalten, bis sie ihr Gleichgewicht wiedergefunden hatte. Und Harvey wurde vom langen Jack mit einem Tauende

»gekitzelt«, weil er, wie der Galway-Mann sagte, »traurig wie 'ne kranke Katze herumschlich, um Dinge, die nicht zu ändern sind«. Trotzdem machte sich Harvey viele Gedanken in diesen eintönigen Tagen und teilte sie Dan mit, und Dan stimmte mit ihm überein – was sogar so weit führte, daß die beiden von jetzt ab nur noch um Pasteten baten, statt sie zu mopsen.

Aber eine Woche später wären sie fast mit der »Hattie S.« gekentert bei dem wilden Versuch, einen Haifisch mit einem alten Bajonett, das sie an einen Stock gebunden hatten, in den Leib zu stechen. Das grimmige Untier hatte sich, um Fische bettelnd, längsseits an die kleine Jolle herangemacht, und es war ein Wunder für alle drei, daß sie am Leben blieben.

Und endlich, nachdem man lang genug im Nebel Blindekuh gespielt hatte, kam ein Morgen, an dem Disko ins Logis rief:

»Fix, Jungs! Wir sind in der ›Stadt‹!«

8

Bis zum Ende seiner Tage wird Harvey den Anblick nie vergessen. Die Sonne stand klar am Horizont, die Sonne, die sie fast acht Tage nicht gesehen hatten, und das rote Licht des Morgens fiel in die Toppsegel von drei Fischerflotten, die da vor Anker lagen, eine im Norden, eine im Westen, eine im Süden. Es mochten an die hundert Schoner sein von jeder möglichen Bauart und Form, weit weg ein quergetakelter Franzose, alle sich verneigend und einander begrüßend. Aus jedem Boot schwärmten Jollen aus, wie Bienen aus einem überfüllten Stock, und das Stimmengewirr, das Knarren der Taljen und Blöcke und das Aufklatschen der Ruder scholl meilenweit über das wogende Wasser. Die Segel zeigten alle Farben von Schwarz, Perlgrau und Weiß in der aufsteigenden Sonne, und immer mehr Boote tauchten südlich aus dem Nebel auf.

Die Jollen sammelten sich zuhauf, trennten sich, schlossen sich wieder zusammen, trieben wieder auseinander, dabei immer die gleiche Richtung einhaltend, während die Mannschaft rief und pfiff und spottete und sang und das Wasser mit Abfall gesprenkelt war.

»Das ist wirklich wie eine Stadt«, sagte Harvey. »Disko hat ganz recht. Es ist wirklich eine Stadt!«

»Ich hab' schon kleinere gesehn«, sagte Disko. »es sind an tausend Mann hier herum. Und da drüben ist die ›Virgin‹.« Er zeigte auf einen freien Platz, wo das Wasser grünlich schimmerte und keine Jollen zu sehen waren.

Diskos Schoner umsegelte das nördliche Geschwader; er winkte einem Freund nach dem andern zu und ging so glatt vor Anker wie eine Sportsjacht bei Saisonschluß. Gute Seemannschaft wird in den Bänken schweigend vorübergelassen, aber die Stümper werden der Reihe nach mit Spott überhäuft.

»Gerade recht für den Käppling!« rief die »Mary Chilton.«

»Viel Salz naß?« erkundigte sich der »König Philipp«.

»He, Tom Platt, kannst du nich 'rüber zum Abendbrot kommen?« fragte die »Henry Clay«. Und so flogen Fragen und Antworten hin und her. Manche hatten sich schon früher getroffen, beim Jollenfischen im Nebel, und nirgends schreitet Fama schneller als in den Bänken. Sie alle schienen schon von Harveys Rettung erfahren zu haben und fragten, ob er schon sein Salz wert sei. Das junge Volk neckte sich mit Dan herum, der selbst eine lose Zunge hatte, und man spickte sich gegenseitig mit den Spitznamen, von denen man wußte, daß sie am empfindlichsten trafen. Manuels Landsleute schnatterten in seiner Muttersprache herüber, und selbst den schweigsamen Koch konnte man rittlings auf dem Klüverbaum sitzen sehen und auf gälisch einem Freund etwas zurufen hören, der so schwarz war, wie er selbst.

Nachdem sie sich verankert hatten – denn der Grund um die »Virgin« herum ist felsig, und Nachlässigkeit hat Ankerbruch und Treibgefahr zur Folge –, nachdem sie sich also verankert hatten, schickten sie ihre Jollen aus, um sich der Schar der andern Boote anzuschließen, die eine Meile voraus verankert lagen. Die Schoner schaukelten und wiegten sich in gesicherter Entfernung wie Entenmütter, die ihre Brut sorgend beobachten, während die Jollen sich benahmen wie ungezogene junge Entlein.

Als sie in diesen Wirrwarr hineinfuhren, Boot dicht an Boot, klangen Harvey die Ohren von tausend kritischen Bemerkungen ringsumher, die seiner neugebackenen Ruderkunst galten. Jeglicher Dialekt von Labrador bis Long Island, vermischt mit Portugiesisch, Neapolitanisch, Lingua Franca, Französisch, Gälisch, mit Gesängen, Rufen, Flüchen, schlug an sein Ohr, und es war ihm zumute, als sei er die Zielscheibe von dem allen. Zum erstenmal in seinem Leben fühlte er sich verlegen – vielleicht weil er so lange nur mit den Leuten von der »Da sind wir« gelebt hatte – zwischen all diesen wilden Gesichtern, die in ihren tanzenden Jollen auftauchten und wieder verschwanden: bald hob eine leichte, schwellende Dünung, drei Achtelmeilen lang von Tal bis Kamm, eine Reihe buntbemalter Jollen sanft auf ihre Schulter – da schwebten sie einen Augenblick lang wie ein wundervoller Fries gegen den Horizont, indes ihre Insassen gestikulierten und grüßten – bald waren die offenen Münder, die winkenden Arme, die nackten Brüste im nächsten Augenblick wieder verschwunden und eine andre Dünung brachte ein völlig neues Bild herauf, wie Figuren in einem Puppentheater. Harvey starrte und staunte. »Paß auf!« rief Dan, ein Streichnetz schwingend, »wenn ich kommandiere: eintauchen, tauchst du ein. Der Käppling kann jeden Augenblick schwärmen. Wo wollen wir halten, Tom Platt?«

Stoßend, schiebend, ziehend, hier alte Freunde grüßend, dort alte Feinde warnend, führte Kommodore Tom Platt seine kleine Flotte sicher in Lee von dem allgemeinen Gewühl, und sogleich begannen drei oder vier ihre Anker aufzuholen, in der Absicht, in den Windschutz der »Da sind wir« zu gelangen. Aber eine Lachsalve erhob sich, als eine Jolle wie ein Pfeil von ihrem Halteplatz herübergeschossen kam, indes die Insassen wie närrisch an der Leine zerrten.

»Laßt aus!« brüllten zwanzig Stimmen, »daß er freikommen kann!«

»Was ist denn los?« fragte Harvey, während die Jolle nach Süden weiterschoß. »Ist er nicht verankert?«

»Verankert schon. Aber seine Grundleine ist ihm wacklig geworden. 'n Walfisch hat sie ihm unklar gemacht ... Tauch ein, Harvey. Da kommen sie schon.«

Das Wasser rund um sie wurde wolkig und verdunkelte

sich. Und dann wellte es auf von Schauern winziger Silberfische, und über eine Fläche von fünf bis sechs Morgen hin begannen die Stockfische zu springen, wie die Forellen im Mai; und hinter den Stockfischen wieder kamen drei oder vier breite schwarzgraue Rücken schäumend dahergerauscht.

Jetzt schrie alles durcheinander, jeder versuchte seinen Anker zu lichten und in den Fischzug zu kommen, und dabei geriet man dem Nachbar ins Tau und schrie einander zu, was man auf dem Herzen hatte, und warf wie besessen Streichnetze aus unter Rat und Warnung, während das Wasser zischte wie frisch geöffnetes Sodawasser und Stockfische, Menschen und Wale sich gemeinsam auf die unglücklichen Köderfische stürzten.

Harvey wurde fast über Bord gestoßen durch die Stangen von Dans Streichnetz. Aber in all dem wilden Tumult sah er – und vergaß es nie – ein durchdringendes böses kleines Walfischauge auf sich gerichtet – ähnlich dem Auge eines Zirkuselefanten –, das fast in gleicher Höhe mit dem Wasser neben der Jolle einherglitt und ihm, wie ihm dünkte, zuzwinkerte. Drei Booten machten diese rücksichtslosen Ozeanjäger die Taue unklar, und sie wurden eine halbe Meile weit geschleift, ehe der Vorspann das Geschirr abschüttelte.

Dann war der Käpplingsschwarm vorbei, und fünf Minuten später war nichts mehr zu hören, als das Anschlagen der Senkgewichte, das Aufklatschen der Kabeljaue und das dumpfe Klopfen der Schlegel, womit die Fischer sie betäubten. Das war ein herrliches Fischen! Harvey konnte die schimmernden Stockfische unter Wasser sehen, langsam in Gruppen heranschwimmend und ebenso sicher anbeißend, wie sie schwammen. Das Gesetz der Bänke verbietet aufs strengste mehr als einen Haken an einer Leine, solange die Jollen in der »Virgin« und in den östlichen Untiefen sind. Aber so nahe lagen die Boote beieinander, daß selbst die einzelnen Haken sich verfangen konnten, und Harvey geriet darüber in heftigen Wortwechsel mit einem haarigen, freundlichen Neufundländer auf der einen und einem zeternden Portugiesen auf der andern Seite.

Doch schlimmer als die Verwirrung der Angelleinen war das Durcheinander der Ankertaue unter Wasser. Jeder hatte dort angeankert, wo es ihm gut schien, und trieb und ruderte um seinen Haltepunkt herum. Als die Fische dann nicht mehr so rasch anbissen, wollte jeder den Anker aufziehen, um den Fischplatz zu wechseln; aber jeder dritte fand sich innig mit vier oder fünf Nachbarn verbunden. Einem andern das Tau zu kappen, gilt als unerhörte Gemeinheit auf den Bänken; dennoch geschah es, geschah unbemerkt drei- oder viermal an diesem Tage. Tom Platt erwischte einen aus Maine noch rechtzeitig bei dieser schwarzen Tat und schlug ihn über Dahlbord; und Manuel bediente einen Landsmann auf die gleiche Manier. Aber Harveys Ankertau wurde durchgeschnitten, und auch Penn geschah das gleiche, und ihre Jollen wurden nun dazu benutzt, um Fische nach der »Da sind wir« hinüberzuschaffen und so die überfüllten Boote zu entlasten.

Der Käppling schwärmte noch einmal im Zwielicht, und das wilde Getümmel begann von neuem. Bei Dämmerung ruderten sie heim, um die Fische bei Lampenlicht auszunehmen.

Es war ein riesiger Haufen, und fast schliefen sie unter der Arbeit ein. Am nächsten Tag fischten einige Boote gerade über dem Gipfel der »Virgin«; Harvey, der mit ihnen war, konnte durch das Wasser hindurch ganz klar die Gewächse auf diesem einsamen Felsen erkennen, der bis auf zwanzig Fuß an die Oberfläche emporragt. Legionen von Kabeljauen strichen da unten feierlich über die lederartigen Tangbüschel dahin. Wenn sie anbissen, dann bissen sie alle zugleich, und wenn sie nicht anbissen, dann tat es keiner. Zu Mittag war flaue Zeit, und die Jollen begannen sich nach Zeitvertreib umzusehen. Es war Dan, der die »Hoffnung von Prag« sichtete, die gerade herankam, und als ihre Boote heranruderten, wurden sie mit der Frage begrüßt: »Wer ist der gemeinste Kerl in der ganzen Flotte?«

Dreihundert Stimmen antworteten fröhlich: »Nick Bra-ady!« Es klang wie ein Orgelchor.

»Wer hat den Lampendocht gestohlen?« Das war Dans Beitrag.

»Nick Bra-ady«, sangen die Boote.

»Wer hat gesalzenen Köder in die Suppe getan?« Dies kam von einem unbekannten Verleumder irgendwo aus dem Hintergrund.

Wieder der fröhliche Chor. Nun war Brady eigentlich gar

nicht so besonders gemein, aber er hatte nun mal den Ruf, und die Flotte gab das Ihre dazu. Dann entdeckte man einen Truro-Fischer, der vor sechs Jahren überführt worden war, eine Angel mit fünf oder sechs Haken – eine »Harke« nennt man das in den Bänken – benutzt zu haben. Natürlicherweise hatte man ihn den »Harken-Jim« getauft, und obwohl er sich seither stets im Hintergrunde gehalten hatte, sah er sich doch sofort von allen Seiten mit seinem Ehrentitel begrüßt. Von ringsumher prasselte es wie Knallerbsen: »Jim! O Jim, Jim! O Harken-Jim!« Es war eine rechte Lust! Und als ein poetisch veranlagter Mann aus Beverly – er hatte den ganzen Tag über diesem Opus geschwitzt und redete nachher noch wochenlang davon – den Sang anstimmte: »Der ›Carrie Pittman‹ hält der Anker nicht für einen Cent ...«, war man rings in den Jollen restlos glücklich. Aber dann konnte man sich nicht enthalten, wiederum den Beverly-Mann zu fragen, wie es denn mit seinen Moneten stünde, denn selbst Poeten kann man nicht ganz ungeschoren lassen. Jeder Schoner, ja, fast jeder einzelne Mann bekam sein Teil ab. Gab es wo einen nachlässigen oder schmutzigen Koch? Die Jollen besangen ihn und seinen Fraß. War wo ein Schoner schlecht instand? Die Flotte erfuhr es ausführlich. Hatte einer einem Backskameraden Tabak geklaut? Hier in trautem Kreise kam es ans Licht; sein Name hüpfte von Welle zu Welle. Diskos unfehlbares Urteil; das Marktboot, das der lange Jack vor Jahren verkauft hatte; Dans Schatz (oh, wie verdüsterte sich Dans Anlitz!); Penns Mißgeschick mit seinen Bootsankern; Salters' Ansichten über Düngemittel; Manuels kleine Seitensprünge vom Tugendpfade an Land; Harveys damenhafte Art zu rudern – alles wurde der Öffentlichkeit preisgegeben. Und als der Nebel sich wie Silberlinnen über die Sonne zog und sich über ihnen allen schloß, klang es durch das Grau immer noch wie Stimmen unsichtbarer Richter, die ihre Urteilssprüche verkündeten.

Die Jollen schwärmten umher und fischten und zankten sich, bis die Dünung zunahm. Dann wichen sie, um nicht zusammenzustoßen, mehr auseinander, und einer rief, wenn es so anhalte, würde die »Virgin« bald loslegen. Ein vorwitziger Galway-Mann und sein Neffe stritten das ab, holten den Anker ein und ruderten ganz nah an den Felsen heran.

Viele Stimmen riefen ihnen zu, davon abzulassen, während andre sie anfeuerten. Die scheinbar noch ruhigen Wellenberge von Süden her hoben die Jolle hoch und höher in den Nebel und warfen sie in ein häßlich gurgelndes, saugendes Wasserloch, wo sie sich keine zwei Fuß vom verborgenen Felsen weg um ihren Anker zu drehen begann. Das hieß mit dem Tod spielen aus schierer Prahlerei; – und die Boote sahen in beklommenem Schweigen dem Schauspiel zu, bis schließlich der lange Jack hinter seinem Landsmann herruderte und ihm in aller Ruhe das Tau durchschnitt.

»Hört ihr nicht, wie sie schon brummt?« schrie er. »Rudert los, wenn euch euer bißchen Leben lieb ist! Los!«

Die Männer fluchten und versuchten zu widersprechen, indes das Boot abtrieb; die nächste Woge verlangsamte sich einen Augenblick, wie einer, der über einen Teppich schreitet. Dann kam ein tiefer Seufzer, ein anwachsendes Brüllen, und die »Virgin« schleuderte einen Riesenfladen schäumenden Wassers, wild, weiß, gespensterhaft, über die Untiefen empor. Alle Boote schrien dem langen Jack Beifall zu, und die Galway-Leute hielten wohlweislich ihren Mund.

»Ist das nicht fein?« kreischte Dan und sprang herum wie ein junger Seehund in seinem Element. »So machen sie's alle halben Stunden, wenn die Dünung nicht stark zunimmt. Wie oft kommt sie, wenn sie richtig in Schwung ist, Tom Platt?«

»Alle fünfzehn Minuten, auf den Glockenschlag, Harvey, jetzt hast du das Großartigste erlebt, was es gibt in den Bänken, und wenn der lange Jack nicht gewesen wär', hätt'st du noch ein paar Tote dazu gesehn.«

Lustige Stimmen kamen aus der Gegend, wo der Nebel dichter lag, und die Schoner läuteten ihre Glocken. Vorsichtig steckte eine große Bark ihre Nase aus dem Nebel und wurde mit Geschrei und Zurufen, wie: »Immer 'ran, Schatz!«, von den Irischen empfangen.

»Wieder ein Franzmann?« fragte Harvey.

»Hast du keine Augen? Die ist aus Baltimore. Schau, wie sie zimperlich anrückt. Der werden wir zusetzen, daß kein heiler Fetzen an ihr bleibt. Taxiere, das ist das erstemal, daß ihr Käpt'n hier mit der Flotte zusammentrifft.«

Es war ein schwarzes, wohlbeleibtes Achthundert-Tonnen-

Fahrzeug. Seine Großsegel waren gerefft, und das Marssegel flatterte unentschieden in dem bißchen Wind, der wehte. Nun ist eine Bark ohnehin die weiblichste aller Töchter der See. Und dieses große, zaudernde Geschöpf mit der weißen, vergoldeten Gallionsfigur nahm sich genauso aus wie ein verlegenes Frauenzimmer, das zierlich seine Röcke hebt, um unter dem Gespött böser kleiner Buben eine schmutzige Straße zu überqueren. Die Situation war in der Tat ganz ähnlich. Sie wußte, daß sie sich nicht weit von der »Virgin« befand, hatte das Getöse vernommen und wollte deshalb vorsichtshalber nach dem Weg fragen. Was folgt, ist nur ein kleiner Teil von dem, was sie von den sie umtänzelnden Jollen zu hören bekam:

»Die ›Virgin‹? Was schwatzt ihr? Das ist doch hier Le Have, und heut ist Sonntag! Geht heim und schlaft euch nüchtern!«

»Macht, daß ihr nach Hause kommt, ihr Sumpfschildkröten! Nach Hause mit euch, und sagt, daß wir bald nachkommen!«

Als ihr Stern mit Rollen und Gurgeln in ein Wellental sank, kam es aus einem Dutzend Kehlen in melodischem Chor: »Siehst – de – woll!«

»'rauf! 'rauf! wenn euch euer Leben lieb ist! Ihr seid grade über ihr!«

»'runter! Immer 'runter! Laßt aus!«

»Alle Mann an die Pumpen!«

»Nieder mit dem Klüver! Bootsstangen 'raus!«

Jetzt riß dem Schiffer die Geduld, und er begann zu schimpfen. Sofort hörte man mit Fischen auf, um ihm besser antworten zu können, und er erfuhr die sonderbarsten Tatsachen über sein Schiff und den nächsten Hafen. Sie fragten ihn, ob er versichert sei und wo er seinen Anker gestohlen hätte, denn *der* gehöre, spotteten sie, der »Carrie Pittman«; sie schimpften sein Boot eine Müllfuhre, und er sei überhaupt bloß hier, um ihnen die Fische zu verjagen mit seinem Abfall, den er über Bord schmisse. Sie schlugen ihm vor, ihn ins Schlepptau zu nehmen auf Rechnung seiner Ollschen. Und ein besonders kecker Bursch schlüpfte bis fast unter die Gillung, schlug mit der flachen Hand dagegen und schrie: »Hopp! Hoch! Alter Bock!«

Der Koch schüttete ihm dafür einen Eimer Asche auf den Schädel, und der Junge erwiderte mit Fischköpfen. Dann feuerte die Besatzung der Bark mit Stückkohlen aus der Kombüse herüber, und die Jollen drohten ihrerseits, an Bord zu kommen und sie zu »rasieren«.

Wäre die Bark wirklich in Gefahr gewesen, so hätte man sie sofort gewarnt. Aber da man sie in sicherer Entfernung von der »Virgin« wußte, kostete man die Gelegenheit nach Kräften aus. Der Spaß wurde dadurch verdorben, daß der Felsen wieder zu spucken begann, eine halbe Meile luvwärts, und die gequälte Bark alles hißte, was zu hissen war, und ihrer Wege zog. Aber die Jollen behielten das Bewußtsein zurück, die Sieger geblieben zu sein.

Die ganze Nacht hindurch brüllte die »Virgin« dumpf; und am nächsten Morgen sah Harvey die Flotte mit flackernden Segeln auf bösen, schaumgekräuselten Wellen liegen und auf einen Leithammel warten. Nicht eine einzige Jolle wurde vor zehn Uhr heruntergelassen. Bis endlich die Jeraulds von der »Sonnenblume«, eine vermeintliche Windstille ausnutzend, den Anfang machten. Einen Augenblick später war die Hälfte aller Jollen draußen und hüpfte im unruhigen Wasser; aber Troop ließ seine Leute, die beim Ausnehmen waren, ruhig bei ihrer Arbeit. Er sah in unnützem Wagnis keinen Sinn, und als der Sturm am Abend zunahm, hatten sie das Vergnügen, so manchen durchnäßten Gast aufzunehmen, der nur zu froh war, bei dem bösen Wetter eine Zuflucht zu finden. Die Jungen standen mit Laternen an den Jollentaljen, die Männer bereit zum Aufhissen, ein Auge immer auf die heranstürzenden Wellen gerichtet, um im Notfall sofort alles fallen zu lassen und sich auf Leben und Tod festzuklammern, falls eine davon über Bord schlagen sollte. Und immer wieder kam aus dem Dunkel der Schrei: »Jolle! Jolle!« Dann wurden rasch Tauenden ausgeworfen, und ein völlig durchnäßter Mann mit einer Jolle, die schon am Sinken war, wurde heraufgeholt, bis ihr Deck wie besät war mit Jollen aller Art und alle Kojen überfüllt.

Fünfmal während ihrer Wache mußten Harvey und Dan in die Wanten springen und sich mit Armen, Beinen und Zähnen an Tauen, Sparren und durchweichten Segeln festhalten, indes eine Riesenwelle das Deck überschwemmte. Eine

Jolle wurde völlig zertrümmert, und die See warf den Mann kopfüber an Deck, daß er sich den Schädel aufschlug; und gegen Morgengrauen, als die rasende See weithin aufzuglimmen begann mit kalt-weißen Kämmen, kam ein anderer Mann, blau und gespenstig, mit gebrochener Hand an Deck gekrochen und wollte etwas von seinem Bruder erfahren. Sieben Extramäuler setzten sich zum Frühstück, ein Schwede, ein Schiffer aus Chatham, ein Junge aus Hancock im Staate Maine, einer aus Duxbury und drei aus Provinzstädten.

Am nächsten Morgen erfolgte ein Generalaustausch. Und obgleich keiner etwas sagte, aßen alle mit besserem Appetit, sobald es von Boot zu Boot hieß: »Alle Mann an Bord!« Nur zwei Portugiesen und ein alter Mann aus Gloucester waren ertrunken; aber viele waren schwer oder leicht verletzt. Zwei Booten waren die Ankertaue gerissen, und sie waren drei Tagereisen weit nach Süden abgetrieben worden. Auf der Franzosenbark starb ein Mann – es war dieselbe Bark, mit der die »Da sind wir« Tabak getauscht hatte. An einem feuchten, bleichen Morgen machte sie sich still davon, zu einer Stelle, wo tieferer Grund war, alle Segel schlaff herumhängend, und Harvey sah das Seemannsbegräbnis durch Diskos Fernglas. Es war nur ein längliches Bündel, das über Bord glitt. Es schien keinerlei Andacht damit verbunden, aber in der Nacht hörte Harvey über das schwarze, mit Sternpünktchen besäte Wasser einen Gesang, der wie ein Choral klang, ganz langsam und feierlich:

»La brigantine
Qui va tourner
Roule et s'incline
Pour m'entraîner,
Oh, Vierge Marie,
Pour moi priez Dieu,
Adieu, patrie;
Quebec, adieu!«

Tom Platt besuchte die Bark, weil er sagte, der Tote sei als Freimaurer sein Bruder gewesen. Man erfuhr, daß eine Welle den armen Kerl über das Hiel des Bugspriets geschleudert und ihm das Rückgrat gebrochen hatte. Die Neuigkeit verbreitete sich blitzartig, denn gegen allen sonstigen Brauch veranstalteten die Franzosen eine Versteigerung seines Nachlasses – er hatte weder Verwandte in St. Malo noch in Miquelon. Alles war auf dem Dach des Deckhauses ausgelegt, von seiner gestrickten roten Mütze an bis zum Ledergürtel und dem Messer in der Scheide. Dan und Harvey waren gerade mit der »Hattie S.« draußen und ruderten natürlich auch hinüber, um mit dabeizusein. Es war ein hübsches Stück Weg bis hin, und sie blieben nur eine kleine Weile. Dan erstand das Messer, das einen sonderbaren Metallgriff hatte. Als sie wieder in ihrer Jolle saßen und in Staubregen und Kappwellen hineinruderten, fiel es ihnen plötzlich schwer aufs Herz, daß sie ihre Angeln im Stich gelassen hatten.

»Taxiere, es wird uns nichts schaden, wenn wir uns 'n bißchen anwärmen«, sagte Dan, den es unter seinem Ölzeug schauerte. Und sie ruderten mitten in einen Nebel hinein, der wie gewöhnlich ohne Warnung sie überfallen hatte.

»Zu viel vertrackte Strömung, als daß man sich auf seinen Instinkt verlassen könnte«, sagte er. »Wirf den Anker aus, Harvey. Wir fischen, bis das Zeug sich gelichtet hat. Bind das schwerste Blei an. Drei Pfund sind nicht zuviel in dem Gewässer. Schau, wie sie schon straff liegt am Tau.«

Um den Bug gurgelte es ganz gehörig, da irgendeine unerwartete Strömung die Jolle straff am Tau hielt; sie konnten keine Bootslänge weit nach irgendeiner Richtung sehen. Harvey schlug seinen Kragen hoch und beugte sich über die Angelleine mit der sorgenvollen Miene des erfahrenen Seemanns. Nebel hatten keine Schrecken mehr für ihn. Sie fischten eine Weile schweigend und waren mit dem Anbiß zufrieden. Dan zog sein Messer aus der Scheide und versuchte die Schärfe am Dahlbord.

»Das ist ein Prachtstück«, bewunderte es Harvey. »Wieso hast du's so billig gekriegt?«

»Das kommt von dem verdammten Aberglauben bei den Katholischen«, antwortete Dan, mit der blanken Klinge spielend. »Sie wollen nichts Metallenes von einem Toten, verstehst du? Hast du die Franzmänner zurückweichen sehn, wie ich drauf geboten hab'?«

»Aber eine Auktion ist doch was andres, als einem Toten was wegnehmen. Das ist doch einfach 'ne Geschäftssache.«

»Das sagen *wir*. Aber gegen Aberglauben is nix zu machen. Das ist eben der Vorteil, wenn man in einem fortschrittlichen Lande lebt.« Und Dan begann fortschrittlich zu pfeifen.

»Aber warum hat denn der aus Eastport nicht mitgeboten? Er hat seine Schuhe gekauft. Sind sie denn in Maine nicht fortschrittlich?«

»Maine? Pah! Die haben nicht mal Geld genug, um ihre Häuser anzustreichen, und ungebildet sind sie auch. Ich war dort. Der Eastporter hat mir gesagt, daß das Messer schon mal ... gebraucht worden ist – das hat ihm der Käpt'n von den Franzosen gesagt –, voriges Jahr, an der französischen Küste irgendwo.«

»Einen gestochen? – Wirf mir den Schlegel her!« Harvey holte seinen Fisch ein, steckte neu auf und warf wieder aus.

»Totgestochen! Wie ich das gehört hab', wollt' ich es natürlich erst recht haben.«

»Heilige Weihnacht! Das hab' ich nicht gewußt«, sagte Harvey, sich umwendend. »Ich geb' dir einen Dollar dafür – wenn ich meine Heuer krieg'. *Zwei* Dollar!«

»Wirklich? Gefällt's dir so gut?« fragte Dan errötend. »Um die Wahrheit zu sagen, ich wollt's dir eigentlich schenken. Aber ich wollt' nicht davon anfangen, eh' ich nicht sicher war, wie du's aufnimmst. Dir gehört's, und ich geb' dir's gern, denn wir sind Jollenbrüder und so weiter und so fort. Da, nimm's, Harvey!«

Er hielt es ihm hin, samt Gürtel.

»Aber Dan, schau her, wie kommst du dazu ...«

»Nimm's nur, ich brauch's zu nichts. Ich will, daß du's nimmst.«

Die Versuchung war unwiderstehlich. »Dan, du bist ein feiner Kerl! Ich werd's in Ehren halten, solang ich lebe.«

»Das läßt sich hören!« rief Dan mit vergnügtem Lachen; und dann, um rasch das Thema zu wechseln: »Mir scheint, du hast wieder einen Anbiß!«

»Tang, taxier' ich«, sagte Harvey, an der Leine zerrend. Bevor er einholte, band er sich den Gürtel um und hörte mit Entzücken die Scheide gegen die Ducht schlagen. »Donnerkiel!« schrie er. »Die Leine benimmt sich, als wär' sie in einem Erdbeerbeet. Hier ist doch Sandboden?«

Dan griff zu und tat einen prüfenden Ruck. »Fühlt sich an wie 'ne Heilbutt, der nicht recht 'ran will. Das ist kein Erdbeergrund. Ruck ein paarmal hin und her. Sie wird schon nachgeben. Am besten, wir holen ein und schauen nach.«

Sie zogen gemeinsam und belegten jedesmal ein Stück Leine an den Klampen. Die unsichtbare Last hob sich langsam.

»Gleich haben wir's! Zieh!« kommandierte Dan; aber der Ruf endete in einem schrillen Doppelschrei des Entsetzens, denn aus dem Wasser kam – die Leiche des Franzosen, der vor zwei Tagen versenkt worden war. Der Haken hatte ihn unter der rechten Achselhöhle gefaßt, und so tauchte er auf, steil und schauerlich, Kopf und Schultern über Wasser. Die Arme waren an den Leib gebunden, und – er hatte kein Gesicht mehr.

Die Jungen schlugen der Länge nach auf den Boden hin. Da blieben sie liegen, während das grauenhafte Ding längsseits anschlug, von der kurzen Leine gehalten.

»Die Strömung hat ihn hergebracht«, stotterte Harvey mit zitternden Lippen und nestelte an der Gürtelschnalle herum.

»O mein Gott, Harvey«, stöhnte Dan. »Schnell! Er kommt sein Messer holen! Gib's ihm wieder! Herunter damit!«

»Ich will es nicht! Ich will's ja gar nicht! Ich kann die Sch . . . Schließe nicht finden!«

»Schnell, Harvey! Er hängt an deiner Leine!«

Harvey setzte sich auf, um den Gürtel loszumachen; dicht vor ihm ragte der Kopf, der kein Gesicht hatte unter dem strähnigen Haar. »Er ist noch angehängt«, flüsterte er Dan zu, der sein Messer aus der Tasche holte und die Schnur durchschnitt, während Harvey den Gürtel in weitem Bogen über Bord warf. Die Leiche versank mit einem »Blubb«, und Dan richtete sich vorsichtig in den Knien auf, bleicher als der Nebel. »Er hat sich's geholt! Er hat sich's geholt! Ich hab' einmal eine Leiche mit einem Fangnetz einholen sehn. Das hat mir nichts weiter ausgemacht. Aber der ist eigens zu uns gekommen.«

»Ich wünschte . . ., ich hätte das Messer nicht angenommen. Dann wär' er an deine Schnur gegangen.«

»Was wär' da für 'n Unterschied gewesen? Wir sind beide zehn Jahre älter geworden an dem Schrecken. O Harvey, hast du seinen Kopf gesehn?«

»Frag nicht! Ich werd' es nie vergessen. Aber schau mal, Dan, er kann es doch nicht *gewollt* haben. Es war nur die Strömung.«

»Die Strömung! Er ist sein Messer holen gekommen, Harvey. Denk doch, sie haben ihn sechs Meilen südlich von der Flotte versenkt, und wir sind noch zwei Meilen weiter ab. Sie haben mir gesagt, daß sie ihn mit anderthalb Faden Kette versenkt haben.«

»Was mag er wohl mit dem Messser an der französischen Küste gemacht haben?«

»Irgendwas Schlimmes. Wahrscheinlich muß er's fürs letzte Gericht bei sich haben, oder so –. Was machst du denn da mit den Fischen?«

»Ich schmeiß' sie über Bord«, antwortete Harvey.

»Warum? *Wir* brauchen sie doch nicht zu essen?«

»Einerlei. Ich hab' in sein Gesicht gesehn, wie ich mir den Gürtel abgenommen habe. Du kannst deinen Fang behalten. Ich mag meinen nicht.«

Dan antwortete nichts, warf aber auch seine Fische wieder über Bord. »Besser ist besser«, murmelte er schließlich. »Ich würd' meine Monatsheuer hergeben, wenn der Nebel endlich abziehn würde. Bei Nebel gehen Dinge um, die man bei klarem Wetter nich sieht – Wiedergänger und Gespenster und so –. Ich bin noch froh, daß er *so* gekommen ist, statt zu gehn. Er hätt' ja auch gehn können.«

»Schweig endlich, Dan! Jetzt sind wir grad' über ihm. Ich wünschte, ich wär' heil an Bord, selbst wenn's Prügel setzt von Onkel Salters.«

»Sie werden gleich nach uns schauen. Gib die Tute.«

Dan nahm das Blechhorn zur Hand, wollte blasen, setzte aber wieder ab. »Los!« rief Harvey. »Ich hab' nicht Lust, die ganze Nacht hier zu sitzen.«

»Fragt sich nur, wie *er* das aufnimmt. Ich kenn' einen von der Küste da unten, der hat mir erzählt, er war auf einem Schoner, wo sie sich nie traun wollten, nach den Jollen zu tuten, weil der Schiffer – aber nicht der, mit dem sie jetzt fuhren, sondern ein Käpt'n, der das Schiff fünf Jahre vorher hatte –, weil der in der Besoffenheit einen Jungen hatte ersaufen lassen. Und seither kam der Junge immer herangerudert und rief: ›Jolle, Jolle!‹ wie die andern.«

»Jolle! Jolle!« rief da grade eine gedämpfte Stimme durch den Nebel. Sie kauerten sich wieder hin, und Dan fiel vor Schreck das Horn aus der Hand.

»Halt!« rief Harvey, »das ist der Koch!«

»Ich weiß gar nicht, wieso ich auch gerade auf die dumme Geschichte kommen muß. Natürlich, der Doktor.«

»Dan! Danny! Oh! – Dan! Harvey! Harvey! Ho, Haaarveeey!«

»Hier sind wir!« riefen die beiden Jungen wie aus einem Munde zurück. Sie hörten Ruderschläge, aber sie konnten nichts unterscheiden, bis der Koch mit strahlendem Gesicht und tropfnaß an sie anstieß.

»Was ist passiert?« fragte er. »Das wird Prügel geben.«

»Das wollen wir ja gerade! Nichts lieber wie das!« rief Dan. »Alles, was wir daheim kriegen, ist uns recht. Wir waren in nicht sehr angenehmer Gesellschaft!« Während ihnen der Koch einen Strick zuwarf, erzählte ihm Dan das Erlebnis.

»Ja, er hat sich sein Messer geholt«, war alles, was der Koch zum Schluß sagte.

Noch nie hatte die kleine, schaukelnde »Da sind wir« so heimelig und köstlich ausgeschaut wie jetzt, da der Koch – der von Kindesbeinen an im Nebel zu Hause war – sie zu ihr hinüberruderte. Ein warmes Licht drang aus der Kajüte, und ein wohltuender Duft von Speise mischte sich hinein, und es war himmlisch, die Stimmen von Disko und den andern zu hören, leibhaftig alle und von Fleisch und Blut, wie sie da über die Reling gebeugt standen und ihnen eine erstklassige Tracht Prügel in Aussicht stellten. Aber der Koch war ein schwarzer Meister der Strategie. Er ließ die Jollen nicht hochziehn, ehe er die wichtigsten Punkte der Erzählung berichtet und, immer um die Gillung herumschaukelnd und – lavierend, auseinandergesetzt hatte, daß Harvey ihr Talisman sei, ausersehen, alles Unglück von ihnen abzuwenden.

So kamen die Jungen an Bord als Helden wider Willen, und alles drängte sich an sie mit Fragen, anstatt sie zu verhauen für alle Sorge, die man um sie ausgestanden hatte. Der kleine Penn ließ ein richtige Rede vom Stapel über die Torheit des Aberglaubens; aber die öffentliche Meinung war gegen ihn und auf seiten des langen Jack, der die grausigsten

Geistergeschichten auftischte, bis es Mitternacht schlug. Unter diesem Eindruck wagte niemand, außer Salters und Penn, etwa von »Götzendienerei« zu reden, als der Koch eine brennende Kerze, einen Kuchen aus Mehl und Wasser und eine Prise Salz auf ein Holzscheit plazierte und das Ganze achtern über Bord warf, um den Franzmann zu beschwichtigen, für den Fall, daß er noch immer ruhelos herumtriebe. Dan zündete die Kerze an, weil er den Gürtel gekauft hatte, und der Koch murmelte und raunte Beschwörungen, solang er das hüpfende Talgflämmchen sehen konnte.

Als sie später nach ihrer Wache hinuntergingen, fragte Harvey Dan: »Wie steht's nun mit deinen fortschrittlichen Ansichten und dem katholischen Aberglauben?«

»Hu! Ich glaub', daß ich so fortschrittlich bin und so helle wie irgendeiner, aber wenn so 'n mausetoter Kerl kommt und 'n paar arme Jungs ganz verrückt macht vor Schreck, bloß wegen so 'nem lumpigen Dreißig-Cents-Messer, dann kann mich der Koch mit Haut und Haaren haben. Ich mißtrau' allen Fremden, lebend oder tot.«

Am andern Morgen waren alle außer dem Koch ein wenig beschämt über die nächtliche Zeremonie und gingen doppelt eifrig an die Arbeit, nur mürrisch das Nötigste miteinander redend.

Die »Da sind wir« kämpfte einen scharfen Wettkampf mit der »Parry Norman« um die letzten Fänge. Und so erbittert war das Rennen, daß die ganze Flotte Partei nahm und Tabakwetten abschloß. Alle Mann arbeiteten an den Angeln oder salzten ein, bis sie fast vor Müdigkeit einschliefen – begannen von neuem bei Morgengrauen und hörten erst auf, wenn es zu dunkel war, um noch irgend etwas zu sehen. Der Koch selbst mußte sich als Fischspießer mißbrauchen lassen, und Harvey mußte in den Packraum, um Salz zuzureichen, während Dan beim Ausnehmen zu helfen hatte. Zum Glück verrenkte sich einer auf der »Parry Norman« den Knöchel bei einem Sturz ins Logis, und so gewann die »Da sind wir«. Harvey begriff längst nicht mehr, wie auch nur ein Fisch noch in den Laderaum gequetscht werden konnte; aber Disko und Tom Platt stauten und stauten und trimmten die Fischberge mit großen Ballaststeinen hinunter, so daß es immer wieder hieß: »Grad noch Platz für eine Tagesschicht.«

Disko sagte keinem ein Wort, als all ihr Salz »naß« war. Eines Tages schlingerte er einfach nach achtern zum Packraum hinter der Kajüte und machte sich daran, das schwere Großsegel herauszuholen. Das war gegen zehn Uhr morgens. Bis Mittag war das leichte Toppsegel ab, und das Groß- und Marssegel gesetzt, und Jollen kamen an den Schoner heran, um Briefe nach Hause mitzugeben, ein bißchen neidisch auf ihr gutes Glück.

Endlich waren die Decks klar, die Flagge gehißt – ein Vorrecht des Schoners, der als erster die Bänke verläßt –, die Anker gelichtet, und die »Da sind wir« setzte sich in Bewegung. Disko führte unter dem Vorwand, es den Mannschaften erleichtern zu wollen, die ihre Briefpost noch nicht abgegeben hatten, sein Fahrzeug graziös zwischen den Schonern hindurch. In Wirklichkeit war es ein kleiner Triumphzug, durch den er, nun schon zum fünftenmal in fünf Jahren, der Flotte seine Meisterschaft vor Augen führte. Dans Schifferklavier und Tom Platts Fiedel begleiteten jene zaubermächtige Strophe, die erst gesungen werden darf, wenn »alles Salz naß ist«:

»Heijeih! Joho! Schickt eure Briefe her!
Das Salz ist naß, der Anker hält nicht mehr!
Die Segel hoch! Wir fahr'n zum Yankeeland!
Mit fünfzehnhundert Zentnern,
Ja, fünfzehnhundert Zentnern,
– zehnhundert guten Zentnern,
Zwischen Quereau und Grand.«

Die letzten Briefe klatschten auf Deck, um Stückchen Kohle gewickelt, und die Gloucester-Leute riefen noch Botschaften an ihre Weiber, an andres Frauenvolk und an die Reeder herüber, solange die »Da sind wir« ihren musikalischen Umzug durch die Flottille nahm, indes ihr Stagsegel bebte wie eine zum Abschied erhobene Menschenhand.

Harvey entdeckte bald, daß die »Da sind wir«, die, nur mit dem Toppsegel, von Ankerplatz zu Ankerplatz schlenderte, und die »Da sind wir«, die mit geblähten Segeln südwestlichen Kurs heimwärts nahm, zwei ganz verschiedene Schiffe waren. Selbst bei »Schiffsjungenwetter« schnappte und schlug das Steuer, er spürte die schwere Ladung durch die

Brandung stoßen, und das rastlose Strömen und Schäumen der See machte ihn schwindlig.

Disko hielt seine Leute bei den Segeln in Schwung. Und wenn alle so schön standen, wie bei einer Jacht auf der Regatta, mußte Dan das große Marssegel bedienen, das jedesmal beim Wenden von Hand beigeholt wurde. Wenn nichts andres zu tun war, mußten sie pumpen, denn die gestauten Fische ziehen Salzwasser, das der Ladung schädlich ist.

Da aber nicht mehr gefischt wurde, hatte Harvey Zeit, sich die See von einem neuen Gesichtspunkt aus zu betrachten.

Der Schoner mit seinem großen Tiefgang stand naturgemäß in intimsten Beziehungen zu seiner Umgebung. Vom Horizont war wenig zu sehen, außer, wenn die »Da sind wir« auf einem Wellenberg saß; meistens suchte sie sich, bald boxend und stoßend, bald gütlich, ihren Weg durch graue, graublaue oder schwarze Wellentäler, eingesäumt und kreuz und quer geziert mit schaumigem Gekräusel; dann wieder schmiegte sie sich zärtlich an die Flanke eines besonders großen Wellenbergs. Es war, als wollte sie sagen: »Du wirst mir doch sicher nicht weh tun? Ich bin ja nur die kleine ›Da sind wir‹.« Und dann glitt sie fort, in sich hineinkichernd, bis sie dem nächsten Hindernis gegenüberstand.

Der stumpfe Mensch kann das nicht Stunde um Stunde, Tag um Tag sehen, ohne es zu beachten. Und Harvey, der alles eher als stumpf war, fing an, den herben Chor der rastlos sich überstürzenden Wogenkämme zu verstehen und zu genießen; die eiligen Winde, die durch offenen Raum jagen und die lilablauen Wolkenschatten vor sich hertreiben; das herrliche Emporschwellen des roten Sonnenaufgangs; die Nebel, die sich im Morgen zusammenfalten, um dann schichtweise zu verschwinden, Wand um Wand abgelöst von ihrem weißen Grund; die salzig frische Helle am Mittag; Guß und Kuß des Regens auf Tausende Meilen lebloser Fläche herab; das fröstelnde Schwarz, das alles einhüllt, wenn der Tag zu Ende geht; und die Millionen faltiger Kerben des Meers im Mondlicht, indes der Großbaum im tiefen Sternenhimmel feierlich seinen Weg sucht. Dies war die Stunde, wo Harvey dann mit besonderem Genuß hinunterging, um sich vom Koch einen Kuchen zu erbetteln.

Aber das größte Vergnügen war es für die beiden Jungen,

wenn sie zusammen am Steuer stehen durften, Tom Platt in Rufweite, indes die »Da sind wir« ihre Relıng in das rauschende Blau schmiegte, einen kleinen, selbsterzeugten Regenbogen in vollem Rund über ihr Spill spannend. Dann knirschten die Rahen gegen den Mast, und die Schotten knarrten, und die vollen Segel dröhnten wie Gelächter. Und wenn sie in ein Wellental glitt, stolperte sie, wie eine Frau, die sich in ihrem eigenen Seidenkleid verfängt, und tauchte wieder empor, naß bis an den Klüverbaum, sehnsüchtig nach den Zwillingslichtern von Thatcher's Island ausschauend.

Sie ließen das kalte Grau der Bänke hinter sich, stießen auf Holzfrachter, die nach Quebec gingen über die Straße von St. Lawrence, auf Jersey-Salzbriggs aus Spanien und Sizilien, und gerieten vor den Artimonbänken in einen braven Nordost, der sie bis in Sicht des Ostfeuers von Sable Island brachte – ein Anblick, bei dem sich Disko nicht lange aufhielt – und sie noch weiter, an Western und Le Have vorbei, bis an die nördliche Ecke von Georges geleitete. Von da kamen sie in tieferes Wasser und ließen dem Schoner fröhlich freie Bahn.

»Hattie denkt jetzt mächtig an uns«, vertraute Dan seinem Freund an. »Hattie und Mutter. Nächsten Sonntag kannst du dir einen Jungen heuern, der dir Wasser ans Fenster schüttet, damit du einschlafen kannst. Gelt, du bleibst bei uns, bis deine Leute kommen? Weißt du, was das beste ist, wenn man wieder an Land ist?«

»Ein warmes Bad?« fragte Harvey. Seine Augenbrauen waren ganz weiß von eingetrocknetem Salzwasser.

»Das ist auch gut. Aber ein Nachthemd ist noch besser. Ich träum' jetzt immer von Nachthemden, seit wir das Großsegel untergeschlagen haben. Da kann man seine Zehen ordentlich recken. Mutter hat sicher schon ein neues bereit, ganz weich gewaschen. Das ist die Heimat, Harvey, die Heimat, du kannst es schon in der Luft spüren. Jetzt kommen wir gleich in eine wärmere Welle, ich kann schon den Lorbeer riechen. Ob wir wohl noch grade zum Abendbrot ankommen? Einen Strich Backbord!«

Die schlaffen Segel flappten und wankten in der schwülen Luft, während das Wasser rundum immer glatter, blauer und öliger wurde. Als sie nach einem Wind pfiffen, kam nur Regen, scharf wie mit Stachelruten, und peitschte und trommelte auf Deck, und hinterdrein Donner und Blitz eines Augustgewitters.

Sie lagen mit nackten Armen und Füßen auf Deck und erzählten einander, was ein jeder sich an Land als erste Mahlzeit bestellen wollte. Denn jetzt war das Land voll in Sicht. Ein Schwertfischboot aus Gloucester kam längsseit, ein Mann hockte in dem kleinen Sitz auf dem Bugspriet und schwang seine Harpune. Er war barhaupt und sein Haar ganz angeklatscht vom Regen. »Alles wohl!« rief er fröhlich, als wär' er Wache auf einem großen Linienschiff. »Wouverman erwartet Euch schon, Disko. Was gibt's Neues bei der Flotte?«

Disko schrie die Neuigkeiten hinüber, während das wilde Sommerungewitter über ihnen dröhnte und die Blitze von vier Seiten zugleich über die Kaps hinflackerten. Sie beleuchteten in grellen Momentbildern den niedrigen Hügelkranz um den Hafen von Gloucester, die Ten-Pound-Inseln, die Lagerschuppen, die Zickzacklinie der Häuserdächer und jede einzelne Spiere und Boje auf dem Wasser; die Bilder kamen und gingen, wohl zwölfmal in der Minute, indes die »Da sind wir« bei auflaufendem Wasser herankroch und die Heulboje hinter ihr drein stöhnte und klagte. Dann erstarb das Wetter in langen, immer selteneren, bösen Zuckungen blauweißer Flammen; ein letzter einzelner Donnerschlag folgte, wie das Brüllen einer Mörserbatterie, und die erschütterte Luft zitterte noch unter den Sternen nach, indes allmählich wieder Stille eintrat.

»Die Flagge! Die Flagge!« rief Disko plötzlich und wies nach oben.

»Was ist damit?« fragte der lange Jack.

»Für Otto! Halbmast! Man kann uns schon von Land her sehn!«

»Hätt' ich total vergessen. Hat denn der Verwandte in Gloucester gehabt?«

»Ein Mädchen, das er im Herbst heiraten wollte.«

»Maria sei ihr gnädig!« sagte der lange Jack und setzte die kleine Flagge auf halbmast, für Otto, der in einem Sturm bei Le Have vor drei Monaten über Bord gegangen war.

Disko wischte sich über die nassen Augen und lenkte mit geflüsterten Kommandos seine »Da sind wir« zwischen moorigen Pfählen hindurch in Wouvermans Werft, ab und zu von Nachtposten angerufen, von den tintenschwarzen Piers her.

Durch alle Dunkelheit hindurch und über alle geheimnisvollen Vorgänge hinweg konnte Harvey fühlen, wie wieder das Land ihn umschloß, mit all den Tausenden schlafender Menschen und dem Geruch der Erde nach dem Regen und dem ihm wohlbekannten Geräusch einer Rangiermaschine, die sich irgendwo in einem Güterbahnhof auspustete; und das alles machte sein Herz schlagen und seine Kehle sich zusammenziehen, indes er an seiner Vorschott stand. Er hörte die Ankerwache auf einem Leuchtturmschlepper schnarchen, witterte in eine Sackgasse von Finsternis, aus der zwei Laternen glimmerten. Jemand erwachte mit einem Grunzer, warf ihnen ein Tauende hin, und sie machten sich in der schweigenden Werft fest, umflankt von großen, eisenüberdachten Schuppen, aus denen die warme Leere roch. Da lagen sie ohne Laut.

Dann setzte sich Harvey ans Steuer und schluchzte und schluchzte, als ob ihm das Herz brechen wollte. Und eine große Frau, die auf einer Werftwaage gesessen hatte, kam auf den Schoner und küßte Dan einmal auf die Backe; denn sie war seine Mutter und hatte die »Da sind wir« im Licht der Blitze erkannt. Sie nahm erst Notiz von Harvey, als er sich etwas beruhigt hatte und Disko ihr seine Geschichte erzählt hatte. Dann gingen sie zusammen zu Diskos Haus, indes schon der Morgen graute. Bis zu dem Augenblick, wo das Telegraphenamt geöffnet wurde und er an die Seinen telegraphieren konnte, war Harvey Cheyne wohl der einsamste Junge im ganzen weiten Amerika. Aber das Merkwürdige war, daß Disko und Dan nicht geringer von ihm zu denken schienen, weil er weinte.

Wouverman war auf Diskos Preise noch nicht präpariert, und Disko, sicher, allen anderen Gloucester-Schonern mindestens um eine Woche voraus zu sein, ließ ihm ein paar Tage Frist, sie zu verdauen. So hatten alle Zeit, in den Straßen herumzulungern, und der lange Jack machte sich einen besonderen Sport daraus, die Rocky-Neck-Straßenbahn so lange anzuhalten – aus Prinzip, wie er sagte –, bis ihn der Schaffner gratis mitfahren ließ.

Dan lief herum, seine sommersprossige Nase hoch in der

Luft, spundvoll von Geheimnissen, und zeigte sich höchst patzig seinen Verwandten gegenüber.

»Dan, wenn du's so weitertreibst«, sagte Troop nachdenklich, »komm' ich dir noch aufs Fell. Du bist mir reichlich übermütig, seit wir an Land sind.«

»Wenn er mir gehörte, würd' ich's ihm lieber gleich geben«, sagte Onkel Salters sauer. Er und Penn wohnten bei Troops.

»Oho!« sagte Dan, sich mit seiner Ziehharmonika in den Hof flüchtend, bereit, über den Zaun zu springen, wenn der Feind vorrücken sollte. »Dein Urteil in Ehren, Papp! Aber denk dran, daß ich dich gewarnt hab'. Dein eigen Fleisch und Blut hat dich gewarnt! Ist nicht meine Schuld, wenn du dich diesmal verhauen hast. Aber ich werd' schon dabeisein, wenn's 'rauskommt. Und was dich betrifft, Onkel Salters – Pharaos Mundschenk ist gar nichts gegen dich! Paß auf und wart's ab! Du wirst auch noch untergepflügt werden wie dein eigner Klee! Aber ich, Dan Troop, ich werde blühn wie der grüne Lorbeer, weil *ich* mich nicht auf mein eignes Urteil versteift hab'.«

Disko saß da in seiner ganzen häuslichen Würde, angetan mit einem Paar herrlicher Samtpantoffeln, und paffte gelassen an seiner Pfeife. »Du wirst noch gerade so närrisch wie der arme Harvey. Ihr zwei, ihr lauft die ganze Zeit 'rum und kichert und pufft euch und stoßt euch unterm Tisch, daß man schon gar keinen Frieden mehr im Haus hat«, sagte er.

»Bald wird's noch ganz anders kommen – für gewisse Leute.«

Dan und Harvey fuhren mit der Straßenbahn nach East-Gloucester, trabten durch die Lorbeerbüsche bis zum Leuchtturm und legten sich auf die großen Felsen und lachten sich hungrig. Harvey hatte Dan ein Telegramm gezeigt, und die beiden hatten sich gelobt, darüber zu schweigen, bis die Bombe platzte.

»Harveys Familie?« sagte Dan beim Abendessen, ohne die Miene zu verziehn. »Pah, mir scheint, mit denen ist's nicht weit her. Sonst hätten sie schon was von sich hören lassen. Sein Alter scheint so 'ne Art Laden im Westen zu haben. Kann ja sein, daß du deine fünf Dollar kriegst, Papp.«

»Was sag' ich immer?« ermahnte Onkel Salters. »Man soll nicht mit vollem Mund schwätzen, Dan.«

9

Ein Multimillionär muß, genau wie jeder arbeitende Mann, in geschäftlichen Dingen seinen klaren Kopf behalten, welcher Art immer seine Privatsorgen sein mögen. Harvey Cheyne senior war Ende Juni nach Osten gereist, zu einer völlig gebrochenen Frau, die, halb von Sinnen, Tag und Nacht nur von ihrem Sohn phantasierte, der in der grauen See ertrunken war. Er hatte sie mit Doktoren, Pflegerinnen, Masseusen, ja selbst Gesundbetern umgeben, aber alles war umsonst. Frau Cheyne lag apathisch da und stöhnte oder sprach stundenlang von ihrem Sohn, zu jedem, der es hören wollte. Sie hatte keine Hoffnung mehr, und wer hätte ihr Hoffnung geben können? Das einzige, was sie immer wieder hören wollte, war die Versicherung, daß Ertrinken nicht weh tue; und ihr Gatte ließ sie streng überwachen, um zu verhüten, daß sie an sich selbst den Versuch machte. Von seinem eigenen Schmerz sprach er selten – war sich der Tragweite seines Leids nicht eigentlich bewußt, bis er sich eines Tages an seinem Schreibtisch vor seinem Arbeitskalender bei der Frage ertappte: »Was hat es für einen Sinn, weiterzumachen?«

In seinem Unterbewußtsein hatte stets die freudige Vorstellung gelebt, daß er eines Tages, wenn er selbst alles gut abgerundet und der Junge seine Schulen hinter sich haben würde, seinen Sohn väterlich beim Arm nehmen und in sein Reich einführen würde. Er hatte es sich, nach arbeitsreicher Väter Art, ausgemalt, wie dieser Sohn dann sogleich sein Kamerad, Partner und Verbündeter werden würde – herrliche Jahre fruchtbarer Zusammenarbeit – gereifte Erfahrung gemeinsam mit jugendlichem Feuer.

Und nun war sein Sohn tot, im Meer umgekommen, wie der erste beste Schwedenmatrose auf einem seiner Teefrachter; seine Frau siechte dem Tode entgegen oder noch Schlimmerem, und er selbst sah sich überrannt von einem Schwarm von Weiberleuten, Ärzten, Zofen, Pflegerinnen, bis zur Unerträglichkeit gequält durch die ewig wechselnden Launen der armen, ruhelosen Frau, selber hoffnungslos und kaum mehr imstande, seinen vielen Geschäftsgegnern die Stirn zu bieten.

Er hatte seine Frau in einen eben erst fertiggestellten Palast in San Diego gebracht, wo sie mit ihrem Hofstaat einen luxuriösen Flügel bewohnte, während Cheyne in einem Verandazimmer zwischen einem Sekretär und einem Tippfräulein, das zugleich Telegraphistin war, freudlos einen Tag wie den andern seinen Geschäften oblag.

Vier westamerikanische Eisenbahngesellschaften lagen gerade in einem Wirtschaftskrieg miteinander, der auch für ihn von größtem Interesse hätte sein müssen; ein bedrohlicher Streik war auf seinen Holzstapelplätzen in Oregon ausgebrochen, und die Legislatur Kaliforniens, die ohnedies ihren Unternehmern nicht grün war, bereitete offenen Krieg gegen ihn vor.

Unter gewöhnlichen Verhältnissen wäre er der Herausforderung zuvorgekommen und hätte sich mit Vergnügen und ohne Bedenken in jeden Feldzug eingelassen. Jetzt saß er schlaff in seinem Stuhl, den weichen schwarzen Hut tief übers Gesicht gezogen, der schwere Körper wie verschrumpft in den losen Kleidern, starrte abwechselnd auf seine Schuhe oder auf die chinesischen Dschunken in der Bucht und gab nur wie abwesend auf die Fragen seines Sekretärs Antwort, der dabei war, die Samstagspost zu öffnen.

Cheyne beschäftigte sich gerade mit dem Gedanken, was er verlieren würde, wenn er alles stehen und liegen ließe und sich einfach zurückzöge. Er hatte sich durch enorme Versicherungen gedeckt und sich ein königliches Jahreseinkommen gesichert. Und abwechselnd zwischen einem seiner Landsitze in Colorado und ein bißchen gesellschaftlichem Verkehr (der würde seiner Frau guttun) – etwa in Washington oder auf den Süd-Karolinen – würde man vielleicht Vergessen finden für vernichtete Hoffnungen. Andererseits ...

Das Klappern des Tischtelegraphs hörte plötzlich auf; das Mädchen schaute den Sekretär an, der weiß geworden war.

Der reichte Cheyne ein Telegramm hinüber, das von San Franzisko weitergegeben worden war:

»Aufgefischt von Fischerschoner ›Da sind wir‹ – vom Dampfer heruntergefallen – feines Leben gehabt auf den Bänken beim Fischen – bin wohlauf – warte in Gloucester Massachusetts bei Disko Troop auf Geld oder Nachricht – drahte was tun und Befinden Mama.

Harvey N. Cheyne.«

Der Vater ließ das Telegramm fallen, legte seinen Kopf auf das Pult seines Schreibtischs und atmete schwer.

Der Sekretär rannte nach Frau Cheynes Arzt, der Cheyne rastlos auf und ab gehend vorfand.

»Was .. was halten Sie davon? Ist das möglich? Gibt Ihnen das einen Sinn? Ich kann nicht recht begreifen, was das heißt«, rief er.

»Ich schon«, sagte der Doktor. »Ich verliere Siebentausend jährlich – das ist alles.« Er dachte an seine mühselige Newyorker Praxis, die er auf Cheynes dringliches Angebot aufgegeben hatte, und reichte das Telegramm mit einem Seufzer zurück.

»Meinen Sie, daß man es ihr sagen darf? Kann es nicht ein Betrug sein?«

»Aus welchen Motiven?« fragte der Doktor kühl. »Die Angaben sind zu präzis. Das ist der Junge, ganz sicher.«

Herein kam eine französische Zofe, frech wie jemand, der sich unentbehrlich gemacht hat und nur durch enormes Gehalt zum Bleiben bewogen werden kann.

»Madame sagen, sollen kommen. Fürchten, Sie sein krank.«

Der Herr über dreißig Millionen beugte sein Haupt und folgte ohne Widerspruch Suzanne. Und eine dünne hohe Stimme rief vom oberen Absatz der breiten, aus Weißholz gearbeiteten Treppe: »Was ist denn? Was ist geschehn?«

Keine Tür hätte den Schrei dämpfen können, der einen Augenblick später durch das widerhallende Haus schrillte, als der Gatte die Nachricht herausgesprudelt hatte.

»Ganz gut«, sagte der Doktor mit Galgenhumor zum Tippfräulein. »So ziemlich die einzige medizinische Feststellung in Romanen, die stimmt, ist, daß Freude nicht tötet, Fräulein Kinzey.«

»Hab' ich schon erfahren. Aber zunächst mal gibt's jetzt eine Menge Arbeit.« Fräulein Kinzey war aus Milwaukee und etwas geradeheraus mit der Sprache. Und da sie eine gewisse Neigung zum Sekretär hatte, ahnte sie bereits, was in dessen Kopf vorging. Er betrachtete eben aufmerksam die riesige Eisenbahnkarte von Amerika, die an der Wand hing.

»Milsom, wir fahren glatt durch. Salonwagen – quer durch – bis Boston. Stellen Sie die Anschlüsse fest«, rief Cheyne herunter.

»Dacht' ich mir.«

Der Sekretär wandte sich nach dem Fräulein um, und ihre Augen trafen sich. (Daraus entstand später eine Geschichte, die nichts mit dieser Geschichte zu tun hat.) Sie schaute ihn fragend an, gespannt, welche genialen Maßnahmen er ergreifen würde. Er gab ihr ein Zeichen, sich an den Morseapparat zu begeben, wie ein General seine Brigade zum Angriff vorschickt. Dann fuhr er sich nach Musikerart durch sein Haar, warf einen Blick zur Zimmerdecke empor und machte sich dann ans Werk, während Fräulein Kinzeys weiße Finger ganz Nordamerika in Bewegung setzten.

»›K. H. Wade, Los Angeles‹ – Die ›Constance‹ steht doch in Los Angeles, nicht wahr, Fräulein Kinzey?«

»Jawoll.« Fräulein Kinzey nickte tippend, und der Sekretär sah auf seine Uhr.

»Fertig? ›Sendet Salonwagen ‚Constanze‹ her und bestellet Extrazug zu Sonntag für rechtzeitigen Anschluß an Newyork Limited, Sechzehnte Straße, Chicago, nächsten Dienstag.‹«

Klick, klick, klick ... »Geht's nicht schneller?«

»Nicht bei dieser Steigung. Das sind sechzig Stunden bis Chicago. Es würde auch nicht rascher gehn, wenn man einen Sonderzug mehr östlich laufen ließe. Fertig? – ›Treffet Vereinbarung mit Lake Shore und Michigan Süd, die ‚Constance' auf New York Central und Hudson River Buffalo nach Albany zu bringen und mit B. und A. von Albany nach Boston. Müssen Boston Mittwochabend unbedingt erreichen. Jedweder Zwischenfall zu vermeiden. Drahte gleichzeitig an Caniff, Toucey und Barnes. Gezeichnet Cheyne.‹«

Fräulein Kinzey nickte wieder, und der Sekretär fuhr fort: »Also. Caniff, Toucey und Barnes, natürlich. Fertig? ›Caniff, Chicago. – Bitte befördert meinen Salonwagen ‚Constance' von Santa Fé, eintreffend sechzehnte Straße, Dienstagnachmittag, mit New York Limited nach Buffalo und leitet weiter an N. Y. C. nach Albany.‹ – Schon mal in New York gewesen, Fräulein Kinzey? Werden mal zusammen hinfahren. Fertig? – ›Bringet ‚Constance' von Buffalo nach Albany, mit Kurierzug. Dienstagnachmittag.‹ Das geht an Toucey.«

»War zwar nie in New York. Aber *das* weiß ich auch.« Ärgerliche Kopfbewegung.

»Entschuldigung! Jetzt, Boston und Albany, Barnes. Dieselben Anweisungen von Albany nach Boston. Abfahrt drei Uhr fünf (das brauchen Sie nicht zu telegraphieren), Ankunft neun Uhr fünf, Mittwochabend. Mehr kann Wade selber auch nicht machen. Aber doppelt hält besser.«

»Großartig«, sagte Fräulein Kinzey mit einem bewundernden Blick. Das war die Art Mann, die sie verstand und zu schätzen wußte.

»Nicht schlecht«, sagte Milsom bescheiden. »Jeder andre würde erst dreißig Stunden nachgedacht und dann eine Woche lang den Fahrplan ausgearbeitet haben, statt die Sache der Santa Fé direkt bis Chicago zu übertragen.«

»Aber, was die New York Limited betrifft ... Nicht mal den Abgeordneten Chauncey haben sie einen Privatwagen anhängen lassen«, gab Fräulein Kinzey zu bedenken, sich von ihrer Bewunderung erholend.

»Jawohl, aber es handelt sich hier nicht um Chauncey, sondern um Cheyne. Einleuchtend? Das geht.«

»Möglich. Wir sollten aber auch dem Jungen telegraphieren. *Das* haben *Sie* vergessen.«

»Ich werde fragen.«

Als er mit dem Telegramm des Vaters an Harvey zurückkam, er möge die Eltern in Boston zu der und der Zeit erwarten, fand er Fräulein Kinzey lachend vor ihrem Apparat sitzen. Im nächsten Augenblick lachte Milsom herzlich mit, denn die aufgeregte Antwort von Los Angeles lautete: »Wollen wissen warum – warum – warum? Allgemeine Unruhe im Steigen.«

»Zehn Minuten später wandte sich Chicago flehentlich an Fräulein Kinzey mit folgenden Worten:

»Falls Riesenattentat sich vorbereitet, warnet Freunde bitte rechtzeitig. Wir suchen Deckung.«

Das wurde noch übertroffen durch eine Nachricht aus Topeka (und wieso Topeka da hinein verwickelt war, war selbst Milsom ein Rätsel): »Nicht schießen, Oberst. Wir lassen mit uns reden.«

Cheyne lächelte grimmig-schadenfroh über die Bestürzung seiner Feinde, als man ihm die Telegramme vorlegte. »Sie denken, wir sind auf dem Kriegspfad. Sagen Sie ihnen, mir ist jetzt gar nicht nach Kampf zumute, Milsom. Sagen Sie ihnen, warum wir reisen. Ich denke, Sie und Fräulein Kinzey kommen am besten mit, obwohl ich unterwegs kaum arbeiten werde. Sagen Sie ihnen die Wahrheit – ausnahmsweise.«

Also sagte man die Wahrheit. Fräulein Kinzey steuerte das nötige Gefühl bei, und der Sekretär setzte die denkwürdigen Worte hinzu: »Friede sei mit uns.« Und in ihren Kontoren – zweitausend Meilen weit – atmeten die Vertreter von dreiundsechzig Millionen Dollars Eisenbahn-Interessen wieder freier: Cheyne eilte also nur seinem Söhnchen entgegen, das ihm auf so wunderbare Weise wiedergeschenkt war. Der Bär sucht sein Junges, nicht die Widersacher. Die grimmigen Männer, die ihre Messer schon gezückt hatten zur Verteidigung ihrer finanziellen Existenz, legten die Waffen wieder weg und wünschten glückliche Reise, während ein halbes Dutzend eben noch von Panik ergriffener armseliger Kleinbahnen die Köpfe hochwarfen und prahlten, was für große Dinge sie getan haben würden, wenn Cheyne nicht sein Kriegsbeil vergraben hätte.

Das Ende dieser Woche brachte viel Unruhe in die Telegraphendrähte; denn nun die Angst von ihnen genommen war, beeilten sich Menschen und Städte, sich Cheyne gefällig zu erweisen. Los Angeles rief San Diego und Barstow an, damit die südkalifornischen Maschineningenieure informiert würden und sich in ihren einsamen Rundschuppen bereit hielten. Barstow gab die Nachricht an die Atlantic und Pacific, und Albuquerque schickte sie über Atchison, Topeka und Santa Fé bis nach Chicago: Eine Lokomotive, ein Verbindungswagen mit Personal und der große vergoldete Salonwagen »Constance« sollen aufs schnellste über zweitausenddreihundertfünfzig Meilen hin befördert werden. Vor hundertsiebenundsiebzig fahrplanmäßigen Zügen hat dieser Extrazug das Vorrecht. Die Stationsbeamten und das Personal jeder dieser genannten Züge müssen benachrichtigt werden. Sechzehn Lokomotiven, sechzehn Zugführer und sechzehn Heizer sind noch bereitzuhalten – alles nur vom besten. Je zweieinhalb Minuten Zeit zum Wechseln der Lokomotiven, weitere drei zum Wasserfüllen und zwei zum Kohlenfassen. »Personal ist gut zu instruieren, Tanks und Kohlen sind entsprechend vorzubereiten. Denn Harvey Cheyne hat Eile ... Eile ... Eile«, sang der Telegraph. »Vierzig Meilen in der

Stunde werden erwartet, und die Streckenkontrolleure sollen den Sonderzug von Station zu Station begleiten. Rollt den Zauberteppich auf von San Diego bis zur Sechzehnten Straße, Chicago! Eile, ja Eile!«

»Es wird heiß werden«, sagte Cheyne, als sie sonntags bei Tagesanbruch aus San Diego abrollten. »Wir werden so rasch machen, wie wir nur können, Mama, aber ich glaube wirklich, es ist noch ein bißchen früh, jetzt schon immerzu in Hut und Handschuhen zu sitzen. Am besten, du legst dich jetzt ein bißchen hin und nimmst deine Tropfen. Ich würde gerne eine Partie Domino mit dir machen, wenn nicht Sonntag wär'.«

»Ich werde vernünftig sein, oh, ich werde *ganz* vernünftig sein! Aber wenn ich meinen Hut abnehme, hab' ich das Gefühl, als ob wir nie hinkommen würden.«

»Versuch ein bißchen zu schlafen, Mama, paß mal auf, dann sind wir in Chicago, eh' du dich's versiehst.«

»Aber wir müssen ja bis Boston, Vater. Sag ihnen, sie sollen schnell machen.«

Das sechsfüßige Ungetüm hämmerte sich seinen Weg nach San Bernardino und den Einöden von Mohave, aber die Steigung war zu groß, um wirklich schnell zu fahren. Das kam später. Auf die Hitze der Wüste folgte die Hitze der Berge, als sie sich ostwärts zu den »Nadeln« und zum Fluß Colorado wandten. Der Wagen krachte in allen Fugen von der unendlichen Dürre und Sonnenglut, und man legte Frau Cheyne Eisstückchen in den Nacken. Der Zug arbeitete sich die langen, langen Steigungen hinauf an Ash Fork vorbei auf Flagstaff zu, wo die großen Wälder und Steinbrüche unter unendlich weitem, trockenem Himmel liegen. Der Zeiger des Geschwindigkeitsmessers zitterte hin und her; Kohlenschlacke rasselte auf das Dach, und ein Wirbel von Staub ballte sich hinter den rasenden Rädern auf. Das Personal im Verbindungswagen saß auf den Pritschen in Hemdsärmeln, keuchend, und es kam mehrmals vor, daß Cheyne mitten unter ihnen saß und ihnen, das Gerassel des Zugs übertönend, uralte Eisenbahngeschichten zuschrie, die jeder Eisenbahner längst kennt. Er erzählte ihnen auch von seinem Sohn, und wie die See ihm den Totgeglaubten wiedergegeben habe, und sie nickten und spuckten und freuten sich mit ihm. Sie fragten auch, was »die da hinten« mache und ob »sie« es vertragen könne, wenn der Zugführer ein bißchen mehr loslegen würde, und Cheyne meinte, es ginge schon.

Demgemäß wurde das große Dampfroß zwischen Flagstaff und Winslow losgelassen, bis ein Betriebsleiter energisch Protest einlegte.

Aber Frau Cheyne im Boudoir des Salonwagens verzog nur ein wenig das Gesicht, indes die französische Zofe aschfahl sich an die silberne Türklinke klammerte, und drang immer wieder in ihren Gatten, die Leute zur Eile anzutreiben.

Und so rasten sie durch die trockenen Sandflächen und wahnwitzigen Felsen von Arizona dahin und ließen sich weiter rösten, bis das Krachen der Kupplungen und das Kreischen der Bremsen anzeigten, daß sie Coolidge und die Kontinental-Wasserscheide erreicht hatten.

Drei kühne, erfahrene Männer – kühl, ihrer Sache sicher und trocken, als sie begannen, bleich, zitternd und schweißtriefend, als sie ihr schweres Kunststück vollbracht hatten – »hoben« die Maschine über die große Steigung von Albuquerque nach Glorietta und weiter, über Springer, höher und immer höher zum Ratontunnel der State Line, von wo sie nach La Junta hinunterrasselten, einen Blick auf den Arkansasfluß werfend, und dann den langen Abhang nach Dodge City hinunterjagten, wo Cheyne mit größter Genugtuung seine Uhr um eine Stunde vorstellen konnte.

Man sprach wenig im Wagen. Der Sekretär und die Telegraphistin saßen miteinander in den echten Saffianpolstern beim großen Aussichtsspiegelglasfenster am Ende des Wagens, das wellige Schienenband beobachtend, das sich hinter ihnen aufrollte, und, wie man vermuten darf, Bemerkungen austauschend über die wechselnde Szenerie.

Cheyne pendelte nervös zwischen dem übertriebenen Luxus des eigenen und der nackten Kahlheit des Beiwagens hin und her, eine kalte Zigarre zwischen den Zähnen, bis das mitleidige Zugpersonal zu guter Letzt vergaß, daß er ja ihr Stammfeind war, und sein möglichstes tat, ihn zu zerstreuen.

Nachts erhellten Strahlenbündel von Licht diesen rollenden Palast, und all die Pracht schwang sich ruhelos durch die öde Leere draußen. Jetzt hörten sie das Zischen eines Wassertanks, die Kehllaute eines Chinesen, das Kling-Klang eines

Prüfhammers an den Stahlrädern, das Fluchen eines blinden Passagiers, den man von der hinteren Plattform heruntergejagt hatte; dann wieder das dichte Geprassel der Kohlen beim Einfüllen in den Tender, oder das zurückschlagende Getöse, wenn sie an einem wartenden Zug vorbeiflogen. Jetzt sah man in tiefe Abgründe, eine Brücke buckelte sich unter den Rädern, jetzt auf Felsenmassive, die den halben Sternenhimmel verbargen. Wieder wechselten Zinken und Schluchten und ballten sich am Horizont zu zackigen Bergen zusammen. Dann zerbröckelten sie in immer niedriger werdende Hügel, bis endlich die wirkliche große Ebene erreicht war.

In Dodge City warf eine unbekannte Hand ein Exemplar einer Kansas-Zeitung ins Kupee, die eine Art Interview Harveys mit einem gewandten Berichterstatter enthielt, von Boston weiter telegraphiert. Der hocherfreute Journalist stellte zweifelsfrei fest, daß es sich hier wirklich um Cheynes Sohn handle, und das beruhigte Frau Cheyne eine Zeitlang.

Ihr einziges Wort – »Eile« wurde den jeweiligen Zugführern in Nickerson, Topeka und Marceline weitergegeben, wo die Steigungen gering waren, und sie fetzten die Landschaft hinter sich.

Städte und Dörfer lagen jetzt nahe beieinander, und der Mensch konnte fühlen, daß er wieder zwischen Menschen war.

»Ich kann die Zahlen nicht mehr erkennen. Mich schmerzen die Augen. Wie rasch fahren wir?«

»So rasch wie irgend möglich, Mama. Es hat keinen Zweck, vor dem Kurier anzukommen. Wir müßten dann doch bloß warten.«

»Einerlei. Ich muß das Gefühl haben, daß wir fahren. Bitte, setz dich und sag mir die Zahlen.«

Cheyne setzte sich und sagte ihr die Ziffern des Geschwindigkeitsmessers an (manche davon sind noch heute durch keinen Rekord übertroffen), aber der siebzig Fuß lange Wagen veränderte niemals sein langes, wiegendes dampferähnliches Rollen, indes er durch die Hitze flog mit dem Gebrumm einer Riesenbiene. Dennoch war es Frau Cheyne immer noch nicht schnell genug – und die Hitze, die unbarmherzige Augusthitze machte sie schwindlig – und die Zeiger der Uhr wollen auch gar nicht vorwärtsrücken – und wann, wann werden wir endlich in Chicago sein?!

Wenn behauptet wird, Cheyne habe beim Maschinenwechsel in Ford Madison dem »Vereinigten Lokomotivführerverband« einen dermaßen hohen Betrag überwiesen, daß sie von Stund' an in der Lage waren, ihn und seine Partner mit ebenbürtigen Waffen zu bekämpfen, so ist das eine Übertreibung. Er gab nur so viel, als die Führer und Heizer nach seiner Meinung verdient hatten. Und was er der Zugmannschaft schenkte, die sich so mitfühlend gegen ihn gezeigt hatte, das wissen nur seine Bankiers. Es wird berichtet, daß die letzte Begleitmannschaft das Rangieren an der »Sechzehnten Straße« noch selbst übernahm. »Sie« war endlich etwas eingeschlummert, und Gnade Gott dem, der sie durch einen unvorsichtigen Ruck geweckt hätte.

Der hochbezahlte Spezialist, der den Verkehr der »*Lake Shore and Michigan Southern Limited*« von Chicago nach Elkhart zu leiten hat, ist eine Art Autokrat, dem es höchst merkwürdig erscheinen würde, wenn ihm jemand Maßregeln erteilen wollte, wie ein Salonwagen zu behandeln sei. Nichtsdestoweniger verfuhr er mit der »Constance«, als wäre sie mit Dynamit beladen. Und wenn das Zugpersonal trotzdem etwas zu tadeln fand, so geschah es nur im Flüsterton und durch Zeichen.

»Pah!« sagten die Angestellten von Atchison, Topeka und Santa Fé, wenn sie später die Geschichte besprachen, »wir waren gar nicht auf Rekord aus. Harvey Cheynes Frau, die lag krank im Wagen, und wir wollten sie nicht wachrütteln. Und trotzdem haben wir von San Diego nach Chicago bloß Siebenundfünfzig Komma Vierundfünfzig gebraucht. Das könnt ihr euern Ostbahnern sagen. Wenn wir wirklich mal 'nen Rekord machen wollen, dann werden wir's euch sagen.«

Für westliche Begriffe liegt Chicago dicht bei Boston (obgleich das keiner der beiden Städte besondere Freude machen würde), und bei manchen Zügen könnte es in der Tat so scheinen. Der »Limited« wirbelte die »Constance« nach Buffalo und in die Arme der »New York Central« und »Hudson River« (illustre Magnaten mit weißen Backenbärten und goldenen Berlocken an den Uhrketten empfingen sie hier, um ein paar geschäftliche Worte mit Cheyne zu wechseln), und diese führte sie sanft nach Albany, wo die »Boston and Albany« den Reigen von Ozean zu Ozean beschloß. Gesamtzeit: siebenundachtzig Stunden und fünfunddreißig Minuten, oder drei Tage, fünfzehneinhalb Stunden. Harvey erwartete sie.

Nach heftigen Gemütsbewegungen verspüren die meisten Menschen und alle Knaben den Wunsch, etwas zu essen. Sie feierten den wiedergekehrten verlorenen Sohn hinter geschlossenen Vorhängen, sich in ihrem großen Glück absondernd, während die Züge donnernd ein- und ausliefen. Harvey aß, trank und verbreitete sich über seine Abenteuer, alles in einem Atem, und wenn er eine Hand frei hatte, bemächtigte sich die Mutter ihrer liebkosend. Seine Stimme war voller geworden von dem Leben in der frischen Salzluft; seine Handflächen waren rauh und hart, seine Gelenke besät mit den Narben der Salzwassergeschwüre, und ein prächtiger voller Geruch von Stockfisch hing um seine Stiefel und seine blaue Wolljoppe.

Der Vater, seit jeher gewöhnt, Menschen zu beurteilen, beobachtete ihn scharf. Er war sich noch nicht klar, ob der Junge irgendwelchen Schaden davongetragen haben mochte. Dabei ertappte er sich bei dem Gedanken, daß er überhaupt sehr wenig von seinem Sohn wußte, aber er erinnerte sich deutlich an einen unzufriedenen Jungen mit käsigem Gesicht, der sich darin gefallen hatte, seinem »Alten« frech zu kommen und seine Mutter zu Tränen zu bringen – einen jener liebenswürdigen Sprößlinge der oberen Zehntausend, wie sie in Hotels und an sonstigen öffentlichen Stätten sich zum allgemeinen Entzücken mit allerhand Unwesen bemerkbar zu machen pflegen.

Aber dieser wohlgestalte junge Fischer saß ruhig und bescheiden da, sah ihm mit stetem, klarem Blick in die Augen und sprach in überraschend respektvollem Ton zu ihnen. Auch klang etwas in seiner Stimme, was zu verheißen schien, daß die Veränderung von Dauer sein würde und daß der neue Harvey halten werde, was er versprach.

Irgend jemand hat ihm den Kopf zurechtgesetzt, dachte Cheyne bei sich. Bei Constance wär' es nie dazu gekommen. Kann mir nicht denken, daß Europa ihm besser getan hätte.

»Aber warum hast du diesem Mann, diesem Troop, nicht gesagt, wer du bist?« fragte die Mutter abermals, als Harvey zum zweitenmal am Ende seiner Geschichte angekommen war.

»Disko Troop, Mama! Der beste Mann, der je auf Deck stand. Ich kenn' keinen zweiten, wie den.«

»Warum hast du ihm nicht gesagt, daß er dich an Land bringen soll? Du weißt doch, Papp hätt's ihm zehnmal bezahlt.«

»Weiß ich . . . Aber er dachte, ich sei verrückt. Leider hab' ich ihn einmal einen Dieb geschimpft, weil ich meine Banknoten nicht in meiner Tasche finden konnte.«

»Ein Matrose hat sie gefunden, bei der Fahnenstange in der .. in der Nacht damals . . .«, sagte Frau Cheyne, Tränen hinunterschluckend.

»Das erklärt ja die Sache. Troop hatte ganz recht. Ich sagte ihm direkt ins Gesicht, daß ich nicht arbeiten wollte – auf so einem Kahn noch dazu –, da bekam ich natürlich eins auf die Nase . . ., oh, ich hab' geblutet wie ein gestochenes Schwein.«

»Mein armer Liebling! Sie müssen dich schrecklich behandelt haben!«

»Nicht so ganz. Na ja – danach, da ging mir dann ein Licht auf.«

Der alte Cheyne schlug sich auf den Schenkel und lachte in sich hinein. Das würde ein Junge werden, so recht nach seinem verlangenden Herzen. Just so ein Zwinkern hatte er noch nie in Harveys Augen gesehen.

»Und der Alte gab mir dann zehneinhalb monatlich; die Hälfte hat er mir schon ausgezahlt; und ich hab' mich immer an Dan gehalten und gleich alles mitgemacht. Ich kann noch nicht Männerarbeit tun. Aber ich kann mit einer Jolle umgehn fast so gut wie Dan, und Nebel macht mir auch nix mehr aus – nicht viel; und bei leichtem Wind kann ich eine Tour durchhalten – das ist beim Steuern, Mama –, und ich kann eine Köderleine schon ganz gut bestecken, und ich kenn' die Taue alle, natürlich; und ich kann Fische gabeln, bis die Kühe heimkommen, und ich kenn' mich großartig aus im alten Josephus, und ich werd' euch zeigen, wie man Kaffee durch eine Fischhaut durchseiht und – oh, noch eine Tasse Kaffee, bitte! Ja, ihr habt keine Ahnung, was für 'n Haufen Arbeit das heißt: zehneinhalb im Monat.«

»Ich hab' mit achteinhalb angefangen, mein Sohn«, sagte Cheyne.

»Wirklich, Vater? Davon hast du mir nie erzählt.«

»Du hast nie danach gefragt, Harvey. Aber ich will dir gerne mal davon erzählen, wenn's dich interessiert. Hier, versuch mal eine gefüllte Olive.«

»Troop sagt, das Interessanteste auf der ganzen Welt ist, daß man erfährt, wie einer sein Brot verdient. Großartig, wieder mal so 'ne richtig getrimmte Mahlzeit zu kriegen. Aber wir haben auch nicht schlecht gefuttert. Beste Küche auf den Bänken. Disko hat uns erstklassig verpflegt. Ein großartiger Kerl. Und Dan – das ist sein Sohn –, Dan ist *mein* Kollege. Und dann ist noch Onkel Salters da, mit seinen Düngemitteln, und der liest immer aus dem Josephus vor. Der hält mich heute noch für verrückt. Und dann ist der arme kleine Penn da, und der ist wirklich verrückt. Ihr müßt nicht mit ihm über Johnstown reden, weil ... und ... oh, ihr müßt Tom Platt und den langen Jack und Manuel kennenlernen. Manuel hat mich gerettet. Schade, daß er Portugiese ist. Er kann nicht gut reden, aber er ist ein großer Musiker. Er hat mich aufgefischt, wie ich im Wasser trieb.«

»Ich wundre mich nur, daß deine Nerven nicht vollkommen kaputt sind«, sagte Frau Cheyne.

»Warum denn, Mama? Ich hab' gearbeitet wie ein Pferd, gegessen wie ein Eber und geschlafen wie ein Toter.«

Das war zuviel für Frau Cheyne, die wieder an ihre Visionen denken mußte, von einem Leichnam, schaukelnd in salziger See. Sie ging in ihr Boudoir, und Harvey schmeichelte sich an seinen Vater heran und begann von der Dankesschuld zu reden, die er abzutragen habe.

»Du kannst dich auf mich verlassen, daß ich alles für die Leute tun werde, was ich kann, Harvey. Es scheinen gute Menschen zu sein, so wie du es darstellst.«

»Die besten in der ganzen Flotte, Vater. Frag in Gloucester. Aber Disko glaubt immer noch, daß er mich von der Verrücktheit geheilt hat. Dan ist der einzige, der's ernst genommen hat, was ich ihm erzählt hab' von euch und unserm Salonwagen und all dem andern, und sogar bei dem bin ich nicht *ganz* sicher, daß er's glaubt. Ich möcht' so gern, daß sie morgen alle die Augen aufreißen. Sag mal, Vater, kannst du nicht die ›Constance‹ nach Gloucester bringen lassen? Mama schaut ohnedies so angegriffen aus, daß sie nicht gleich wieder zurückfahren könnte, und wir *müssen* morgen fertig ausladen. Wouverman nimmt unsern ganzen Fang. Weißt du, wir sind diesmal als erste von den Bänken zurück, und er zahlt uns vier- bis fünfundzwanzig den Zentner. Wir haben so lange zurückgehalten, bis er nachgegeben hat. Aber jetzt wollen sie die Ladung rasch.«

»Heißt das, daß du morgen arbeiten mußt?«

»Ich hab' Troop gesagt, daß ich komme. Ich bin bei der Waage. Ich hab' die Abrechnung mit.« Er holte ein fettiges Notizbuch aus der Tasche und schaute mit so wichtiger Miene hinein, daß sein Vater an einem Lachen würgen mußte. »Es sind nur mehr drei- – nein, zweihundertvierundneunzig oder fünfundneunzig Zentner nach meiner Rechnung.«

»Miet dir doch einen Vertreter«, schlug Cheyne vor, um zu sehen, was Harvey sagen würde.

»Das kann ich nicht, Vater. Ich bin der Rechnungsführer für den Schoner. Troop sagt, ich hab' einen bessern Kopf für Zahlen als Dan. Troop ist ein sehr gerechter Mann.«

»Also, gesetzt den Fall, ich würde die ›Constance‹ heute abend nicht hinüberschaffen lassen, wie würdest du's dann machen?«

Harvey schaute auf die Uhr, die zwanzig Minuten nach elf zeigte.

»Dann würd' ich bis um drei schlafen und den Frachtzug um vier nehmen. Sie lassen uns von der Flotte gewöhnlich frei mitfahren.«

»Das wär' ein Ausweg. Aber ich glaube, wir können mit der ›Constance‹ ebenso schnell hinüberkommen wie euer Frachtzug. Geh jetzt lieber schlafen.«

Harvey streckte sich auf das Sofa, warf die Stiefel ab und war eingeschlafen, ehe noch sein Vater die elektrischen Lampen verdunkeln konnte. Cheyne blieb sitzen und beobachtete das junge Gesicht, beschattet von dem einen Arm, den Harvey über die Stirn gelegt hatte. Und unter den vielen Dingen, die ihm durch den Kopf gingen, kam es ihm, daß er bisher als Vater vielleicht so manches vernachlässigt hatte.

»Ins größte Risiko läuft man immer blind«, sagte er zu sich. »Es hätte schlimmer enden können als mit Ertrinken. Aber ich denke, 's ist alles gut. ... alles gut. Und *wenn* es so ist, dann reicht alles, was ich habe, nicht hin, um es Troop zu vergelten.«

Am Morgen, in Gloucester, strich eine frische Seebrise durch die Fenster herein: die »Constance« stand zwischen Frachtwagen auf ein Nebengleis rangiert, und Harvey war bereits zur Arbeit gegangen.

»Er wird wieder über Bord fallen und ertrinken!« sagte die Mutter vorwurfsvoll.

»Wir wollen hingehen und zusehn und ihm nötigenfalls ein Tau zuwerfen. Du hast ihn noch nie um sein Brot arbeiten sehn«, sagte der Vater.

»Was für ein Unsinn! Als ob jemand von ihm erwartete . . .«

»Nun, der Mann, der ihn geheuert hat, erwartet es von ihm. Und er hat so einigermaßen recht!«

Sie gingen zwischen den Buden, in denen Ölzeug für die Fischer auslag, zu Wouvermans Werft hinunter, wo die »Da sind wir« vor Anker lag; die Bankflagge flatterte noch, und alle Mann waren in dem herrlichen Morgenlicht so fleißig an der Arbeit wie Biber.

Disko stand am Großluk, Manuel, Penn und Onkel Salters am Flaschenzug überwachend. Dan schwang die geladenen Körbe, die der lange Jack und Tom Platt unten im Raum gefüllt hatten, auf Deck, und Harvey mit einem Notizbuch in der Hand verkörperte das Interesse seines Schiffsherrn gegenüber dem Mann, der die Waage am salzgesprenkelten Pier bediente.

»Fertig!« riefen die Stimmen von unten. »Hol an!« rief Disko. »Hei!« schrie Manuel. »Hier!« schrie Dan, den Korb ausschwingend. Dann hörten sie Harveys klare, frische Stimme das Gewicht ausrufen.

Der letzte Fisch war herausgekippt, und Harvey sprang mit einem Riesensatz in die Wanten, weil das der kürzeste Weg war, Disko die Tabellen auszuhändigen, und schrie: »Zweihundertsiebenundneunzig! Und alles leer!«

»Was ist die Gesamtzahl, Harvey?« fragte Disko.

»Achthundertfünfundsechzig. Dreitausendsechshundertsechsundsiebzig Dollar, fünfundzwanzig Cents! Wünschte, ich hätt' Anteil, statt bloß Heuer!«

»Na, ich will nicht grad sagen, daß du's nicht verdient hätt'st, Harvey. Möcht'st du nicht mal eben nach Wouvermans Kontor springen und ihm unsre Abrechnung bringen?«

»Wer ist der Junge?« wendete Cheyne sich an Dan, der an alle Art Fragen von seiten jener müßigen Trottel, die man Sommerfrischler nennt, gewöhnt war.

»Der? Das ist so ne Art Superkargo«, lautete die Antwort. »Den haben wir in den Bänken aufgefischt. Er ging über Bord von einem Dampfer, sagt er. Er war ein Passagier. Jetzt ist er dabei, 'n Fischer zu werden.«

»Ist er seine Heuer wert?«

»Tja-woll. Papp, der Herr hier möcht' wissen, ob Harvey seiner Heuer wert ist. Sie, möchten Sie vielleicht an Bord kommen? Dann werden wir 'ne Leiter hertun für die Madam.«

»Das möchte ich sehr gern, allerdings. Es wird dir nicht schaden, Mama, und du kannst dich dann von allem selbst überzeugen.«

Und die Frau, die noch vor einer Woche kaum den Kopf hatte heben können, kletterte die Leiter hinunter und blieb entgeistert zwischen dem Wirrwarr auf Deck stehen.

»Haben Sie irgendein Interesse an Harvey?« fragte Disko.

»Na . . . ja . . .«

»Er ist ein guter Junge und packt an, wo man's ihm sagt. Sie haben gehört, wie wir ihn gefunden haben? Er hat so 'ne Art Nervenklaps gehabt oder hat sich den Kopf irgendwo angeschlagen, kalkulier' ich, wie wir ihn an Bord bekamen. Darüber ist er jetzt 'raus. Jawoll, das ist das Logis, zwar noch nicht instand gesetzt, aber schaun Sie nur immer herum, wo's Ihnen beliebt. Da, an dem Ofenrohr, das sind *seine* Zahlen. Da notieren wir meistens unser Besteck.«

»Hat er hier geschlafen?« fragte Frau Cheyne, auf einer gelben Kiste sitzend und die unordentlichen Kojen musternd.

»Nein, er hat vorne geschlafen, Madam. Und außer daß er mit meinem Jungen zusammen manchmal Pasteten gemaust und Allotria getrieben hat, statt zu schlafen, kann ich ihm nichts Schlimmes nachsagen.«

»Es war nicht viel an ihm auszusetzen«, sagte Onkel Salters, die Stiegen herunterkommend. »Einmal hat er mir die Stiefel auf dem Flaggenmast aufgehängt, und übermäßig respektvoll ist er überhaupt nicht grade gegen Leute, die mehr wissen wie er, besonders in der Landwirtschaft; aber da hat ihn Dan meistens angestiftet.«

Dan, schon seit Morgen durch einige dunkle Andeutungen

Harveys vorbereitet, vollführte unterdessen einen Kriegstanz auf Deck. »Tom, Tom!« flüsterte er ins Großluk hinunter: »Seine Leute sind gekommen, und Papp hat's noch immer nicht kapiert. Jetzt palavern sie alle unten in der Kabine. Sie ist wunderschön, und bei ihm stimmt auch alles, scheint's, was Harvey behauptet hat, so wie er ausschaut.«

»Heiliger Rauchfang!« rief der lange Jack, aus dem Luk herauskriechend, ganz mit Salz und Fischschuppen bedeckt. »Meinst du wirklich, daß die Geschichten von ihm alle wahr gewesen sind, von dem Kind mit dem kleinen Viergespann und so?«

»Das hab' ich schon lange gewußt«, sagte Dan. »Komm, los, da müssen wir dabeisein, wenn Papp 'n Seifensieder aufgeht.«

Sie kamen, hochentzückt, gerade zurecht, um zu hören, wie Cheyne sagte: »Ich bin froh, daß er einen guten Charakter hat, denn – er ist mein Sohn.«

Diskos Unterkiefer sank herab – der lange Jack schwört noch heute, daß er es klappern gehört hat –, und er starrte abwechselnd den Herrn und die Dame an.

»Ich bekam sein Telegramm in San Diego vor vier Tagen, und wir sind herübergekommen.«

»In einem Salonwagen?« fragte Dan. »Harvey hat gesagt, Sie würden vielleicht . . .«

»Ja, gewiß, in unserm Privatwagen.«

Dan zwinkerte sich vor Schadenfreude fast die Augen aus zu seinem Vater hinüber.

»Er hat uns mal 'ne Geschichte erzählt von einer Kutsche mit vier Ponys, die ihm selber gehört hat«, sagte der lange Jack. »Ist das nu wahr?«

»Sehr wahrscheinlich«, sagte Cheyne. »Stimmt das, Mama?«

»Ich glaube, er hatte einen kleinen Wagen, wie wir in Toledo waren.«

Der lange Jack pfiff. »O Disko!« war alles, was er sagte.

»Ich hatte . . . ich habe mich in meinem Urteil getäuscht . . ., schlimmer als die Leute in Marblehead«, sagte Disko, und es klang, als zöge ihm jemand die Worte aus dem Hals. »Ich will Ihnen gern eingestehn, Herr Cheyne, daß mir der Junge verrückt vorkam. Er redete immer so sonderbares Zeug über Geld.«

»Das hat er mir erzählt.«

»Hat er Ihnen sonst noch was erzählt? Weil ich ihm nämlich einmal eins 'reingegeben habe« – dies mit einem etwas ängstlichen Seitenblick auf Frau Cheyne.

»O ja«, antwortete Cheyne. »Aber ich kann wohl sagen, es hat ihm wahrscheinlich besser getan als irgend etwas andres.«

»Mein Urteil war, daß er's nötig hatte. Sonst hätte ich's nicht getan. Ich will nicht, daß Sie glauben, wir behandeln unsere Jungens hier auf dem Schoner schlecht.«

»Davon bin ich überzeugt, daß Sie das nicht tun, Herr Troop.«

Frau Cheyne hatte sich inzwischen die Gesichter betrachtet: Diskos elfenbeingelbe, glatte, wie aus Erz gegossenen Züge; Onkel Salters' Farmerantlitz mit dem Kranz von Haaren drüber; Penns verschüchterte Einfalt; Manuels stilles Lächeln; des langen Jacks grinsendes Entzücken und Tom Platts Schmarre. Es waren alles rauhe Leute in ihrer Art und Weise, aber sie sah mit dem Scharfblick der Mutter und stand mit ausgestreckten Armen auf:

»Oh, sagt mir, welcher von euch war es!« sagte sie, halb schluchzend. »Ich will euch danken und euch segnen! Euch alle!«

»Bei Gott, das bezahlt mich hundertmal«, sagte der lange Jack.

Disko stellte sie alle gebührend vor. Der Kommandant eines Kriegsschiffes hätte es nicht besser vermocht, und Frau Cheyne stammelte allerhand Unzusammenhängendes. Sie warf sich fast in Manuels Arme, als sie erfuhr, daß er es war, der Harvey zuerst aufgefischt hatte.

»Aber ich konnt' ihn doch nicht einfach treiben lassen«, sagte der arme Manuel. »Was täten Sie denn, wenn Sie einen so finden? Nu – was? Wir sind auf die Art wieder zu 'nem guten Schiffsjungen gekommen, und es freut mich sehr, daß er Ihr Sohn ist.«

»Und er hat mir erzählt, Dan war sein Kollege«, rief sie.

Dans Wangen glänzten an sich schon rosig genug, aber jetzt wurde er puterrot, denn Frau Cheyne küßte ihn vor der ganzen Versammlung auf beide Wangen.

Sie führten sie nach vorne, um ihr das Logis zu zeigen, wobei sie wieder weinte, und dann mußte sie noch durchaus

Harveys höchsteigenste Schlafstätte sehen. Dort stieß sie auf den Neger, der grade seinen Herd reinigte, und er nickte ihr zu, als wäre sie jemand, den er schon jahrelang erwartet hatte. Sie waren, immer zwei auf einmal, bemüht, ihr das tägliche Leben an Bord zu schildern, und sie saß am Pallpfosten, ihre behandschuhten Hände auf dem öligen Tisch, und lachte mit zitternden Lippen und weinte mit lachenden Augen.

»Und wer will jetzt die ›Da sind wir‹ noch zu irgendwas benutzen – nach *dem*?« sagte der lange Jack zu Tom Platt. »Mir ist, als ob sie 'ne Kathedrale draus gemacht hätt'.«

»Kathedrale!« grinste Tom Platt. »Wenn's wenigstens noch das Boot von der Hafenkommission gewesen wär'. Und wenn wir nur 'n bißchen Anstand und Ordnung hier hätten, und 'n Fallreep, wenn sie 'rausgeht. Jetzt wird sie wieder die Leiter 'raufklettern müssen, wie 'n Huhn, und . . . und wir sollten die Rahen bemannen!«

»Also Harvey war nicht verrückt?« sagte Penn langsam zu Cheyne.

»Nein, nein, Gott sei Dank«, erwiderte der große Millionär, sich freundlich zu ihm herunterbeugend.

»Es muß schrecklich sein, verrückt zu sein. Ich kann mir nichts Schrecklicheres denken. Außer daß man sein Kind verliert. Aber Ihr Kind ist ja zurückgekommen! Laßt uns Gott dafür danken.«

»Hallo!« rief Harvey, wohlwollend von der Werft auf sie herabblickend.

»Ich habe mich getäuscht, Harvey! Ich hab' mich getäuscht«, rief Disko rasch, eine Hand hochhaltend. »Ich habe mich in meinem Urteil getäuscht. Du brauchst mir's nicht erst unter die Nase zu reiben!«

»Das werd' ich schon besorgen«, sagte Dan beiseite.

»Und jetzt willst du fort, was?«

»Nicht ohne den Rest meiner Heuer. Außer Ihr wollt, daß ich die ›Da sind wir‹ pfänden lasse.«

»Ja, richtig, das hätt' ich jetzt beinah vergessen.« Und er zahlte ihm den Rest in Dollar aus. »Du hast alles gemacht, wozu du dich verpflichtet hast, Harvey, und du hast es so gut gemacht, wie wenn du ganz woanders aufgewachsen wärst als . . .«, hier unterbrach sich Disko. Er konnte mit dem Schluß des Satzes nicht recht klarkommen.

»... als in einem Salonwagen?« ergänzte Dan boshaft.

»Kommt, ich zeig' ihn euch!« sagte Harvey.

Cheyne blieb, um mit Disko zu sprechen, aber die andern pilgerten in Prozession zum Bahnhof, Frau Cheyne an der Spitze. Die französische Zofe kreischte laut auf bei diesem Überfall, und Harvey führte sie wortlos in die Herrlichkeiten der »Constance« ein. Ebenso schweigend nahmen sie zur Kenntnis: gepreßtes Leder, silberne Türklinken und Beschläge, geschorenen Samt, Spiegelglas, Nickel, Bronze, Schmiedeeisen handgehämmert und Intarsien aus den seltensten Hölzern des Kontinents.

»Ich hab's euch ja gesagt!« strahlte Harvey. »Ich hab's euch ja gesagt!«

Das war der glorreiche Höhepunkt der Revanche.

Frau Cheyne ließ ein Gastmahl richten; und wenn man dem Bericht glauben darf, den der lange Jack hernach in seinem Quartier zum besten gab, so wartete sie sogar selbst mit auf.

Leute, die gewohnt sind, an winzigen Tischen bei heulendem Sturm zu essen, haben meist erstaunlich gute, fast vollendete Tischmanieren. Aber für Frau Cheyne war das ganz etwas Neues, und sie war sehr überrascht. Sie hätte Manuel am liebsten auf der Stelle als Butler mitgenommen, so geräuschlos und leicht hantierte er mit dem zerbrechlichen Glaszeug auf dem feinen Silber. Tom Platt besann sich der großen Tage auf der »Ohio«, wenn fürstliche Gäste mit den Offizieren gespeist hatten, und ahmte ihr Benehmen erfolgreich nach. Und der lange Jack bestritt als echter Ire die Kosten der Unterhaltung, so daß bald allgemeines Behagen herrschte.

In der Kabine der »Da sind wir« saßen derweil die beiden Väter bei einer Zigarre und nahmen Fühlung. Cheyne wußte genau, wann er es mit jemandem zu tun hatte, dem er kein Geld anbieten durfte; ebenso genau wußte er, daß kein Geld Disko für das bezahlen konnte, was er getan habe. So hielt er mit eigenen Vorschlägen zurück und wartete ab.

»Ich habe mit Ihrem Jungen und *für* Ihren Jungen nichts andres getan, als ihn zur Arbeit angehalten und ihm gezeigt, wie man den Quadranten handhabt«, sagte Disko. »Im Rechnen steckt er meinen zweimal in die Tasche.«

»Weil wir gerade dabei sind«, sagte Cheyne wie von

ungefähr, »was wollen Sie Ihren Jungen mal werden lassen?«

Disko nahm die Zigarre aus dem Mund und beschrieb damit einen vagen Bogen. »Dan ist noch 'n rechter Junge, und er läßt mich da nicht 'reinschaun, was er selber im Sinne hat. Das brave kleine Boot hier wird er mal erben, wenn ich mich zur Ruh' setz'. An irgend 'nen andern Beruf denkt er nicht, das weiß ich.«

»Hm! Schon mal im Westen gewesen, Herr Troop?«

»Ich war mal bis New York mit 'nem Boot. Für mich ist die Eisenbahn nichts. Für Dan auch nicht. Für die Troops ist Salzwasser gut genug. Ich war so ziemlich überall – auf dem natürlichen Weg, versteht sich.«

»Ich kann ihm so viel Salzwasser verschaffen, als er nur haben will – bis er mal Kapitän wird.«

»Wie meinen Sie das? Ich dachte, Sie sind so 'ne Art Eisenbahnkönig. Das hat Harvey mir so gesagt, damals – wie ich noch schiefgewickelt war.«

»Jeder kann sich irren. Ich dachte, Sie wüßten vielleicht, daß ich eine Tee-Klipper-Linie besitze, San Franzisko-Jokohama. Sechs Schiffe. Alles Eisenkonstruktion, zirka siebenhundertundachtzig Tonnen jedes.«

»Verdammter Junge! Hat er mir nie gesagt. Da hätt' ich anders hingehört wie bei dem Unsinn mit den Eisenbahnen und Ponywagen.«

»Er hat es nicht gewußt.«

»Nicht gedacht an so 'ne Kleinigkeit, kalkulier' ich.«

»Nein. Ich hab' die ›Blau-M‹-Frachtschiffe – die alte Morgan- und M'Quadelinie – erst diesen Sommer erbeu . . . bekommen.«

Disko klappte fast auf seinem Sitz beim Ofen zusammen.

»Gott, Allmächtiger! Diesmal bin ich von allen Seiten der Genarrte! Phil Airheart, der ist aus unserer Stadt weg vor sechs Jahren – nein, vor sieben –, und der ist jetzt Steuermann auf der ›San José‹. Sechsundzwanzig Tage ist sie immer draußen. Seine Schwester, die lebt noch hier, und die liest meiner Frau immer seine Briefe vor. Und Sie sind der Besitzer von der ›Blau-M‹?«

Cheyne nickte.

»Hätt' ich das gewußt, da hätt' ich meinen Kahn nach

'm Hafen zurückbugsiert, wie er geht und steht. Auf mein Wort!«

»Vielleicht wäre das für Harvey nicht so gut gewesen.«

Hätt' ich das bloß gewußt! Hätt' er bloß 'n *Wort* gesagt von der verdammten ›Blau-M‹, da hätt' ich schon kapiert. Ich werd' mich nie wieder auf mein eigenes Urteil verlassen – nie wieder. Sind tadellose Schiffe. Phil Airheart hat's gesagt.«

»Freut mich, Anerkennung zu hören von solcher Seite. Airheart ist jetzt Käpt'n auf der ›San José‹. Aber was ich sagen wollte – ich wollte Sie nur fragen, ob Sie mir Dan für ein oder zwei Jahre überlassen würden; wir könnten dann schaun, ob wir nicht einen Steuermann aus ihm machen können. Würden Sie ihn Airheart anvertraun?«

»Das ist ein großes Risiko – so ein unerfahrener Junge . . .«

»Ich kenne einen Mann, der mehr für mich getan hat.«

»Das ist was andres. Also – schaun Sie, ich will Dan nicht besonders empfehlen, weil er mein eigen Fleisch und Blut ist. *Ich* weiß wohl, es ist was andres in den Bänken und was andres auf 'nem Klipper; aber viel braucht er nicht mehr zu lernen. Steuern kann er – kein Junge könnt's besser, das kann *ich* sagen –, und das übrige, das liegt bei uns im Blut. Eins wünscht' ich bloß, daß er nicht so verdammt schwach wär' im Navigieren.«

»Dafür wird Airheart schon sorgen. Er wird ein oder zwei Reisen als Schiffsjunge mitmachen, und dann werden wir schon weiter sehen. Ich schlage vor, daß Sie ihn diesen Winter noch zu Hause behalten, und ich werde ihn zeitig im Frühjahr kommen lassen. Der Stille Ozean ist zwar freilich weit von hier . . .«

»Pah! Wir Troops, lebendig oder tot, wir sind über die ganze Erde und über alle Meere verstreut.«

»Aber Sie sollen wissen – und es ist mein voller Ernst –: wann immer Sie ihn mal sehen wollen, sagen Sie mir's, und ich werde für die Reise Sorge tragen. Es wird Sie nicht einen Cent kosten.«

»Wenn Sie 'n Stück mitkommen würden, dann könnten wir zu mir nach Hause gehn und mit meiner Frau darüber reden. Ich hab' mich so vertan in meinem Urteil, daß mir scheint, als wär' das alles nicht wahr.«

Sie gingen zu Troops Achtzehnhundert-Dollar-Häuschen

hinüber, das weiß gestrichen war und blau gerändert, mit einer ausgedienten Jolle im Vorgarten, die mit Kresse vollgepflanzt war, und einem kühl verdunkelten Wohnzimmer, das ein ganzes Museum allerhand überseeischen Krams darstellte.

Darin saß eine große Frau, still und ernst, mit dem trüben Blick derer, die gewohnt sind, lange auf die See hinauszustarren, in Erwartung der Ihren.

Cheyne machte ihr seinen Vorschlag, und sie willigte müde ein.

»Wir verlieren hundert jedes Jahr, Herr Cheyne, aus Gloucester allein«, sagte sie, »einhundert Jungs und Männer. Und nach und nach bin ich so weit gekommen, daß ich die See hassen muß, als wär' sie lebendig und könnt' mich verstehn. Gott hat sie nicht geschaffen, daß Menschen drauf ankern sollen. Die Boote von Ihnen, die gehn direkt 'rüber, wenn ich recht versteh', und kommen auch direkt wieder heim?«

»So direkt, wie die Winde es nur zulassen, und ich gebe außerdem eine Prämie für besonders rasche Fahrt. Tee wird nicht besser, wenn er zu lang auf dem Wasser ist.«

»Wie er noch klein war, hat er immer Kaufmannsladen gespielt, und ich hab' mir Hoffnung gemacht, er würd' dabei bleiben. Aber sobald er 'ne Jolle hat rudern können, wußt' ich, auch der Wunsch wird mir versagt.«

»Das sind Vollbrigger, Mutter, aus Eisen, und sehr stark. Erinner dich nur, was Phils Schwester dir immer vorliest, wenn sie seine Briefe bekommt.«

»Ich hab' noch nie bemerkt, daß Phil gelogen hätt', aber er ist zu waghalsig (wie die meisten auf See). Wenn Dan will, Herr Cheyne, kann er meinetwegen gehn.«

»Sie kann nu mal den Ozean nicht leiden, Herr Cheyne«, erklärte Disko, »und ich – mir ist das auch nicht so gegeben, sonst würd' ich Ihnen besser danken.«

»Mein Vater, mein ältester Bruder – zwei Neffen – und meiner jüngsten Schwester Mann«, sagte sie, den Kopf in die Hand stützend. »Würden Sie wen mögen, der Ihnen das alles weggenommen hat?«

Cheyne fühlte sich erleichtert, als Dan auftauchte und begeistert einschlug – begeisterter, als er es in Worten auszudrücken vermochte. In der Tat, der Vorschlag bedeutete einen sicheren, klaren Weg zu allen begehrenswerten Dingen; aber was Dan am verlockendsten vorschwebte, war, wie er auf breiten Decks die Schiffswachen kommandieren und Ausschau halten würde nach fernen Häfen.

Frau Cheyne hatte unter vier Augen mit Manuel über Harveys Rettung gesprochen. Ein wunderlicher Mensch. Er schien kein Verlangen nach Geld zu haben. Auf heftiges Drängen erklärte er schließlich, er wolle fünf Dollar annehmen, um einem Mädchen etwas zu kaufen. Im übrigen – »wozu soll ich Geld annehmen, wo ich mir so leicht mein Essen und meinen Tabak verdienen kann? Sie *wollen* mir Geld schenken; ob ich will oder nicht! Nu – was? Dann können Sie mir Geld geben, aber nicht so. Sie können Geld geben, soviel Sie wollen.« Er stellte ihr einen schnupfenden portugiesischen Pfaffen vor, mit einer Liste halb verarmter Witwen, so lang wie seine Soutane. Als strenge Unitarierin war Frau Cheyne seinem Glaubensbekenntnis abgeneigt, aber zuletzt konnte sie dem kleinen, braunen, beweglichen Mann ihre Achtung nicht versagen.

Manuel, als treuer Sohn seiner Kirche, eignete sich alle Segenswünsche zu, mit der Frau Cheyne für ihre Wohltätigkeit überschüttet wurde. »Jetzt bin ich gut dran«, sagte er. »Ich hab' jetzt Absolution für sechs Monate oder mehr.« So schlenderte er fort, um ein Halstuch für seine augenblickliche Favoritin zu erstehen und die Herzen aller anderen zu brechen.

Salters ging diesen Winter mit Penn nach dem Westen und hinterließ keine Adresse. Er hatte eine geheime Angst, daß diese Millionärsleute mit ihrem üppigen Salonwagen unliebsames Interesse an seinem Gefährten nehmen könnten. Es war besser, ein bißchen ins Inland zu Verwandten zu fahren, bis die Luft an der Küste wieder rein war.

»Daß du dich nie von reichen Leuten adoptieren läßt, Penn«, sagte er, als sie schon in der Eisenbahn saßen, »sonst zerbrech' ich dir das Schachbrett auf deinem Schädel. Wenn du wieder mal deinen Namen vergessen solltest – der Pratt ist –, so erinnere dich nur, daß du zu Salters Troop gehörst, und setz dich hin, wo du gerade bist, bis ich dich holen komm'. Lauf niemals denen nach, deren Augen vor Fett überquellen, wie's geschrieben steht.«

10

Anders machte es der schweigsame Koch der »Da sind wir«; denn er erschien in der »Constance«, seinen Kram in ein Taschentuch geknüpft, und er blieb einfach da. Bezahlung spielte bei ihm keine besondere Rolle, und es war ihm höchst gleichgültig, wo er schlafen würde. Es war in seinen Träumen über ihn gekommen, daß es seine Bestimmung sei, Harvey zu folgen für den Rest seiner Tage. Der Koch und der Diener Cheynes – ebenfalls Schwarze – versuchten es mit allerhand Vernunftgründen und gütlichem Zureden bei ihm. Aber gegen einen Nigger von Kap Breton kommen selbst zwei Alabama-Nigger nicht auf, und so sahen die beiden sich genötigt, die Angelegenheit dem Millionär selber vorzutragen. Der lachte nur. Über kurz oder lang würde Harvey sowieso einen eigenen Diener brauchen, und ein freiwilliger war mehr wert als fünf bezahlte. Also gut, der Mann solle dableiben, wenn er auch Macdonald heiße und auf gälisch fluche. Der Wagen könne inzwischen nach Boston zurückfahren, und wenn er da noch bei seiner Meinung bliebe, würden sie ihn gerne mitnehmen.

Mit der »Constance«, die Cheyne im Grunde seines Herzens verabscheute, rollte das letzte äußere Anzeichen von Cheynes Millionärswürde davon. Jetzt fühlte er sich erst richtig frei und gab sich nach Herzenslust dem Müßiggang hin. Einem recht tatkräftigen Müßiggang freilich. Dieses Gloucester war eine neue Stadt in einem neuen Land, und er nahm sich vor, sie »einzuschlucken«, wie er bereits alle die Städte seiner westlichen Welt samt und sonders eingeschluckt hatte, von Surhomish bis San Diego. In dieser krummen Straße hier, halb Werft, halb Warenhaus, wurde überall Geld verdient: als Sachverständiger in dem Fach fühlte er sich gedrängt, in Erfahrung zu bringen, auf welche Art dieser edle Sport hier betrieben wurde. Die Leute sagten ihm, von den fünf Fischkroquettes, die in Neu-England jeden Sonntagmorgen auf jedem Frühstückstisch stünden, kämen vier allein aus Gloucester, und überhäuften ihn zum Beweis mit Zahlen – Statistiken über Boote, Ausrüstung, Werftlängen, Kapitalinvestierungen, Verpackung, Gebühren, Versicherungen, Löhne, Reparaturen und Gewinn. Er unterhielt sich mit den

Eigentümern großer Flottillen, deren Kapitäne nicht viel mehr waren als angeheuerte Matrosen und deren Mannschaft fast ausschließlich aus Schweden und Portugiesen bestand.

Dann sprach er ausführlich mit Disko, einem der wenigen, die selber Bootseigentümer waren, und erwog und verglich alles in seinem vielumfassenden Kopf. Er trödelte von Bude zu Bude, hier auf einer Rolle Taue, da auf einem Haufen Ankerketten hockend, und fragte und fragte, immer mit der gemütlich-unersättlichen Neugier des Westlers, bis schließlich die ganze Waterkant sich verwunderte, auf was zum Teufel der Mann es wohl abgesehen habe. Er schnüffelte in die Kontore der Versicherungs-Gesellschaften und verlangte Aufklärung über die geheimnisvollen Mitteilungen, die täglich auf den schwarzen Tafeln angeschrieben standen; und das hatte zur Folge, daß sämtliche Sekretäre aller Fischerwaisen- und -witwen-Unterstützungsvereine über ihn herfielen. Sie bettelten schamlos, jeder bemüht, die Verlustliste des andern zu übertrumpfen, und Cheyne strich seinen Bart und wies sie alle an seine Frau.

Sie wohnte in einem Hotel garni nahe Eastern Point, einem sonderbaren Etablissement, das anscheinend von den Insassen selbst betrieben wurde und in dem die Tischtücher weißrot kariert waren und die Bewohner, die sich alle seit Jahren intim zu kennen schienen, um Mitternacht aufstanden, um sich Welsh-Rarebits zu machen, wenn sie hungrig waren. Am zweiten Morgen ihres dortigen Aufenthaltes legte Frau Cheyne ihre großen Brillantringe ab, eh' sie zum Frühstück hinunterging.

»Es sind reizende Leute«, vertraute sie ihrem Mann an, »und so freundlich und bescheiden, obwohl sie fast alle aus Boston sind.«

»Das ist nicht Bescheidenheit, Mama«, sagte er, zwischen den Apfelbäumen, an denen die Hängematten hingen, zum Strand hinüberblickend. »Es ist etwas anderes – etwas, das wir . . . das ich *nicht* habe.«

»Das kann doch nicht sein«, sagte Frau Cheyne ruhig. »Hier ist keine einzige Frau, die ein Kleid hat, das hundert Dollar kostet. Wir . . .«

»Gewiß, Liebe, ich weiß . . . Aber ich glaubte, das ist einfach mehr so die Art, wie sie sich hier im Osten tragen. – Fühlst du dich wohl hier[1]?«

»Ich sehe Harvey so selten, er ist ja immer bei dir, aber ich bin jetzt nicht halb so nervös mehr.«

»Ich hab' mich auch lange nicht so wohl gefühlt. Bisher hab' ich nie so recht gewußt, daß ich einen Sohn habe. Harvey wird noch 'n Prachtkerl, paß auf. Kann ich dir irgendwas holen, Liebe? Ein Kissen unter den Kopf? Wir wollen jetzt wieder nach der Werft und uns 'n bißchen umschaun.«

Harvey war in diesen Tagen seines Vaters Schatten; sie strolchten Seite an Seite herum, und Cheyne nahm jede Steigung zum Vorwand, um seine Hand auf des Knaben breite Schulter zu legen. Zum erstenmal lernte Harvey mit Bewunderung etwas erkennen, was ihm vorher nie aufgefallen war – die merkwürdige Fähigkeit seines Vaters, sofort das Wesentliche all des Neuen zu erfassen, das er unterwegs von den Leuten erfuhr. »Wie machst du's bloß, daß sie dir alles sagen, ohne daß du ihnen was von *dir* sagst?!« fragte der Sohn, als sie aus einem Takelschuppen heraustraten.

»Ich hab' mit einer ganzen Menge Leute zu tun gehabt in meinem Leben, Harvey, und man lernt sie taxieren mit der Zeit. Ich weiß auch einigermaßen über mich selber Bescheid.« Und nach einer Weile, indes sie sich an den Rand eines Piers hockten: »Solche Leute können fast immer herausfühlen, ob einer sich selber durchgearbeitet hat, und dann behandeln sie ihn als einen der Ihren.«

»Genau wie mich in Wouvermans Werft. Ich bin jetzt einer von ihnen. Disko sagt jedem, daß ich mir mein Geld verdient hab'.« Harvey spreizte die Hände und rieb die Handflächen. »Sie sind schon wieder ganz weich«, sagte er traurig.

»Behalt sie so die nächsten paar Jahre, bis du mit deinen Studien fertig bist. Nachher kannst du dir wieder eine Hornhaut beilegen.«

»Ja–a, so wird's wohl sein«, war die wenig entzückte Anwort.

1. Cheyne spricht sich seiner Frau gegenüber nicht deutlich aus, um sie nicht zu verletzen. Er will sagen: »Was dir als Bescheidenheit erscheint, ist in Wahrheit die Überlegenheit der höheren geistigen Erziehung, die uns fehlt, trotz unserer Millionen.« (Die Bostoner gelten als die Bildungselite Amerikas.)

»Es steht bei dir, Harvey. Du kannst dich natürlich auch wieder deiner Mama an die Schürzenbänder hängen und ihr zusetzen, daß sie wieder den ganzen Tag jammert über deine Nerven und deine Überreiztheit und all dergleichen Unfug.«

»Hab' ich das je getan?« fragte Harvey beklommen.

Der Vater drehte sich auf seinem Sitz herum und streckte den Zeigefinger aus: »Du weißt so gut wie ich, daß ich nichts aus dir machen kann, wenn du nicht ehrlich zu mir stehst. Ich kann was mit dir anfangen, wenn du für dich allein bleibst. Aber du *und* Mama – das geht über meine Kraft. Das trau' ich mir nicht mehr zu. Dazu ist das Leben zu kurz.«

»Bis jetzt hat es noch nicht viel aus mir gemacht, nicht wahr?«

»Das war wohl zum großen Teil meine Schuld; aber wenn ich die Wahrheit sagen soll – allerdings, *viel* ist bis heute noch nicht los gewesen mit dir. Oder? Sag selber.«

»Hm. Disko findet ... Sag mal, Vater, was rechnest du, daß ich dich gekostet hab' bis jetzt, von klein auf?«

Cheyne lächelte. »Ich hab' nie nachgerechnet, aber ich schätze in Dollar und Cents, eher fünfzig- als vierzigtausend; vielleicht auch sechzig. Die junge Generation ist kostspielig. Alles wollen sie haben, und im nächsten Augenblick sind sie's wieder müde – und der Alte muß berappen.«

Harvey pfiff durch die Zähne, aber im Grunde fühlte er sich doch gehoben, daß seine Erziehung soviel gekostet hatte. »Und das alles ist verlorenes Kapital, nicht?«

»Angelegtes Kapital, Harvey. Angelegt, hoff' ich.«

»Nehmen wir an, es wären nur dreißigtausend gewesen – dreißig hab' ich verdient –, macht zehn Cent auf hundert Dollar. Mächtig schlechtes Geschäft.« Harvey schüttelte ernsthaft den Kopf.

Cheyne lachte, daß er beinahe von seinem Pfahl ins Wasser fiel.

»Disko hat einen Haufen mehr gehabt von Dan, und schon seit er zehn Jahr alt war. Und dabei ist Dan immer noch ein halbes Jahr in der Schule.«

»Oh, also darauf bist du aus!«

»Nein. Ich bin auf gar nichts aus. Ich wollt' bloß sagen, ich hab' keine große Ursache, stolz zu sein auf mich ... eigentlich verdien' ich Prügel.«

»Das liegt mir nicht, alter Junge; sonst hätt' ich's wahrscheinlich getan, wenn ich dazu veranlagt wär'.«

»Das hätt' ich bis zu meinem letzten Tag nicht vergessen – und dir nie verziehen«, sagte Harvey, das Kinn in beide Fäuste gepreßt.

»Sehr richtig. Genauso wär' mir's gegangen, siehst du.«

»Ich bin schuld und kein Mensch sonst. Aber jedenfalls muß ja jetzt irgendwas geschehen.«

Cheyne entnahm seiner Westentasche eine Zigarre, biß das Ende ab, zündete sie an und begann zu rauchen. Vater und Sohn glichen einander sehr, wie sie da so saßen. Den ungleichen Mund verbarg Cheynes Bart, und die leicht gebogene Nase, die eng liegenden schwarzen Augen und die schmalen, etwas hervortretenden Backenknochen waren bei beiden dieselben. Hätte man Harveys Gesicht ein bißchen braun bemalt, so würde er ausgeschaut haben wie eine echte Rothaut aus dem »Lederstrumpf«.

»Es steht natürlich nichts im Wege«, sagte Cheyne langsam, »daß du einfach so weitermachst wie bisher. So mit sechs- bis achttausend Dollar aus meiner Tasche, bis du großjährig bist. Na, und von da ab, wenn du dann sozusagen ein Mann bist, kann's ruhig so weitergehen, mit vierzig- bis fünfzigtausend von mir, nicht gerechnet, was deine Mutter dir geben wird, mit Kammerdiener und Jacht, und 'ner Luxusfarm, wo du dir Rennpferde züchten kannst, damit es nach was aussieht, und Kartenspielen mit deinesgleichen ...«

»So wie Lorry Tuck?« warf Harvey ein.

»Jawohl. Oder wie die zwei De Vitrés oder der Sohn vom alten M'Quade. Kalifornien ist voll von solchen Jünglingen, und da schau – da siehst du gleich, daß es hier im Osten auch so was gibt.«

Eine glänzend schwarze Dampfjacht mit einem Deckhaus aus Mahagoni, nickelbeschlagenem Kompaßhäuschen, rosa und weiß getreiftem Sonnensegel und der Flagge irgendeines New Yorker Klubs paffte in den Hafen ein. Zwei junge Herrchen, in einer Tracht, die sie offenbar für seemännisch hielten, saßen beim Salondeckfenster und spielten Karten, und zwei Dämchen mit roten und blauen Sonnenschirmen schauten zu und lachten geräuschvoll.

»Mit dem Ding möcht' ich in keinen Wind kommen. Keine

Breite«, sagte Harvey kritisch, indes die Jacht langsam ihre Hafenboje ansteuerte.

»Das nennen sie sich amüsieren. Das kannst du von mir auch haben, und noch vielmehr. Wie gefällt dir das?«

»Karl der Große! So setzt man doch kein Dingi aus«, rief Harvey, noch immer ganz in den Anblick der Jacht vertieft. »Wenn ich nicht besser mit 'ner Talje umzugehen wüßte, blieb' ich lieber an Land . . . Und wenn ich das nicht will?«

»An Land bleiben . . oder was?«

»Jacht und Stall und dem ›Alten‹ auf der Tasche sitzen und – mich hinter Mama stecken, wenn was schiefgeht«, sagte Harvey mit einem Zwinkern.

»Gut, in dem Fall wären wir ja beide einer Meinung, mein Sohn.«

»Zehn Dollar monatlich?« Wieder ein Zwinkern.

»Nicht einen Cent mehr, bis du's wert bist. Und du wirst noch ein paar Jahre brauchen, bis du das verdienen wirst.«

»Ich möcht' viel lieber als Hausdiener anfangen, die Kontore fegen und so – so fangen doch die großen Kanonen immer an –, und was dabei verdienen, als . . .«

»Das kenn' ich; das geht uns allen so. Aber einen Mann zum Stubenfegen können wir schon immer noch erschwingen, denk' ich. Ich habe denselben Fehler gemacht, daß ich zu früh angefangen hab' mit dem Verdienen-wollen.«

»Dreißig Millionen Dollar, das lohnt schon einen Fehler, nicht? Dafür würd' ich's riskieren.«

»Ich habe verloren und gewonnen. Ich will dir's erzählen.«

Cheyne strich seinen Bart, sah lächelnd auf das stille Meer hinaus und begann zu sprechen, ohne Harvey anzuschauen, der alsbald begriff, daß der Vater seine Lebensgeschichte zu erzählen begann. Er sprach mit leiser, gleichmäßiger Stimme, ohne Gesten und ohne besondere Betonung; und doch war es eine Geschichte, für die ein Dutzend führender Blätter gerne viele Dollars bezahlt hätten – die Geschichte von vierzig Arbeitsjahren, die zugleich die Geschichte des neuen Westens war, die noch geschrieben werden muß.

Sie begann mit einem verwaisten, ganz allein auf sich gestellten Knaben in Texas und ging phantastisch weiter über unzählige Wechselfälle des Lebens hinweg; die Szenerie wandelte sich von einem Weststaat zum andern, Städte schossen in einem Monat aus dem Boden, um nach einem halben Jahr wieder zu verschwinden, wilde Steppen voll wilder Abenteuer breiteten sich, wo heute arbeitsreiche, wohlgeordnete Gemeinwesen blühen. Von dem Bau von drei Bahnstrecken erzählte die Geschichte, und von dem völligen Zusammenbruch einer vierten. Sie handelte von Dampfern, Siedlungen, Wäldern, Minen, und von Männern aller Nationen unter dem Himmel, schaffend, bauend, rodend, grabend. Von Möglichkeiten zu ungeheurem Reichtum erzählte sie, sich eröffnend vor Augen, die sie nicht zu erkennen vermochten, oder versäumt einfach aus Zeitmangel oder Zufall. Und durch all den rasenden Wechsel der Geschehnisse bewegte sich – manchmal zu Pferde, öfters zu Fuß, jetzt reich, jetzt arm, auf und ab, zurück und vorwärts, als Schiffs- und Bahnarbeiter, Lieferant, Gastwirt, Journalist, Maschinist, Agent, Grundstücksmakler, Politiker, Destillateur, Minenbesitzer, Spekulant. Viehhändler, Landstreicher –, bewegte sich, flink und gelassen, die Gestalt Harvey Cheynes, immer dem großen Ziel entgegen, zu seinem eigenen Vorteil und, so sagte er, zu Ruhm und Fortschritt seines Vaterlandes.

Er sprach von dem Selbstvertrauen, das ihn nie verlassen hatte, selbst am Rande der Verzweiflung nicht – jenem Selbstvertrauen, das aus dem Wissen um Menschen und Dinge kommt. Er verbreitete sich, wie zu sich selbst sprechend, über seinen großen Mut und seine Tatkraft in jeder Lage. Das alles war ihm offenbar so selbstverständlich, daß er nicht einen Augenblick seinen Tonfall änderte. Er beschrieb, wie er es seinen Feinden entweder heimgezahlt oder ihnen verziehen hatte, je nachdem wie es ihm selber von ihnen ergangen war; wie er Städte, Gesellschaften und Syndikate mit Vernunftgründen, mit Lockung, mit Gewalt bezwungen hatte, immer zu ihrem eigenen Vorteil; wie er um Berge und Schluchten herum, durch sie durch und drunter weg gekrochen war, immer ein Stück Bahnstrang hinter sich herziehend, und wie er es ruhig hatte über sich ergehen lassen, wenn man ihm noch so oft seinen Charakter öffentlich in Fetzen gerissen hatte.

Harvey hörte atemlos zu, den Kopf ein wenig zur Seite geneigt, die Augen unverwandt auf des Vaters Gesicht gerichtet, während das Zwielicht in Dunkelheit überging und nur die brennende Zigarre noch die bärtigen Wangen und buschigen Brauen beleuchtete. Es war Harvey zumute, als ob er einer Lokomotive zuschaute, die ins dunkle Land raste – von Meile zu Meile ihr glühendes Feuerloch öffnend; aber diese Lokomotive konnte sprechen; und ihre Worte rüttelten und wühlten den Jungen bis in die Tiefe seiner Seele auf. Schließlich warf Cheyne seine Zigarre weg, und die beiden saßen im Dunkeln bei dem leckenden Wasser.

»Das habe ich noch nie jemandem erzählt«, sagte der Vater.

Harvey holte tief Atem. »Das ist das Großartigste, was je da war!« sagte er.

»Das war, was ich erreicht habe. Jetzt komme ich zu dem, was ich *nicht* erreicht habe. Dir wird das jetzt noch bedeutungslos vorkommen, aber ich möchte nicht, daß du so alt wirst wie ich, eh' du's einsiehst. Ich kann mit Menschen umgehen, gewiß, und bin mir meines Weges sicher, aber .... aber ich kann nicht mit den Menschen mit, die eine wirkliche Bildung mitbekommen haben. Ich hab' mir so manches angeeignet unterwegs, aber ich glaube, man merkt es doch an allen Ecken und Enden.«

»Ich habe nie was davon gemerkt!«

»Du *wirst* es noch merken, Harvey. Du wirst es merken, sobald du mit deinem Studium durch bist. Seh' ich's denn nicht? Kenn' ich den Blick der Leute nicht, wenn sie heimlich bei sich denken: der Emporkömmling? Ich kann sie kurz und klein schlagen – jawohl –, aber ich kann sie nicht an ihren Wurzeln treffen. Ich sage nicht, daß sie weit *über* mir stehn, aber ich fühle, daß sie irgendwie weit, weit *weg* von mir sind. *Du* hast jetzt die Gelegenheit. Du kannst jetzt alles in dich aufnehmen, was wissenswert ist, und du wirst mit Menschen leben, die dasselbe tun. Sie tun es, um zu 'n paar tausend Dollar höchstens im Jahr zu kommen, aber *du*, vergiß das nicht, tust es für Millionen. Du wirst genug von der Juristerei lernen, daß du dich um dein Eigentum kümmern kannst, wenn ich nicht mehr da bin, und du wirst dich befreunden mit den Söhnen der besten Leute am Markt (sie können dir später nützlich sein). Und vor allem wirst du das ganz gewöhnliche, einfache Büffeln über den Büchern hinter dich bringen. Nichts macht sich so gut bezahlt wie das, Harvey, und es wird sich jedes Jahr mehr und mehr bezahlt machen in unserm Land – im Geschäft wie in der Politik.«

»Nicht sehr verlockend für mich«, sagte Harvey. »Vier Jahre Studium! Hätt' ich nur lieber den Kammerdiener und die Jacht gewählt!«

»Macht nichts, mein Sohn«, bestand Cheyne. »Du legst dein Kapital dort an, wo es dir die besten Zinsen bringt; und ich denke, du wirst unsern Besitz nicht verringert finden, wenn du so weit bist, daß du ihn übernehmen kannst. Denk darüber nach und gib mir morgen Bescheid. Jetzt rasch, sonst kommen wir zu spät zum Essen!«

Da dies eine geschäftliche Unterredung gewesen war, fühlte sich Harvey nicht verpflichtet, seiner Mutter etwas davon zu sagen, und Cheyne hielt es ebenso. Aber Frau Cheyne spürte, daß etwas geschehen war, und war ein wenig eifersüchtig. Ihr Söhnchen, ihr verwöhntes Muttersöhnchen, das so rücksichtslos auf ihren Nerven herumgeritten hatte, war verschwunden, und an seiner Statt war da ein selbstbeherrschter, ungewöhnlich schweigsamer Junge mit klarem, festem Blick, der sich fast ausschließlich mit dem Vater unterhielt. Sie fühlte, daß es sich um Geschäftliches handelte, ein Gebiet, das außerhalb ihrer Begriffswelt lag. Ihre letzte Hoffnung, sich vielleicht noch getäuscht zu haben, schwand, als Cheyne ihr eines Tages von einer Fahrt nach Boston einen neuen Brillant-Marquise-Ring mitbrachte.

»Was habt ihr beiden Männer denn miteinander vorgehabt?« fragte sie mit einem schwachen Lächeln, während sie den Ring im Licht spielen ließ.

»Miteinander geredet, Mama – nur geredet; hat alles seine Richtigkeit mit Harvey.«

Dem war so. Der Junge hatte seinerseits dem Vater einen Vertrag vorgeschlagen. Eisenbahnen, erklärte er ernst, interessierten ihn ebensowenig wie Holz, Grundstücke oder Minen. Was seine Seele sich ersehnte, war die Leitung der jüngst vom Vater erworbenen Segelschiff-Linie. Wenn der Vater ihm das innerhalb einer nach seinen Begriffen annehmbaren Zeit versprechen könne – so wolle er seinerseits mit Fleiß und Ernst vier oder fünf Jahre seine Studien betreiben. Während der Ferien sollte ihm Einblick gestattet sein in alle Einzelheiten, die mit der Linie zusammenhingen – er hatte nicht weniger als zweitausend Fragen schon jetzt gestellt –, von seines Vaters Geheimpapieren bis zum letzten Schlepper.

»Topp, das kann gelten«, sagte Cheyne schließlich. »Du wirst deine Meinung zwar noch zwanzigmal ändern, eh' du mit dem Studium fertig bist; aber wenn du dann immer noch Lust dazu hast, sollst du die Linie verwalten. Und wenn du das ordentlich machst und die Sache nicht wieder an den Nagel hängst, bis du, sagen wir, dreiundzwanzig bist, dann soll die ganze Linie in deinen Besitz übergehen. Was meinst du dazu, Harvey?«

»Nein, nein, das nicht. Nie gut, 'ne alte Firma zu zersplittern. Es gibt sowieso schon zuviel Konkurrenz in der Welt, und Disko sagt immer: ›Gleiches Blut muß zusammenhalten.‹ Das ist bei ihm immer so, und das ist mit ein Grund, sagt er, weshalb sie immer so guten Profit machen. Sag mal, Vater, die ›Da sind wir‹ geht Montag schon wieder nach den Georgesbänken. Das geht schnell bei denen, nicht?«

»Ja, wir müssen auch fort, denk' ich. Ich hab' meine Geschäfte einfach liegenlassen, und es ist höchste Zeit, daß ich mich wieder zeige. Ich geh' wahrhaftig nicht gern. Seit zwanzig Jahren hab' ich keine solchen Ferien mehr gehabt.«

»Wir *können* nicht fort, ohne erst Disko das Geleit zu geben«, sagte Harvey. »Montag ist Gedächtnistag. Bleiben wir doch auf jeden Fall noch so lange, Vater.«

»Was ist das eigentlich mit diesem Gedächtnistag? Im Gasthof haben sie auch schon davon gesprochen«, sagte Cheyne, halb schon nachgebend. Auch ihm war es nicht allzu eilig damit, die goldenen Tage zu beenden.

»Soweit ich verstanden hab', ist es eine Art Gesangs- und Tanzunterhaltung für die Sommergäste. Disko ist nicht sehr dafür, sagt er, weil dabei für die Witwen und Waisen gesammelt wird. Disko hat seine eigenen Ansichten. Hast du das noch nicht bemerkt?«

»J-a, schon. Hier und da. – Die Sache geht wohl also von der Stadt aus?«

»Diese Sommerversammlung jetzt ja. Sie verlesen die Namen der Schiffer, die ertrunken oder verschollen sind, und halten Reden und Vorträge und so. Und dann, sagt Disko, gehen die Sekretäre der Wohltätigkeitsvereine in den Hof und streiten sich um die Beute. Das wirkliche Fest ist im Frühjahr, sagt er, das ist dann ganz in den Händen von den Geistlichen, und es sind keine Sommergäste mehr dabei.«

»Aha«, sagte Cheyne, der mit angeborenem Bürgersinn begriff, daß es sich hier um eine Ehrensache für die ganze Stadt handelte. »Bleiben wir also über den Gedächtnistag und fahren dann am Nachmittag weg.«

»Ich will zu Disko 'runtergehn und ihm sagen, daß er seine Leute mitbringen soll, eh' sie absegeln. Ich muß natürlich bei ihnen bleiben.«

»So«, sagte Cheyne; »ich bin also nur so ein armseliger Sommerfrischler, und du ...«

»Ein Bankfischer – ein Vollblutbankfischer!« rief Harvey, auf die Straßenbahn springend und Cheyne seinen weiteren frohen Zukunftsträumen überlassend.

Disko hatte nichts für öffentliche Wohltätigkeitsveranstaltungen übrig, aber Harvey bettelte: der ganze Glanz dieses Tages sei für ihn verloren, wenn die von der »Da sind wir« nicht mitmachen würden. Daraufhin stellte Disko eine Bedingung. Er habe gehört – es war erstaunlich, wie alle Welt an der Waterkant immer gleich wußte, was alle Welt trieb –, er habe gehört, daß so ein »schauspielerndes Frauenzimmer« aus Philadelphia sich an den Vorträgen beteiligen werde; und er sei sicher, daß sie »Schiffer Iresons Fahrt« zum besten geben werde. Er persönlich mache sich ebensowenig aus Schauspielerinnen wie aus Sommerfrischlern; aber Recht bleibe Recht! Und wenn er seinerseits zwar auch einmal mit einem Urteil ausgerutscht sei (hier kicherte Dan), so dürfe doch aus dieser Sache keinesfalls etwas werden. Also fuhr Harvey nach Ost-Gloucester zurück und brachte einen halben Tag damit zu, einer höchlich belustigten Schauspielerin von königlichem Ruf an beiden Küsten Amerikas auseinanderzusetzen, welchen groben Fehler sie im Begriffe sei zu begehen. Und sie gab zu, daß Disko recht habe und daß es eine Forderung der Gerechtigkeit sei, auf »Schiffer Ireson« zu verzichten.

Cheyne wußte aus alter Erfahrung, was kommen würde; aber jedwede öffentliche Aktion war Speise und Trank für seine Seele. Er sah mit Behagen, wie die Straßenbahnwagen einherrollten durch den dunstig heißen Morgen, voll Frauen in hellen Sommerkleidern und bleichen Männern in Strohhüten, die direkt von ihren Schreibtischen aus Boston kamen; er sah den Haufen Fahrräder bei der Post; das Kommen und Gehen der geschäftigen Festordner, die einander grüßten; das

Wehen der Flaggen in der schweren Luft, und den wichtigen Mann mit seinem Schlauch, der den Bürgersteig abspritzte.

»Mama«, rief er plötzlich, »weißt du noch, wie sie Seattle damals wieder in Schwung brachten, nach dem Brand?«

Frau Cheyne nickte und schaute mit Kennerblick die krumme Straße hinunter. Sie hatte ebenso lebhaften Sinn wie ihr Mann für derlei Volksfeste und Massenbewegungen, wie sie im ganzen Westen so häufig sind, und stellte im Geist Vergleiche an. Das Fischervolk begann sich unter die Menge zu mischen, die sich am Rathaustor drängte: Portugiesen in blauen Jacken, ihre Frauen größtenteils ohne Kopfbedeckung oder mit Kopftüchern; helläugige Neuschotten und Leute aus den Küstenprovinzen; Franzosen, Italiener, Schweden, Dänen und andre Besatzung der Küstenfahrzeuge. Und überall Frauen in Schwarz, die einander mit düsterem Stolz begrüßten, denn heute war ihr großer Tag. Und Geistliche aller Glaubensbekenntnisse – Pastoren großer, reicher Gemeinden, die als Kurgäste an der See weilten, neben einfachen Seelenhirten von hier: Priester der »Kirche am Berge« und wildbärtige Lutheraner, Veteranen der See, Du-und-Du mit jedem zweiten Seemann. Da sah man großmächtige Reeder, aus deren Taschen die Hauptbeiträge an die Wohltätigkeitsvereine quollen, kleine Leute, deren Schiffe bis zum Mast verpfändet waren, Bankiers und Seeversicherungsagenten, Kapitäne von Schleppern und kleinen Booten, Takler, Monteure, Hafenarbeiter, Salzer, Bootsbauer, Küfer, und die ganze zusammengewürfelte Bevölkerung der Wasserkante.

Sie schlenderten die Sitzreihen entlang, ein heiterer Anblick mit all den farbigen Kleidern der Sommergäste; ein Herr des Stadtkomitees lief hin und her und schwitzte und glänzte über und über von echtem Bürgerstolz. Cheyne hatte ihn vor ein paar Tagen kennengelernt und fünf Minuten mit ihm gesprochen, und die beiden verstanden sich ausgezeichnet

»Nun, Herr Cheyne, und was halten Sie von unserer Stadt? – Bitte, Madam, nehmen Sie Platz, wo es Ihnen beliebt. – Sie haben dergleichen Feste auch im Westen, nehme ich an.«

»Ja, aber unser Westen ist nicht so alt.«

»Natürlich, gewiß. Sie hätten dabeisein müssen, wie wir

unsern zweihundertundfünfzigsten Geburtstag gefeiert haben! Ich sage Ihnen, Herr Cheyne, die alte Stadt hat sich selbst überboten.«

»Das habe ich gelesen. So was bringt auch Geld. Aber woher kommt es, daß ihr hier kein erstklassiges Hotel habt?«

»... Links hinüber, Pedro! Massenhaft Platz für dich und deine Familie. – Ja, das predige ich ihnen immerfort, Herr Cheyne. Da wär 'n Haufen Geld zu machen, aber das wird Sie wohl kaum interessieren. Was wir brauchen, ist ...«

Eine schwere Hand fiel auf seine Schulter, und der hochgerötete Kapitän eines Portland-Kohlen- und Eis-Transport-Küstendampfers drehte ihn halb herum. »Was zum Teufel fällt euch Kerlen ein, hier über Gesetze abzustimmen, während alle rechten Leute auf See sind, he? Die Stadt ist beintrocken und riecht 'n gut Teil schlechter, seit ich zuletzt hier war. Ihr hättet uns wenigstens 'ne kleine Ecke für milde Getränke reservieren können.«

»Ihr scheint nichtsdestoweniger zu Eurer nötigen Zufuhr gekommen zu sein heut morgen, Carsen. Ich werde später mit Euch darüber politisieren. Setzt Euch unterdessen dort an die Tür und denkt über Eure Gegenargumente nach, bis ich wiederkomme.«

»Pfeif' auf Argumente! In Michelon kostet der Champagner achtzehn Dollar die Kiste und ...« Der Kapitän schwankte auf seinen Sitz zu, da ein Orgelpräludium ihm das Wort abschnitt.

»Unsere neue Orgel«, sagte der Beamte stolz zu Cheyne, »kostet uns auch viertausend Dollar. Wir werden im nächsten Jahr die Steuern erhöhen müssen, um sie zu bezahlen. Aber ich habe mich dafür eingesetzt, daß das Religiöse nicht immer nur den geistlichen Herren überlassen bleibt. Sehn Sie, jetzt stehn unsere Waisenkinder auf, um zu singen. Meine Frau hat es mit ihnen einstudiert. Auf später, Herr Cheyne! Ich werde hinter der Bühne verlangt.«

Die hohen, klaren, reinen Kinderstimmen übertönten das letzte Geräusch der Nachzügler, die ihre Plätze aufsuchten.

»Alle deine Werke lobpreisen dich, o Herr! Gesegnet seist du, o Herr! Lobpreiset ihn und verherrlichet ihn von Ewigkeit zu Ewigkeit!«

Die Frauen lehnten sich allenthalben im Saal vor, um hinzuschauen, während die Klänge des Chorals die Luft erfüllten. Frau Cheyne und viele andre Frauen mit ihr begannen rascher zu atmen. Sie hatte sich kaum vorgestellt, daß es so viele Witwen auf der Welt gäbe, und unwillkürlich suchte ihr Blick nach Harvey. Harvey hatte die Leute der »Da sind wir« im Saal gefunden und stand als einer der Ihren zwischen Dan und Disko. Onkel Salters begrüßte ihn mißtrauisch.

»Sind die Leute noch immer nicht fort?« brummte er. »Was willst du noch hier bei uns, junger Mann?«

»Ihr Meere und Fluten, preiset den Herrn! Lobpreiset ihn und verherrlichet ihn von Ewigkeit zu Ewigkeit!«

»Ist das vielleicht nicht sein gutes Recht?« gab Dan zur Antwort. »Er war mit uns genau wie die andern.«

»Nicht in den Kleidern«, schnarchte Salters.

»Halt die Klappe, Salters«, sagte Disko. »Du hast wohl wieder mal Galle geschluckt! Bleib, wo du bist, Harvey.«

Jetzt erhob sich der Festredner, eine andre Säule des Stadtrats, und entbot aller Welt den Willkommen Gloucesters, was ihm Gelegenheit gab, beiläufig darauf hinzuweisen, in welchen Punkten diese Stadt die gesamte übrige Welt an Glanz überstrahle. Dann sprach er vom Reichtum, der der Stadt aus dem Meere erwuchs, und von dem Preis, den sie alljährlich dem Meer dafür zu entrichten hätte. Man würde später die Namen ihrer Toten nennen – hundertundsiebzehn an Zahl. (Die Witwen bekamen große Augen und sahen einander an.) Gloucester könne sich keiner hervorragenden Industriezweige rühmen. Ihre Söhne müßten für den Lohn arbeiten, den das Meer ihnen bot; und sie alle wüßten, daß weder Georges noch die Bänke friedliche Weideplätze seien. Dafür müsse die Landbevölkerung das äußerste daransetzen, um für die Witwen und Waisen zu sorgen; und nach einigen allgemeinen Bemerkungen nahm er die Gelegenheit, im Namen der Stadt allen denen zu danken, die in so gemeinnütziger Weise zum heutigen Tage beigesteuert hätten.

»Ich hasse das Gebettel dabei«, brummte Disko. »Gibt den Leuten 'ne ganz falsche Vorstellung von uns.«

»Wenn die Leute nichts beiseite legen, solange es ihnen gut geht«, gab Salters zurück, »liegt es in der Natur der Sache, daß man sie nachher beschämen *muß*. Laß dich warnen, Junge, Reichtum dauert nicht, wenn man ihn mit Luxus vertut.«

»Aber wenn man alles verliert, alles«, sagte Penn, »was soll ich *dann* machen? Ich hab' mal« – und die wasserblauen Augen irrten umher, als ob sie etwas suchen würden, wo sie Ruhe fänden – »ich hab' mal wo gelesen – ich glaube in einem Buch – von einem Boot, in dem alle untergingen bis auf einen – und der sagte zu mir . . .«

»Blech«, sagte Salters, ihm das Wort abschneidend. »Lies weniger und interessier dich mehr für dein Essen, dann wirst du eher dazu kommen, daß du dir deinen Unterhalt verdienst, Penn.«

Harvey, zwischen den Fischern eingeklemmt, verspürte einen kribbelnden, kriechenden Schauer, der im Genick begann und bis zu den Zehen hinunterlief. Es fror ihn, obgleich es ein schwüler Tag war.

»Ist das die Schauspielerin aus Philadelphia?« fragte Disko, mürrisch nach dem Podium hinschauend. »Hast du's mit ihr abgemacht wegen dem alten Ireson, Harvey? Du weißt schon warum.«

Es war in der Tat nicht »Iresons Fahrt«, was sie vortrug, sondern eine Art Ballade von einem Fischerhafen, namens Brixham, und einer Flottille von Schleppfischern, die sich durch Sturm und Nacht heimwärts kämpfte, während die Frauen an der Mole ein Leuchtfeuer anzündeten, mit allem und jedem, dessen sie habhaft werden konnten.

»Sie nahmen der Ahne die Decke,
Sie gab sie zitternd drein,
Sie nahmen dem Säugling die Wiege,
Der konnte nicht sagen: nein!«

»Hu!« sagte Dan, über die Schulter des langen Jack hinweggucken. »Allerhand! Muß aber 'ne kostspielige Sache gewesen sein!«

»Nicht sehr erstklassige Hafenbeleuchtung, Danny«, sagte der Galwayer.

». . .
Und dabei wußten sie nicht,
Wird es ein Freudenfeuer
Oder ein Grabeslicht.«

Die wundervolle Stimme griff allen ans Herz; und als sie zu der Stelle kam, wo die triefenden Männer – Lebende und Tote – ans Ufer geschleudert wurden und sie die Körper in den Feuerschein schleppten und fragten: »Kind, ist das dein Vater?« oder »Weib, ist das dein Mann?« – konnte man das schwere Atmen durch alle Reihen hin hören.

»Und ziehn die Boote von Brixham
Wieder in Sturm und Braus:
Es zieht wie ein Leuchten
Die Liebe mit hinaus.«

Es wurde nur sehr wenig Beifall laut, als sie endete. Die Frauen suchten nach ihren Taschentüchern, und die Männer starrten mit nassen Augen gegen die Decke.

»Hm«, sagte Salters, »das würd' einen 'nen Dollar kosten in jedem Theater, um so was zu hören – oder zwei. Manche können sich das ja wohl erlauben. Nach meiner Meinung die reinste Verschwendung ... Heiliges Jerusalem! Was hat denn den ollen Bart Edwardes hierher verschlagen?«

»War nicht abzuhalten«, sagte einer aus Eastport hinter ihm. »Er ist 'n Dichter und will seine Sache absolut hersagen. Er ist aus unserer Gegend.«

Er verschwieg, daß Kapitän B. Edwardes sich fünf Jahre nacheinander um die Erlaubnis bemüht hatte, sein Werk am Gedächtnistag in Gloucester vortragen zu dürfen. Das belustigte und erschöpfte Komitee hatte ihm schließlich seinen Wunsch erfüllt. Die Einfachheit und die vollkommene Glückseligkeit des alten Mannes, der in seinem besten Sonntagsstaat dort oben stand, gewann ihm die Herzen der Zuhörerschaft, ehe er noch den Mund aufgetan hatte. Sie ließen siebenunddreißig ungehobelte Strophen ohne Murren über sich ergehen, die in größter Breite den Untergang des Schoners »Joan Haskon« auf den Georges-Bänken im Sturm von 1867 beschrieben, und als er endlich fertig war, riefen sie ihm wie aus einem Halse gutmütigen Beifall zu.

Ein fixer Bostoner Berichterstatter schlüpfte hinaus, um sogleich eine Abschrift des ganzen Epos zu bekommen und den Verfasser zu interviewen – Kapitän Bart Edwardes, weiland Walfischfänger, Schiffsbauer, Meisterfischer und Poet, sah sich im dreiundsiebzigsten Jahre seines Lebens am Ziel aller Wünsche angelangt. Die Erde hatte ihm nichts mehr zu bieten.

»Das nenn' ich 'ne richtige Sache«, sagte der Mann aus Eastport. »Ich bin selber in der Gegend gewesen und hab' sein Geschreibsel vorgehabt in meinen beiden Händen, genau wie er's hier gelesen hat, und ich kann bezeugen, daß alles stimmt.«

»Wenn Dan hier das nicht vor dem Frühstück und mit einer Hand besser machen könnte, verdient' er Prügel«, sagte Salters, im allgemeinen für die Ehre von Massachusetts eintretend. »Aber ich gebe gerne zu, daß es ganz gut gedichtet ist für einen aus Maine. Aber . . .«

»Onkel Salters wird sicher draufgehen diesmal auf der Reise! Das ist das erste Kompliment, das er mir macht«, grinste Dan. »Was ist denn mit dir los, Harvey? Du bist so still und siehst so grün aus. Ist dir schlecht?«

»Ich weiß nicht, was mir ist«, anwortete Harvey, »mir ist, als hätt' irgendwas nicht Platz in mir. Ich fühl' mich so vollgepumpt und kalt.«

»Verdorbener Magen, was? Zu dumm! Wir warten noch die Verlesung ab und dann gehn wir, daß wir noch mit der Flut 'rauskommen.«

Die Witwen – sie waren es fast alle erst seit diesem Jahr – gaben sich einen Ruck, wie Verurteilte, die die Zähne zusammenbeißen vor dem Erschossenwerden, denn sie wußten, was jetzt kam. Die jungen Mädchen in ihren roten und blauen Blusen auf den Bänken, wo die Sommerfrischler saßen, unterbrachen ihr Geschnatter über Kapitän Edwardes' schönes Poem und schauten sich um, um zu sehen, warum alles plötzlich so still wurde. Die Fischer drängten nach vorne, als der Vertreter der Stadt, derselbe, der vorhin mit Cheyne geplaudert hatte, sich auf die Rednerbühne schwang und die Verlustliste dieses Jahres, nach Monaten eingeteilt, zu verlesen begann.

Bei den Verlusten vom letzten September handelte es sich meist um ledige Männer und Fremde. Seine Stimme durchdrang scharf die Stille des Saals:

»9. September. Schoner ›Florrie Anderson‹, in den Georges-Bänken gesunken mit der ganzen Mannschaft.

Reuben Pittman, Schiffseigentümer, 50 Jahre, ledig, Maine Street, hier.

Emil Olsen, 19 Jahre, ledig, Hammon Street 329, hier, Dänemark.

Oskar Stanberg, ledig, 25 Jahre, Schweden.

Carl Stanberg, ledig, 28 Jahre, Maine Street, hier.

Pedro, wahrscheinlich aus Madeira, ledig, Keenes Logierhaus, hier.

Joseph Welsh, alias Joseph Wright, 30 Jahre, aus St. John, Neufundland.«

»Nein, aus Augusty, Maine«, rief eine Stimme aus der Versammlung.

»Er fuhr von St. John aus«, sagte der Vorleser aufschauend.

»Ich weiß. Aber er ist aus Augusty. Er ist mein Neffe.«

Der Vortragende machte eine Bleistiftkorrektur an den Rand der Liste und fuhr fort:

»Vom selben Schoner, Charlie Ritchie, Liverpool, Neu-Schottland, 33 Jahre, ledig.

Albert May, Rogers Street 267, hier, 27 Jahre, ledig.

27. September. Orvin Dolard, 30 Jahre, verheiratet, ertrunken bei Eastern Point in einer Jolle.«

Dieser Schuß traf. Die Witwe wankte und rang die Hände. Frau Cheyne, die mit weitoffenen Augen zugehört hatte, warf ihren Kopf hoch und würgte an Tränen. Dans Mutter, die ein paar Sitze weiter rechts saß, bemerkte es und setzte sich rasch neben sie. Die Verlesung nahm ihren Fortgang. Als man zu den Strandungen im Januar und Februar kam, fielen die Schüsse immer dichter und rascher, und die Witwen atmeten schwer mit zusammengebissenen Zähnen.

»14. Februar. Schoner ›Harry Randolph‹, entmastet auf dem Heimweg von Neufundland; Asa Musie, verheiratet, 32 Jahre, von hier, Maine Street, über Bord gespült.

23. Februar. Schoner ›Gilbert Hope‹. Robert Beaven, 29 Jahre, verheiratet, gebürtig aus Pubnico, Neuschottland.«

Sein Weib war im Saal. Man hörte einen leisen Schrei, wie von einem kleinen getroffenen Tier. Er wurde gleich unterdrückt, und eine Frau wankte aus dem Saal. Sie hatte durch Monate nicht aufgehört zu hoffen, denn so manche, die mit ihren Jollen verschollen waren, waren schon auf wunderbare

Weise von Hochseefahrern aufgefischt worden. Nun hatte sie ihre Gewißheit, und Harvey konnte sehen, wie ein Schutzmann eine Droschke für sie herbeirief. »Fünfzig Cents bis zum Bahnhof ...«, fing der Kutscher an – der Polizist hob die Hand –, »aber ich fahr' sowieso den Weg. Steig nur ein. Dafür schnappst du mich das nächste Mal nicht gleich, Alf, wenn ich mal kein Licht hab' – was?«

Die Seitentür schloß sich wieder vor dem Strahl hellen Sonnenscheins von draußen, und Harveys Augen wandten sich abermals dem Vorleser und seiner endlosen Liste zu.

»19. April. Schoner ›Mamie Douglas‹ in den Bänken mit der ganzen Besatzung gesunken.

Edward Canton, 47 Jahre alt, verheiratet, hier.

D. Hawkins, alias Williams, 34 Jahre, verheiratet, Shelbourne, Neuschottland.

G. W. Clay, farbig, 28 Jahre, verheiratet, hier.«

Und so fort. Es stieg immer dicker in Harveys Kehle auf, und der Zustand seines Magens gemahnte ihn an den Tag, an dem er von seinem Dampfer gefallen war.

»10. Mai. Schoner ›Da sind wir‹« (das Blut sauste ihm in den Ohren). »Otto Svendson, 20 Jahre, ledig, von hier, über Bord gegangen.«

Wieder kam von irgendwo ein kleiner durchdringender Schrei.

»Sie hätte nicht kommen sollen, sie hätte nicht kommen sollen«, sagte der lange Jack, vor Mitleid glucksend.

»Dräng nicht, Harvey!« brummte Dan. Das hörte Harvey noch. Alles andre löste sich in ein Schwarz auf, in dem feurige Räder tanzten. Disko beugte sich vor und sagte etwas zu seiner Frau, die vor ihm saß, einen Arm um Frau Cheyne gelegt, mit dem andern die zuckenden, ruhelosen, beringten Hände niederhaltend.

»Lehnen Sie den Kopf an mich, dicht an mich«, flüsterte sie. »Es wird gleich vorübergehn.«

»Ich kann nicht ... ich will nicht ... oh, lassen Sie!« Frau Cheyne wußte nicht recht, was sie sprach.

»Sie müssen!« beharrte Frau Troop. »Ihr Junge ist eben in Ohnmacht gefallen. Das kommt vor im Wachsen. Wollen Sie nicht nach ihm schaun? Wir können hier nicht durch. Folgen Sie mir nur nach. Nur ruhig! Tja, meine Liebe, wir sind beide Frauen. Wir müssen unsern Mannsleuten beistehn. Kommen Sie.«

Die von der »Da sind wir« gingen als geschlossener Trupp durch die Menge, und es war ein sehr blasser und wackliger Harvey, den sie da in einem Vorraum auf eine Bank setzten.

»Ganz wie die Mutter«, war alles, was Frau Troop sagte, indes Frau Cheyne sich über ihren Sohn beugte.

»Wie konntest du bloß denken, daß er so etwas aushalten kann«, rief sie Cheyne vorwurfsvoll zu, der kein Wort gesprochen hatte. »Es war schrecklich, schrecklich! Wir hätten nicht kommen sollen! Es ist unrecht und abscheulich! So etwas sollte nicht sein! Warum . . . warum können sie solche Nachrichten nicht in die Zeitung setzen, wohin sie gehören? Ist dir besser, mein Liebling?«

Harvey fühlte sich beschämt. »Oh, mir ist ganz gut«, sagte er und versuchte aufzustehen, mit einem mißglückten Lächeln. »Ich muß irgendwas zum Frühstück gegessen haben . . .«

»Vielleicht kommt's vom Kaffee«, sagte Cheyne, dessen Züge hart erschienen, wie aus Bronze gegossen. »Wir wollen nicht mehr hineingehn.«

»Ich denke, 's ist am besten, wir gehen zur Werft 'runter«, meinte Disko. »Drinnen ist's stickig, und die frische Luft wird Frau Cheyne guttun.«

Harvey erklärte, daß er sich noch nie im Leben besser gefühlt habe; aber erst als er die »Da sind wir« frisch hergerichtet in Wouvermans Werft liegen sah, lösten sich seine gespannten Gefühle in einem sonderbaren Gemisch von Stolz und Wehmut. Allerlei Volk – Sommerfrischler und dergleichen – vergnügte sich in kleinen Booten oder schaute von der Mole aufs Meer; aber er begriff jetzt alles von innen heraus – mehr, als er sich klarzumachen vermochte. Nichtsdestoweniger hätte er sich hinsetzen und heulen mögen, weil der kleine Schoner nun fort sollte. Frau Cheyne weinte unaufhörlich während des ganzen Wegs und sagte die sonderbarsten Dinge zu Frau Troop, die sie hätschelte wie ein Baby, bis Dan, der seit seinem sechsten Jahr nicht mehr gehätschelt worden war, laut zu pfeifen anfing.

Und so sprang die alte Besatzung zwischen den verwitterten Jollen hindurch in den alten Schoner, während Harvey – er fühlte sich wie ein uralter Seemann – die Heckleine löste und die Mannschaft das Schiff mit den Händen den Kai entlangschob. Jeder wollte noch so viel sagen, daß keiner was Rechtes sagte. Harvey legte Dan ans Herz, gut auf Onkel Salters' Stiefel und Penns Jollenanker aufzupassen, und der lange Jack ermahnte Harvey, doch ja seinen seemännischen Unterricht nicht zu vergessen. Aber die Späße fielen matt aus, weil die beiden Frauen dabei waren und weil einem der Spaß vergeht, wenn grünes Hafenwasser sich immer breiter und breiter zwischen gute Freunde legt.

»Klüver und Focksegel hoch!« schrie Disko, ans Steuer tretend, indes der Wind sich in die Segel legte. »Bis aufs nächste Mal, Harvey! Und – alle Achtung! Du und deine Leute: Alle Achtung, muß ich sagen.«

Dann glitt die »Da sind wir« außer Hörweite, und sie setzen sich hin, um ihr nachzuschauen. Noch immer weinte Frau Cheyne.

»Tja, meine Liebe«, sagte Frau Troop, »wir sind eben Frauen! Weinen Sie sich nur aus, da wird Ihnen leichter. Gott weiß, *mir* hat's noch nie viel geholfen; aber ich hab' auch Grund gehabt zum Weinen, Gott weiß!«

Es war ein paar Jahre später und am andern Rande Amerikas, als ein junger Mann durch den klammen Seenebel eine windige Straße entlangkam, die zu beiden Seiten von höchst luxuriösen Holzhäusern flankiert war. Als er bei einem schmiedeeisernen Tore haltmachte, stieß ein anderer junger Mann zu Pferde zu ihm – tausend Dollar wären ein billiger Preis gewesen für dieses Pferd –, und folgendes Gespräch entspann sich: »Hallo, Dan!« – »Hallo, Harvey!«

»Wie geht's, wie steht's?«

»Na, ich bin jetzt das Tier an Bord, das sich zweiter Steuermann nennt. Und du, bist du jetzt bald mit deinem dreifach fakturierten College fertig?«

»Ja, nahe dran. Ich sag' dir, es ist kein Vergleich zwischen der Weisheitsbude und unserer alten ›Da sind wir‹. Aber nächsten Herbst tret' ich für ganz in den Betrieb ein.«

»Meinst du unsere Paketfahrt?«

»Nichts andres. Wart nur, bis ich dir an den Kragen komme, Dan. Ihr sollt noch Heulen und Zähneklappen kriegen, wenn ich euch erst in Händen hab'.«

»Darauf laß' ich's ankommen«, sagte Dan mit brüderlichem Grinsen, während Harvey abstieg und ihn fragte, ob er hereinkommen wolle.

»Dazu hab' ich ja wohl gekabelt! Aber hör mal, kraucht der Doktor irgendwo hier herum? Ich ersäuf' den verrückten Nigger noch mal mit seinem ewigen verdammten ›Herr und Diener‹!«

Ein leises, triumphierendes Gekicher ließ sich vernehmen, und der Exkoch der »Da sind wir« trat aus dem Nebel, um Harvey die Zügel abzunehmen. Er duldete nicht, daß irgend jemand außer ihm Harvey persönlich bediente.

»Diesig wie in den Bänken, was, Doktor?« sagte Dan leutselig.

Aber der kohlschwarze Kelte mit dem zweiten Gesicht hielt es nicht für geboten, zu antworten, ehe er nicht Dan auf die Schulter geklopft und ihm zum zwanzigstenmal die alte, alte Prophezeiung ins Ohr gekrächzt hatte:

»Herr – Diener, Diener – Herr! Weißt du noch, Dan Troop, was ich gesagt hab'? Auf der ›Da sind wir‹?«

»Na, ich kann nicht leugnen, daß es so aussieht, als hätt'st du recht behalten, wie die Dinge augenblicklich liegen«, sagte Dan. »Sie war 'n braver Kahn, und ich verdank' ihr 'ne Menge, in jeder Weise – ihr und Papp.«

»Ich auch«, sagte Harvey Cheyne.

III

Wie das Elefantenkind seinen Rüssel bekam
Wie das Kamel seinen Buckel bekam
Wie das Gürteltier entstanden ist
Wie der Leopard zu Flecken kam

Wie das Elefantenkind seinen Rüssel bekam

Es gab einmal eine Zeit (aber das ist schon sehr lange her, mein Liebling), in der der Elefant noch keinen Rüssel hatte. Er hatte nur eine schwärzliche, knollige Nase, die war so groß wie ein Stiefel und ließ sich hin und her schwenken, doch er konnte mit dem kurzen Ding nichts vom Erdboden aufheben. Nun lebte da einmal ein Elefant, ein ganz besonderer Elefant, ein Elefantenkind. Das platzte beinah vor unersättlicher Neugier, das heißt, es hatte immerfort Fragen zu stellen. Es lebte in Afrika, und Afrika war bis zum Zerspringen mit seinen unersättlichen neugierigen Fragen gefüllt. Das Elefantenkind fragte seinen langbeinigen Onkel, den Vogel Strauß, warum seine Schwanzfedern gerade so und nicht anders gewachsen seien, und sein langbeiniger Onkel Strauß zog ihm eins über mit seinen langen Beinen. Es fragte seine schlanke Tante, die Giraffe, warum sie so viele Flecke auf der Haut hätte, und seine schlanke Tante, die Giraffe, zog ihm eins über mit ihrem harten Huf. Aber trotzdem blieb seine Neugier unersättlich! Es fragte seinen fetten Onkel, das Nilpferd, warum seine Augen so rot wären, und sein fetter Onkel, das Nilpferd, zog ihm eins über mit seinem fetten Fuß; und es fragte seinen wolligen Onkel, den Pavian, warum die Melonen nicht anders schmeckten, und sein wolliger Onkel, der Pavian, zog ihm eins über mit seiner wolligen Pfote. Aber trotzdem und immer noch blieb seine Neugier unersättlich! Es stellte Fragen über alles, was es sah oder hörte, roch oder spürte oder anfaßte, und alle seine Onkel und Tanten zogen ihm eins über. Aber trotzdem blieb nach wie vor seine Neugier unersättlich!

Eines schönen Morgens, als gerade Tag- und Nachtgleiche war, stellte dies neugierige Elefantenkind eine schöne neue Frage, die es noch niemals gestellt hatte. Es fragte: »Was ißt das Krokodil zu Mittag?« Da riefen alle laut und erschreckt: »Pst! pst!« und zogen ihm unverzüglich und augenblicklich eins über, und es dauerte ziemlich lange, bis sie alle mit dieser Beschäftigung fertig wurden.

Als alles vorüber war, ging das Elefantenkind zu dem Vogel Kolokolo, der mitten in einem Dornbusch saß, den er ›Zur guten Ruhe‹ getauft hatte. Das Elefantenkind sagte: »Mein Vater und meine Mutter, meine Tanten und meine Onkel, alle haben mir eins übergezogen, weil ich so unersättlich neugierig bin, aber trotzdem möchte ich wissen, was ein Krokodil zu Mittag ißt!«

Da sagte der Vogel Kolokolo und krächzte betrübt: »Geh zum großen graugrün-schlammigen Fluß Limpopo, an dessen Ufern überall Fieberbäume stehen, und such dir die Antwort auf deine Frage selbst!«

Und am nächsten Morgen, als von der Tag- und Nachtgleiche nichts mehr übriggeblieben war, weil der Tag nämlich der Nacht schon nicht mehr gleich war – an diesem Morgen also packte sich das unersättliche Elefantenkind hundert Pfund Bananen auf (von der üblichen gelben Sorte) und hundert Pfund Zuckerrohr (von der langen purpurroten Sorte) und siebzehn Melonen (von der grünlich-wäßrigen Sorte) und sagte zu all seinen lieben Verwandten: »Lebt wohl! Ich gehe jetzt zum großen graugrün-schlammigen Fluß Limpopo, an dessen Ufern überall Fieberbäume stehen, denn ich muß herausfinden, was das Krokodil zu Mittag ißt!« Und sie zogen ihm alle noch eins über und wünschten ihm dabei »Glückliche Reise«, obwohl das Elefantenkind sie sehr höflich bat, lieber aufzuhören.

Darauf ging es von dannen, mit etwas brennender Haut, aber durchaus nicht verstimmt, aß seine Melonen und warf die Schalen beiseite, denn wie hätte es sie ohne Rüssel aufsammeln können?

Es marschierte von Südafrika nach Südostafrika, von Südostafrika nach Mittelafrika und von Mittelafrika immer weiter nordöstlich und aß die ganze Zeit über Melonen, bis es schließlich zum großen graugrün-schlammigen Fluß Limpopo kam, an dessen Ufern überall Fieberbäume wuchsen, genau wie der Vogel Kolokolo gesagt hatte.

Nun mußt du wissen, mein Liebling, daß bis zu jener Woche, jenem Tag, jener Stunde und Minute das wißbegierige Elefantenkind noch niemals ein Krokodil gesehen hatte und auch nicht wußte, wie eines aussah. Aber seine Neugier war eben unersättlich. Das erste, was ihm zu Gesicht kam, war eine doppeltgescheckte klappernde Riesenschlange, die sich um einen Felsen geringelt hatte.

»Entschuldigung«, sagte das Elefantenkind sehr höflich, »hast du nicht etwas wie ein Krokodil in dieser fremden Gegend gesehen?«

»Ob ich ein Krokodil gesehen habe?« sagte die doppeltgescheckte klappernde Riesenschlange mit fürchterlich wütender Stimme. »Was wirst du mich sonst noch fragen?«

»Entschuldigung«, sagte das Elefantenkind, »aber könntest du mir freundlichst mitteilen, was es zu Mittag ißt?«

Da ringelte sich die doppeltgescheckte klappernde Riesenschlange wie der Blitz von ihrem Felsen herunter und zog dem Elefantenkind mit ihrem schlüpfrigen hüpfrigen Schwanz eins über.

»Seltsam«, sagte das Elefantenkind, »mein Vater und meine Mutter, mein Onkel und meine Tante, nicht zu vergessen meine andere Tante, die Giraffe, und meinen anderen Onkel, den Pavian – alle haben mir eins übergezogen, weil ich so unersättlich neugierig bin – und ich vermute, hier liegt der Fall ebenso.«

So sagte es der doppeltgescheckten klappernden Riesenschlange sehr höflich Lebewohl, half ihr noch, sich wieder um den Felsen zu ringeln, und ging seiner Wege, mit etwas brennender Haut, aber durchaus nicht verstimmt, aß Melonen und warf die Schalen fort, weil es sie ja nicht aufsammeln konnte – bis es auf einmal dicht am Ufer des großen graugrün-schlammigen Flusses Limpopo, wo überall Fieberbäume stehen, auf etwas trat, was es für einen morschen Baumstamm hielt.

Aber das war nun wirklich ein Krokodil, mein Liebling, und das Krokodil zwinkerte mit einem Auge.

»Entschuldigung«, sagte das Elefantenkind sehr höflich, »hast du vielleicht ein Krokodil in dieser fremden Gegend gesehen?«

Da zwinkerte das Krokodil mit dem anderen Auge und hob seinen Schwanz halb aus dem Schlamm, und das Elefantenkind trat sehr schnell zurück, weil es nicht Lust hatte, schon wieder eins übergezogen zu bekommen.

»Komm her, mein Kleines«, sagte das Krokodil, »warum fragst du nach solchen Sachen?«

»Entschuldigung«, sagte das Elefantenkind sehr höflich, »mein Vater hat mir eins übergezogen, und meine Mutter hat mir eins übergezogen, nicht zu vergessen meinen langbeinigen Onkel, den Strauß, und meine schlanke Tante, die Giraffe, die so furchtbar stark treten kann, oder meinen fetten Onkel, das Nilpferd, oder meinen wolligen Onkel, den Pavian, und schließlich die doppeltgescheckte klappernde Riesenschlange mit dem schlüpfrigen hüpfrigen Schwanz, die nicht weit von hier auf dem Felsen liegt und die stärker zuschlägt als alle die andern. Dies sage ich nur – falls es dir nicht unangenehm ist –, weil ich jetzt nichts mehr übergezogen haben möchte.«

»Komm her, mein Kleines«, sagte das Krokodil, »ich bin das Krokodil«, und es weinte Krokodilstränen, um zu beweisen, daß es nicht log.

Da blieb dem Elefantenkind die Luft weg, und es keuchte vor Aufregung und kniete am Ufer nieder und sagte:

»So bist du die Person, die ich in all den langen Tagen gesucht habe. Würdest du die Freundlichkeit haben, mir zu sagen, was du zu Mittag ißt?«

»Komm hierher, mein Kleines«, sagte das Krokodil, »ich sage es dir ins Ohr.«

Da legte das Elefantenkind seinen Kopf dicht an den spekkigen, dreckigen Rachen des Krokodils, und das Krokodil packte es bei seiner kleinen Nase, die bis zu jener Woche, Stunde und Minute nicht größer war als ein Stiefel, aber viel, viel nützlicher.

»Ich denke«, sagte das Krokodil (und sagte es durch die Zähne, ungefähr so): »Ich denke, heute kommt zuerst das Elefantenkind dran.«

Darüber – das wirst du mir glauben, mein Liebling! – war das Elefantenkind sehr verstimmt, und es sagte (und sprach durch die Nase, ungefähr so): »Laß los, du tust mir ja weh!«

Da rutschte die doppeltgescheckte klappernde Riesenschlange von ihrem Felsen herunter und sagte: »Mein werter junger Freund, wenn du nicht jetzt, augenblicklich und unverzüglich, so kräftig ziehst, wie du nur kannst, wird dich meiner Ansicht nach dein neuer Bekannter im kostbaren Ledermantel (damit meinte sie das Krokodil) in den nassen Strom schlenkern, ehe du piep! sagen kannst.«

Dies ist die Art, in der sich die doppeltgescheckten klappernden Riesenschlangen immer ausdrücken.

Da setzte sich das Elefantenkind auf seine kleinen Hinterbacken und fing an zu ziehen und zu zerren und zu ziehen, und seine Nase wurde lang und länger. Das Krokodil patschte ins Wasser und schlug es mit seinem Schwanz, daß es schäumte, und das Elefantenkind zog und zerrte und zog.

Und seine Nase hörte nicht auf, länger und länger zu werden, und es stemmte sich mit seinen vier kleinen dicken Beinen fest in den Boden und zog und zerrte und zog, und seine Nase wurde immer noch länger. Das Krokodil wirbelte seinen Schwanz herum wie einen Windmühlenflügel; aber das Elefantenkind zog und zerrte und zog, und bei jedem Ruck wurde seine Nase länger und länger – und das tat furchtbar weh! Da fühlte das Elefantenkind, wie seine Beine nachgaben und rutschten, und es sagte durch seine Nase, die nun schon fast fünf Fuß lang war: »Das wird zuviel!«

Da kam die doppeltgescheckte klappernde Riesenschlange wieder von ihrem Felsen herunter und knotete sich mit einem doppelten Kreuzknoten um die Hinterbeine des Elefantenkindes und sagte: »Du tollkühner und unerfahrener Fremdling, wir wollen uns jetzt gemeinsam zu einer etwas ernstlichen Anstrengung aufraffen. Wenn wir das nicht tun, so habe ich den bestimmten Eindruck, daß jener Dreschflegel mit dem gepanzerten Oberdeck (und damit, mein Liebling, meinte sie das Krokodil) dir für immer deine Zukunft verderben wird.«

Dies ist die Art, in der sich alle doppeltgescheckten klappernden Riesenschlangen auszudrücken belieben.

Das Krokodil zerrte, und das Elefantenkind zerrte. Das Krokodil zerrte wieder, aber das Elefantenkind und die doppeltgescheckte klappernde Riesenschlange zerrten noch stärker, und schließlich mußte das Krokodil die Nase des Elefantenkindes loslassen, und dabei gab es einen Plumps, daß man es oben und unten am Limpopo hören konnte.

Das Elefantenkind fiel sehr plötzlich und hart hintenüber, aber sein erster Gedanke war, der doppeltgescheckten klappernden Riesenschlange sehr höflich »Danke vielmals« zu sagen. Darauf bekümmerte es sich um seine arme langgezogene Nase und machte ihr einen Verband aus kühlen Bananenblättern und hängte sie in den großen graugrün-schlammigen Limpopo, um sie zu kühlen.

»Warum tust du das?« fragte die doppeltgescheckte klappernde Riesenschlange.

»Entschuldigung«, sagte das Elefantenkind, »aber meine Nase hat sich scheußlich verändert, und ich warte, ob sie nicht wieder kleiner wird.«

»Da kannst du lange warten«, sagte die doppeltgescheckte klappernde Riesenschlange, »mancher weiß nicht, was gut für ihn ist.«

Das Elefantenkind blieb sitzen und wartete drei Tage, ob seine Nase nicht wieder kleiner würde. Aber sie wurde nicht kleiner, und vom vielen Hinsehen taten ihm die Augen weh. Denn jetzt, mein Liebling, wirst du verstanden haben, daß das Krokodil die Nase des Elefantenkindes zu einem wirklichen wahrhaftigen Rüssel langgezerrt hatte, so wie ihn heutzutage jeder Elefant trägt.

Am Ende des dritten Tages kam eine Fliege und stach das Elefantenkind in die Schulter, und ehe es wußte, was es tat, hob es seinen Rüssel und schlug die Fliege damit tot.

»Vorteil Nummer eins!« sagte die doppeltgescheckte klappernde Riesenschlange. »Das hättest du mit deiner alten Knollennase niemals gekonnt. Versuche jetzt ein wenig zu essen.«

Bevor das Elefantenkind wußte, was es tat, hatte es seinen Rüssel ausgestreckt und ein Büschel Gras abgerissen. Es staubte es an seinen Vorderbeinen ab und stopfte es in sein Maul.

»Vorteil Nummer zwei!« sagte die doppeltgescheckte klappernde Riesenschlange. »Das hättest du mit deiner alten Knollennase niemals gekonnt. Findest du nicht, daß die Sonne sehr heiß brennt?«

»Richtig«, sagte das Elefantenkind, und bevor es wußte, was es tat, hatte es eine Ladung Schlamm von den Ufern des großen graugrün-schlammigen Limpopostromes in seinen Rüssel geladen und klatschte sie sich auf den Kopf. Es machte sich so eine kühle, matschig-kleckrige Schlammütze, von der es ihm hinter den Ohren herabtröpfelte.

»Vorteil Nummer drei!« sagte die doppeltgescheckte klappernde Riesenschlange. »Das hättest du mit deiner alten Knollennase niemals gekonnt. Möchtest du nicht einmal wieder eins übergezogen bekommen?«

»Entschuldigung!« sagte das Elefantenkind. »Aber das würde mir ganz und gar nicht behagen.«

»Aber würdest du vielleicht jemand anderem gern eins überziehen?« fragte die doppeltgescheckte klappernde Riesenschlange.

»Das würd' ich von Herzen gern tun!« sagte das Elefantenkind.

»Schön«, sagte die doppeltgescheckte klappernde Riesenschlange, »deine neue Nase wird dir sehr nützlich sein, wenn du jemandem eins überziehen willst.«

»Danke sehr«, sagte das Elefantenkind, »das will ich mir merken – und jetzt will ich nach Hause gehen zu all meinen teuren Verwandten und will es versuchen.«

So wanderte das Elefantenkind heim durch ganz Afrika und schlenkerte und schwenkerte seinen Rüssel. Wenn es Hunger auf Früchte hatte, riß es sich die Früchte vom Baum, statt wie früher zu warten, bis sie herabfielen. Wenn es Lust auf Gras hatte, rupfte es sich das Gras vom Boden ab, statt wie früher sich mühselig hinzuknien. Wenn die Fliegen stachen, brach es sich einen Zweig ab und benutzte ihn als Fliegenwedel; und es machte sich eine neue kühle, matschig-klebrige Schlammütze, sooft ihm die Sonne zu heiß war. Wenn es sich einsam fühlte bei seinem Spaziergang durch Afrika, sang es sich eines durch seinen Rüssel, und das dröhnte lauter als mehrere Militärkapellen zusammen. Es machte absichtlich Umwege, um ein fettes Nilpferd zu treffen (aber eins, das nicht verwandt mit ihm war), und es zog ihm sehr kräftig eins über, um sicher zu sein, daß die doppeltgescheckte klappernde Riesenschlange über die Fähigkeit des neuen Rüssels die Wahrheit gesprochen hatte. In der übrigen Zeit sammelte es die Melonenschalen auf, die es auf seiner Reise zum Limpopo weggeworfen hatte, denn es hielt sehr auf Ordnung.

An einem dunklen Abend kam das Elefantenkind zurück zu all seinen teuren Verwandten, und es rollte seinen Rüssel ganz dicht zusammen und sagte: »Wie geht's, wie steht's?« Alle waren erfreut, es wiederzusehen, und sagten sogleich: »Komm her, wir wollen dir für deine unersattliche Neugier eins überziehen.« »Pah«, sagte das Elefantenkind, »ihr habt keine Ahnung, wie man das richtig macht! Aber ich kann es, und ich will es euch zeigen.«

Dann machte es seinen Rüssel lang und schlug zwei seiner lieben Brüder köpflings und bäuchlings auf den Boden.

»Bananen und Melonen!« riefen alle. »Wo hast du diesen Kniff gelernt, und was hast du mit deiner Nase gemacht?«

»Ich habe vom Krokodil eine neue Nase bekommen an den Ufern des großen graugrün-schlammigen Limpopostromes«, sagte das Elefantenkind; »ich fragte es, was es zu Mittag ißt, und es gab mir dies hier als Andenken.«

»Es sieht sehr häßlich aus«, sagte sein wolliger Onkel, der Pavian.

»Das ist wahr«, sagte das Elefantenkind, »aber es ist sehr nützlich«, und es packte mit dem Rüssel seinen wolligen Onkel, den Pavian, bei einem seiner wolligen Beine und schlenkerte ihn in ein Hornissennest.

Darauf zog das unartige Elefantenkind all seinen lieben Verwandten ordentlich eins über, bis ihnen die Haut brannte und sie höchst verwundert waren. Es zog seinem langbeinigen Onkel, dem Strauß, die Schwanzfedern aus, und es erwischte seine schlanke Tante, die Giraffe, beim Hinterbein und schleppte sie durch Stachel- und Dornbüsche. Und es trompetete seinen fetten Onkel, das Nilpferd, an und spritzte ihm Wasser ins Ohr, wenn er gerade sein Mittagsschläfchen hielt – aber niemals erlaubte es, daß jemand den Vogel Kolokolo anrührte.

Schließlich wurde die Lage für all seine teuren Verwandten so gefährlich, daß einer nach dem andern sich eilig aufmachte nach dem großen graugrün-schlammigen Limpopostrom, an dessen Ufern überall Fieberbäume stehen, um sich vom Krokodil eine neue Nase zu holen. Als sie zurückkamen, ließ einer den andern in Ruhe. Und warum, mein Liebling? Seit jener Zeit haben alle Elefanten, die du siehst, und auch alle, die du nicht siehst, genau dieselben Rüssel wie das unersättlich neugierige Elefantenkind.

Wie das Kamel seinen Buckel bekam

Jetzt kommt die nächste Geschichte, und du sollst erfahren, wie das Kamel seinen Buckel bekam.

Im Anfang der Zeiten, als die Welt noch so neu und nett war und die Tiere gerade anfingen, für die Menschen zu arbeiten, lebte ein Kamel, und es hatte seine Wohnung mitten in der Wüste, wo alle faulen Tiere lärmten und heulten. Es war nämlich auch faul und wollte nicht arbeiten, und außerdem machte es ihm Spaß, mitzuheulen. So nährte es sich von Zweigen und Dornen und Tamarinden und Pflanzenmilch und sauren Früchten und war unverschämt faul.

Wenn jemand mit ihm sprach, sagte es: »Rutsch mir den Buckel –«, nichts weiter als: »Rutsch mir den Buckel –«, und keinen Ton mehr.

Da erschien am Montagmorgen das Pferd, aufgezäumt und mit dem Sattel auf dem Rücken, und sagte: »Kamel, o du Kamel, komm und mach deinen Trab wie wir anderen.«

»Rutsch mir den Buckel –«, sagte das Kamel, und das Pferd ging fort und erzählte alles dem Menschen.

Da kam der Hund mit einem Stock im Maul und sagte: »Kamel, o du Kamel, komm und such Appörtchen wie wir anderen.«

»Rutsch mir den Buckel –«, sagte das Kamel, und der Hund ging fort und erzählte alles dem Menschen.

Da kam der Ochse mit dem Joch auf dem Nacken und sagte: »Kamel, o du Kamel, komm und zieh den Pflug wie wir anderen.«

»Rutsch mir den Buckel –«, sagte das Kamel, und der Ochse ging fort und erzählte alles dem Menschen.

Am Abend dieses Tages versammelte der Mensch das Pferd und den Hund und den Ochsen um sich und sprach: »Ihr drei, o ihr drei, wie leid ihr mir tut, wo die Welt so neu und nett ist! Aber das Buckelvieh in der Wüste kann scheinbar nicht arbeiten, denn sonst wäre es mittlerweile hier aufgetaucht. Also muß ich es laufen lassen, und ihr müßt dafür die doppelte Arbeit tun.«

Darüber waren die drei sehr verstimmt (wo die Welt so neu und nett war), und sie hielten einen Kriegsrat ab, und eine

Sitzung, und eine Zusammenkunft, und einen Dreimännertag am Rande der Wüste. Da kam das Kamel und käute seine Pflanzenmilch wieder mit einer geradezu unverschämten Faulheit und lachte sie aus. Dann sagte es: »Rutscht mir den Buckel –« und ging wieder fort.

Da kam der Wüstengeist Dschinn, der die Oberaufsicht über alle Wüsten führt, in einer Staubwolke herangerollt (Dschinns pflegen immer auf diese Art zu reisen, weil das zu ihrer Zaubermacht einmal gehört), und er hielt bei dem Kriegsrat und dem Dreimännertag an.

»Dschinn aller Wüsten«, sagte das Pferd, »ist es gerecht, daß jemand faul und untätig sein will, wo die Welt so neu und nett ist?«

»Nein, mitnichten«, sagte der Dschinn.

»Also schön«, sagte das Pferd, »da gibt es ein Vieh mitten in der Wüste, mit langen Beinen und langem Hals, und das hat seit Montag früh keinen Finger gerührt! Es will sich nicht in Trab setzen.«

»Hui«, pfiff der Dschinn und sagte: »Um alles Gold in Arabien: das ist mein Kamel! Was hat es zu euch gesagt?«

»Es sagte nur: ›Rutsch mir den Buckel –‹« antwortete der Hund, »und es will kein Appörtchen suchen.«

»Hat es sonst noch etwas gesagt?«

»Nichts als ›Rutsch mir den Buckel –‹ und es will keinen Pflug ziehen«, sagte der Ochse.

»Ausgezeichnet«, sagte der Dschinn, »ich werde ihm was buckeln, wenn ihr die Güte haben wollt, euch einen Augenblick zu gedulden.«

Der Dschinn wickelte sich fest in seine Staubwolke ein und machte einen Aufklärungsflug über die Wüste und entdeckte das Kamel, wie es gerade unverschämt faul war und in einem Tümpel sein Spiegelbild betrachtete.

»Mein langbeiniger, kurz angebundener Freund«, sagte der Dschinn, »was höre ich? Du willst nicht arbeiten, wo die Welt so neu und nett ist?«

»Rutsch mir den Buckel –«, sagte das Kamel.

Der Dschinn setzte sich nieder, stützte das Kinn in die Hand und begann über ein großes Zauberwerk nachzudenken, während das Kamel sein Spiegelbild in dem Tümpel betrachtete.

»Deinetwegen müssen die drei seit Montag früh Überstunden machen, und nur weil du mehr als unverschämt faul bist«, sagte der Dschinn und dachte weiter über sein Zauberwerk nach, das Kinn in die Hand gestützt.

»Rutsch mir den Buckel –«, sagte das Kamel.

»Das würd' ich an deiner Stelle nicht wieder sagen«, entgegnete der Dschinn, »du könntest es einmal zu oft sagen. Mein wortreicher Freund, ich möchte, daß auch du dich zu irgendeiner Arbeit entschließt.«

Da sagte das Kamel wieder: »Rutsch mir den Buckel –«, aber kaum war das ausgesprochen, da fühlte es, wie aus seinem Rücken ein riesengroßer, schwappelnder Höcker wuchs, der sich blähte und blähte.

»Siehst du jetzt«, sagte der Dschinn, »das ist der Buckel, den dir die anderen herunterrutschen sollen und den du jetzt endlich bekommen hast, weil du nicht arbeiten wolltest. Heute ist Donnerstag, und seit Montag, als die Arbeit anfing, hast du nichts getan! So, und jetzt geh an die Arbeit!«

»Wie kann ich«, sagte das Kamel, »mit diesem Buckel auf meinem Rücken?«

»Der ist mit guter Absicht gemacht«, sagte der Dschinn, »weil du nämlich die drei Tage verbummelt hast. Aber von jetzt an wirst du drei Tage arbeiten können, ohne zu essen, weil du von deinem Fettbuckel leben kannst. Du wirst mir dankbar sein, daß ich es so für dich eingerichtet habe. Komm jetzt aus deiner Wüste heraus und geh zu den dreien und benimm dich. Rutsch dir selber den Buckel hinunter!«

Und das Kamel rutschte sich selber den Buckel hinunter und ging mit seinem Buckel, so neu und so nett, um sich mit den dreien zu treffen.

So kommt es, daß bis auf den heutigen Tag das Kamel einen Buckel trägt. Aber die drei Tage, die es am Anfang der Welt versäumte, hat es nie wieder eingeholt – und gelernt, sich anständig zu benehmen, hat es auch nicht.

Wie das Gürteltier entstanden ist

Jetzt kommt eine andere Geschichte aus den alten und ältesten Zeiten, in denen mittendrin ein stachliger Igel lebte. Er hauste an den Ufern des wilden Amazonenstromes und aß Schnecken, die er aus ihren Häusern herausholte, und ähnliches Zeug. Er hatte eine Freundin, eine behagliche Schildkröte, die auch an den Ufern des wilden Amazonenstromes lebte und grünen Salat und ähnliches Zeug aß. Und soweit wäre alles in Ordnung, nicht wahr?

Aber zur selben Zeit lebte in diesen alten und ältesten Zeiten ein gefleckter Jaguar. Er wohnte auch an den Ufern des wilden Amazonenstromes, und er aß alles, was er nur erwischen konnte. Wenn er sich keinen Hirsch oder Affen erjagte, so nahm er mit Fröschen und Käfern vorlieb, und wenn er keine Frösche und Käfer bekam, ging er zu seiner Jaguarmutter, und die erzählte ihm, wie man Igel und Schildkröten ißt. Sie sagte zu ihm, wer weiß wie oft, und wedelte dabei freundlich mit ihrem Schwanz: »Mein lieber Sohn, wenn du einen Igel findest, muß du ihn ins Wasser werfen, und dann rollt er sich auf; wenn du aber eine Schildkröte fängst, mußt du sie mit deiner Pfote aus ihrer Schale herauskratzen.« Und soweit wäre alles in Ordnung, nicht wahr?

Eines schönen Abends, als es schon dunkel war, fand der gefleckte Jaguar an den Ufern des wilden Amazonenstromes den stachligen Igel und die behagliche Schildkröte unter einem umgestürzten Baum sitzen. Fortlaufen konnten sie nicht mehr, und so rollte sich der Stachlige in eine Kugel zusammen, weil er nun eben ein Igel war, und die Behagliche zog Kopf und Füße unter ihre Schale, so weit es nur ging, weil sie nun eben eine Schildkröte war, und soweit wäre alles in Ordnung, nicht wahr?

»Jetzt hört einmal zu«, sagte der Jaguar, »jetzt kommt etwas sehr Wichtiges. Meine Mutter hat mir gesagt, wenn ich einen Igel treffe, soll ich ihn ins Wasser werfen, denn dann rollt er sich auf, und wenn ich eine Schildkröte treffe, soll ich sie mit meiner Pfote aus ihrer Schale herauskratzen. Also sagt mir, wer von euch ist Igel und wer ist Schildkröte, denn, so wahr ich gefleckt bin, ich weiß es nicht!«

»Bist du ganz sicher, daß deine Mammi dir das gesagt hat?« fragte der Igel, »bist du ganz sicher? Vielleicht meinte sie, wenn du eine Schildkröte aufrollst, mußt du sie aus dem Wasser kratzen, und wenn du einen Igel schälst, mußt du ihn mit der Pfote treffen.«

»Bist du ganz sicher, daß deine Mammi dir das gesagt hat?« fragte die Schildkröte, »bist du ganz sicher? Vielleicht meinte sie, wenn du einen Igel ins Wasser wirft, mußt du ihn mit der Pfote kratzen, und wenn du eine Schildkröte triffst, muß du sie rollen, bis sie sich schält.«

»Ich glaube, das stimmt nicht«, sagte der Jaguar, aber er fühlte sich etwas verwirrt; »bitte, sagt es noch einmal und deutlicher!«

»Wenn du Wasser aus deiner Pfote kratzt, kannst du sie mit einem Igel aufrollen«, sagte der Stachlige; »vergiß das nicht, denn es ist wichtig.«

»Aber«, sagte die Schildkröte, »wenn du deine Schale herauskratzt, kannst du deine Pfote ins Wasser werfen! Siehst du das nicht ein?«

»Mir tun meine Flecken weh, wenn ihr so schwierige Sachen erzählt«, sagte der Jaguar, »und außerdem habe ich euch gar nicht um Rat gefragt. Ich wollte nur wissen, wer von euch Igel und wer Schildkröte ist.«

»Das sage ich dir nicht«, pfiff der Igel, »aber du magst mich aus meiner Schale herauskratzen, wenn du willst.«

»Aha«, sagte der Jaguar, »jetzt weiß ich, du bist die Schildkröte. Du dachtest, ich merke das nicht! Jetzt weiß ich's!« Und der Jaguar schlug mit seiner Kratzetatze zu, gerade als der Igel sich zur schönsten Kugel zusammengerollt hatte, und natürlich hatte er seine ganze Kratzetatze sogleich voll Stacheln. Und er schlug auf die stachlige Kugel ein, daß sie fortrollte tief ins Gebüsch, wo es so dunkel war, daß man sie nicht mehr sehen konnte. Dann wollte der Jaguar seine Kratzetatze lecken und steckte sie in sein Maul, aber natürlich stachen die Stacheln ihn noch mehr als zuvor. Als er dann wieder reden konnte, sagte er: »Jetzt weiß ich's: das war keine Schildkröte! Aber« – und damit kratzte er sich mit der anderen Tatze am Kopf – »wie soll ich erfahren, ob das hier eine Schildkröte ist?«

»Ich bin wirklich eine Schildkröte«, sagte die Behagliche.

»Deine Mutter hat ganz recht. Sie sagte, du sollst mich mit deiner Pfote aus meiner Schale herauskratzen. Fang an.«

»Vor einer Minute hast du etwas ganz anderes gesagt«, antwortete der Jaguar und saugte sich die Stacheln aus seiner Kratzetatze. »Du hast mir gesagt, meine Mutter hätte etwas ganz anderes gesagt.«

»Schön, nehmen wir einmal an, du sagst, ich hätte gesagt, daß sie etwas ganz anderes gesagt hat, so hat das trotzdem nichts zu sagen. Denn wenn sie gesagt hat, was, wie du sagst, ich von ihr gesagt habe, so ist das genau dasselbe, als wenn ich gesagt hätte, was, wie gesagt, sie selber gesagt hat. Andererseits, wenn du denkst, sie hätte gesagt, du solltest mich aus dem Wasser kratzen, anstatt deine Pfote an meiner Schale in Stücke zu schlagen, so kann ich dir wahrlich nicht helfen.«

»Aber du hast doch gesagt, du willst mit meiner Pfote aus deiner Schale herausgekratzt werden«, sagte der Jaguar.

»Wenn du gefälligst noch einmal nachdenken willst, so wird dir einfallen, daß ich nichts dergleichen gesagt habe. Ich sagte nur, daß deine Mutter gesagt hat, du solltest mich aus meiner Schale herauskratzen.«

»Was geschieht, wenn ich es wirklich tue?« schnüffelte der Jaguar vorsichtig.

»Ich weiß es nicht, denn ich bin noch niemals aus meiner Schale herausgekratzt worden, aber ich sage dir – auf Ehrenwort –, wenn du mich fortschwimmen sehen willst, brauchst du mich nur ins Wasser zu werfen.«

»Das glaube ich nicht«, sagte der Jaguar, »du hast alles durcheinandergebracht, was meine Mutter gesagt hat, und hast mich so lange gefragt, ob sie's gesagt hat oder nicht, daß ich nicht weiß, ob ich auf dem Kopf oder auf dem Schwanz stehe. Jetzt aber kommst du und sagst mir etwas, das ich sehr gut begreifen kann, und das macht mich noch verwirrter als zuvor. Meine Mutter hat mir ganz deutlich gesagt, daß ich einen von euch ins Wasser werfen soll, und da du durchaus ins Wasser geworfen werden möchtest, so glaub' ich nicht, daß du der Richtige bist. Aber meinetwegen, springe hinein in den wilden Amazonenstrom, schnell, schnell!«

»Davon wird deine Mammi gar nicht entzückt sein, fürchte ich. Aber sage ihr nicht, daß ich das gesagt habe«, sagte die Schildkröte.

»Wenn du noch ein einziges Wort von meiner Mutter sagst –«, antwortete der Jaguar, und er war mit seinem Satz noch nicht zu Ende, als die Schildkröte gemächlich in den wilden Amazonenstrom tauchte, eine lange Strecke unter Wasser schwamm und an einer anderen Stelle des Ufers emportauchte, wo der Igel auf sie wartete.

»Das ist gerade noch gut abgegangen«, sagte der Igel. »Ich kann diesen gefleckten Jaguarlümmel nicht leiden. Was hast du ihm gesagt, wer du wärest?«

»Ich habe ihm wahrhaftig gesagt, daß ich eine wahrhaftige Schildkröte wäre, aber er wollte es nicht glauben. Da hat er mich gebeten, in den Fluß zu tauchen, weil er gern wissen wollte, ob ich's wirklich wäre, und ich war's wirklich, und nun wundert er sich. Jetzt geht er zu seiner Mammi und will ihr alles erzählen – hör nur!«

Sie konnten den Jaguar heulen und brüllen hören, auf und ab zwischen den Bäumen und Büschen am Ufer des wilden Amazonenstromes, bis seine Mammi zu ihm kam.

»Mein Sohn, mein Sohn!« sagte seine Mutter und wedelte dabei ernsthaft mit ihrem Schwanz: »Du hast wohl etwas getan, was du nicht tun darfst?«

»Ich wollte mit meiner Pfote etwas aus seiner Schale herauskratzen, das mich ausdrücklich dazu aufforderte, und meine Pfote steckt voller Stacheln«, jammerte der Jaguar.

»Mein Sohn, mein Sohn!« sagte seine Mutter und wedelte bedenklich mit ihrem Schwanz, »an den Stacheln in deiner Pfote sehe ich, daß du einen Igel getroffen hast. Du hättest ihn in das Wasser werfen müssen.«

»Ich habe ein anderes Ding ins Wasser geworfen, das durchaus eine Schildkröte sein wollte, aber ich habe ihm nicht geglaubt. Und es ist doch eine Schildkröte gewesen, und sie ist in den wilden Amazonenstrom gegangen und ist nicht wieder aufgetaucht, und ich habe den ganzen Tag nichts zu essen gehabt, und das beste ist, wir ziehen aus und gehen woanders hin. Sie sind hier alle so furchtbar unartig zu dem armen, lieben, kleinen Jaguar!«

»Mein Sohn, mein Sohn!« sagte seine Mutter und wedelte tröstend mit dem Schwanz, »paß jetzt auf und merke dir, was ich dir sage. Ein Igel kann sich wie eine Kugel zusammenrollen und wie der Blitz seine Stacheln nach allen Seiten herausstrecken. Daran kannst du einen Igel immer erkennen.«

»Mir ist die alte Dame sehr widerlich«, sagte der Igel unter dem Schutz eines großen Blattes; »ich möchte wissen, was sie sonst noch verzapft.«

»Eine Schildkröte kann sich niemals zusammenrollen«, fuhr Mutter Jaguar fort und wedelte lustig mit ihrem Schwanz, »sie zieht nur Kopf und Beine unter ihre Schale. Daran kannst du immer eine Schildkröte erkennen.«

»Mir ist diese alte Dame mehr als widerlich«, sagte die Schildkröte. »Selbst ein blöder Jaguar wird sich das nun gemerkt haben. Es ist sehr schade, mein Stachelherz, daß du nicht schwimmen kannst.«

»Rede doch so etwas nicht«, sagte der Igel, »denke lieber darüber nach, wieviel besser es wäre, wenn du dich einrollen könntest. Das ist eine faule Sache! Hör nur, was der blöde Jaguar sagt.«

Der Jaguar saß am Ufer des wilden Amazonenstromes, saugte die Stacheln aus seiner Pfote und sprach zu sich selbst:

»Keine Stacheln, harte Schale,
das wird Schildkröte genannt.
Stacheln ohne jede Schale
nennt man Igel hierzuland.«

»Das wird er sonntags und wochentags nicht vergessen«, sagte der Igel. »Halt mir das Kinn über Wasser, vielleicht kann ich schwimmen lernen. Es könnte mir nützlich sein.«

»Ausgezeichnet!« rief die Schildkröte und hielt das Kinn des Igels über Wasser, indessen er in den Wellen des wilden Amazonenstromes herumplanschte.

»Du wirst noch ein großartiger Schwimmer werden«, sagte die Schildkröte. »Wenn du mir jetzt meinen Rückenpanzer ein wenig lockerst, will ich versuchen, ob ich mich nicht zusammenrollen kann. Es könnte mir nützlich sein.«

Der Igel half der Schildkröte den Rückenpanzer zu lokkern, und durch Schieben und Drehen kamen sie schließlich so weit, daß die Schildkröte sich ein ganz klein wenig zusammenrollen konnte.

»Ausgezeichnet!« sagte der Igel, »doch fürs erste würde ich's nicht weiter versuchen. Es treibt dir zu sehr das Blut in den Kopf. Aber sei so gut und begleite mich noch einmal ins Wasser, ich möchte den Beinstoß üben, der nach deiner Ansicht so leicht ist.« Und so übte der Igel, und die Schildkröte schwamm nebenher.

»Ausgezeichnet!« sagte die Schildkröte, »wenn du noch ein bißchen geübt hast, kannst du schwimmen wie ein richtiger Walfisch. Wenn ich dich jetzt bemühen darf, so schnalle doch meinen Panzer wieder um zwei Löcher lockerer. Ich will diese fabelhafte Rumpfbeuge üben, die nach deiner Ansicht so leicht ist. Unser lieber Jaguar wird sich noch wundern!«

»Ausgezeichnet!« sagte der Igel, noch ganz durchnäßt. »Ich erkläre hiermit offen, daß ich dich kaum von jemandem aus meiner Familie unterscheiden kann. Du mußt nur noch ein etwas schlaueres Gesicht machen, und, bitte, grunze nicht soviel – der Jaguar könnte uns hören. Wenn du fertig bist, möchte ich das lange Tauchen probieren, das nach deiner Ansicht so leicht ist. Unser Jaguar wird sich noch wundern!«

Und so tauchte der Igel unter, und die Schildkröte tauchte mit ihm.

»Ausgezeichnet!« sagte die Schildkröte, »du mußt nur noch den Atem besser anhalten lernen, dann kannst du auf dem Grund des wilden Amazonenstromes Wohnung nehmen. Jetzt will ich probieren, meine Hinterbeine um meine Ohren zu wickeln, was nach deiner Ansicht so besonders angenehm ist. Ich sage dir, unser Jaguar wird sich wundern!«

»Ausgezeichnet!« sagte der Igel, »aber es bringt deine Rükkenplatten etwas in Unordnung. Sie schieben sich alle ganz stachlig übereinander, statt ordentlich nebeneinander zu liegen.«

»Das kommt davon, weil ich so eifrig übe«, sagte die Schildkröte. »Aber mir fällt auf, daß sich deine Stacheln alle ineinander verfitzen. Du wirst immer mehr einem Tannenzapfen ähnlich und siehst gar nicht mehr wie ein Igel aus.«

»Wirklich?« fragte der Igel, »das kommt von meiner Planscherei im Wasser. Oh, wie der Jaguar sich noch wundern wird!«

Bis zum Morgen fuhren sie fort, sich zu üben, und halfen sich dabei gegenseitig. Erst als die Sonne schon hoch stand, ruhten sie aus und trockneten sich. Da merkten sie beide, wie sehr sie sich verändert hatten.

»Mein Stachelherz«, sagte die Schildkröte nach dem Frühstück, »ich bin nicht mehr, was ich gestern war, aber ich denke, daß der Jaguar trotzdem an mir seine Freude haben wird!«

»Genau dasselbe habe ich eben gedacht«, sagte der Igel, »ich finde, daß eine Schale eine große Verbesserung gegen Stacheln bedeutet – abgesehen von dem Vorteil, schwimmen zu können. Oh, was für ein langes Gesicht wird unser Jaguar machen! Komm, wir wollen ihn suchen!«

Nach einer Weile fanden sie den Jaguar, und er war noch immer mit seiner wehen Pfote beschäftigt. Bei ihrem Anblick war er so verwundert, daß er sich dreimal nach rückwärts überschlug.

»Guten Tag«, sagte der Igel, »wie geht's deiner lieben guten Mammi heute?«

»Danke, ganz gut«, sagte der Jaguar, »aber ihr müßt entschuldigen, wenn ich mich im Augenblick nicht auf eure Namen besinnen kann.«

»Das ist aber häßlich von dir«, sagte der Igel, »wo du doch gestern um dieselbe Zeit versucht hast, mich mit deiner Pfote aus meiner Schale zu kratzen.«

»Du hattest gar keine Schale, du hattest nur Stacheln«, sagte der Jaguar. »Das weiß ich ganz genau – sieh dir nur meine Pfote an.«

»Und mir hast du gesagt, ich solle in den wilden Amazonenstrom springen und ertrinken«, sagte die Schildkröte. »Warum bist du so unhöflich und vergeßlich heute?«

»Weißt du denn nicht mehr, was deine Mutter dir gesagt hat?« fragte der Igel.

»Keine Stacheln, harte Schale –
nennt man Igel hierzuland.
Stacheln ohne jede Schale,
das wird Schildkröte genannt.«

Dann rollten sie sich beide zusammen und rollten rund um den Jaguar herum, bis sich ihm die Augen wie Mühlsteine im Kopf drehten.

Darauf lief er fort zu seiner Mutter.

»Mutter«, sagte er, »heute hab' ich im Wald zwei Tiere getroffen, und das eine, von dem du sagst, es könne nicht schwimmen, ist geschwommen, und das andere, von dem du sagst, es könne sich nicht zusammenrollen, hat sich zusammengerollt. Sie haben sich, glaub' ich, in ihre Stacheln geteilt, denn sie haben beide einen gleich rauhen Gürtel bekommen, statt daß das eine sehr glatt und das andere sehr stachlig wäre. Und außerdem rollen sie sich immer im Kreise um mich herum, und das ist mir sehr unbehaglich.«

»Mein Sohn, mein Sohn«, sagte Mutter Jaguar und wedelte nachdenklich mit dem Schwanz, »ein Igel ist ein Igel und muß immer ein Igel bleiben; und eine Schildkröte ist eine Schildkröte und kann nie etwas anderes werden.«

»Aber es ist kein Igel und es ist auch keine Schildkröte. Es ist von jedem ein bißchen und hat einen rauhen Gürtel und hat keinen Namen.«

»Unsinn«, sagte Mutter Jaguar, »alles muß einen Namen haben. Einstweilen würde ich's Gürteltier nennen und mich nicht mehr darum kümmern.«

Der Jaguar tat, wie ihm geheißen war, und das ›Nicht-mehr-darum-Kümmern‹ besorgte er besonders genau. Aber das Seltsame ist, daß seit jenem Tag niemand an den Ufern des wilden Amazonenstromes einen Igel oder eine Schildkröte anders als Gürteltier genannt hat. Es gibt natürlich Igel und Schildkröten woanders, mein Liebling, aber die wirkliche alte und schlaue Art, die einen so eigentümlichen Gürtel halb aus Stacheln und halb aus Schalen um ihren Leib trägt und die in den alten und ältesten Zeiten an den Ufern des wilden Amazonenstromes lebte, nennt man immer nur ›Gürteltier‹. Warum – das weißt du nun selbst.

Und soweit wäre wirklich alles in Ordnung, nicht wahr?

Wie der Leopard zu Flecken kam

Damals, als die Welt noch ganz neu war, lebte der Leopard in einer Gegend, die das Hohe-Feld hieß. Verwechsle das nicht mit dem Niederen-Feld oder dem Busch-Feld oder dem Moor-Feld, nein, es war das glatte, heiße und flimmernde Hohe-Feld, wo es Sand und sandfarbene Felsen und nichts als Büschel von sandgelbem Gras gab. Dort lebten auch die Giraffe und das Zebra und die Antilope mit Hörnern und die Antilope ohne Hörner, und alle sahen am ganzen Leib gelbbraun aus wie der Sand. Aber der Leopard war der gelblichbraunste von allen, ein graugelbes, katzenähnliches Tier, und er glich der gelbgraubräunlichen Farbe des Hohen-Feldes aufs Haar. Dies war sehr schlimm für die Giraffe und das Zebra und alle übrigen Tiere; denn er pflegte sich bei einem gelbgraubräunlichen Stein oder Grasbüschel niederzulegen, und wenn die Giraffe oder das Zebra oder die Antilope mit Hörnern oder die Antilope ohne Hörner oder die Landziege oder die Wasserziege vorbeikamen, brachte er sie wie der Blitz um ihr hüpflustiges Leben. Er machte sich kein Gewissen daraus! Außerdem lebte da noch ein Mohr mit Bogen und Pfeil (damals waren die Mohren noch graugelbbräunlich), und dieser Mohr machte auf dem Hohen-Feld mit dem Leoparden gemeinsame Sache. Die beiden pflegten zusammen zu jagen: der Mohr mit Bogen und Pfeil und der Leopard mit Tatzen und Zähnen, so daß die Giraffe und die Antilope mit Hörnern und die Antilope ohne Hörner und das Wüstenpferd und alle übrigen Tiere nicht wußten, wohin sie springen sollten, um sich zu retten. Sie wußten es wirklich nicht!

Nach langer Zeit (damals pflegte man nämlich viel länger zu leben als heutzutage) hatten alle Tiere gelernt, sich in Sicherheit zu bringen, wenn ihnen etwas wie ein Leopard oder ein Mohr begegnete; und allmählich (die Giraffe fing damit an, weil ihre Beine am längsten waren) hatten alle Tiere das Hohe-Feld verlassen. Sie wanderten Tag und Nacht, bis sie zu einem großen Wald kamen, in dem es viele Bäume und Büsche und gestreifte und gesprenkelte, funkelnde-dunkelnde Schattenwinkel gab, und dort versteckten sie sich. Und wiederum nach langer Zeit, da sie so halb im Dunkeln und halb in der Sonne leben mußten, und die schlüpfenden-hüpfenden Schatten der Bäume über sie fielen, bekam die Giraffe lauter klecksige Flecken, das Zebra lauter Streifen, und die Antilopen dunkelten nach und bekamen lauter kleine, wellige, graue Linien auf ihrem Rücken, die wie die Runzeln der Baumrinde aussahen. So kam es – obwohl man sie alle hören und riechen konnte –, daß man sie nur selten sah, und überhaupt nur dann, wenn man ganz genau wußte, wo im Schattengeflimmer sie standen. Sie führten ein wundervolles Leben im Dunkeln und Funkeln des Waldes, während der Leopard und der Mohr draußen auf dem graugelbbräunlichen Hohen-Feld umherliefen und sich sehr darüber verwunderten, wohin all ihre Frühstücke und Mittagsbraten und Vesperbissen verschwunden waren. Schließlich wurden sie so hungrig, daß sie Ratten und Käfer und dürre Wüstenkaninchen fraßen, der Leopard und der Mohr, und davon bekamen sie alle beide furchtbares Bauchweh. Da begegnete ihnen der Pavian, der bellende Pavian mit dem Hundskopf, der das klügste Tier in ganz Afrika ist.

Der Leopard sagte zum Pavian (es war gerade ein sehr heißer Tag): »Wo sind alle meine Mahlzeiten geblieben?«

Der Pavian zwinkerte. Er wußte alles.

Der Mohr sagte zum Pavian: »Kannst du mir angeben, wo unsere einheimische Tierwelt sich gegenwärtig aufhält?« (Das bedeutete genau dasselbe, aber der Mohr drückte sich immer umständlich aus. Er war eben ein Erwachsener.)

Der Pavian zwinkerte wieder. Er wußte alles.

Dann sagte er: »Eure Mahlzeiten haben fremde Flecken erwählt, und ich rate auch dir, Leopard, sobald du kannst, fremde Flecken zu wählen.«

Und der Mohr sagte: »Das ist alles ganz schön und gut, aber ich möchte endlich wissen, in welche Flecken die einheimische Tierwelt ausgewandert ist.«

Darauf sagte der Pavian: »Die einheimische Tierwelt hat sich zur einheimischen Pflanzenwelt begeben, denn sie hatte eine Veränderung dringend nötig; und ich rate dir, mein lieber Mohr, dich ebenfalls, sobald du kannst, zu verändern.«

Darüber waren der Leopard und der Mohr höchlich erstaunt, aber sie machten sich auf, nach der einheimischen Pflanzenwelt zu suchen, und nach mancher Tagereise sahen sie auf einmal einen großen, hohen und weiten Wald vor sich, mit vielen Bäumen, die von glühenden-sprühenden und schießenden-fließenden Schattenlichtern gefleckt und gescheckt, behupft und betupft waren. (Sag das schnell noch einmal laut her, und dann erst weißt du, wie unglaublich schattig der Wald gewesen sein muß.)

»Was soll das bedeuten?« sagte der Leopard, »hier drin ist es so dunkel, und doch gibt es so viele kleine Sonnenflecken hier?«

»Ich weiß nicht«, sagte der Mohr, »dies müßte eigentlich die einheimische Pflanzenwelt sein. Denn ich kann die Giraffe riechen, und ich kann die Giraffe hören, aber ich kann die Giraffe nicht sehen.«

»Das ist mehr als sonderbar«, sagte der Leopard, »ich glaube, wir sind geblendet, weil wir gerade aus dem gelben Sonnenschein kommen. Ich kann das Zebra riechen, und ich kann das Zebra hören, aber ich kann das Zebra nicht sehen.«

»Warte noch ein wenig«, sagte der Mohr, »es ist vielleicht zu lange her, daß wir sie gejagt haben. Vielleicht haben wir vergessen, wie sie aussehen.«

»Quatsch«, sagte der Leopard, »ich erinnere mich an sie vom Hohen-Feld her noch gut genug, besonders an ihre Markknochen. Die Giraffe ist ungefähr siebzehn Fuß hoch und goldgelb vom Kopf bis zum Fuß.«

»Hm!« sagte der Mohr, während er die zitternden-flitternden Schatten des einheimischen Waldes betrachtete, »dann müßten sie aus diesem Dunkel hervorglänzen wie reife Bananen aus einem Rauchfang.«

Aber das war ein Irrtum. Der Leopard und der Mohr jagten den ganzen Tag lang, und obwohl sie die Tiere riechen und hören konnten, bekamen sie kein einziges zu Gesicht.

»Du lieber Himmel!« sagte der Leopard zur Vesperzeit, »laß uns warten, bis es ganz dunkel ist. Dieses Jagen bei Tageslicht ist grober Unfug.«

So warteten sie, bis es dunkel war. Da hörte der Leopard im Sternenlicht, das streifig durch die Zweige schien, etwas schnauben; und er sprang nach dem Schnauben, und es roch wie Zebra, und es fühlte sich an wie Zebra; und als er es niederwarf, schlug es wie Zebra aus, aber er konnte es nicht sehen. Da sagte er: »Nur Geduld, du unsichtbares Geschöpf!

Ich werde auf deinem Kopf bis morgen früh sitzenbleiben, denn irgend etwas an dir ist mir unbegreiflich.«

Da hörte er auf einmal ein Grunzen und einen Sturz und ein Gestrampel, und der Mohr schrie: »Ich hab' es erwischt, was ich nicht sehen kann! Es riecht wie Giraffe, und es strampelt wie Giraffe, aber es ist nicht von Fleisch und Blut.«

»Traue ihm nicht«, sagte der Leopard, »setz dich auf seinen Kopf bis morgen früh, genau wie ich; niemand scheint Fleisch und Blut hier zu haben.«

So blieben sie denn bis zum hellen Morgenschein sitzen.

Da sagte der Leopard: »Was hast du zu fassen gekriegt, Bruder?«

Der Mohr kratzte sich am Kopf und sagte: »Es müßte eigentlich etwas von Kopf bis Fuß Gelbgraubräunliches sein und müßte überdies eine Giraffe sein, doch dies hier hat lauter kastanienbraune Flecken. Was aber hast du zu fassen gekriegt, Bruder?«

Der Leopard kratzte sich am Kopf und sagte: »Es sollte eigentlich auch etwas Gelbgraubräunliches sein, sollte überdies Zebra sein, aber es hat lauter schwarze und rote Streifen. Um alles in der Welt, was hast du mit dir selbst gemacht, Zebra? Weißt du nicht, daß ich dich auf dem Hohen-Feld schon aus zehn Meilen Entfernung gesehen habe? Bist du denn nicht mehr von Fleisch und Bein?«

»Doch«, sagte das Zebra, »aber dies ist nicht mehr das Hohe-Feld. Kannst du mich immer noch nicht sehen?«

»Doch, ich sehe dich«, sagte der Leopard, »aber gestern konnte ich's nicht. Wie hast du das nur gemacht?«

»Laß uns aufstehen«, sagte das Zebra, »und wir wollen es euch zeigen.«

Da ließen sie das Zebra und die Giraffe aufstehen; und das Zebra stellte sich unter einige kleine Dornbüsche, durch die das Sonnenlicht in lauter Streifen fiel, und die Giraffe ging zu einigen hohen Bäumen, die Schatten wie lauter Flecken warfen.

»Jetzt paßt auf«, sagten das Zebra und die Giraffe, »so wird's gemacht: Eins, zwei, drei! Wo ist jetzt euer Frühstück?«

Der Leopard rieb sich die Augen, und der Mohr rieb sich die Augen, aber alles, was sie im Walde sehen konnten, waren gestreifte Schatten und gefleckte Schatten – nirgends eine Spur von Zebra oder Giraffe. Die aber waren gemächlich davongegangen und hatten sich in der Tiefe des Waldes versteckt.

»Hihi!« sagte der Mohr, »das ist ein Kniff, den man lernen muß. Schreibe dir's hinter die Ohren, Leopard! Du siehst in dieser dunklen Gegend aus wie ein Riegel Seife in einem Kohlenkasten.«

»Hoho!« sagte der Leopard, »wird es dich sehr überraschen, daß du in dieser dunklen Gegend wie Schlagsahne auf Schokolade aussiehst?«

»Schön! Aber von solchem Gerede wird man nicht satt«, sagte der Mohr, »das A und das O dieser ganzen Geschichte ist, daß wir in diese Umgebung nicht passen. Ich werde dem Rat des Pavians folgen. Er sagte mir, ich solle mich verändern, und da ich an mir nichts verändern kann als meine Haut, werde ich schleunigst meine Haut verändern.«

»Wie denn?« fragte der Leopard in unbezähmbarer Neugier.

»In eine hübsche, braunschwärzliche Farbe mit etwas Rot darin und einigen Strichen Schieferblau. Das wird gerade das Richtige sein, um sich in Höhlen und hinter Bäumen zu verstecken.«

So fing er denn an, seine Haut zu wechseln, und der Leopard war neugieriger und aufgeregter als je. Er hatte noch nie jemanden seine Haut wechseln sehen.

»Aber was wird nun mit mir?« fragte er, als der Mohr seinen letzten kleinen Finger in die schöne, neue, schwarze Haut gesteckt hatte.

»Du mußt tun, was der Pavian geraten hat. Er sagte, du sollest in Flecken gehen.«

»Das habe ich doch getan«, sagte der Leopard, »ich bin in fremde Flecken gewandert, so schnell ich nur konnte. Ich bin mit dir auf diesen Fleck gekommen, aber was soll mir das helfen?«

»Oh!« sagte der Mohr, »der Pavian meinte nicht solche Flecken, er meinte Flecken auf deiner Haut.«

»Was hab' ich davon?« fragte der Leopard.

»Denke nur an die Giraffe«, antwortete der Mohr, »oder wenn du Streifen vorziehst, denk an das Zebra. Sie befinden sich hier mit ihren Flecken und Streifen sehr wohl und zufrieden.«

»Äh!« sagte der Leopard, »ich möchte nicht aussehen wie das Zebra. Um alles in der Welt nicht!«

»Schön, aber überlege dir's wohl«, sagte der Mohr; »ich möchte nicht gern ohne dich auf die Jagd gehen; aber ich muß es tun, wenn du darauf bestehst, wie eine Sonnenblume auf einem geteerten Dach auszusehen.«

»Gut, ich werde auch Flecken nehmen«, sagte der Leopard, »aber sie sollen nicht so gemein groß sein. Ich möchte nicht wie die Giraffe aussehen, um alles in der Welt nicht!«

»Ich werde dir Flecken mit meinen Fingerspitzen machen«, sagte der Mohr, »auf meiner Haut ist genug Schwarz übriggeblieben. Komm her und halt still!«

Dann hielt der Mohr seine fünf Finger dicht zusammen (es war tatsächlich auf seiner neuen Haut genug Schwarz übriggeblieben) und drückte sie immer und immer wieder auf den Leoparden. Und wohin die fünf Finger trafen, dort ließen sie fünf kleine, schwarze Punkte zurück, alle dicht beieinander. Du kannst sie noch heutzutage auf jedem Leopardenfell sehen, mein Liebling. Manchmal rutschten die Finger aus und die Punkte wurden ein wenig verschmiert; aber du magst dir ansehen, welchen Leoparden du willst: immer liegen fünf Flecken nebeneinander von fünf dicken, schwarzen Fingerspitzen.

»So! Jetzt bist du eine Schönheit«, sagte der Mohr. »Wenn du dich jetzt auf den Boden legst, siehst du aus wie ein Haufen Steine. Wenn du dich jetzt auf die nackten Felsen legst, siehst du aus wie Geröll. Wenn du jetzt auf den Zweigen der Bäume lauerst, siehst du aus wie das Sonnenlicht, das durch die Blätter rieselt; ja – wenn du dich mitten auf einen Weg legst, siehst du wie nichts Besonderes aus. Halte dir das vor Augen und sei glücklich.«

»Aber wenn ich jetzt alles das kann«, sagte der Leopard, »warum hast du dich nicht auch fleckig gemacht?«

»Oh! Einheitlich Schwarz steht einem Mohren am besten«, sagte der Mohr. »Komm jetzt mit, und wir wollen sehen, ob wir nicht – eins, zwei, drei – unser Zebra zum Frühstück erwischen.«

So verschwanden sie denn im Wald und lebten glücklich und zufrieden. Damit wäre die Geschichte aus, mein Liebling.

Dann und wann hörst du einen Erwachsenen sagen: Kann der Mohr seine Haut und der Leopard seine Flecken verändern? Ich glaube, daß selbst Erwachsene nicht immer wieder etwas so Dummes fragen würden, wenn sie wüßten, daß der Mohr und der Leopard früher einmal ihre Haut verändert haben, nicht wahr? Aber sie werden es nicht wieder tun, denn sie fühlen sich, so wie sie jetzt sind, sehr wohl.

IV

Maria, Fürsprecherin der Frauen
Ballade
Der Gärtner

Maria, Fürsprecherin der Frauen

Deutsch von Bert Brecht

Du nennst dich einen Mann
In jedem Satz, den du sagst,
Und verlässest mich, wie du nur kannst,
Statt daß du meine Schande tragst.
Ich höre! Dich geht's nichts an.
Du warst nur roher als roh!
Ich hasse dich, wie du da stehst und grinst . . .
O Gott, ich liebe dich so.
    Hübsch, als es währte, und nun ist's vorüber,
    Reiß aus dein Herz, sag: Good bye, mein Lieber.
    Was nützt all dein Jammer (leihe, Maria, dein Ohr ihr),
    Wenn deine Mutter selber wußte all das von dir.
Es ist kein falscher Alarm,
Der deinen Spaß von der Liste strich,
Du hast mir gebracht nur Harm,
Und die Ruinierte, das bin ich.
Und jetzt willst du weg und gehn?
Mit einer neuen Närrin? O
Dein Herz? Du hast keins . . .
O Gott, ich liebe dich so.
    Wenn ein Mann es müd ist, wird ihn nichts binden,
    Was er auch schwur, das schiebt er nach hinten.
    Was hilft's, Gott zu bitten, daß er hinter ihm her ist?
    (Leihe, Maria, dein Ohr ihr), wenn der Rest so wie er ist?
Was sollen wir tun, ich und – es?
Ich bin wohl ab und zu
Mit Männern ein wenig herumgezog'n,
Aber das – aber das warst du!
So wahr mir Gott helf', es ist wahr!
Jetzt soll ich mich wohl verstecken, wo
Du Feigling durch und durch . . .
O Gott, ich liebe dich so.
    Was immer du ihnen gibst, dir wird nichts gegeben,
    Liebe bringst du mit Küssen nicht zurück zum Leben,

Den er dich hinabführt, der Weg sieht zweimal keinen
(Leihe, Maria, dein Ohr ihr), du fängst spät an mit
Weinen.

Du möchtest mich fair behandeln?
Und wenn man beim Wort dich nimmt?
Wir könnten verhungern, sagst du
Vielleicht – aber es ist bestimmt.
Ich will den Namen, nichts weiter,
Ein Papier zum Zeigen, oh,
Und keine Hure sein . . .
O Gott, ich liebe dich so.

Was nutzt all dein Reden (leihe, Maria, dein Ohr ihr),
Wenn deine Mutter selber wußte all das von dir?
Schlafe auf seinem Versprechen und erwach mit deinen
Sorgen
(Leihe, Maria, dein Ohr ihr), denn sein Schiff geht
morgen.

Ballade

Deutsch von Bert Brecht

Der Cholerakamp

1

Wir haben da jetzt die Cholera im Kamp, die ist kein Pokerspiel:
Wir fallen in den Wüstenei'n, wie der Israelit einst fiel.
Und wir können nicht weg, sie zieht vor uns her und sie zieht auch hinter uns her,
Und der Doktor schreibt in sein Krankenbuch: heute zehn mehr.

Oh, brecht euren Kamp ab und geht!
Der Regen fallt,
Die Toten grabt ein unter Strauch und Stein.
Daß sie liegen in Sicherheit,
Die Musikband macht, was sie kann, zum Spaß,
Der Kaplan bittet Gott, daß der schicke uns was,
Denn unter uns ist eine große Sterblichkeit.

2

Seit Juli, als es damit begann, hängt sie sich an uns an,
Obwohl sie uns ausrücken ließen zu Fuß und uns wieder holten per Bahn.
Doch sie läuft so schnell, wie ein Truppenzug läuft, und sie ist immer hinter uns her,
Und in der Krankengeschicht' für den Oberst steht: heute zehn mehr

3

Du hast keinen Spaß am Weibe, du hast keinen Spaß am Getränk,

Es ist viel zu feucht zum Schießen: also marschier und denk!
Und abends aus den Nullahs herauf dringt die Rede des
Schakals her:
Steht auf, ihr faulen Hunde, ihr habt heute zehn mehr.

4

Ein Affe würde lachen, wenn er sieht, wie es bei uns geht:
Der Leutnant übernimmt die Kompanie, und der Haupt-
mann übernimmt die Tete,
Und der Gefreite tut Sergeantendienst, dem doch keiner
gehorchen mag:
Bei uns ist eine schnelle Beförderung bei zehn Toten am Tag.

5

Der Oberst, rot und zittrig, wird von keinem Schlaf geletzt,
Er brüllt im Hospital herum, wo nichts mehr guttut jetzt.
Er spendiert uns korbweis Tröstung, die er schwer bezahlen
mag;
Doch es gibt nur wenig Tröstung für zehn Tote am Tag.

6

Der Kaplan, der hat ein Banjo gekriegt und reitet eine
Mauleselin,
Und das Zeug, was der uns vorsingt, das geht dir ans
Zwerchfell hin.
Der schwarze schlottrige Rockschoß mit diesem Banjovortrag!
's ist schon die richtige Sorte Padre für zehn Tote am Tag.

7

Bei unsern Römisch-Katholischen hilft ihm Pater Benedix,
Der weiß einen Haufen irische Songs und tolle Kartentricks.

So trieben's die zwei bei Gebet und Spiel und was sonst
noch vorlag,
So hielten wir den Ball auf dem Billardtisch für zehn Tote
am Tag.

8

Die Cholera ist bei uns im Kamp, das ist kein Weihnachts-
fressen,
Doch sie wird serviert und herumgereicht: und wir müssen
essen.
Wir haben nichts gefunden noch, was sich besser auszahlen
mag,
Und traben zwischen den Pfählen herum mit zehn Toten am
Tag.
Drum reißt euren Kamp ab und geht! Das Saxophon
schallt,
Der Regen fallt,
Die Toten grabt ein unter Strauch und Stein,
Daß da nichts geschehen kann!
(Und der's nicht mag, der laßt es,
Und der's nicht vertragt, den faßt es)
Wir sterben ja doch irgendwann:
Schön, fangen wir heut damit an!
Drum, Nummer 1, legt um den Zeltstock sacht,
Schlagt aus den Pflock und faßt das End', gebt acht!
Faltet die Zeltbahn um,
Schnüret die Stricke drum, seht!
O reißt, o reißt ihn ab, euren Kamp, und geht!
(Gott helf uns!)

Der Gärtner

Ein Grab ward mir gegeben,
In Hut gegeben mir;
Und Gott sah her und wälzte
Den Stein von des Grabes Tür.

Einmal in all den Jahren
Sein Engel trat herfür
Und sah meine Tränen und wälzte
Den Stein von des Grabes Tür!

Alle im Dorf wußten, daß Helen Turrell ihre Pflichten gegen ihre Angehörigen stets gewissenhaft erfüllte; besonderer Anerkennung aber war es wert, wie sie an dem unglücklichen Kind ihres einzigen Bruders handelte. Es war ebenfalls allgemein bekannt im Dorfe, daß George Turrell von früher Jugend an seiner Familie ernste Sorgen bereitet hatte. Und so überraschte es niemanden zu hören, daß er, nach mannigfachen bald wieder aufgegebenen Anläufen endlich als Inspektor der indischen Polizei untergebracht, sich mit der Tochter eines ehemaligen Unteroffiziers eingelassen hatte und wenige Wochen vor der Geburt seines Kindes infolge eines Sturzes vom Pferde gestorben war. Georges Eltern waren glücklicherweise beide tot; und wenn auch die fünfunddreißigjährige, unabhängige Helen diese wenig ehrenvolle Geschichte sich hätte vom Halse halten können, nahm sie dennoch in großmütiger Weise die Last auf sich, trotzdem ein drohendes Lungenleiden sie gerade damals zum Aufenthalt im Süden Frankreichs zwang. Sie regelte alles Nötige für die Überfahrt des Kindes und seiner Amme von Bombay, traf mit ihnen in Marseille zusammen, pflegte das Kind, das infolge der Nachlässigkeit der alsbald entlassenen Amme an Ruhr erkrankt war, und kehrte endlich, abgemagert, aber voll froher Genugtuung, im Spätherbst mit dem völlig genesenen Knaben in ihr Heim in Hampshire zurück.

Alle diese Einzelheiten gelangten zur allgemeinen Kenntnis, denn Helen war offen wie der helle Tag und vertrat die Ansicht, Skandale würden durch Geheimhalten nur vergrößert. Daß George ein Tunichtgut gewesen war, gab sie unumwunden zu; doch hätten sich die Dinge weit schlimmer gestalten können, wenn die Mutter ihr Recht auf das Kind geltend gemacht hätte. Glücklicherweise schien man ja bei Leuten solcher Art durch Geld ziemlich alles erreichen zu können; und weil George sich in seinen Nöten stets an sie gewandt hatte, so glaubte sie sich berechtigt – und ihr Freundeskreis stimmte dem bei –, jede weitere Verbindung mit der Familie des Unteroffiziers abzubrechen und das Kind ganz in ihre Obhut zu nehmen. Zu allernächst ließ sie es vom Pfarrer des Ortes auf den Namen Michael taufen. Sie war zwar, wie sie sagte, keine Kinderfreundin, soweit sie sich kannte; ihren Bruder aber hatte sie trotz aller seiner Fehler sehr geliebt, und sie betonte nun besonders, daß der Mund des kleinen Michael genau dem seines Vaters gliche; und das war immerhin etwas.

In Wahrheit besaß Michael in getreuer Nachbildung die breite, niedere, wohlgeformte Stirn der Turrells und deren weit auseinanderstehende Augen. Nur sein Mund war feiner geschnitten, als es in der Familie üblich war. Helen jedoch, die ihm von der Seite der Mutter nichts Gutes zugestehen wollte, entschied, er wäre ein Turrell durch und durch; und da dem niemand widersprechen konnte, wurde die Ähnlichkeit als Tatsache anerkannt.

Dank seinem recht hübschen Aussehen wie seinem unerschrockenen und zugleich klug bedächtigen Wesen gewann Michael sich in wenigen Jahren die gleiche allgemeine Beliebtheit, deren Helen sich schon immer erfreuen konnte. Mit sechs Jahren wünschte er zu wissen, warum er nicht »Mutti« zu ihr sagen dürfe, so wie andere Jungen zu ihren Müttern. Sie erklärte ihm, daß sie nur seine Tante wäre, und Tanten bedeuteten nicht ganz das gleiche wie Mütter. Wenn es ihm aber Freude mache, könne er beim zu Bett Gehen »Mutti« zu ihr sagen, so als Kosename für sie beide ganz allein.

Michael hütete gewissenhaft das Geheimnis; aber Helen sprach wie stets mit ihren Bekannten darüber. Als Michael davon erfuhr, geriet er in Wut.

»Warum hast du's gesagt? Warum hast du's nur gesagt?« kam es heraus, als der Sturm vorüber war.

»Weil es immer das beste ist, die Wahrheit zu sagen«, erwiderte Helen, den Arm um den bebenden Knaben in seinem Bettchen geschlungen.

»Na gut. Aber wenn die Wahrheit garstig ist, find' ich das gar nicht schön.«

»So, wirklich, Liebling?«

»Ja, das find' ich und« – sie fühlte, wie sich der kleine Körper straffte – »jetzt, wo du's gesagt hast, werde ich dich nie mehr ›Mutti‹ nennen – auch nicht beim zu Bett Gehen.«

»Aber ist das nicht recht unfreundlich?« sagte Helen sanft.

»Das ist mir egal! Das ist mir ganz egal! Du hast mir da innen drin weh getan und ich will dir auch da innen weh tun. Ich will dir weh tun, solang' ich lebe.«

»Bitte, Herzchen, rede nicht so! Du weißt nicht, was . . .«

»Doch, ich will. Und wenn ich tot bin, werd' ich dir am schlimmsten weh tun.«

»Gottlob werde ich lange vor dir tot sein, mein Liebling!«

»Hach! Emma sagt: ›Niemand kennt sein Schicksal.‹« (Emma war das ältliche, stupsnasige Dienstmädchen Helens.) »Eine Menge kleiner Jungens sterben ganz früh. Ich auch. Dann wirst du schon sehen.«

Helen stockte der Atem, und sie wandte sich zur Tür; aber der Ruf: »Mutti! Mutti!« zog sie zurück, und beide weinten zusammen.

Mit zehn Jahren, nach zwei Semestern Elementarschule, brachte ihn jemand oder irgendein Zufall auf den Gedanken, daß es mit seinem Standesregister nicht ganz seine Richtigkeit habe. Er stellte Helen darüber zur Rede, und ihre unsicher vorgebrachten Ausflüchte schob er mit der in der Familie üblichen Offenheit beiseite.

»Kein Wort glaube ich davon«, erklärte er am Schluß ganz vergnügt. »Die Leute würden nicht so geredet haben, wenn meine Eltern wirklich verheiratet gewesen wären. Aber laß gut sein, Tantchen. In der englischen Geschichte und bei Shakespeare habe ich eine Menge gefunden, denen es so wie mir ging. Da war gleich als erster Wilhelm der Eroberer und – oh, noch eine Menge anderer, und alle sind große Männer geworden. Für dich macht es doch keinen Unterschied, daß ich so einer bin . . . gelt?«

»Als ob irgend etwas . . .« begann sie.

»Gut. Wir wollen auch nie mehr davon sprechen, wenn du deshalb gleich weinen mußt.« Und er kam von selbst niemals wieder auf diese Sache zurück. Aber zwei Jahre später, als er sich geschickterweise gerade in den Ferien die Masern zugelegt hatte und das Fieber über neununddreißig stieg, phantasierte er immer nur davon; bis schließlich die Stimme Helens durch die Fieberschleier hindurch zu ihm drang und ihm versicherte, nichts auf Erden oder im Jenseits könne je irgend etwas zwischen ihnen ändern.

Die Jahre auf der Schule und die herrlichen Ferien zu Weihnachten, Ostern oder im Sommer reihten sich aneinander, bunt und köstlich wie Edelsteine auf einer Schnur; und für Helen bedeuteten sie auch Kostbarkeiten. Im üblichen Alter entfaltete Michael seine persönlichen Liebhabereien, die eine Weile Bestand hatten, um dann neuen Platz zu machen; seine Neigung zu Helen aber blieb dauerhaft und wuchs von Jahr zu Jahr. Helen vergalt es ihm mit dem ganzen Schatz ihrer Zärtlichkeit und mit allem, was an Rat oder Geld in ihrer Macht lag. Und da Michael nicht auf den Kopf gefallen war, so schien ihm eine, wie man so sagt, vielversprechende Laufbahn in Aussicht zu stehen – als der Krieg ausbrach.

Er hatte im Oktober mit einem Stipendium nach Oxford gehen sollen. Ende August war er schon im Begriff, sich der ersten Hekatombe junger Gymnasiasten anzuschließen, die an die Front stürmten. Aber der Hauptmann seines Jugendwehrverbandes, bei dem er fast ein Jahr Unteroffizier gewesen war, verhinderte es und wies ihn an das Kommando eines neu aufgestellten Bataillons, das zur Hälfte noch die alten roten Uniformen trug, zur andern Hälfte infolge des engen Zusammenwohnens in feuchten Zelten an Meningitis krank lag. Die Absicht Michaels, sich sogleich zur Front anwerben zu lassen, hatte Helen tief getroffen.

»Es liegt in der Familie«, erklärte Michael lachend.

»Du wirst mir doch nicht einreden wollen, daß du die alte Geschichte wirklich die ganze Zeit geglaubt hast«, sagte Helen. (Emma, das Dienstmädchen, war vor mehreren Jahren gestorben.) »Ich habe dir mein Ehrenwort gegeben ... und gebe es dir nochmals ... daß ... daß alles seine Richtigkeit hatte. Wirklich.«

»O nein, *die* Sache macht mir keine Sorge und hat es nie gemacht«, erwiderte Michael tapfer. »Ich meinte bloß, wenn ich mich gleich anwerben lassen würde, würde ich mich rascher auszeichnen können – wie mein Großvater.«

»Sprich nicht so! Fürchtest du denn, daß der Krieg so bald zu Ende sein wird?«

»Glaube kaum. Du weißt, was K. gesagt hat.«

»Gewiß. Aber mein Bankier sagte mir letzten Montag, es könne aus finanziellen Gründen unmöglich länger als bis Weihnachten dauern.«

»Hoffentlich hat er recht. Aber unser Oberst meint, es scheine ein lange Geschichte zu werden.«

Michaels Bataillon traf es insofern günstig, als es, dank einem Zufall, der mehreren Aufgeboten zugute kam, zunächst zur Landesverteidigung in einer schwach ausgebauten Stellung an der Küste von Norfolk Verwendung fand. Darauf wurde das Bataillon nach Norden geschickt zur Bewachung einer wichtigen Flußmündung in Schottland und schließlich mehrere Wochen in Reserve gehalten auf Grund unbestimmter Gerüchte von irgendeiner besonderen Verwendung. Aber gerade an dem Tag, als Michael sich mit Helen für vier ganze Stunden auf dem Bahnhof eines Kreuzungspunkts treffen wollte, wurde bekanntgegeben, daß das Bataillon zur Auffüllung der bei Loos erlittenen Verluste bestimmt war. So konnte er Helen nur ein telegraphisches Lebewohl senden.

Auch in Frankreich hatte das Bataillon Glück. Es wurde in der Nähe von Salient ausgeladen und führte dort, während die Sommeschlacht vorbereitet wurde, ein verdienstvolles, aber wenig beschwerliches Dasein. Dann, als die Schlacht im Gange war, erfreute es sich im Abschnitt von Armentières und Laventie verhältnismäßiger Ruhe. Ein scharfsichtiger Befehlshaber kam dahinter, daß er besondere Fähigkeiten *in puncto* Flankenschutz und Schanzen hatte, und stahl es aus dem Divisonsverband heraus unter dem Vorwand, es müsse ihm beim Legen von Fernsprechlinien helfen; worauf er es dann sogleich gründlich vor Ypern einsetzte.

Vier Wochen darauf und just, als Michael an Helen geschrieben hatte, es wäre nichts Besonderes los und also auch kein Grund zur Besorgnis vorhanden, wurde er durch ein aus der feuchten Morgendämmerung niedersausendes Sprengstück auf der Stelle getötet.

Der nächste Treffer riß die Grundmauer einer Scheune um und begrub den Körper so regelrecht unter den Trümmern, daß nur ein geschultes Auge auf die Mutmaßung gekommen wäre, es habe sich hier etwas Unliebsames zugetragen.

Zu jener Zeit besaß man im Dorf schon eine lange Kriegserfahrung, und nach englischem Brauch hatte sich eine Art Ritus den Ereignissen gegenüber herausgebildet. Als die Postmeisterin ihrer siebenjährigen Tochter das offizielle Telegramm zur Aushändigung an Fräulein Turrell übergab, bemerkte sie zu dem Gärtner des Pfarrers: »Jetzt ist die Reihe an Fräulein Helen«, worauf dieser im Gedanken an seinen eignen Sohn erwiderte: »Nun, er hat's länger gemacht als mancher andere.« Die Kleine erschien laut weinend vor der Haustür, denn der junge Herr Michael hatte ihr oftmals Süßigkeiten geschenkt. Helen sah sich gleich darauf die Läden des Hauses einen nach dem andern sorgfältig herablassen, während sie mit beharrlicher Bestimmtheit wiederholte: »Vermißt bedeutet stets gefallen.« Und dann nahm sie ihren Platz ein in den traurigen Reihen jener, die die unabänderliche Folge der immer aufs neue enttäuschten Hoffnungen zu durchwandern gezwungen waren. Der Pfarrer predigte natürlich Vertrauen und prophezeite baldige Nachricht aus einem Gefangenenlager. Ebenso erzählten ihr einige Bekannte völlig glaubwürdige Geschehnisse, wie – freilich stets anderen Frauen – der Vermißte nach Monaten und Monaten des Schweigens auf wunderbare Weise wiedergegeben worden war. Andere wiederum rieten ihr dringend, sich an die Büros unfehlbar erfolgreicher Organisationen zu wenden, die sich mit wohlwollenden Neutralen in Verbindung setzen und auf diesem Wege auch dem schweigsamsten deutschen Lagerkommandanten genaue Auskünfte entlocken könnten. Helen tat, schrieb, unterzeichnete alles, was man ihr anempfahl oder vorlegte.

Einmal, während eines Urlaubs, hatte Michael sie in eine Munitionsfabrik mitgenommen, wo sie die Herstellung einer Granate vom Roheisen bis zu ihrer annähernd fertigen Gestalt verfolgen konnte. Es war ihr damals aufgefallen, daß das unselige Ding nicht eine Sekunde lang in Ruhe gelassen wurde. »Nun werde ich selber zu einer trauernden Angehörigen verarbeitet«, dachte sie bei sich, während sie an allen ihren Eingaben schrieb.

Als nach Verlauf der entsprechenden Zeit die verschiedenen Stellen sämtlich ihr tiefes oder aufrichtiges Bedauern aussprachen über die Unmöglichkeit, eine Spur zu entdecken, da brach etwas in ihr entzwei, und jede Empfindung – abgesehen vielleicht von einem dankbaren Gefühl der Erleichterung – erstarb und machte einer stumpfen, aber wohltätigen Gleichgültigkeit Platz. Michael war tot; dieser Schlag traf sie mit voller Wucht, und ihre Welt stürzte zusammen. Nun stand die Uhr ihres Daseins still, während das Leben weiterging; aber das berührte sie nicht – in keiner Weise oder Beziehung hatte sie daran teil. Sie erkannte das an der ungezwungenen Ruhe, mit der sie Michaels Namen in die Unterhaltung einflechten oder auf die herkömmlichen Äußerungen des Gefühls in herkömmlicher Weise den Kopf neigen konnte.

In diesem wohltätigen Zustand völliger Teilnahmslosigkeit traf sie das Glockengeläute des Waffenstillstands und ging spurlos an ihr vorüber. Nach Verlauf eines weiteren Jahres hatte sie ihren körperlichen Widerwillen gegenüber den unversehrt zurückgekehrten jungen Leuten so weit überwunden, daß sie ihnen die Hand reichen und fast aufrichtig Glück wünschen konnte. Für die Nachlese des Krieges, mochte es sich nun um allgemeine oder persönliche Angelegenheiten handeln, besaß sie keinerlei innere Anteilnahme; doch beteiligte sie sich – gleichsam wie aus unendlich weiter Ferne – an den Sitzungen verschiedener Unterstützungsausschüsse und vertrat mit Entschiedenheit ihre Ansicht – sie hörte sich dabei selbst reden – über den geeigneten Platz für das geplante Kriegerdenkmal im Dorf.

Später erhielt sie dann als die nächste Angehörige eine amtliche Zuschrift, der eine mit Tintenstift geschriebene Briefseite, eine Uhr und eine silberne Erkennungsmarke beilagen und die die Mitteilung enthielt, daß der Leichnam des Leutnants Michael Turrell aufgefunden, identifiziert und in Hagenzeele, Dritter Militärfriedhof, beigesetzt worden war – der Buchstabe der Reihe und die Nummer des Grabes waren genau angegeben.

Also fand Helen sich in ein neues Stadium der »Verarbeitung« vorgerückt – nämlich in die weite Gemeinschaft jener überschwenglichen oder stumpf gebrochenen Hinterbliebenen, denen nun Trost und Halt zuteil ward durch die Gewißheit, fortan auf Erden einen Altar für ihre Liebe und eine Pflegestätte der Erinnerung zu besitzen. Man sagte ihr auch bald und erwies an Hand des Fahrplans, wie leicht und ohne besondere Umstände eine Reise zum Besuch des Grabes zu bewerkstelligen sei.

»Ganz etwas andres, wenn er etwa in Mesopotamien oder selbst auf Gallipoli gefallen wäre«, wie die Frau Pastorin feststellte.

Die qualvolle Auferweckung zu einer Art zweiten Lebens trieb Helen über den Kanal, wo sie in einer neuen Welt abgekürzter Benennungen erfuhr, daß man Hagenzeele Drei mit dem Nachmittagszug, der an den Morgendampfer Anschluß hatte, bequem erreichen konnte. Auch gab es keine drei Kilometer von Hagenzeele ein ganz nettes kleines Hotel, wo man gut übernachten konnte, um dann am nächsten Vormittag das Grab des Angehörigen aufzusuchen. Das alles erfuhr sie von dem Leiter einer Hauptauskunftsstelle; er hauste in einer mit Dachpappe verkleideten Bretterbude im Weichbild einer zerstörten Stadt, voll von aufgewirbeltem Kalkstaub und herumfliegenden Papierfetzen.

»Übrigens, Sie wissen doch genau, wo Ihr Grab liegt?« fragte er.

»Ja, danke«, erwiderte Helen und zeigte den Zettel mit Reihe und Nummer, mit Michaels eigner kleiner Schreibmaschine geschrieben. Der Offizier wollte die Richtigkeit in einem der Bücher nachprüfen; aber eine dicke Bäuerin aus Lancashire drängte sich dazwischen und bat um Auskunft, wo sie ihren Sohn finden könne, der Unteroffizier bei einer Munitionskolonne gewesen war. Er heiße eigentlich Anderson, schluchzte sie, aber als angesehener Leute Kind habe er sich natürlich unter dem Namen Smith anwerben lassen; und bei Dickiebush sei er gefallen, Anfang 15. Sie wußte weder seine Stammrollennummer, noch welchen seiner beiden Vornamen er angegeben hatte. Und ihre Rundreisekarte von Cook gelte nur noch bis Ende der Osterwoche, und wenn sie bis dahin ihr Kind nicht gefunden hätte, dann würde sie verrückt. Nach diesen Worten sank sie vornüber an Helens Brust; aber aus dem kleinen Schlafraum neben dem Büro kam die Frau des Offiziers herbeigeeilt, und alle drei trugen die Ohnmächtige auf das Feldbett.

»So geht es oft hier«, meinte die Offiziersfrau, während sie die festen Haubenbänder löste. »Gestern sagte sie, er wäre bei Hooge gefallen. Sind Sie auch sicher, Ihr Grab zu kennen? Es macht nämlich so sehr viel aus.«

»Ja, danke schön«, sagte Helen und eilte fort, ehe die Bauersfrau von neuem mit ihrem Jammer begann.

Der Nachmittagstee in einem hölzernen, grell blau und malvenrot gestrichenen Schuppen mit gefälschter Stuckfassade, verstärkte noch den Alp, der auf ihr lastete. Als sie bezahlte und sich nach dem Zug nach Hagenzeele erkundigte. hörte das neben ihr eine Engländerin von ziemlich gewöhnlichem Aussehen und bot sich sogleich an, mit ihr zusammen zu fahren.

»Ich gehe auch nach Hagenzeele«, erklärte sie. »Nicht nach Hagenzeele Drei; ich muß nach der Zuckerfabrik; aber man sagt jetzt La Rosière. Es liegt dicht südlich von Hagenzeele Drei. Haben Sie schon ein Zimmer im Hotel dort?«

»O ja, danke. Ich habe telegraphiert.«

»Da taten Sie gut. Manchmal nämlich ist alles überfüllt, und ein andermal wieder ist kaum eine Menschenseele dort. Aber im alten ›Goldenen Löwen‹ – das Hotel, wissen Sie, westlich von der Zuckerfabrik – hat man Badezimmer eingerichtet, und das zieht natürlich eine Menge Leute dorthin, gottlob.«

»Mir ist noch alles neu. Ich bin zum erstenmal herübergekommen.«

»Wirklich! Bei mir ist's schon zum neuntenmal seit dem Waffenstillstand. Nicht aus persönlichen Gründen. Ich selbst habe Gott sei Dank niemanden verloren, aber, wie jeder von uns, eine Menge Freunde zu Hause, die einen Verlust beklagen. Ich komme so oft herüber, weil ich finde, es tröstet sie, jemanden zu haben, der nach ... nach den Plätzen sieht und ihnen darüber erzählen kann nachher. Und man kann auch Aufnahmen machen. Ich habe eine ganze Liste Bestellungen auszuführen!« Sie lachte nervös und klopfte auf ihren Kodak, den sie umgehängt hatte. »Diesmal habe ich zwei oder drei bei der Zuckerfabrik aufzusuchen und noch eine Menge anderer auf den vielen Kirchhöfen ringsum. Mein System ist, die Aufträge zu sammeln und zu ordnen, verstehen Sie. Und wenn ich dann genügend habe, daß sich eine Überfahrt lohnt, dann rutsche ich herüber und führe sie aus. Ich kann ehrlich sagen, daß es vielen Trost bringt.«

»Es scheint so«, sagte Helen mit einem nervösen Schauern, während sie in den Zug stiegen.

»Wirklich, es tröstet! (Haben wir nicht Glück mit unseren Fensterplätzen?) Es muß wohl so sein, denn sonst, nicht wahr, würden mich doch nicht alle bitten, herüberzufahren. Ich habe hier eine Liste von zwölf oder fünfzehn Aufträgen« – sie schlug wieder auf den Kodak – »ich muß sie noch ordnen heute abend. Oh, ich vergaß zu fragen: Wer ist es bei Ihnen?«

»Mein Neffe«, sagte Helen. »Aber er hat mir sehr nahegestanden.«

»Ah, so! Oft, sehen Sie, frage ich mich, ob wohl die Toten noch mit uns in Verbindung stehen. Was meinen Sie darüber?«

»Oh, ich weiß nicht – ich habe nicht den Mut, viel über solche Dinge nachzudenken«, sagte Helen, die Hände wie zur Abwehr leicht erhebend.

»Vielleicht ist das auch besser«, antwortete die Frau. »Ich kann mir vorstellen, daß der Schmerz des Verlustes einem genügt. Aber ich will Ihnen nicht länger lästig fallen.«

Helen war dankbar dafür; doch als sie das Hotel erreicht hatten, bestand Frau Scarsworth (sie hatten sich gegenseitig ihren Namen genannt) darauf, mit ihr am gleichen Tische zu essen. Und nachher, in dem engen kahlen Salon, erfüllt von gedämpft sprechenden Angehörigen, gab Frau Scarsworth ausführlichen Bericht über jeden ihrer Aufträge, erzählte, wie sie dazu gekommen war, und fügte eine Lebensbeschreibung des Toten und einen kurzen Abriß seiner nächsten Verwandtschaft hinzu. Helen hielt bis gegen halb zehn Uhr aus, dann flüchtete sie auf ihr Zimmer.

Fast unmittelbar darauf klopfte es an ihre Tür, und Frau Scarsworth trat ein; die schreckliche Auftragsliste hielt sie vor sich in den fest verschlungenen Händen.

»Ja ... gewiß ... ich weiß«, begann sie. »Sie sind mich gründlich leid, aber ich möchte Ihnen etwas sagen. Sie ... Sie sind nicht verheiratet, nicht wahr? Dann werden Sie mich vielleicht nicht verstehen ... Aber das ist gleich. Nein. Ich *muß* es jemandem sagen. Ich halte es so nicht länger aus.«

»Aber bitte ...«

Frau Scarsworth stand mit dem Rücken gegen die geschlossene Tür gelehnt, und ihr Mund zuckte heftig.

»Eine Minute nur«, begann sie von neuem. »Sie ... Sie wissen, was ich Ihnen vorhin unten von meinen Gräbern erzählt habe? Es sind wirklich Aufträge, wenigstens zum Teil.« Ihr Blick lief durch das Zimmer: »Was für sonderbare Tapeten man hier in Belgien hat, finden Sie nicht auch? ... Ja, ich schwöre es, es sind Aufträge. Aber *ein* Grab ist darunter, ich muß es Ihnen sagen, und ... und er war mir alles auf der Welt. Verstehen Sie mich?«

Helen nickte.

»Er war mir mehr als jeder andere – – und hätte es natürlich nicht sein dürfen. Er hätte mir nichts sein dürfen. Und deshalb – verstehen Sie? – übernehme ich die Aufträge. Das ist alles.«

»Aber warum erzählen Sie mir das?« fragte Helen verzweifelt.

»Weil ich das Lügen satt habe. So satt habe ich's – immer nur lügen ... und lügen, jahraus, jahrein. Niemals die Wahrheit sprechen dürfen; alles, was ich tue oder selbst denke, muß ... Lüge sein. Sie ... Sie können sich nicht vorstellen, was das heißt! Er war für mich alles, was er nicht hätte sein dürfen ... meine einzige Wirklichkeit ... das einzigste Erlebnis meines Daseins. Und immer, immer mußte ich so tun, als bedeutete er mir nichts. Ich mußte auf jedes Wort aufpassen, das ich sprach, und dabei schon wieder die nächste Lüge ausdenken, Jahre und Jahre.«

»Wieviel Jahre?« fragte Helen.

»Sechs Jahre vier Monate vorher und zweidreiviertel nachher. Ich bin seitdem achtmal zu ihm gegangen. Morgen ist es das neuntemal; und – – und ich kann nicht – – ich kann einfach nicht wieder hingehen zu ihm, ohne daß wenigstens einer in der Welt davon weiß. Ich möchte zu einem Menschen ehrlich und aufrichtig gewesen sein, bevor ich wieder hingehe. Verstehen Sie? Es handelt sich nicht um mich. Ich war niemals wahrheitsliebend, auch nicht als Kind. Aber seiner ist es unwürdig. Deshalb – – mußte ich es Ihnen sagen. Ich konnte es einfach nicht länger verschweigen. Oh, ich ich konnte nicht.«

Sie hob die gefalteten Hände zum Mund und ließ sie dann, noch immer gefaltet, mit schlaffen Armen jäh sinken. Helen trat einen Schritt vor, ergriff die Hände, beugte sich darüber und murmelte: »Oh, Sie Gute .. Sie Liebe!« Frau Scarsworth wich zurück, ihr Gesicht war fleckig.

»Mein Gott«, rief sie. »So fassen Sie es auf?«

Helen konnte nicht sprechen, und die andere ging hinaus; aber es dauerte lange, ehe Helen einzuschlafen vermochte.

Am nächsten Morgen hatte Frau Scarsworth sich früh auf ihre Auftragsrunde gemacht, und Helen ging allein nach Hagenzeele Drei. Der Friedhof war noch im Entstehen und lag vier bis fünf Fuß erhöht über der Chaussee, die Hunderte von Metern an ihm entlang lief. Quer über einen tiefen Abzugsgraben gelegte Bretter dienten als Zugang durch die unvollendete Umfassungsmauer. Sie stieg einige holzverkleidete Erdstufen hinauf, und dann stand sie mit angehaltenem Atem vor der weiten, dicht besetzten Fläche. Sie wußte nicht, daß Hagenzeele Drei bereits einundzwanzigtausend Tote beherbergte. Sie sah nichts, als ein düsteres Meer nackter schwarzer Kreuze, jedes mit einer kleinen Weißblechtafel an der Vorderseite. Sie konnte weder Reihe noch Richtung unterscheiden; es war wie eine kniehohe Wildnis dürren Holzes, in der sie sich verlor. Sie irrte umher, wandte sich bald nach rechts, bald nach links und wußte nicht, auf welche Weise sie sich zu ihrem Grab zurechtfinden sollte. In der Ferne bemerkte sie weißlich schimmernde Reihen. Beim Näherkommen erkannte sie, daß es ein abgeteiltes Viereck von etwa zwei- bis dreihundert bereits mit Grabsteinen versehenen Hügeln war; auch Blumen waren schon gepflanzt, und das frischgesäte Gras begann zu sprossen. Am Anfang der Gänge standen Pflöcke mit deutlich sichtbaren Buchstaben; und ihren Zettel hervorholend, stellte sie fest, daß sie hier an falscher Stelle war.

Hinter einer Grabsteinreihe kniete ein Mann – anscheinend

ein Gärtner, denn er war beschäftigt, junge Pflanzen in das weiche Erdreich zu setzen. Sie wandte sich ihm zu, ihr Papier in der Hand haltend. Bei ihrem Nahen richtete er sich auf und fragte ohne Gruß oder Einleitung: »Wen suchen Sie?«

»Leutnant Michael Turrell – meinen Neffen«, sagte sie langsam, Wort für Wort, so wie sie es viele tausendmal in ihrem Leben ausgesprochen hatte.

Der Mann hob die Augen und sah sie an mit einem Blick unendlichen Mitleids; dann wandte er sich von der frischgesäten Grasfläche und ging den nackten schwarzen Kreuzen zu.

»Kommen Sie«, sagte er, »ich will Ihnen zeigen, wo Ihr Sohn liegt.«

Als Helen den Friedhof verließ, wandte sie sich noch einmal zurück, um einen letzten Blick auf die Stätte zu werfen. In der Ferne sah sie den Mann über junge Pflanzen gebeugt; und sie ging fort und meinte, es sei der Gärtner.

V

Anhang

Rudyard Kipling: Eine Chronologie über Leben und Werk
Sekundärliteratur
Originaltitel und Übersetzung

Rudyard Kipling: Eine Chronologie über Leben und Werk*

1865 Am 30. Dezember wird Joseph Rudyard Kipling in Bombay geboren. Sein Vater, John Lockwood Kipling, Sohn eines Geistlichen, war Architekt und Bildhauer an der Kunstschule von Bombay, später auch Kurator des Zentralmuseums in Lahore. Anfang 1865 heiratete er Alice Macdonald, Tochter eines englischen Geistlichen. Während der Vater als Kenner altindischer Kunst und als Sachbuchautor bekannt war, versuchte sich die Mutter mit bescheidenem Erfolg als Dichterin. RK benutzte nie den vom väterlichen Großvater stammenden Vornamen Joseph; der Name Rudyard bezog sich auf den Lake Rudyard in Staffordshire, an dem seine Eltern sich kennengelernt hatten.

1868 Begleitet von ihrem Sohn reist Mrs. Kipling nach England, um dort am 11. Juni das zweite Kind, Alice (Spitzname: ›Trix‹), zur Welt zu bringen. Rückkehr nach Bombay.

1870 Tod des neugeborenen zweiten Sohnes der Kiplings.

1871 Die Eltern bringen Rudyard und Alice nach England. In Southsea leben sie im Hause der Frau eines Marineoffiziers; wesentlichste Erziehungsmittel sind die Bibel und der Rohrstock (RK nennt später das Haus »The House of Desolation«).

1878 Nach Abschluß der Schule in Southsea besucht RK ab Januar das United Services College in Westward Ho!, eine Militärvorbereitungsschule, im nördlichen Devon gelegen.
(RK verewigt seine Schulzeit später in *Staaks und Genossen;* er selbst porträtiert sich im heimlichen Dichter »Käfer«.)

1881 Ohne sein Wissen gibt die Mutter Rudyards *Schoolboy Lyrics* (Gedichte) als Privatdruck in Lahore heraus. Von Juni 1881 bis Juli 1882 ediert RK die Schulzeitung »United Services College Chronicle«.

1882 RK beendet seine Schulzeit und kehrt nach Indien zurück. Durch Vermittlung seines Vaters tritt er in die Redaktion der »Civil & Military Gazette« in Lahore ein. Er lebt bei seinen Eltern. Sein Sonett *Two Lives* wird anonym im britischen Periodikum »The World« veröffentlicht.

* Diese Chronologie stützt sich auf verschiedene, in der *ausgewählten Literatur* genannte Werke; wesentlich aber zu nennen sind die Angaben von Norman Page und Hans Reisiger.

1883 RK verbringt die Sommermonate in Simla, der Sommer-Hauptstadt Indiens, dem Schauplatz vieler seiner späteren Novellen.

1884 RK veröffentlicht seine erste Kurzgeschichte, *The Gate of the Hundred Sorrows* (in der »Civil & Military Gazette«).

1885 Im März reist RK nach Peshawar, um über die Einsetzungsfeierlichkeiten des Amir Abdurrahman zu berichten. Den Sommer verbringt er wieder in Simla. *Quartette*, eine Sammlung von Prosa und Gedichten, erscheint. Autoren sind RK, seine Eltern und seine Schwester. (Lediglich *The Strange Ride of Morrowbie Jukes* und *The Phantom Rickshaw* werden später neu herausgegeben.)

1886 Die *Departmental Ditties* (Gedichte) erscheinen zunächst als Serie in der »Gazette«, dann anonym als Buch (erst eine zweite Edition trägt RKs Namen auf dem Titelblatt). Den August verbringt RK in Simla; im November beginnt die »Gazette« mit der Serie der *Plain Tales from the Hills*.

1887 Wieder den Sommer über in Simla. RK wird Mitherausgeber des »Pioneer« in Allahabad. RK bereist als Berichterstatter (er ist verantwortlich für »The Week's News«, schreibt aber auch Gedichte und Essays) Indien, verkehrt in Offizierskasinos ebenso wie in den Salons der eleganten Damen. In entlegenen Garnisonen, in brausenden Großstädten, im lieblichen Simla, auf Bazaren, Bahnhöfen und Karawansereien – überall findet man RK.

1888 *Plain Tales from the Hills* (dt.: *Kleine Geschichten aus den Bergen*, auch als *Schlichte Geschichten aus Indien*), eine Sammlung von Kurzgeschichten, wird in Kalkutta und London publiziert. Außerdem erscheinen verschiedene Erzählungen *(Soldiers Three*, dt.: *Drei Soldaten; The Story of the Gadsbys; In Black and White*, dt.: *In Schwarz und Weiß; Under the Deodars; The Phantom Rickshaw*, dt.: *Die gespenstische Rikscha; Wee Willie Winkie)* in Allahabad. RK verbringt das Jahr in Lahore, dann in Simla, schließlich in Allahabad.

1889 Im Januar wird RK im Auftrage des »Pioneer« nach England geschickt. Seine Reise führt ihn über Singapur, Hongkong, Yokohama, San Francisco und New York; von unterwegs schickt er Reiseberichte. In London bezieht er eine kleine Wohnung, stürzt sich in Arbeit; er lernt den Schriftsteller Wolcott Balestier und (1890) dessen Schwester Caroline kennen.

1890 Von Februar an bringt der schottische »Observer« eine Reihe von Gedichten, die später unter dem Titel *Barrack-Room Ballads* (dt.: *Die Balladen aus dem Biwak*) publiziert werden. In der »Times« kann man einen großen einführenden Bericht zum Werk RKs lesen. *The Light that Failed* (dt.: *Das Licht erlosch*), ein Roman, erscheint in den USA. Nach einem gesundheitlichen Zusammenbruch bereist RK im Oktober Italien.

1891 *The Light that Failed* erscheint auch in England. Von August an begibt sich RK auf eine Weltreise, er besucht Südafrika, Australien, Neuseeland und – zum letzten Male – Indien. *Life's Handicap* (Kurzgeschichten) wird in London und New York veröffentlicht. Die Nachricht vom Tode Wolcott Balestiers veranlaßt RK zur Rückreise nach England.

1892 Am 18. Januar heiratet RK Caroline (»Carrie«) Balestier; am 3. Februar brechen sie zu einer Weltreise auf. Das Paar läßt sich schließlich in Brattleboro, Vermont/USA, nieder, wo auch die Familie Carolines lebt. RK beendet den zusammen mit Wolcott Balestier begonnenen Roman *The Naulahka,* veröffentlicht die *Barrack-Room Ballads.* Am 29. Dezember wird die Tochter Josephine geboren.

1893 Die Kiplings bauen ein Haus, nennen es »Naulakha«. Es erscheint *Many Inventions,* eine neue Sammlung von Kurzgeschichten.

1894 *The Jungle Book* (dt.: *Das Dschungelbuch*) beginnt seinen Siegeszug um die Welt. Reisen nach Bermuda und England.

1895 *The Second Jungle Book* (dt.: *Das neue Dschungelbuch*) läßt Kipling weiter auf literarischem Erfolgskurs schwimmen. Reise nach England.

1896 Elsie Kipling wird am 2. Februar geboren. Nach Streitigkeiten mit dem Schwager verläßt Kipling das ungeliebte Amerika. Mit Frau und Kindern lebt er jetzt wieder in England, in der Nähe von Torquay. *The Seven Seas* (dt.: *Indische Balladen*) erscheint.

1897 John Kipling wird am 17. August geboren. *Captains Courageous* (dt.: *Fischerjungs,* auch als *Brave Seeleute*), ein Roman, wird veröffentlicht. Umzug nach Rottingdean, Sussex.

1889 Die Kiplings segeln nach Kapstadt; dort werden sie in Zukunft häufig den Winter verbringen. Bekanntschaft mit Cecil Rhodes. *The Day's Work* (Kurzgeschichten).

1899 Reise nach New York. RK erkrankt an einer Lungenentzündung. Tochter Josephine stirbt im Alter von sechs Jahren. Rückkehr nach England. *Stalky & Co.* (dt.: *Staaks und Genossen,* auch als *Lange Latte und Genossen*) sowie *From Sea to Sea* (Briefe und Sketche) erscheinen.

1900 Südafrika, England, wieder Südafrika. Berichte und Verse über den Burenkrieg. Im Sommer beendet RK die Arbeit an seinem oft als Meisterstück gelobten *Kim.*

1901 Der Roman *Kim* erscheint zunächst als Serie in »McClure's Magazine« und in »Cassell's Magazine«, dann als Buch. Den Winter verbringen die Kiplings erneut in Südafrika.

1902 *Just so Stories* (dt.: *Nur so Märchen für kleine Kinder,* auch als *Das kommt davon*), die kleinen Warum-Geschichten, erscheinen. Umzug nach Burwash, Sussex.

1903 RK lehnt erneut die ihm (bereits 1899) angetragene Ritterehre (»Sir«) ab; auch mit der Reise des Prince of Wales nach Indien will er nichts zu tun haben. *The Five Nations* (Gedichte) werden publiziert.

1904 *Traffics and Discoveries* (Kurzgeschichten und Gedichte).

1906 *Puck of Pook's Hill* (dt.: *Puck vom Buchsberg,* auch als *Puck, Geschichten aus alten Tagen*), zuerst als Fortsetzungsgeschichten in verschiedenen Zeitschriften, dann als Buch.

1907 RK erhält den *Nobelpreis* für Literatur; neben früheren Auszeichnungen jetzt auch Ehrenwürde der Universität Oxford. Seine *Collected Verse* kommen in New York heraus (Londoner Edition 1912). Reise nach Kanada.

1908 RK erhält Ehrentitel der Universität Cambridge.

1909 *Actions and Reactions* (dt.: *Spiel und Gegenspiel*), wieder eine neue Sammlung von Kurzgeschichten und Gedichten.

1910 *Rewards and Fairies,* Erz. und Ged. – Tod der Mutter.

1911 Tod des Vaters.

1913 Reise nach Ägypten.

1915 RK nimmt als Kriegsberichterstatter am Ersten Weltkrieg teil, besucht im August die französische Front. Im September ist er auf Schiffen der Royal Navy. Sein Sohn John, 18 Jahre jung und Soldat, wird vermißt und gilt als tot.

1917 *A Diversity of Creatures,* Erzählungen und Gedichte. – RK wird Mitglied der Kriegsgräber-Kommission.

1919 *Rudyard Kipling's Verse: Inclusive Edition* wird veröffentlicht (weitere Editionen, mit Hinzufügungen und Veränderungen 1921, 1927, 1933). *The Years Between,* Gedichte.

1920 Ehrenwürde der Universität Edinburgh. *Letters of Travel,* Reiseartikel 1892–1913.

1921 RK lehnt (wie auch im Jahre 1924) den »Order of Merit« ab. Auszeichnungen in Paris und Straßburg.

1922 RK wird »Rector of St. Andrew's University«. Besuch der Weltkriegs-Schlachtfelder in Frankreich. Treffen mit König Georg V.; zwischen beiden entsteht eine Freundschaft. Obwohl Ärzte es verneinen, glaubt RK, er habe Krebs.

1923 *The Irish Guards in the Great War,* eine Geschichte jener Formation, in der RKs Sohn John gedient hatte (und für die er in den Tod ging), erscheint in zwei Bänden.

1924 Tochter Elsie heiratet George Bambridge. RK erhält die Ehrendoktorwürde der Universität Athen.

1925 Von 1925 bis 1927 erscheinen RKs *Ausgewählte Werke* in zehn Bänden, herausgegeben von H. Reisiger u. a., Leipzig.

1926 RK besucht Südafrika. *Debits and Credits* (dt.: *Bilanz*), Kurzgeschichten und Gedichte.

1927 Reise nach Brasilien. *Brazilian Sketches.* Die »Kipling Society« wird ins Leben gerufen; sie zeichnet verantwortlich für das vierteljährliche »Kipling Journal«.

1928 *A Book of Words,* Reden.

1930 *Thy Servant a Dog,* Erzählungen und Gedichte. – Besuch der Westindischen Inseln; Caroline erkrankt und muß drei Monate das Hospital-Bett in Bermuda hüten.

1932 *Limits and Renewals,* Erzählungen und Gedichte.

1936 RK stirbt am 18. Januar in London. Seine Asche wird in der »Poet's Corner« der Westminster Abbey begraben.

1937 Die Autobiographie *Something of Myself* (dt.: *Erinnerungen*) wird posthum veröffentlicht.
Von 1937 bis 1938 wird die *Sussex Edition* der Werke Kiplings in 35 Bänden herausgebracht.

1939 RKs Frau Caroline stirbt.

1941 Die *Burwash Edition* erscheint in 38 Bänden.

1965 *Gesammelte Werke* Kiplings werden in drei Bänden von J. Gottwald herausgegeben.

1975 RKs Tochter Elsie stirbt.

1978 Neue Ausgabe der *Gesammelten Werke.*

Sekundärliteratur

1. Ausgewählte Literatur zu Leben und Werk Kiplings

Becher, J. A.: Untersuchungen über Kiplings Erzählkunst. Diss. Marburg 1913.
Birkenhead, L.: Rudyard Kipling. London 1978.
Carrington, C.: Rudyard Kipling: His Life and Work. London 1955.
Cornell, L. L.: Kipling in India. London 1966.
Croft-Cooke, R.: Rudyard Kipling. London 1948.
Dobrée, B.: Rudyard Kipling: Realist and Fabulist. London 1967.
Fido, M.: Rudyard Kipling. London 1974.
Gauger, W.: Wandlungsmotive in Rudyard Kiplings Prosawerk. München 1975.
Gilbert, E. L. (Hg.): Kipling and the Critics. London 1965.
Green, R. L.: Kipling and the Children. London 1965.
Greenberger, A. J.: The British Image of India. A Study of the Literature of Imperialism. 1880–1966. Oxford 1969.
Gross, J. (Hg.): Rudyard Kipling: The Man, his Work, and his World. London 1972.
Harrison, J.: Rudyard Kipling. Boston 1982.
Kummer, G.: Kipling als Imperialist. Jena 1934.
Lyon, J. K.: Bertolt Brecht und Rudyard Kipling. Frankfurt am Main 1976.
Mertner, E., a: Das Prosawerk Rudyard Kiplings. Berlin 1940.
Mertner, E., b: Rudyard Kipling und seine Kritiker. Bewunderung und Irritation. Darmstadt 1983.
Page, N.: A Kipling Companion. London 1984.
Reisiger, H.: Einführung. In: Rudyard Kipling. Ges. Werke Bd. 1, hg. von J. Gottwald, Berlin u. a. 1965, S. 13–40.
Rutherford, A. (Hg.): Kipling's Mind and Art. London 1964.
Spruch, C.: Die Verwendung der Mundart bei Rudyard Kipling. Diss. Breslau 1930.
Stewart, J. I. M.: Rudyard Kipling. London 1966.
Stilz, G.: Die anglo-indische Short Story. Geschichte einer Kolonialliteratur. Tübingen 1980.
Tompkins, J. M. S.: The Art of Rudyard Kipling. London 1966^2.
Wilson, A.: The Strange Ride of Rudyard Kipling. His Life and Works. London 1977.

Zuckmayer, C.: Großer Freund aller Welt. In: Rudyard Kipling. Ges. Werke Bd. 1, hg. von J. Gottwald, Berlin u. a. 1965, S. 7–12.

2. Kurzbeiträge zu Kiplings Leben und Werk

Eppelsheimer, H. W.: Handbuch der Weltliteratur. Würzburg 1960.
Kindlers Literaturlexikon. Zürich 1970.
Kleines literarisches Lexikon, Bd. 2, Teil 1. Bern/München 1972.
Lexikon der Kinder- und Jugendliteratur, Bd. 2. Weinheim/Basel 1977.
Lexikon der Weltliteratur, Bd. 1, hg. von G. v. Wilpert. Stuttgart 1975.
Standop, E., Mertner, E.: Englische Literaturgeschichte. Heidelberg 1971.

Originaltitel und Übersetzer

I
1. The Finest Story in the World
   Ü: Hans Reisiger
2. The Eye of Allah
   Ü: Hans Reisiger
3. The Bull that Thought
   Ü: Hans Reisiger

II
1. Captains Courageous. A Story of the Grand Banks
   Ü: Norbert Jacques

III
1. The Elephant's Child
   Ü: Hans Rothe
2. How the Camel got his Hump
   Ü: Hans Rothe
3. The Beginning of the Armadilloes
   Ü: Hans Rothe
4. How the Leopard got his Spots
   Ü: Hans Rothe

IV
1. Mary, Pity Women!
   Ü: Bert Brecht
2. Cholera Camp
   Ü: Bert Brecht
3. The Gardener
   Ü: Hans Reisiger